古典詩歌研究彙刊

第十一輯

龔鵬程 主編

第 15 冊

稼軒詞中鳥意象之研究

陳淑君 著

國家圖書館出版品預行編目資料

稼軒詞中鳥意象之研究／陳淑君 著 -- 初版 -- 新北市：花木
蘭文化出版社，2012〔民 101〕
目 4+244 面；17×24 公分
（古典詩歌研究彙刊 第十一輯；第 15 冊）
ISBN 978-986-254-733-5（精裝）
1.（宋）辛棄疾 2. 明代詞 3. 詞論

820.91 101001395

ISBN-978-986-254-733-5

9 789862 547335

古典詩歌研究彙刊
第十一輯 第十五冊 ISBN：978-986-254-733-5

稼軒詞中鳥意象之研究

作 者	陳淑君	
主 編	龔鵬程	
總 編 輯	杜潔祥	
出 版	花木蘭文化出版社	
發 行 所	花木蘭文化出版社	
發 行 人	高小娟	
聯絡地址	新北市永和區中正路五九五號七樓	
	電話：02-2923-1455／傳眞：02-2923-1452	
網 址	http://www.huamulan.tw 信箱 sut81518@gmail.com	
印 刷	普羅文化出版廣告事業	
初 版	2012 年 3 月	
定 價	第十一輯 30 冊（精裝）新台幣 42,000 元	版權所有·請勿翻印

稼軒詞中鳥意象之研究

陳淑君　著

作者簡介

陳淑君，臺灣臺南四草人，81年畢業於私立東吳大學中國文學系，98年取得國立成功大學中文所碩士學位。曾任教於民德國中、安平國中、德光中學，現為國立新豐高中專任教師兼國文科召集人。

提　　要

　　文學作品裡，常見禽鳥之「聲」、「影」，此中不乏寓意寄興者。觀稼軒629闋詞，涉及鳥意象詞有348闋，所提及之鳥有36種，本文以稼軒鳥意象詞為研究對象，將稼軒詞中涉及鳥意象詞之作品予以分類，並依據稼軒的生平經歷，探析歸納鳥意象之表現主題，檢視他在各階段的詞作中，以鳥入詞所具有的意義。

　　本文共分九章，大要如次：

　　第一章　緒論。論及研究動機、研究範圍、研究方法、稼軒生平與詞作分期。

　　第二章　稼軒詞中鷓鴣意象之研究。本章首先探析鷓鴣意象的蘊涵，並對鷓鴣鳴聲和鷓鴣意象進行探源和糾謬，依據稼軒生平，歸納出稼軒詞中鷓鴣意象的表現主題：憂國傷時、親友惜別兼憂國傷時、閒情逸趣。

　　第三章　稼軒詞中鷗鷺意象之研究。本章透過鷗鷺的形態和習性、鷗鷺意象的蘊涵，並依據稼軒生平，歸納出稼軒詞中鷗鷺意象的表現主題。

　　第四章　稼軒詞中杜鵑意象之研究。本章透過杜鵑的形態和習性、杜鵑意象的蘊涵，並依據稼軒生平，歸納出稼軒詞中杜鵑意象的表現主題。

　　第五章　稼軒詞鶯燕意象之研究。本章透過鶯燕的形態和習性、鶯燕意象的蘊涵，並依據稼軒生平，歸納出稼軒詞中鶯燕意象的表現主題。

　　第六章　稼軒詞中雁意象之研究。本章透過雁的形態和習性，雁意象的蘊涵，並依據稼軒生平，歸納出稼軒詞中雁意象的表現主題。

　　第七章　稼軒詞中鶴意象之研究。本章透過鶴的形態和習性、鶴意象的蘊涵，依據稼軒生平，歸納出稼軒詞中鶴意象的表現主題。

　　第八章　稼軒詞中其他鳥之研究：本章將稼軒詞中提及雞、鴨、鳧、雀、雉、鳶婆餅焦、翠羽、鴛鴦、鸂鶒、白鳥、鵓鳩、百舌、提壺、鴉、鵲、鸞、鳳、鴞、鵬、鷃、鵠、秦吉了、脫袴、鵜鶘、鸚、鳩、鷲，歸納出表現主題。

　　第九章　結論。

誌　謝

　　四草，鳥類繁多，基於這樣的原因，王偉勇教授建議我以「稼軒詞中鳥意象之研究」為題目。作研究，能從故鄉風土事物出發，幸福和感動是忍不住的。四草給了候鳥渡冬的溫暖，秉持候鳥追赴的志氣和堅持，當口考結束的那一刻，黃文吉教授恭喜我高分通過，我知道，該是我要銘謝的時候了。

　　好似這是生命中的緣份，王偉勇教授是我讀東吳大學時的老師，15 年後，同事告訴我，自從在成大修了一位來自東吳教授的課，才知道自己在專業領域裡是從零開始，我的直覺，應當是他——王偉勇老師；果然真的是他，一位儒雅溫文的長者，凡事必躬親。記得大學

那年，小小的編研社開社員大會，恰巧昨晚全校社團辦公室火災，王偉勇總務長正陪同警方，勘察災後的現場，驚喜的是：中午 12 點半，他仍以社團指導老師的身分，來到社員大會熱誠地鼓勵和建言，然後又旋風似地離開，接續著總務長勘災的忙碌。

前年，姪兒談到東吳語言中心有一位熱心謙和的小姐，即使只是學生借用麥克風這樣的小事，她也和善主動地招呼協助，比對之下，原來他口中的這位小姐是師母。

我在想，一位擁有權力和崇高學術地位的人，卻能不自視非凡；一位工作崗位上資深的優秀者，依然主動熱忱地協助學生，那應是菩薩低眉的慈悲吧！從他們身上，我彷彿看到了「嚴肅」和「溫暖」；「嚴肅」是他們的處世態度，「溫暖」是給人的感受。正因為老師與師母總是嚴肅、認真地對待學生的每一件事，因而能慈悲寬容地給予學生最大的溫暖和支持。

在東吳和老師相識，在成大重溫這一段師生情，年近不惑，面對這樣一位治學嚴謹的指導教授、這樣一位溫暖寬和的長者，我曾投機地擺盪著書寫論文的態度。擺盪是煎熬的，但相較於稼軒仕、隱的兩難，我想我是幸福多了，因為老師、師母這一對經師和人師，正以他們樸實無華的真實偉大，指引著我更謙卑、更務實地完成口考委員所謂一篇有趣、豐富、精彩的論文。

感謝氣質蘊藉的高美華教授，洞見我論文的缺漏，溫柔地引導我思考的方向。

感謝博識和藹的黃文吉教授，斧正我的訛誤，這本論文得以更周延。

感謝陳益源系主任，在我應該被責難申請口考的文件遲交時，他卻勉勵著我：「現在最重要的是把論文完成。」

感謝韓學宏教授，在我尋找鳥圖片的過程時，他多次的關心和建議。

感謝楊秀華老師，她讓我知道：智慧的圓熟，是以更謙卑的心永

續地學習。

感謝臺南市野鳥學會總幹事郭東輝先生，儒雅溫文的他，總是熱心又有效率地提供我需要的協助；本文鳥圖片由郭總幹事、林文崇先生、廖煥彰先生所提供，於此一併致謝。

感謝我的父母，當我年少時，他們一句「上山不問下山人」，讓我更執著、更勇敢地學會負責。年邁的他們，這三年來的掛心和等待，雖然有時不說，有時又提起，但我知道：「關心有時候是問，有時候是不問」。

感謝老天，賜我一個幸福的家庭。記得那年完成研究所入學考，走出成大校門，先生和孩子們各持一朵紅玫瑰，出現在對街，說著：「老婆辛苦了」、「媽媽辛苦了」。口考的今晚，二個孩子拿著香水百合衝進謝師的宴席間，說著「媽媽恭喜您順利通過口考」；先生現身跟我道恭喜，並且趨前向王老師致謝意。我知道止因玫瑰有愛，今日論文才能綻放百合的芳香。感謝先生和孩子，寬容我在栽種論文的期間，未能善盡為人妻、為人母之職。何其有幸的我，因為有你們的陪伴，我享受著為人妻、為人母的幸福。

目次

第一章　緒　論

第一節　研究動機

　　稼軒詞作數量之多，居宋代詞人之冠，風格多樣，內谷豐富，門
人范開即道：「其詞之爲體，如張樂洞庭之野，無首無尾，不主故常；
又如春雲浮空，卷舒起滅，隨所變態，無非可觀。」〔註1〕〔宋〕劉
宰《漫塘文集》也指出稼軒詞馳騁百家，蒐羅豐富。〔註2〕觀稼軒 629
闋詞中，在表現對自然的愛好時，以松竹爲友，山鳥山花爲弟兄，所
謂「一松一竹眞朋友，山鳥山花好弟兄」（〈鷓鴣天〉卷二，頁 172）。
筆者統計稼軒涉及鳥意象之詞有 348 闋，約占總詞數 55%，所提及之
鳥有 36 種，可知稼軒偏好以鳥入詞。

　　目前涉及鳥意象作品的研究，論文方面有文鈴蘭：〈詩經中草木鳥
獸意象表現的研究〉〔註3〕、林佳珍：〈詩經鳥類意象及其原型研究〉

〔註1〕　參鄧廣銘：《（增訂本）稼軒詞編年箋注》（臺北：華正書局，2007 年
　　　　2 月二版），附錄〈稼軒詞序〉，頁 596。按：本論文所引稼軒詞，係
　　　　以此爲底本，爲省篇幅，只標卷數、頁碼於後，不再一一附注。

〔註2〕　〔宋〕劉宰：《漫塘文集》，見〔清〕紀昀等總纂：《景印文淵閣四庫
　　　　全書》（臺北：臺灣商務印書館，1883 年），冊 1170，頁 468。

〔註3〕　文鈴蘭：〈詩經中草木鳥獸意象表現的研究〉，（臺北：政治大學中國
　　　　文學研究所碩士論文，1985 年）。

〔註4〕、蔡雅芬：〈詩經鳥獸蟲魚意象研究〉〔註5〕、陳鳳秋：〈阮籍詠懷詩鳥與草木意象之研究〉〔註6〕、黃喬玲〈唐詩鶴意象研究〉〔註7〕、侯鳳如〈晏殊《珠玉詞》花鳥意象研究〉〔註8〕、鄧絜馨〈《六一詞》花鳥意象研究〉〔註9〕、黃鈺婷〈東坡詞禽鳥意象研究〉，〔註10〕此皆以北宋之前作品為研究對象。

　　稼軒身處南宋時期，詞中好以鳥入詞，據王偉勇《南宋詞研究》指出南宋時期的產物：「就禽鳥言，鷓鴣、鶗鴂、杜鵑、提壺最常見，且以辛棄疾詞中所記最夥。」〔註11〕又於〈論鄧廣銘先生箋注《稼軒詞》之缺失〉一文，歸納出鷓鴣鳴聲共六種：「一曰但南不北，二曰鷓鴣，三曰鈎輈格磔，四曰杜薄州，五曰懊惱澤家，六曰行不得。」〔註12〕另有朱麗霞《清代辛稼軒接受史》一文指出：「稼軒詞裡鶗鴂、鷓鴣、杜鵑之意象皆與回歸的主旨相關，此中鷓鴣已經化為『回歸──恢復』的象徵，而非自然的鳥鳴。……稼軒筆下的鷓鴣，已經從自然景物轉化為特定意義的象徵，其文化價值已經等同於西北長

〔註4〕　林佳珍：〈詩經鳥類意象及其原型研究〉，（臺北：臺灣師範大學國文研究所碩士論文，1992年）。

〔註5〕　蔡雅芬：〈詩經鳥獸蟲魚意象研究〉，（臺中：靜宜大學中國文學研究所碩士論文，2004年）。

〔註6〕　陳鳳秋：〈阮籍詠懷詩鳥與草木意象之研究〉（臺北：臺灣師範大學國文研究所碩士論文，2007年）。

〔註7〕　黃喬玲：〈唐詩鶴意象研究〉（臺北：政治大學文學院碩士論文，2003年6月）。

〔註8〕　侯鳳如：〈晏殊《珠玉詞》花鳥意象研究〉（臺北：台灣師範大學國文研究所碩士論文，2006年）。

〔註9〕　鄧絜馨：〈《六一詞》花鳥意象研究〉（臺北：臺灣師範大學國文研究所碩士論文，2006年）。

〔註10〕黃鈺婷：〈東坡詞禽鳥意象研究〉（臺北：銘傳大學應用中國文學系碩士論文2006年）。

〔註11〕王偉勇：《南宋詞研究》（臺北：文史哲出版社，1987年9月初版），頁241。

〔註12〕王偉勇：〈論鄧廣銘先生箋注《稼軒詞》之缺失〉，《鄭因百先生百歲冥誕國際學術研討會論文集》（臺北：臺灣大學中文系，2005年7月），頁323。

安神州，從這個視角看，『恢復——回歸』，構築了稼軒的懷鄉情結」；
〔註13〕論文方面，有陳淑美〈稼軒詞用典分類研究〉針對稼軒詞用典進行分類統計，其中有涉及鳥相關之用語，如用到「北山移文」〔註14〕處有16條，此與鶴相關。又「海上之人，有好漚鳥者」4條，此與鷗相關。至於郭靜慧〈辛稼軒山水田園詞研究〉則指出：「稼軒農村詞裡運用鷓鴣和杜鵑的鳴聲來說明對隱逸生活的迷戀。……是稼軒田園詞裡很好的一種物材，而藉禽名和禽聲之相應和，語意雙關，傳達出作者的情意，使田園詞更加生動而不呆板」；〔註15〕另有期刊論文如林宛瑜〈稼軒詞鷗鳥意象之探析〉，〔註16〕乃僅見專論稼軒詞中涉及鳥之作品，然所論亦只有鷗而已。是知目前關於稼軒詞中涉及鳥的作品，惟見零星論述，或概略陳述，實有全面探討、研究之必要。

　　詩詞裡以鳥言志是文學裡的書寫傳統，文人詠物往往時有寄託，恆藉鳥以寓言外之意；而託物寄興的共同處，總緣鳥類自身特色或與自然環境依存之關係。本文試將稼軒詞中涉及鳥意象詞之作品予以分類，並依據稼軒的生平經歷，探析鳥意象之表現主題，檢視他在各階段的詞作中，以鳥入詞所具有的意義。其中若有不具意象者，則論其

〔註13〕朱麗霞：《清代辛稼軒接受史》（濟南：齊魯書社，2005年1月初版），頁647。
〔註14〕段致平〈稼軒詞用典研究〉也指出：稼軒多次引用此典，並以反其意而用之居多。段致平：〈稼軒詞用典研究〉（臺北：臺灣師範大學國文研究所碩士論文，1999年6月）又陳惠慈〈稼軒詞山水意象之研究〉指出稼軒因北山移文之故，衍生出北山意象群如：「北山猿鶴」、「猿驚鶴怨」、「猿鶴怨」、「猿鶴驚」、「猿愁鶴怨」、「猿啼鶴喚」、「春猿秋鶴」、「北山猿」、「鶴怨」、「人同鶴在」、「故山猿老」、「鶴怨猿吟」、「猿吟鶴舞」、「猿鶴悲吟」等。陳惠慈：〈稼軒詞山水意象之研究〉（臺南：成功大學中國文學研究所碩士論文，2008年7月）。
〔註15〕郭靜慧：〈辛稼軒山水田園詞研究〉（臺北：臺灣師範大學國文研究所碩士論文，1998年5月），頁195。
〔註16〕林宛瑜：〈稼軒詞鷗鳥意象之探析〉，《新竹教育大學語文學報》2005年12月，第十二期。

在作品中的功用和意義，俾了解稼軒詞裡鳥意象的承前和開拓；亦即了解其繼承前人的意象爲何？其結合新時代所賦予的開拓性意義又爲何？以及這些禽鳥在稼軒詞中出現的特點爲何？如此，或更有助於了解稼軒一生的精神面貌。

第二節　研究範圍

　　本論文之研究，係以稼軒詞中「鳥意象」爲主要的研究範圍，以鄧廣銘《（增訂本）稼軒詞編年箋注》一書爲文本，故本論文引用稼軒詞作的詞牌、詞題、詞作內容、詞作編年，悉以此書爲準。以下先確立鳥意象詞取捨的範圍：

一、凡詞中有鳥名者皆屬之。包含鳥之古今異名，或在文學裡所賦予的別稱。

二、凡詞中有鳥之鳴聲者皆屬之。如：鉤輈、格磔、行不得、不如歸去、綿蠻、呢喃等。

三、凡典故裡的鳥亦屬之。如「垂天自有扶搖力」、「九萬里風斯在下」、「半夜一聲長嘯，悲天地、爲予窄」等，雖未見鳥名或鳥鳴，但因典故起源本與鳥有關，故納入。

四、涉及鳥意象的構詞，亦納入，如鶯鶯燕燕，即是一例。

五、涉及鳥意象的名詞，亦納入，如鴛帳、鴛被、鵲橋等。

六、鸞、鳳乃虛擬之鳥，本有神話或傳說的原型，故無論是作爲鳥名或是其他名詞前的修飾詞，因不乏其原型或文化積澱裡的色彩，爲求能更完整反映稼軒的精神面貌，故稼軒詞中凡提及鸞、鳳二字之詞，無論所指是否爲鳥，皆納入討論範圍。

七、稼軒詞裡出現「鳥」字多達五十闋，此中從構詞如「鷗鳥」固可確知爲鷗，或從詞意知其所指爲何，但亦有作爲泛稱，難以推知其所指爲何者？如飛鳥、眾鳥、山鳥、野鳥。本文對於泛稱之鳥，原則上不納入討論，惟白鳥在稼軒詞裡有顯

著的意象，故仍予以探討。

八、以下將稼軒各鳥種的意象詞數以橫條圖示之：

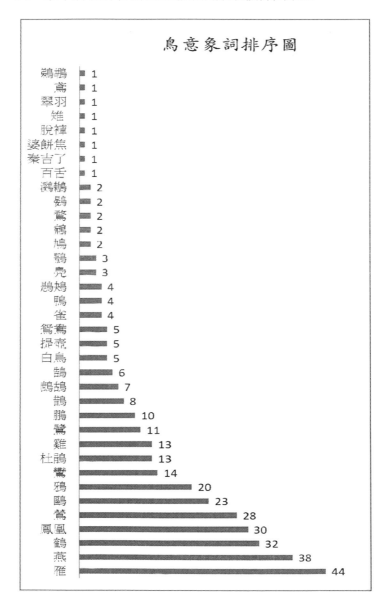

鳥意象詞排序圖

鳥種	數量
鶺鴒	1
鳶	1
翠羽	1
雉	1
脫褲	1
婆餅焦	1
秦吉了	1
百舌	1
鸂鶒	2
鷃	2
鷖	2
鷫	2
鳩	2
鵑	3
鳧	3
鵓鳩	4
鴨	4
雀	4
鴛鴦	5
揚帝	5
白鳥	5
鵠	6
鷓鴣	7
鵲	8
鵬	10
鷺	11
雞	13
杜鵑	13
鶯	14
鴉	20
鷗	23
鶯	28
鳳凰	30
鶴	32
燕	38
雁	44

第三節　研究方法

　　本論文以稼軒詞的文本分析為主，探內在研究（intrinsic study）與外緣研究（extrinsic study）兩面向進行。〔註 17〕內在研究方面，先找出稼軒詞中涉及鳥類之詞句，予以分類並歸納表現主題，並將鳥類意象與其生平和時代結合，統整出鳥意象的內涵；外緣研究是從文學發展的歷程中，追溯鳥意象的原型和積澱，分析稼軒對鳥意象的繼承和開拓，期待透過歷時與共時的背景分析，呈現稼軒詞裡的鳥意象的獨特性和價值。

　　在章節安排上，不以各鳥種之意象詞數多寡為主要考量。特將鷓鴣、杜鵑、雁、鶴專章陳述，而把鷗和鷺、鶯與燕合併成章討論；其餘之鳥併為一章，歸納主題分節論述。並依次以鷓鴣、鷗鷺、杜鵑、鶯燕、雁、鶴、其他鳥探討，順序安排理由如下：

一、唐宋詞人涉及鷓鴣之作，以稼軒七闋居冠，稼軒把書寫傳統的鷓鴣意象，擴大為家國之寄，富涵著深沉濃烈的身世情感，是最能集中意象，反應稼軒精神風貌的鳥種。

二、鷗、鷺意象詞分佈於稼軒五個時期，鷗鷺並提之詞有三闋，鷗鷺似乎已成稼軒生命面臨橫阻時，想要通渡關卡有伴共度的自我慰藉之道。

三、杜鵑「催歸」、「思歸」、「不如歸」的傳統書寫意象，在稼軒詞裡音義雙關，不只用以傳達傷春或送別之情，並寓深濃的家國之思。

四、鶯、燕同為春日活動頻繁的鳥，春日麗景也往往寄寓故國之思。稼軒詞中鶯、燕並提者計八闋，本文將之合併專章討論。

五、雁意象詞有四十四闋，為稼軒鳥意象詞之冠，詞中多有孤寂

〔註 17〕《文學理論》一書將文學研究區分為兩類：「文學研究的方法很多，但大致上可歸納為兩類，即文學作品的內在研究與外緣研究。」見 RENE & WELLEK 著，梁伯傑譯：《文學理論》（臺北：水牛出版社，1989 年 3 月），頁 197。

思念或對故國的幽幽情懷。

六、稼軒鶴意象詞，多用以表達仕和隱之間的矛盾，又是祝壽詞
裡出現最頻繁者，此外也有繁複的意象。

七、本論文佐以鳥類圖片呈現，然因鳥種繁多，又今昔境遷、古
今時變，恐有地異名殊之差，但仍提供同種或同科之鳥參
考。其中鸞、鳳、鵁為神話傳說裡虛擬之鳥，故未置圖片。
鵬雖為神話傳說裡的鳥，然極可能為信天翁，[註18]本論文
輔以信天翁圖。又婆餅焦、提壺、脫袴三種鳥，因難考稼軒
所指為何？故不置圖片。

第四節　稼軒生平與詞作分期

本文依鄧廣銘《（增訂本）稼軒詞編年箋注》附錄〈辛棄疾年譜〉
[註19]擇其要以年表方式呈現如次：

宋高宗紹興十年	1140	1	1、金兀朮春夏南侵，岳飛鄂州北上，克鄭州、洛陽，然南宋卻引兵而退。 2、五月十一日稼軒生於山東歷城。 3、父親辛文郁早卒，自幼隨祖父辛贊。
紹興十一年	1141	2	冬，秦檜和金兀朮盟約，南宋向金稱臣，兩國以淮水、大散關為界。
紹興十九年	1149	10	1、祖父辛贊官居亳州譙縣縣令。 2、稼軒與党懷英同受學於亳州劉瞻，號辛、党。
紹興三十年	1160	21	祖父辛贊卒。
紹興三十一年	1161	22	金主亮大舉南侵，稼軒聚眾二千人，與耿京共圖恢復。掌全軍書檄文告，向耿京獻計，當歸附南宋。

[註18] 韓學宏：《宋詞鳥類圖鑑》（臺北：貓頭鷹出版社，2004年11月初版），頁87。

[註19] 鄧廣銘：《（增訂本）稼軒詞編年箋注》（臺北：華正書局，2007年2月二版），頁629～806。

紹興三十二年	1162	23	1、正月，稼軒奉耿京命令，奉表南歸，十八日至建康，召見，授右承務郎。 2、閏二月，耿京為張安國等殺，稼軒縛安國獻俘行在，改差江陰簽判。
宋孝宗隆興二年	1164	25	稼軒江陰簽判任滿，去職。
乾道元年	1165	26	奏進美芹十論。
乾道四年	1168	29	1、稼軒任通判建康府。 2、友人趙德莊（彥端）為江南東路計度轉運副使。
乾道六年	1170	31	1、上疏請練民兵以守淮。 2、九議上虞允文。
乾道七年	1171	32	在司農主簿任。
乾道八年	1172	33	春，出知滁州。
乾道九年	1173	34	在滁州任。
淳熙元年	1174	35	春，辟江東安撫使司議官。
淳熙二年	1175	36	1、官任倉部郎。 2、四月，茶商賴文政起事於湖北，其後轉入湖南江西，數敗官兵。 3、六月，十二日，稼軒出為江西提點刑獄，節制諸君，進擊茶商軍。 4、秋七月四日，友人趙德莊卒。 5、秋七月，離臨安，至江西贛州就提刑任，專意「督捕」茶商軍。 6、閏九月，誘賴文政殺之，茶商軍平。
淳熙三年	1176	37	1、江西提點刑獄任。 2、調京西轉運判官。
淳熙四年	1177	38	1、差知江陵府，兼湖北安撫。 2、多，坐江陵統制官率逢原縱部曲毆百姓事，遷知隆興府兼江西安撫。
淳熙五年	1178	39	出為湖北轉運副使。
淳熙六年	1179	40	1、春三月，改湖南轉運副使。 2、改知潭州，兼湖南安撫使。

淳熙七年	1180	41	1、創置湖南飛虎軍。 2、加右文殿修撰，差知隆興府兼江西安撫。
淳熙八年	1181	42	1、七月，以荒政修舉，轉奉議郎。 2、十一月，改除兩浙西路提點刑獄公事，旋以臺臣王藺論列，落職罷任。 3、帶湖新居落成，自號稼軒居士。
淳熙九年	1182	43	1、在上饒家居。 2、朱熹來訪，范廓之（開）始來受學。
淳熙十二年	1185	46	1、在上饒家居。 2、鄭舜舉爲信州使，稼軒與之相酬唱和多。
淳熙十五年	1188	49	1、在上饒家居。 2、友人趙昌父歸自湖南。 3、陳同甫來訪，相與鵝湖同憩，瓢泉共酌，極論世事。
宋光宗紹熙三年	1192	53	1、春，赴福建提點刑獄任。 2、福建安撫使林枅於同列多不相下，與稼軒小不協。秋林枅卒，稼軒攝帥事，厲威嚴，以法治下。
宋光宗紹熙四年	1193	54	1、遷太府少卿。 2、秋，加集英殿修撰，知福州，兼福建安撫使。
紹熙五年	1194	55	1、福建安撫使任內。 2、置「備安庫」，積鏹至五十萬緡，用以糴米粟，供宗室及軍人之請給。 3、夏，孝宗病死，光宗以有病不服喪，皇子趙擴爲新皇帝，韓侂冑專權，陳亮卒。 4、秋七月，以諫官黃艾論列，罷帥任，主管建寧府武夷山沖佑觀。 5、九月，以御史中丞謝深甫論列，降充祕閣修撰。 6、冬十二月，謝深甫奏劾中書舍人陳傅良，語又涉稼軒。 7、再到期思卜居（鉛山瓢泉），當在本年。
宋寧宗慶元元年	1195	56	1、家居上饒。 2、冬十二月，以御史中丞何澹奏劾，落職。 3、期思新居落成，當在本年。

慶元二年	1196	57	1、徙居鉛山縣期思市瓜山之下。 2、秋九月，以言者論列，罷宮觀。
慶元三年	1197	58	家居鉛山。
慶元四年	1198	59	復集英殿修撰，主管建寧府武夷山沖佑觀。
慶元五年	1199	60	1、家居鉛山。 2、朱熹來書，以「克己復禮」、「夙興夜寐」題稼軒齋室。
宋寧宗嘉泰 三年	1203	64	1、朱熹卒，稼軒往哭之。 2、夏，知紹興府兼浙東安撫使。 3、歲杪召赴行在。
嘉泰四年	1204	65	1、正月，召見，言鹽法，並言金國必亂，願屬元老大臣預爲之應變計。 2、加寶謨閣待制，提舉佑神觀，奉朝請。 3、差知鎮江府，賜金帶。
宋寧宗開禧 元年	1205	66	1、在鎮江守任。 2、三月，坐繆舉，降兩官。 3、夏六月，改知隆興府，旋以言者論列，與宮觀。 4、秋，歸鉛山。
開禧二年	1206	67	1、差知紹興府，兩浙東路安撫使，辭免。 2、進寶文閣。又進龍圖閣待制，知江陵府，令赴行在奏事。
開禧三年	1207	68	1、試兵部侍郎，兩次上章辭免，授與在京宮觀。 2、敘復朝請大夫。又敘復朝議大夫。 3、歸鉛山，八月得疾。 4、九月，進樞密都承旨，令疾速赴行在奏事，未受命，並上章陳乞致仕。九月初十日卒，特贈四官。

以下根據鄧廣銘《（增訂本）稼軒詞編年箋注》一書的分期簡述如下：

一、江淮、兩湖時期

此時期自南歸之初（1163）至宋孝宗淳熙八年（1181），稼軒二十四歲至四十二歲。歷經官職有：江陰簽判、健康通判、司農主簿、滁州知州、江東安撫使參議官、倉部郎官、江西提點刑獄、京西轉運

判官、江陵知府兼湖北安撫使、隆興知府兼江西安撫使、大理寺少卿、湖北轉運副使、湖南轉運副使、潭州知州兼湖南安撫使、隆興知府兼江西安撫使、兩浙西路提點刑獄公事。此期詞作計 88 闋。

二、帶湖時期

　　此時期自宋孝宗淳熙九年（1182）至宋光宗紹熙三年（1192），稼軒四十三歲至五十三歲。淳熙八年（1181 年）春天，稼軒在信州（江西上饒市）興建帶湖新居，這年冬天，改除兩浙西路提點刑獄使，旋以臺臣王藺劾其「用錢如沙泥，殺人如草芥」，落職罷新任，淳熙九年（1182 年）仲春，歸隱上饒新居。此期詞作計 228 闋。

三、七閩時期

　　此時期自宋光宗紹熙三年（1192）至宋光宗紹熙五年（1194），稼軒五十三歲至五十五歲。歷經官職有：福建提點刑獄‧福建安撫使、福州知府兼福建安撫使、主管建寧府武夷山沖佑觀、祕閣修撰。此期詞作計 36 闋。

四、瓢泉時期

　　此時期自宋光宗紹熙五年（1194）至宋寧宗嘉泰二年（1202），稼軒五十五歲至六十三歲。宋寧宗慶元元年（1195）冬，以御史中丞何澹奏劾落職，稼軒期思瓢泉新居落成，在此過著再度退隱的生活。此期詞作計 225 闋。

五、兩浙、鉛山時期

　　此時期自宋寧宗嘉泰三年（1203）至宋寧宗開禧三年（1207），稼軒六十四歲至六十八歲。歷經官職有：紹興府兼浙東安撫使、、鎮江知府、朝散大夫、隆興知府、提舉沖佑觀、龍圖閣待制、江陵知府、兵部侍郎、在京宮觀、朝請大夫、朝議大夫。此期詞作計 24 闋。

第二章　稼軒詞中鷓鴣意象之研究

　　「鷓鴣」〔註 1〕二字最
早見於舊題〔周〕師曠《禽
經》：「隨陽越雉，鷓鴣也，
飛必南翥，晉安曰懷南，江
左曰逐隱。」〔註 2〕唐宋期
間涉及「鷓鴣」的詩詞，多
抉取於鷓鴣的習性和鳴聲作
爲意象，然鷓鴣鳴聲的說法
各有異同，或云宋以前通行的諧音是「但南不北」，或說它的鳴聲有
「行不得哥哥」，或稱其啼聲如「行不得也哥哥」、「大哥哥，等等我。」
據王偉勇〈論鄧廣銘先生箋注《稼軒詞》之缺失〉歸納出鷓鴣鳴聲共
六種：「一曰但南不北，二曰鷓鴣，三曰鉤輈格磔，四曰杜薄州，五
曰懊惱澤家，六曰行不得。」〔註 3〕本文專就唐宋詞裡提及「鷓鴣」

〔註 1〕　圖片爲郭東輝拍攝。
〔註 2〕　〔晉〕張華注：《師曠禽經》（北京：中華書局，1911 年新一版，《叢
　　　　書集成初編》），頁 8～9。
〔註 3〕　王偉勇：〈論鄧廣銘先生箋注《稼軒詞》之缺失〉，《鄭因百先生百歲
　　　　冥誕國際學術研討會論文集》（臺北：臺灣大學中文系，2005 年 7 月），
　　　　頁 323。

二字者，予以檢索，共得五十二闋；〔註4〕「鉤輈」四闋、「格磔」二闋；「行不得」三闋，而「鉤輈格磔」、「但南不北」、「杜薄州」、「懊惱澤家」則未見之。至於唐宋詞人涉及鷓鴣之作，以稼軒七闋居冠。

第一節　鷓鴣的形態和習性

　　鷓鴣，形似雌雉，頭如鶉，胸前有白圓點如珍珠，背毛有紫赤浪紋，足黃褐色。以穀粒豆類和其他植物種子爲主食，兼食昆蟲，爲中國南方留鳥，鷓鴣產自華南、中南半島、泰國、緬甸等溫暖之地，生性畏霜露之寒，所以早晚鮮少外出，出則南飛逐日取溫暖，夜宿時藏身於色澤相近的木葉。〔註5〕根據韓學宏《宋詞鳥類圖鑑》所載，鷓鴣學名深山竹雞，隸屬雉科。深山竹雞額暗灰色，上身橄褐色，上有黑橫斑。黑臉，眼周栗褐色，頰、喉白色，翼有栗褐斑，頸上有黑色鱗狀斑，胸、脅鼠灰色，脅有白色縱斑，尾下覆羽主黃色，雌雄相似。出現於中、低海拔的樹林底層與草叢中，築巢於地面，性隱密不易見。〔註6〕

　　張淑珍〈唐宋詞中鷓鴣意象流變考析〉指出：

　　　　鷓鴣鳥最早見於《山海經·北山經》：東百八十里，曰小侯
　　　　之山，明漳之水出焉，南流注于黃澤。有鳥焉，其狀如烏
　　　　而白文，名曰鴣䳜，食之不瀉。這裏的鴣䳜即鷓鴣。〔註7〕

「鴣䳜」是否就是鷓鴣？《詩經》中未見有「鴣䳜」或「鷓鴣」的記載，因此就時間而言，鷓鴣的記載當後於此，至於《山海經》的記載或有可能。就地域而言，〔晉〕崔豹《古今注》記載：

〔註4〕計唐代五闋，五代十國四闋，宋代四十三闋。本文唐宋詞統計資料，
　　　　引自元智大學「網路展書讀」網站，文中所指唐宋詞檢索範圍包含：
　　　　唐、唐五代、五代十國、宋。
〔註5〕羅竹風主編：《漢語大詞典》（臺北：東華書局，1997 年，9 月初版），
　　　　卷 12，頁 1153。
〔註6〕韓學宏：《宋詞鳥類圖鑑》（臺北：貓頭鷹出版社，2004 年 11 月初版），
　　　　頁 105。
〔註7〕張淑珍：〈唐宋詞中鷓鴣意象流變考析〉，《井岡山學院學報》2007 年
　　　　5 月，二十八卷第五期，頁 64。

南山有鳥名鷓鴣。〔註8〕

〔唐〕劉恂《嶺表錄異》云：

鷓鴣，吳楚之野悉有，嶺南偏多。〔註9〕

又《本草綱目》引孔志約云：

鷓鴣生江南。〔註10〕

此道出鷓鴣爲中國南方所產之鳥，且以嶺南偏多。但《山海經》載「鴣鵴」是「東百八十里，曰小侯之山，明漳之水出焉，南流注于黃澤」之鳥，其地理位置，據《圖說山海經》說明：

明漳水，當係今日濁漳水的支流，灂，眼睛昏朦。共水向
南流入的虖池，可能是今日太行山區著名的滹沱河，也可
是另一處地方，例如今日河南偃師亦有地名滹沱鎮。〔註11〕

推究其言，無法確定「鴣鵴」爲中國南方之物。然鷓鴣是江南留鳥，就地域論之，二者所指是否爲相同之物，筆者採保留態度。

據舊題〔周〕師曠《禽經》：

隨陽越雉鷓鴣也，飛必南翥，晉安曰懷南，江左曰逐隱。

〔註12〕

指出鷓鴣爲南方之鳥，飛時向南而行。〔漢〕楊孚《異物記》也記載：

鷓鴣其形似雌雞，其志懷南不思北，其名呼飛但南不北，
其肉肥美宜炙，可以飲酒爲諸膳也。〔註13〕

楊氏指出鷓鴣的形態、鳴叫聲、食之味美等。據〔晉〕崔豹《古今注》

〔註8〕　〔晉〕崔豹：《古今注》（出版地、年、月缺，《四部叢刊三編子部》），頁6。

〔註9〕　〔唐〕劉恂撰：《嶺表錄異》（北京：中華書局，1985年新一版，《叢書集成初編》），頁15。

〔註10〕　〔明〕李時珍，《本草綱目》（臺北：國立中國醫藥研究所，1988年10月三版），頁1455。

〔註11〕　王紅旗解說，孫曉琴繪圖，《圖說山海經》（臺北：尖端出版社，2006年8月，初版一刷），頁82。

〔註12〕　〔晉〕張華注：《師曠禽經》（北京：中華書局，1911年新一版，《叢書集成初編》），頁8。

〔註13〕　〔漢〕楊孚撰：《異物志》（北京：中華書局，1985年新一版，《叢書集成初編》），頁4。

載：

　　鷓鴣……常向日而飛，畏霜露早曉稀出。有時夜飛，飛則
　　以樹葉覆背。〔註14〕

鷓鴣因生於江南，輒畏霜露之寒，屬不善飛行的陸棲性鳥類，生性羞
怯機警，營巢於低海拔的雜草落葉，棲息於密林底層，夜宿時藏身於
色澤相近的木葉，早晚嫌少外出，出則南飛逐日取暖。〔宋〕陸佃《埤
雅》亦載：「鷓鴣……有時夜飛，飛則以木葉自覆其背。古賤云偃鼠
飲河止於滿腹，鷓鴣銜葉才能覆身，此之謂也。」〔註15〕又鷓鴣往往
雌雄對啼，〔唐〕劉恂《嶺表錄異》即載：

　　鷓鴣……其大如野雞，多對啼。〔註16〕

〔宋〕陸佃《埤雅》亦載：

　　鷓鴣……多對啼，志常南嚮，不思北徂。〔註17〕

兩人均指出鷓鴣雌雄和鳴，一呼一應。至於鷓鴣外觀，其胸前有白圓
點，背上雜有紫赤毛，〔唐〕劉恂《嶺表錄異》載云：

　　鷓鴣……臆前有白圓點，背上間紫赤毛，其大如野雞。〔註
　　18〕

人們也因鷓鴣胸前有白圓點，引發了豐富的聯想，宋·周去非《嶺外
代答》載：

　　鷓鴣斑香亦出海南，蓬萊好箋香中槎牙輕鬆，色褐黑而有
　　白斑點點，如鷓鴣臆上毛，氣尤清婉。〔註19〕

〔註14〕〔晉〕崔豹：《古今注》（出版地、年、月缺，《四部叢刊三編子部》），
　　　　頁6。

〔註15〕〔宋〕陸佃撰：《埤雅》（臺北：臺灣商務印書館，年月日缺，王雲
　　　　五主編：《叢書集成簡編》），卷7，頁178。

〔註16〕〔唐〕劉恂撰：《嶺表錄異》（北京：中華書局，1985年新一版，《叢
　　　　書集成初編》），頁15。

〔註17〕〔宋〕陸佃撰：《埤雅》（臺北：臺灣商務印書館，年月日缺，王雲
　　　　五主編：《叢書集成簡編》），卷7，頁178。

〔註18〕〔唐〕劉恂撰：《嶺表錄異》（北京：中華書局，1985年新一版，《叢
　　　　書集成初編》），頁15。

〔註19〕〔宋〕周去非撰：《嶺外代答》（揚州：廣陵書社，2003年4月，《中
　　　　國風土志叢刊》），卷7，頁214。筆者查宋詞裡有四十三闋提到「鷓

海南生產的香料，因色褐黑而有白斑點，取名叫作「鷓鴣斑香」。鷓鴣因肉白而脆，江南人專以炙食充庖，可以飲酒爲諸膳也。〔註20〕又其好潔，獵人取之不易，往往得在林間淨處撒穀，誘引牠且步且啄而誤踩黏竿，因其無法生存於瘴毒或污染的環境，故鷓鴣出現即示意此處生態未受污染。〔註21〕

第二節　鷓鴣意象的蘊涵

　　唐宋時期，除却作爲曲調名和詞牌名者，最初將鷓鴣塡入詞裡的是〔唐〕王建〈宮中調笑〉：「楊柳，楊柳。日暮白沙渡口。船頭江水茫茫。商人少婦斷腸。腸斷，腸斷。鷓鴣夜飛失伴。」〔註22〕唐宋詞裡鷓鴣被賦予「幽恨哀思」〔註23〕的基調，固然和其生活習性及啼鳴有關，但其中更有文人賦予的想像，由於文獻中所載鷓鴣異稱頗多，當中不乏和其生活習性有關，故以下先陳述鷓鴣古今異稱，再探鷓鴣意象的蘊涵。

一、鷓鴣異稱

　　鷓鴣，本是鳥名，但在文學上因被文人賦予更廣泛的想像而所指有異，又因文人個人理解不同而有古今異稱。賈祖璋《鳥與文學》說道：

　　　　《禽經》云：「隨陽越雉，鷓鴣也。晉安曰懷南；江左曰逐隱。」《北戶錄》云：「又一名鷓」。《瑯嬛記》云：「鷓鴣一

鴣」二字，其中言及「鷓鴣斑」有七闋。本文唐宋詞統計資料，引自元智大學「網路展書讀」網站，文中所指唐宋詞檢索範圍包涵：唐，唐五代，五代十國、宋。

〔註20〕〔漢〕楊孚撰：《異物志》（北京：中華書局，1985 年新一版，《叢書集成初編》），頁 4。

〔註21〕韓學宏：《唐詩鳥類圖鑑》（臺北：貓頭鷹出版社，2003 年 4 月初版），頁 97。

〔註22〕孔範今主編：《全唐五代詞釋注》（西安：陝西人民出版社，1998 年10 月第一版），上冊，頁 144。

〔註23〕見賈柏松、韓仁煦、尤廉編：《賈祖璋全集》（福州：福建科學技術出版社，2001 年 9 月第一版），頁 162。

名內史。一名花豹」異稱大概盡於此了。……越雉當以形
似雌雉，並產於南方之故，懷南一名下文詳之，其餘諸名，
未審何義。〔註24〕

鷓鴣曰「懷南」，以其志懷南不北往，曰「逐隱」乃因畏霜寒，有時
以葉覆其背，韓學宏《唐詩鳥類圖鑑》中指出鷓鴣古今之名，曰：

古又名「內史」、「懷南」、「逐隱」，今名「鷓鴣」。〔註25〕

此後又於《宋詞鳥類圖鑑》一書中，在今名處增補了「深山竹雞」一
詞，並在說明主文裡說：

鷓鴣為南方之鳥，會逐日向暖而飛，因此一名「隨陽越雉」。
〔註26〕

韓學宏以「深山竹雞」名鷓鴣，蓋以學名稱之，至於鷓鴣一名隨陽越
雉，當源自《禽經》：「隨陽越雉鷓鴣也。」〔註27〕是知鷓鴣異稱有：
懷南、逐隱、鷓、內史、花豹、深山竹雞、隨陽越雉等。

二、鷓鴣鳴聲

　　鄧廣銘箋注《稼軒詞》，有關「鷓鴣」詞句，其箋注計有三處：「《邇
閒齋覽》：『鉤輈格磔，謂鷓鴣聲也。』」；「《本草》：『鷓鴣生江南，形
似母雞，鳴曰鉤輈格磔。』」〔註28〕、「《本草》謂鷓鴣鳴聲如云：『行
不得也，哥哥』」〔註29〕、「《本草》：『鷓鴣生江南，鳴曰鉤輈格磔。』」

〔註24〕貫祖璋《鳥與文學》及韓學宏《唐詩鳥類圖鑑》、《宋詞鳥類圖鑑》
　　　　寫「逐影」，〔晉〕張華注：《師曠禽經》（北京：中華書局，1911年
　　　　新一版，《叢書集成初編》），頁8。

〔註25〕韓學宏：《唐詩鳥類圖鑑》（臺北：貓頭鷹出版社，2003年4月初版），
　　　　頁97。

〔註26〕韓學宏：《宋詞鳥類圖鑑》（臺北：貓頭鷹出版社，2004年11月初版），
　　　　頁105。

〔註27〕〔晉〕張華注：《師曠禽經》（北京：中華書局，1911年新一版，《叢
　　　　書集成初編》），頁8。

〔註28〕鄧廣銘：《（增訂本）稼軒詞編年箋注》（臺北：華正書局，2007年2
　　　　月二版），頁186。

〔註29〕鄧廣銘：《（增訂本）稼軒詞編年箋注》（臺北：華正書局，2007年2
　　　　月二版），頁316。

〔註30〕指出鷓鴣的鳴聲有「鉤輈格磔」和「行不得也，哥哥」。王偉勇〈論鄧廣銘先生箋注《稼軒詞》之缺失〉一文裡，針對鄧廣銘箋注的缺失，歸納出鷓鴣鳴聲共有六種：

> 鷓鴣鳴聲見記載者凡六：一曰但南不北，二曰鷓鴣，三曰鉤輈格磔，四曰杜薄州，五曰懊惱澤家，六曰行不得。〔註31〕

石恆昌、玉貴福《男兒到北心如鐵》談到：

> 據吳新雷先生新解（見南京大學學報一九八○年第三期）認為鷓鴣的叫聲古人所擬的諧音計有五種，是隨著時代的發展和人們感情的變化而產生的，宋以前通行的諧音是「但南不北」。〔註32〕

〔宋〕趙與虤《娛書堂詩話》記載：

> 鷓鴣，其聲格磔可聽，世俗想像其音，或云「懊惱澤家」，或云「不得也哥哥」，蓋方言不同，而歌詠亦各用之。〔註33〕

汪誠《稼軒詞選析》箋注稼軒〈賀新郎‧別茂嘉十二弟〉詞作，關於「鷓鴣聲住」注云：

> 鷓鴣，鳥名。《埤雅》：「多對啼，志常南向，不思北徂」它的鳴聲有「自呼」，有「鉤輈格磔」，有「行不得哥哥」。《北戶錄》引《廣志》說它「但南不北」。這是一種特別使南來的北人傷心的鳥。〔註34〕

此外石恆昌、玉貴福《男兒到北心如鐵》甚至說：

> 鷓鴣，鳥名。……其啼聲如「行不得也哥哥」，或者是「大

〔註30〕鄧廣銘：《（增訂本）稼軒詞編年箋注》（臺北：華正書局，2007 年 2 月二版），頁 511。

〔註31〕王偉勇：〈論鄧廣銘先生箋注《稼軒詞》之缺失〉，收錄於《鄭因百先生百歲冥誕國際學術研討會論文集》（臺北：臺灣大學中文系，2005 年 7 月），頁 323。

〔註32〕石恆昌、玉貴福：《男兒到北心如鐵》（臺北：開今文化事業有限公司，1993 年 12 月一版），頁 45。

〔註33〕〔宋〕趙與虤：《娛書堂詩話》（北京：中華書局，1985 年新一版，《叢書集成初編》），頁。

〔註34〕汪誠：《稼軒詞選析》（臺北：臺灣商務印書館，1993 年 11 月初版），頁 583。

哥哥，等等我。」〔註35〕

兩人認爲鷓鴣鳴聲有「行不得也哥哥」、「大哥哥，等等我」一說。鷓鴣鳴聲究竟爲何？說法各有異同，以下循王偉勇歸納的六種鷓鴣鳴聲分述之；〔註36〕惟在古典文學裡，鷓鴣又飽涵音義雙關，於此一併說明。

（一）鷓鴣鳴聲曰「鷓鴣」

舊題〔周〕師曠《禽經》載：「隨陽越雉鷓鴣也，飛必南翥，晉安曰懷南；江左曰逐隱。」張華注曰：

鷓鴣白黑成文，其鳴自呼。〔註37〕

〔晉〕崔豹《古今注》云：

南方有鳥名鷓鴣，自呼其名。〔註38〕

究此二處所載「其鳴自呼」、「自呼其名」，其意爲何？賈祖璋在《鳥與文學》裡說道：

鳴常自呼，鷓鴣就是她的鳴聲。〔註39〕

賈氏指出鷓鴣鳴聲乃如其名「鷓鴣」，於此「鷓鴣」成爲一個象聲詞，此亦合於《漢語大詞典》對於「鷓鴣」一詞釋義，認爲是鳥名或借指鷓鴣鳴聲。根據〔唐〕劉恂《嶺表錄異》記載「鷓鴣」，引《本草》言：「自呼鈎輈格磔」，並舉李群玉〈詠鷓鴣〉：「方穿詰曲崎嶇路，又聽鈎輈格磔聲」爲例，可知鷓鴣鳴聲所指爲「鈎輈格磔」。〔註40〕因

〔註35〕石恆昌、玉貴福：《男兒到北心如鐵》（臺北：開今文化事業有限公司，1993年12月一版），頁165。

〔註36〕《南越志》載：「鷓鴣雖東西迴翔，然開翅之始必先南翥。其鳴自呼『杜薄州。』」然全唐詩及唐宋詞裡未見有「杜薄州」一詞，由於能取得資料有限，故本文先不處理。

〔註37〕〔晉〕張華注：《師曠禽經》（北京：中華書局，1911年新一版，《叢書集成初編》），頁9。

〔註38〕〔晉〕崔豹：《古今注》（出版地、年、月缺，《四部叢刊三編子部》），頁6。

〔註39〕見賈柏松、韓仁煦、尤廉編：《賈祖璋全集》（福州：福建科學技術出版社，2001年9月第一版），頁161。

〔註40〕〔唐〕劉恂撰：《嶺表錄異》（北京：中華書局，1985年新一版，《叢書集成初編》），頁15。

此「其鳴自呼」即是指鷓鴣之鳴聲爲「鷓鴣」，鷓鴣是鳥名，也是狀其鳴叫聲。

（二）鷓鴣鳴聲曰「但南不北」

鷓鴣性畏寒，往往南飛逐日取暖，以至呼爲「但南不北」。據〔漢〕楊孚《異物志》載云：

> 鷓鴣其形似雌雉，其志懷南不思北，其名呼飛「但南不北」。

〔註41〕

〔晉〕左思〈吳都賦〉注曰：

> 鷓鴣……或言此鳥常南飛不止。豫章以南諸郡處處有之。

〔註42〕

〔唐〕段成式《酉陽雜俎》載：

> 鷓鴣鳴曰：「向南不北」。〔註43〕

鷓鴣但南不北、南飛不止的行爲，道出其爲江南留鳥的特性，因其志懷南不思北，其鳴聲也成爲「但南不北」。鷓鴣爲南方留鳥，性畏霜寒，出則南飛，中國文人取其生長環境和習性的特質，賦予個人生命的情感，於是「但南不北」、「向南不北」被賦予音義雙關的特別含義，這在詩詞中俯拾皆是。詞人李珣是最早利用鷓鴣但南不北的習性爲意象者，張淑珍〈唐宋詞中鷓鴣意象流變考析〉云：

> 詞人李珣是最早利用鷓鴣「飛但南」的習性，把鷓鴣從閨房中呼喚出去，讓它盡情馳騁於天地之間，從此，鷓鴣的寓意更廣泛了，它不僅可以表達男女情愛，還與遠行的人惺惺相惜。〔註44〕

〔註41〕〔漢〕楊孚撰：《異物志》（北京：中華書局，1985 年新一版，《叢書集成初編》），頁 4。

〔註42〕〔南朝梁〕蕭統編，〔唐〕李善注：《昭明文選》（臺北：河洛圖書出版社，1975 年 5 月初版），頁 101。

〔註43〕〔唐〕段成式撰：《酉陽雜俎》（北京：中華書局，1985 年新一版，《叢書集成初編》），頁 126。

〔註44〕張淑珍：〈唐宋詞中鷓鴣意象流變考析〉，《井岡山學院學報》2007 年 5 月，二十八卷第五期，頁 66。

其實早在詞人李珣之前，唐詩中早已把鷓鴣從閨房中呼喚出去，如宋之問〈在荊州重赴嶺南〉：「夢澤三秋日，蒼梧一片雲。還將鶵鷺羽，重入鷓鴣群」〔註45〕、李白〈醉題王漢陽廳〉：「我似鷓鴣鳥，南遷懶北飛。時尋漢陽令，取醉月中歸。」〔註46〕此外張籍〈湘江曲〉：「湘水無潮秋水闊，湘中月落行人發。送人發，送人歸，白蘋茫茫鷓鴣飛。」〔註47〕以鷓鴣鳴啼寄寫江邊送別時內心之離愁和悵惘。又其〈玉仙館〉：「楚客天南行漸遠，山山樹裏鷓鴣啼。」〔註48〕更是運用鷓鴣但南不北的習性，將鷓鴣寓意著羈旅遷客思鄉之情。而此意象之運用，也見於白居易〈山鷓鴣〉：「山鷓鴣……唯能愁北人，南人慣聞如不聞。」〔註49〕甚至有「鄭鷓鴣」之稱的鄭谷，其〈鷓鴣曲〉詩云：「座中亦有江南客，莫向春風唱鷓鴣。」〔註50〕此皆運用鷓鴣但南不北的習性作爲意象。

在文學裡，鷓鴣啼鳴「但南不北」，無論是北客南來，或是南客北遷，其實思鄉之情一也。「但南不北」喚起的鄉愁，是令客居他鄉者驚心動情的。於是鷓鴣啼鳴「但南不北」成爲遊子遷客在征旅中家鄉的呼喚，〔宋〕陸佃《埤雅》甚至以鷓鴣但南不北，如同胡馬嘶北，因載曰：

　　鷓鴣，志常南嚮，不思北徂；胡馬嘶北之義也。〔註51〕

此道出鷓鴣「但南不北」和「胡馬嘶北」，其象徵思鄉的意義乃是一

〔註45〕見清聖祖御製：《全唐詩》（臺北：明倫出版社，1971年5月初版），冊2，卷53，頁659。

〔註46〕見清聖祖御製：《全唐詩》（臺北：明倫出版社，1971年5月初版），冊6，卷182，頁1857。

〔註47〕見清聖祖御製：《全唐詩》（臺北：明倫出版社，1971年5月初版），冊12，卷382，頁4290。

〔註48〕見清聖祖御製：《全唐詩》（臺北：明倫出版社，1971年5月初版），冊12，卷386頁4356。

〔註49〕見清聖祖御製：《全唐詩》（臺北：明倫出版社，1971年5月初版），冊13，卷435頁4814。

〔註50〕見清聖祖御製：《全唐詩》（臺北：明倫出版社，1971年5月初版），冊20，卷675，頁7730。

〔註51〕〔宋〕陸佃撰：《埤雅》，（臺北：臺灣商務印書館，年月日缺，王雲五主編：《叢書集成簡編》），卷7，頁178。

致的。

賈祖璋《鳥與文學》指出鷓鴣從鳥變作深負幽恨哀思的鳥類，乃因其鳴聲之沈怨：

> 《北戶錄》引《廣志》云：鷓鴣鳴云「但南不北」，如是云云，定由人想像其鳴聲的沈怨，而後意造成之。《埤雅》以爲亦「胡馬嘶北之義」。於是將鷓鴣變作一種深負幽恨哀思的鳥類，在我國的文學上，也就占著一個相當的位置。〔註52〕

因文人的境遇和想像，鷓鴣成爲思鄉的象徵，又是一證。此外韓學宏推測古詩所寫「越鳥巢南枝」，應該就是指鷓鴣，《宋詞鳥類圖鑑》云：

> 越鳥巢南枝〔註53〕的含意與「胡馬北嘶」相同，自唐代詩人鄭谷（席上貽歌者）「座中亦有江南客，莫向春風唱鷓鴣」道出思鄉情懷後，鷓鴣就成爲南方人思鄉的象徵。辛棄疾的「山深聞鷓鴣」，即承此脈絡。〔註54〕

韓學宏認爲鷓鴣成爲南方人思鄉的象徵，此一說法恐未盡善，既言「越鳥巢南枝」含意同於「胡馬北嘶」，則遊子遷客，有南客北去、北客南來者，故鄉所指南北有異，然懷鄉之情當是一也，故只道「南方人思鄉的象徵」，並不周全。其實「但南不北」揉合了鷓鴣是南方留鳥的習性及文人的想像，已不拘牛於何地，身在何處，而成爲文人思鄉的共同象徵。又石恆昌、玉貴福《男兒到北心如鐵》指出：宋以前通行的鷓鴣鳴聲諧音是「但南不北」。〔註55〕然唐宋詞裡，未見鷓鴣鳴聲「但南不北」，「但南不北」應僅作爲遊子漂泊、遷客思鄉的意象，不作爲鷓鴣鳴聲。

〔註52〕見賈柏松、韓仁煦、尤廉編：《賈祖璋全集》（福州：福建科學技術出版社，2001年9月第一版），頁162。

〔註53〕韓學宏文中「越鳥朝南枝」，「朝」字宜作「巢」。見〔清〕張玉穀著，許逸民點校：《古詩賞析》（上海：上海古籍出版社，2000年12月一版），頁84。

〔註54〕韓學宏：《宋詞鳥類圖鑑》（臺北：貓頭鷹出版社，2004年11月初版），頁105。

〔註55〕石恆昌、玉貴福：《男兒到北心如鐵》（臺北：開今文化事業有限公司，1993年12月一版），頁165。

（三）鷓鴣鳴聲曰「鉤輈格磔」

據〔唐〕劉恂《嶺表錄異》載：

> 《南越志》云：「鷓鴣……其鳴自呼杜薄州。」又《本草》
> 云：「自呼鉤輈格磔。」李群玉〈山行聞鷓鴣〉詩云：「方
> 穿詰曲崎嶇路，又聽鉤輈格磔聲。」〔註56〕

此處指出鷓鴣聲有「杜薄州」及「鉤輈格磔」。將鷓鴣的啼聲以「鉤
輈格磔」象之者，〔明〕李時珍《本草綱目》也引孔志約之言曰：

> 鷓鴣生江南，形似母雞，鳴云「鉤輈格磔」者是，有鳥相
> 似不作此鳴者，則非矣。〔註57〕

據〔唐〕段公路《北戶錄》形容鷓鴣鳴聲：

> 鷓鴣……多對啼，連轉數音，其韻甚高。〔註58〕

牛景麗、何英〈鷓鴣聲聲總關情——小議古典詩詞中的鷓鴣啼意象〉
云：

> 「連轉數音，其韻甚高」，可謂宛轉嘹亮，所以特別引起人
> 們的興趣，將其聲類比為「鉤輈格磔」。〔註59〕

牛、何兩人又以為「鉤輈格磔」是連音韻高，其聲宛轉嘹亮。雖然李
時珍認為產於江南且鳴聲如「鉤輈格磔」者，才是正宗的鷓鴣，形似
而不作此鳴者，不能稱為鷓鴣。不過牛景麗、何英〈鷓鴣聲聲總關情
——小議古典詩詞中的鷓鴣啼意象〉說：

> 鷓鴣飛時必先向南方，鳴叫聲聽起來像在說「鉤輈格磔」
> 或「行不得也哥哥」後人為了調和這一矛盾，於是又說：「鷓

〔註56〕〔唐〕劉恂撰：《嶺表錄異》（北京：中華書局，1985年新一版，《叢
　　　　書集成初編》），頁15。李群玉此詩名為〈九子坡聞鷓鴣〉，見清聖祖
　　　　御製：《全唐詩》（臺北：明倫出版社，1971年5月初版），冊17，
　　　　卷569，頁6599。

〔註57〕〔明〕李時珍：《本草綱目》（臺北：國立中國醫藥研究所，1988年
　　　　10月三版），頁1455。

〔註58〕〔唐〕段公路撰：《北戶錄》（北京：中華書局，1985年，新一版，《叢
　　　　書集成初編》），卷1，頁4。

〔註59〕牛景麗、何英：〈鷓鴣聲聲總關情——小議古典詩詞中的鷓鴣啼意
　　　　象〉，《中國文學研究》2007年6月，十二期，頁6。

鴣其雄之鳴行不得哥哥，其雌之鳴鉤輈格磔。」〔註60〕
即是可以調和的矛盾。可見不論鷓鴣鳴聲為何，在文學裡應可給予較
大的擬音空間。

唐宋期間，鷓鴣鳴聲也見以「鉤輈」、「格磔」擬之，〔唐〕韓愈
是最早將「鉤輈」運用在詩裡的人，〈杏花〉詩云：

鷓鴣鉤輈猿叫歇，杳杳深谷攢青楓。〔註61〕

此詩係讚美嶺南的花禽草木之美，然不如杏花引人無限的京國情思，
鷓鴣的鳴叫與猿猴的哀鳴相應，在幽暗的深谷中，攢集著青青的楓樹
林，此處「鉤輈」即是指鷓鴣聲。「鉤輈」一詞，也見於北〔宋〕林
逋詩句：「草泥行郭索，雲木叫鉤輈。」歐陽修珍愛此詩句，云：「語
新而屬對親切」，指出「鉤輈」為鷓鴣聲。〔註62〕至於「雲木叫鉤輈」
一句，後來也多被引用，甚至歐陽修亦以「鉤輈」入詩，其〈送梅秀
才歸宣城〉詩云：「罷亞霜前稻，鉤輈竹上禽。」〔註63〕

唐宋詞裡，見「鉤輈」或「格磔」者僅於宋代，有「鉤輈」者共
四闋：趙彥端〈看花回〉：「幾聲鉤輈叫雲木」〔註64〕、袁去華〈滿庭
芳〉：「雲木叫鉤輈」〔註65〕、辛棄疾〈鷓鴣天〉：「千章雲木鉤輈叫」
〔註66〕、仇遠〈思佳客〉：「新篁靜院叫鉤輈」〔註67〕此中前三闋之詞

〔註60〕 牛景麗、何英：〈鷓鴣聲聲總關情——小議古典詩詞中的鷓鴣啼意
　　　　象〉，《中國文學研究》2007年6月，十二期，頁8。

〔註61〕 見清聖祖御製：《全唐詩》（臺北：明倫出版社，1971年5月初版），
　　　　冊10，卷338，頁3792。

〔註62〕 〔宋〕沈括：《夢溪筆談》（北京：中華書局，1985年新一版，《叢書
　　　　集成初編》），頁93。

〔註63〕 見北京大學古文獻研究所編：《全宋詩》（北京：北京大學出版社，
　　　　1991年7月一版），頁3670。

〔註64〕 見唐圭璋編：《全宋詞》（臺北：明倫出版社，1970年12月初版），
　　　　冊1，頁1459。

〔註65〕 見唐圭璋編：《全宋詞》（臺北：明倫出版社，1970年12月初版），
　　　　冊2，頁1496。

〔註66〕 鄧廣銘：《（增訂本）稼軒詞編年箋注》（臺北：華正書局，2007年2
　　　　月二版），頁186。

〔註67〕 見唐圭璋編：《全宋詞》（臺北：明倫出版社，1970年12月初版），

句，蓋取意於林逋的「雲木叫鉤輈」；而仇遠「新篁靜院叫鉤輈」，謂靜院新竹林處有鷓鴣叫聲，可知唐宋詞裡「鉤輈」爲一象聲詞。至於用「格磔」入詞者，有二闋，一爲楊無咎〈隔浦蓮〉：「牆頭低蔭翠幄，格磔鳴烏鵲。」〔註68〕此處「格磔」指烏鵲鳴聲；另一闋是辛棄疾〈行香子〉：「聽小綿蠻，新格磔，舊呢喃。」〔註69〕於此「格磔」一詞爲何？待下文詳之。事實上，以「格磔」象鷓鴣鳴聲，最早見於〔唐〕錢起〈江行無題〉：

> 祗知秦塞遠，格磔鷓鴣啼。〔註70〕

又〔唐〕劉禹錫〈武陵書懷五十韻〉詩：「禽驚格磔起，魚戲噞喁繁。」注曰：

> 按《本草經》曰：鷓鴣聲如鉤輈格磔者是也。〔註71〕

明確指出「格磔」爲鷓鴣聲。

因此「鉤輈格磔」在唐代純爲一個鳥鳴擬音，宋詞裡依舊如是。賈祖璋《鳥與文學》云：「『鉤輈格磔』似擬其聲而已，不生什麼意義」，〔註72〕應可採信。

（四）鷓鴣鳴聲曰「懊惱澤家」

「懊惱澤家」一詞，最早見於韋莊詩〈鷓鴣〉，此後也未見他處使用，詩云：「南禽無侶似相依，錦翅雙雙傍馬飛。孤竹廟前啼暮雨，汨羅祠畔弔殘暉。秦人只解歌爲曲，越女空能畫作衣。懊惱澤家非有

冊 3，頁 3404。
〔註68〕見唐圭璋編：《全宋詞》（臺北：明倫出版社，1970 年 12 月初版），
冊 1，頁 1179。
〔註69〕鄧廣銘：《（增訂本）稼軒詞編年箋注》（臺北：華正書局，2007 年 2
月二版），頁 511。
〔註70〕見清聖祖御製：《全唐詩》（臺北：明倫出版社，1971 年 5 月初版），
冊 8，卷 239，頁 2683。
〔註71〕見清聖祖御製：《全唐詩》（臺北：明倫出版社，1971 年 5 月初版），
冊 11，卷 362，頁 4088。
〔註72〕見賈柏松、韓仁煦、尤廉編：《賈祖璋全集》（福州：福建科學技術
出版社，2001 年 9 月第一版），頁 164。

恨，年年長憶鳳城歸。」〔註73〕韋莊並自注曰：

懊惱澤家，鷓鴣之音也。〔註74〕

韋莊以〈鷓鴣〉爲題，自注「懊惱澤家」爲鷓鴣鳴聲，賈祖璋《鳥與文學》針對韋莊之注，提出己見：

「懊惱澤家」韋莊個人所擬用，倒是音義雙關的。〔註75〕

韋莊空前絕後以「懊惱澤家」爲鷓鴣聲，賈祖璋根據何者指此爲音義雙關？從韋莊自注，可知「懊惱澤家」無疑是個象聲詞，又有何義呢？韓學宏《宋詞鳥類圖鑑》也只指出鷓鴣鳴聲「懊惱澤家」爲擬音：

鷓鴣鳴聲還有「鉤輈格磔」、「懊惱澤家」等多種方言擬音。
〔註76〕

「鉤輈格磔」可爲方言擬音，此見於劉禹錫詩〈蠻子歌〉：「蠻語鉤輈音，蠻衣斑斕布。」〔註77〕然「懊惱澤家」亦爲方言擬音嗎？它只是作爲鷓鴣鳴聲嗎？查《漢語大詞典》未見此語，從韋莊自注僅能推知此爲一個象聲詞，唐宋期間除韋莊之外，未見如此用者。但值得注意的是〔唐〕皇甫松〈天仙子〉詞中，同見「鷓鴣」、「懊惱」二語，詞云：

躑躅花開紅照水。鷓鴣飛繞青山嘴。行人經歲始歸來，千
萬里。錯相倚。懊惱大仙應有以。〔註78〕

《全唐五代詞釋注》指出皇甫松〈天仙子〉有二闋，乃據〔南朝宋〕

〔註73〕見清聖祖御製：《全唐詩》（臺北：明倫出版社，1971 年 5 月初版），
　　　　冊 20，卷 698，頁 8032。
〔註74〕見清聖祖御製：《全唐詩》（臺北：明倫出版社，1971 年 5 月初版），
　　　　冊 20，卷 698，頁 8032。
〔註75〕見賈柏松、韓仁煦、尤廉編：《賈祖璋全集》：（福州：福建科學技術
　　　　出版社，2001 年 9 月第一版），頁 164。
〔註76〕韓學宏：《宋詞鳥類圖鑑》（臺北：貓頭鷹出版社，2004 年 11 月初版），
　　　　頁 105。
〔註77〕見清聖祖御製：《全唐詩》（臺北：明倫出版社，1971 年 5 月初版），
　　　　冊 11，卷 354，頁 3963。
〔註78〕孔範今主編：《全唐五代詞釋注》（西安：陝西人民出版社，1998 年
　　　　10 月第一版），上冊，頁 285。

劉義慶《幽明錄》記載浙江人劉晨、阮肇共入天臺山採藥，迷不知返，遇二女子，資質妙絕，并邀成親後，截取劉郎分別後回家的一幕，抒發對美好事物，得而復失的無限遺憾。〔註79〕躑躅，杜鵑花別名，爲江南常見野花，此處兼有行路時徘徊不前的含義，以表劉郎戀戀不捨的心情；鷓鴣多對啼，今俗謂其鳴聲「行不得也哥哥」，此處用以襯托劉郎對仙女懷念與思念。起二句寫劉郎回家途中之景，但語兼雙關，既爲江南水鄉所見之景物，又兼以襯托劉郎對仙女纏綿繾綣的相思之情。三、四句寫其跋涉萬里，經年始歸，而家鄉已非舊貌，親舊無復相識，則其懊惱可知，對仙境的懷念也必當愈切。但接下來的二句，卻沒有寫其如何悔恨，如何懷念，而寫劉郎對自己行爲的慚愧與悔恨，遙揣仙女所偶非人，應該懊惱，此處可見劉郎對仙女的慚愧與負疚均已隱曲委婉地包含在其中。〔註80〕

有異於《全唐五代詞釋注》的看法，《新譯花間集》說暮春三月杜鵑花臨水而開，江水映成一片紅，閨婦看花時，感受到青春易逝，油然而生悶悶不樂之情，見青山入口繞飛的雙鷓鴣，又聞其不斷地鳴叫著，因而陷入和郎君相隔千萬里，經年才回來的黯然神傷中。等待的悠悠之感，是無所依附的惆悵，思念不已成悔恨之情，故言若知會有今日的相思苦，即使天上仙女也會十分地懊惱。〔註81〕

觀二書解釋的角度不同，但同以杜鵑花言青春之逝，鷓鴣雙飛而生孤獨之感，所興起的男女情思是一致的。皇甫松藉鷓鴣雙飛而興男女情思此意象的運用，是襲自最早把「鷓鴣」帶入唐宋詞裡的王建〈宮中調笑〉，詞云：

楊柳，楊柳。日暮白沙渡口，船頭江水茫茫。商人少婦斷

〔註79〕孔範今主編：《全唐五代詞釋注》（西安：陝西人民出版社，1998 年 10 月第一版），上冊，頁 283～284。

〔註80〕孔範今主編：《全唐五代詞釋注》（西安：陝西人民出版社，1998 年 10 月第一版），上冊，頁 283～285。

〔註81〕朱恆夫注譯：《新譯花間集》（臺北：三民書局，1998 年 1 月初版），頁 118～119。

腸。腸斷，腸斷，鷓鴣夜飛失伴。〔註82〕

王建〈宮中調笑〉共四闋，此詞寫商婦之飄零，「鷓鴣夜飛失伴」乃
就鷓鴣「雌雄對啼」的習性，謂當雙飛雙宿卻夜飛尋伴，描寫夜盼夫
歸之商婦斷腸之孤獨。此後溫庭筠更把鷓鴣閨怨的意象，發揮得更幽
微纏綿，〈更漏子〉：

柳絲長，春雨細。花外漏聲迢遞，驚塞雁。起城烏，畫屏
金鷓鴣。　　香霧薄，透簾幕。惆悵謝家池閣，紅燭背。
繡簾垂，夢長君不知。〔註83〕

詞寫一位女子夜聞更漏聲而觸發相思與惆悵。「謝家」即謝娘家，借
指女子所居，「惆悵」二字雖只略作點染，卻是畫龍點睛之筆。〔註84〕

　　又〈菩薩蠻〉詞云：

小山重疊金明滅，鬢雲欲度香腮雪。懶起畫蛾眉，弄妝梳
洗遲。　　照花前後鏡，花面交相映。新帖繡羅襦，雙雙
金鷓鴣。〔註85〕

畫屏上清晨陽光透射，女子卻因良人不在而意興闌珊，於心焉在羅襦
上刺上一雙金鷓鴣鳥，但看著它們成雙成對，反惹起女子無限惆悵，
再度使她墮入思念的深淵。此詞據唐圭璋《唐宋詞簡釋》指出，因見
鷓鴣雙雙，遂興孤獨之哀與膏沐誰適之感：

此首寫閨怨……末句，言更換新繡之羅衣，忽見衣上有鷓
鴣雙雙，遂興孤獨之哀與膏沐誰適之感。有此收束，振起
全篇。上文之所以懶畫眉、遲梳洗者，皆因有此一段怨情
蘊蓄於中也。〔註86〕

〔註82〕孔範今主編：《全唐五代詞釋注》（西安：陝西人民出版社，1998 年
　　　　10 月第一版），上冊，頁 144。
〔註83〕唐圭璋等：《唐宋詞鑑賞》（臺北：五南圖書出版公司，2001 年 12 月
　　　　初版），頁 61。
〔註84〕唐圭璋等：《唐宋詞鑑賞》（臺北：五南圖書出版公司，2001 年 12 月
　　　　初版），頁 61。
〔註85〕唐圭璋等：《唐宋詞鑑賞》（臺北：五南圖書出版公司，2001 年 12 月
　　　　初版），頁 46。
〔註86〕唐圭璋：《唐宋詞簡釋》（臺北：木鐸出版社，1982 年 3 月初版），

女子因「鷓鴣雙雙」而陷於男女離別愛恨愁緒中，此也緣於自身的孤獨之感。李珣〈菩薩蠻〉：「雙雙飛鷓鴣」〔註87〕也是運用鷓鴣雌雄對啼的特性，取意為成雙成對，反襯人的孤獨，這又見於〔唐〕劉禹錫〈踏歌詞〉：

> 春江月出大堤平，堤上女郎連袂行。唱盡新詞歡不見，紅霞映樹鷓鴣鳴。〔註88〕

女子不見心上人的惆悵，相對於鷓鴣一呼一應的雌雄對啼，孤寂之情可見。鷓鴣啼聲雌雄相和，對夫唱婦隨夫妻是動聽的，然而於遊子思婦而言，徒興離別相思之苦，因此鷓鴣啼鳴也用以襯托遊子思婦兩地相阻的孤寂相思之情，如〔唐〕鄭谷〈鷓鴣〉詩：

> 暖戲煙蕪錦翼齊，品流應得近山雞。雨昏青草湖邊過，花落黃陵廟裏啼。遊子乍聞征袖濕，佳人才唱翠眉低。相呼相應湘江闊，苦竹叢深春日西。〔註89〕

鷓鴣雌雄一呼一應的啼聲，教遊子聞聲而淚下，佳人才唱而蹙眉，人之哀情和鳥之啼鳴虛實相映，情何以堪？鷓鴣雌雄對啼，成為男女情意纏綿、私語悱惻的情感，當其愛到深濃時，自然是萬分淒苦悲傷了。又如〔唐〕顧夐〈河傳〉：

> 櫂舉，舟去。波光渺渺，不知何處。岸花汀草共依依，雨微。鷓鴣相逐飛。　　天涯離恨江聲咽，啼猿切。此意向誰說，倚蘭橈。獨無憀，魂銷。小爐香欲焦。〔註90〕

此詞寫乘舟遠行者惜別時惆悵之情緒，花草依依，鷓鴣逐飛，江聲悲咽，啼猿哀切，把離情別緒襯托得淋漓盡致。

頁3。

〔註87〕見唐圭璋等：《唐宋詞鑑賞》（臺北：五南圖書出版公司，2001年12月，初版），頁261。

〔註88〕孔範今主編：《全唐五代詞釋注》（西安：陝西人民出版社，1998年10月第一版），上冊，頁176。

〔註89〕見清聖祖御製：《全唐詩》（臺北：明倫出版社，1971年5月初版），冊20，卷675，頁7737。鄭谷因此詩被譽為「鄭鷓鴣」。

〔註90〕孔範今主編：《全唐五代詞釋注》（西安：陝西人民出版社，1998年10月第一版），中冊，頁1046。

鷓鴣雌雄對啼，或取意爲兩情相悅，或見其雙雙對對而興孤獨之慨，或聽其音言夫唱婦隨，或聞其聲而道悲啼哀鳴，韋莊以「懊惱澤家」象鷓鴣之聲，無非是有感於夫唱婦隨相伴成對，卻落得年年長相憶，其懊惱可見。韋莊不以前人所用鷓鴣鳴聲入詩，其中或許有格律之故，然必有寄寓之意；溫庭筠、皇甫松、韋莊同爲花間詞人，語言或意象在同一時代互爲模仿或影響是必然可見的。筆者推測：韋莊以「懊惱澤家」注爲鷓鴣聲，蓋循著王建〈宮中調笑〉：「鷓鴣夜飛失伴」開啓的閨怨意象發展，並涵蓋溫庭筠〈更漏子〉：「惆悵謝家池閣」及皇甫松〈天仙子〉：「懊惱天仙應有以」之意，因此「懊惱澤家」因襲是鷓鴣雌雄對啼之閨怨路線，發展成不惟擬音且有寄意的音義雙關詞。賈祖璋稱「懊惱澤家」爲韋莊個人所擬用，倒是音義雙關的，其「音義雙關」之依據當爲此吧！

（五）鷓鴣鳴聲曰「行不得」

唐宋期間最早出現「行不得」一詞，爲〔唐〕盧仝〈歎昨日三首〉之三：「自古賢聖無奈何，道行不得皆白骨。」〔註91〕其後有高駢〈歎征人〉：「力盡路傍行不得，廣張紅旆是何人」〔註92〕、聶夷中〈聞人說海北事有感〉：「荊棘滿山行不得，不知當日是誰栽」，〔註93〕然作爲鷓鴣鳴聲「行不得」，乃源自〔宋〕黃庭堅〈戲詠零陵李宗古居士家馴鷓鴣二首·李唯一妻一女，垂老病足，養鷓鴣、鸚鵡以樂餘年〉詩，其一曰：

> 山雉之弟竹雞兄，乍入雕籠便不驚；此鳥爲公行不得，報晴報雨總同聲。

其二曰：

〔註91〕見清聖祖御製：《全唐詩》（臺北：明倫出版社，1971 年 5 月初版），冊 12，卷 388，頁 4383。

〔註92〕見清聖祖御製：《全唐詩》（臺北：明倫出版社，1971 年 5 月初版），冊 18，卷 598，頁 6919。

〔註93〕見清聖祖御製：《全唐詩》（臺北：明倫出版社，1971 年 5 月初版），冊 19，卷 636，頁 7301。

真人夢出大槐宮，萬里蒼梧一洗空：終日憂兄行不得，鷓
鴣應是鼻亭公。

任淵《山谷內集詩注》云：

> 《漢書・昌邑王傳》曰：「舜封象於有鼻」顏師古注曰：『有
> 鼻在零陵，今鼻亭是也。』又按：柳子厚有〈斥鼻亭神記〉，
> 蓋在道州，道與永實相接云。舜至蒼梧，不復能巡狩。而
> 孟子謂象以愛兄之道來，故此詩因鷓鴣之聲以寄意。〔註94〕

鷓鴣之聲「行不得」寄舜象兄弟之愛，可知「行不得」被賦予手足情
感的牽掛，於是「行不得」不只是鷓鴣之聲且有寄意，爲音義雙關之
詞。探究「行不得」，其釋義有三：（1）不可做；（2）行不到；（3）
行路艱難。〔註95〕黃庭堅用「行不得」以戲垂老病足養鷓鴣樂餘年的
李宗古行路艱難，饒富趣味。「行不得」亦有作「行不得也哥哥」，朱
翌《猗覺寮雜記》云：

> 《本草》鷓鴣鳴云「鉤輈格磔」……以今所聞之聲不與四
> 字合，若云「行不得也哥哥」，不知《本草》何故爲此聲。
> 〔註96〕

朱翌認爲鷓鴣鳴聲當爲「行不得也哥哥」，不解《本草》何故爲此聲，
此一疑問，牛景麗、何英〈鷓鴣聲聲總關情——小議古典詩詞中的鷓
鴣啼意象〉也提出看法：

> 疑因黃庭堅在宋代詩壇的巨大影響，這一戲言首先在文人
> 中流傳開來並漸漸俗化爲『行不得也哥哥』或『行不得哥
> 哥』，或是先有民間俗說，黃庭堅偶然拈來一娛，遂引起文
> 人的興趣？似乎前者可能性更大。然而這六字或五字解釋
> 畢竟與『鉤輈格磔』四字不合拍，不免使人迷惑。〔註97〕

〔註94〕 任淵：《山谷內集詩注》，見〔清〕紀昀等總纂：《景印文淵閣四庫全
書》（臺北：臺灣商務印書館，1883），冊 1114，頁 225～226。

〔註95〕 見羅竹風主編：《漢語大詞典》（臺北：東華書局，1997 年，9 月初
版），卷 3，頁 896。

〔註96〕 〔宋〕朱翌撰：《猗覺寮雜記》（北京：中華書局，1985 年新一版，《叢
書集成初編》），卷上，頁 12～13。

〔註97〕 牛景麗、何英：〈鷓鴣聲聲總關情——小議古典詩詞中的鷓鴣啼意

以黃庭堅在宋代詩壇的地位，牛景麗、何英之見不無道理。唐宋詞以鷓鴣啼聲「行不得」入詞，僅見於宋代，共三闋：辛棄疾〈添字浣溪沙〉：「繞屋人扶行不得」〔註98〕、劉克莊〈鵲橋仙〉：「哥行不得」〔註99〕、劉辰翁〈大聖樂〉：「行不得也哥哥」。〔註100〕辛棄疾是最早把「行不得」填入詞者，劉克莊用「行不得」寫足痛，劉辰翁於詞題云：「傷春」。

　　根據〔明〕李時珍《本草綱目》記載：

　　　鷓鴣……今俗謂其鳴曰：「行不得也哥哥」，亦作「行不得
　　　哥哥」。〔註101〕

李氏指出鷓鴣鳴聲有「行不得也哥哥」、「行不得哥哥」。從本文的探究，並未見「大哥哥，等等我」的鷓鴣鳴聲。石恆昌、玉貴福《男兒到北心如鐵》所說鷓鴣鳴聲「大哥哥，等等我」，〔註102〕實屬自創用詞。此外韓學宏認為最著名的鷓鴣鳴聲為「行不得也哥哥」，《宋詞鳥類圖鑑》云：

　　　形容鷓鴣鳴聲最有名的就是「行不得也哥哥」，溫庭筠的「畫
　　　屏金鷓鴣」就隱含此意，從此鷓鴣就由原本的思鄉含意變
　　　成男女情愛的象徵。〔註103〕

鷓鴣鳴聲「行不得」一詞，出現在北宋中葉後，此後才為詩詞所用，然若以此逆推前代的「畫屏金鷓鴣」，恐失去鷓鴣在該時代的興象之意，何況北宋中葉以前，鷓鴣原有其豐富的蘊涵。

象〉，《中國文學研究》2007年6月，十二期，頁8。
〔註98〕見唐圭璋編：《全宋詞》（臺北：明倫出版，1970年12月初版）冊3，頁1969。
〔註99〕見唐圭璋編：《全宋詞》（臺北：明倫出版，1970年12月初版），頁2641。
〔註100〕見唐圭璋編：《全宋詞》（臺北：明倫出版，1970年12月初版），頁3214。
〔註101〕〔明〕李時珍：《本草綱目》（臺北：國立中國醫藥研究所，1988年10月三版），頁1455。
〔註102〕石恆昌、玉貴福：《男兒到北心如公鐵》（臺北：開今文化事業有限公司，1993年12月一版），頁165。
〔註103〕韓學宏：《宋詞鳥類圖鑑》（臺北：貓頭鷹出版社，2004年11月初版），頁105。

第三節　稼軒詞中的鷓鴣意象

　　自北宋中期後，鷓鴣鳴聲「行不得」成為歷來鷓鴣意象的載體；又因它飽涵幽恨哀思的情調，更成了南渡詞人稼軒的代言人。王偉勇《南宋詞研究》云：「稼軒由於身值動亂，有志難伸，鬱勃之氣，一出於詞，故其下筆尤能別開天地，橫絕古今，題材益廣，感慨尤深。」〔註104〕觀唐宋詞人涉及鷓鴣之作，以稼軒〈菩薩蠻·書江西造口壁〉（鬱孤臺下清江水）、〈阮郎歸·耒陽道中〉（山前風雨欲黃昏）、〈鷓鴣天·鵝湖寺道中〉（一榻清風殿影涼）、〈最高樓·送丁懷忠〉（相思苦）、〈添字浣溪沙·三山戲作〉（記得瓢泉快活時）、〈行香子·雲巖道中〉（雲岫如簪）〈賀新郎·別茂嘉十二弟〉（綠樹聽鵜鴂鵜鴂）七闋居冠。對比王偉勇之言，或可揣測稼軒是以鷓鴣愁苦幽怨的意象，寓有志難伸之感慨，筆者歸納七闋詞，以下分「山深聞鷓鴣——寓憂國傷時」、「鼻亭山下鷓鴣吟——寓親友惜別兼憂國傷時寓憂國傷時」、「千章雲木鉤輈叫——閒情逸趣」三個主題探析。

一、山深聞鷓鴣——寓憂國傷時

　　〈菩薩蠻·書江西造口壁〉：
　　　　鬱孤臺下清江水，中間多少行人淚。西北是長安。可憐無
　　　　數山。　　　青山遮不住。畢竟江流去。江晚正愁予。山深
　　　　聞鷓鴣。（卷一，頁41）

此詞作於淳熙二年、三年（1175-1176），辛棄疾時三十六、七年歲，到贛州任提點刑獄司，又因平「茶寇」有功，加秘閣修撰。〔註105〕副題「書江西造口壁」，造口即皂口，在江西萬安縣西南六十里，有皂口溪，水自此入贛江。據〔南宋〕羅大經《鶴林玉露》：「其題江西造口壁詞云『鬱孤臺下清江水，中間多少行人淚。西北是長安。可憐

〔註104〕王偉勇：《南宋詞研究》（臺北：文史哲出版社，1987年9月初版），頁326。
〔註105〕鄧廣銘：《（增訂本）稼軒詞編年箋注》（臺北：華正書局，2007年2月二版），頁43。

無數山。青山遮不住。畢竟江流去。江晚正愁予。山深聞鷓鴣。』蓋南渡之初，虜人追隆祐太后御舟至造口，不及而還，幼安自此起興。」〔註106〕建炎初年（1126），金兵入侵江西，西路金兵窮追隆祐太后至造口，自中原至江淮而江南，東路金兵則渡江陷建康、臨安，高宗被迫浮舟海上，此誠南宋政權出存亡危急之秋。稼軒身臨隆祐太后被追之地，痛感建炎國脈如縷之危，憤金兵之猖狂，羞國恥之未雪，乃將滿懷之悲憤，化爲此悲涼之句。

　　上片「鬱孤臺」位江西贛縣西南，唐李勉爲刺史，登臺北望，慨然曰：「雖有不及子牟，心在魏闕一也，鬱孤豈令名乎？」乃易匾爲望闕。〔註107〕「望闕」自有期望朝廷重用之意，但亦可釋作希望落空，這何嘗不是稼軒志於北伐，卻不得重用的悵望？〔註108〕「多少行人淚」，直點造口當年金兵南下，隆祐乘舟夜行，護衛宮人奔逃亡之事，以及諸多傷心往事。〔註109〕長安指汴京，西北望猶言直北望，藉喻北歸願望。〔註110〕稼軒因回想隆祐被追而念及神州陸沈，獨立於造口遠望汴京，如杜甫於夔州仰望長安，並暗合李勉登鬱孤臺望闕，抒寫滿腔磅礡之激憤。

　　下片以「青山」擬政敵中傷朝士而蔽賢人，以水「東流去」，反襯己終難東歸，〔註111〕山水融合了稼軒濃濃的沈鬱之情，並以「山

〔註106〕 〔宋〕羅大經撰，王瑞來點校：《鶴林玉露》。收錄於《唐宋史料筆記叢刊》（北京：中華書局，1983 年 8 月第一版），頁 12～13。

〔註107〕 鄧廣銘：《（增訂本）稼軒詞編年箋注》（臺北：華正書局，2007 年 2 月二版），頁 42。

〔註108〕 朱麗霞：《清代辛稼軒接受史》（濟南：齊魯書社，2005 年 1 月），頁 633～640。

〔註109〕 陳匪石《宋詞舉》：「『多少行人淚』包括不少傷心事，不專指隆祐而言。」（臺北：正中書局，1983 年 1 月四版），頁 60。

〔註110〕 鄧廣銘：《（增訂本）稼軒詞編年箋注》（臺北：華正書局，2007 年 2 月二版），頁 43。

〔註111〕 鄧廣銘《（增訂本）稼軒詞編年箋注》校：「西北望」四卷本甲集作「東北是」。鄭騫：「望長安而青山無數，傷朝士而蔽賢也，即孔子『吾欲望魯兮，龜山蔽之』之意，贛江不受青山之遮，畢竟

深聞鷓鴣」作結。江晚、山深更烘襯出詞人沈鬱苦悶之孤懷，又扣合著「鬱孤臺」的意象，寓情於景，充滿壯志未酬的感傷。

　　此詞〔南宋〕羅大經《鶴林玉露》認爲幼安因有感於南渡之初，虜人追隆祐太后御舟至造口不及而還起興，又云：

　　　　山深聞鷓鴣之句，謂恢復之事行不得也，則固悔其輕言。

羅大經此說乃因稼軒以爲復國之事，韓侂冑是可倚，然終有書江西造口壁一詞，故鷓鴣鳴聲「行不得也」其意當傾向於「恢復之事不可做」或「恢復之事行不到」。〔註 112〕近人駁羅大經謂恢復之事行不得者眾，〔註 113〕鄧廣銘云曰：

　　　　羅大經謂「聞鷓鴣」之句謂恢復之事行不得也，殊爲差謬，
　　　　稼軒一生奮發有爲，其恢復素志，勝利信心，由壯及老，
　　　　不曾稍改，何得在南歸未久即生「恢復之事行不得」之念
　　　　哉！〔註 114〕

稼軒歸順南宋，乃冀能一展雄心收復故土，可歎南宋朝廷內調和派當權，朝政黑暗，忠良被斥，賢能遭陷，而稼軒抗金救國的理想處處受困，抗金必敗的濫調，處處可聞「行不得」的聲音，如此一心偏安遲遲不北進的氣氛，致使江南遊子徒能「西北望長安」。俞平伯《唐宋

　　　　　　東流，已則終難東歸，置身十八灘頭，眞有戛戛靡騁之感矣。」
　　　　　　見鄭騫：《詞選》（臺北：中國文化大學出版部，1988 年 12 月新
　　　　　　三版），頁 131〜132。陳惠慈：〈稼軒詞山水意象之研究〉（臺南：
　　　　　　成功大學中國文學研究所碩士論文，2008 年 7 月），頁 115〜116。
〔註 112〕　〔清〕宋飛鳳《樂府餘論》：「慶元黨禁云：嘉泰四年，辛棄疾入見，
　　　　　　陳用兵之利，乞付之元老大臣。侂冑大喜，遂決意開邊。則稼軒先
　　　　　　以韓爲可倚，後有書江西造口壁一詞。《鶴林玉露》言：『山深聞
　　　　　　鷓鴣』之句，謂恢復之事行不得也，則固悔其輕言。然稼軒之情，
　　　　　　可謂忠義激發矣。」見辛更儒編：《辛棄疾資料彙編》（北京：中華
　　　　　　書局，2005 年 10 月），頁 346。
〔註 113〕　近人認爲只是借景抒情者，如鄧廣銘、鄭騫、劉斯奮、俞平伯，均
　　　　　　駁羅大經之說。見朱麗霞：《清代辛稼軒接受史》（濟南：齊魯書社，
　　　　　　2005 年 1 月），頁 624〜633。
〔註 114〕　鄧廣銘：《（增訂本）稼軒詞編年箋注》（臺北：華正書局，2007 年
　　　　　　2 月二版），頁 43。

詞選釋》稱：

> 周濟云「借山怨水」，梁啓超云〈菩薩蠻〉「如此大聲鞺鞳，
> 未曾有也。」固不僅個人身世之感，殆兼有家國興亡之戚。
> 「聞鷓鴣」云云，心懷不愜可知，惟羅云「恢復之事行不
> 得」，過於著實，未免附會。〔註115〕

鄧廣銘認爲以稼軒之奮發有爲，不當在南渡未久登上此臺，聞鷓鴣之
聲，卻生消極之心。俞平伯駁羅大經之說，卻也以聞鷓鴣云云，探知
稼軒心懷不愜。《辛棄疾詞新釋輯評》箋注「聞鷓鴣」謂：

> 傳說鷓鴣飛必向南，而不往北，且鳴聲淒切，易觸動羈旅
> 之愁。〔註116〕

又道「江晚正愁予，山深聞鷓鴣」：

> 其意爲正愁江晚，又聞深山鷓鴣聲聲，愁上添愁。〔註117〕

道出稼軒因江晚和鷓鴣暮春啼鳴而對時間流逝之慨，並因鷓鴣鳴聲而
興起「但南不北」的羈旅鄉愁。此外汪誠《稼軒詞選析》也於鷓鴣聲
裡見稼軒之悵望：

> 下片借水怨山，暗喻作者拳拳報國之心，如流水受山阻，
> 但自信終能實現，聽到深山行不得哥哥的鷓鴣之聲，又不
> 僅「正愁予」，暗喻投降派仍猖獗，抗金恢復一時難以實現。
> 〔註118〕

謂稼軒以托物比興手法自抒懷抱，故於客觀景物之形象中，湧露滿腔
忠憤感情。石恆昌、玉貴福《男兒到北心如公鐵》言此詞上片懷古傷
今，下片抒懷言志，表現詞人憂國憂民之深情及抗金復國的滿腔忠
忱，曰：

〔註115〕俞平伯選釋：《唐宋詞選釋》（北京：人民文學出版社，1979年），
頁45。

〔註116〕朱德才、薛祥生、鄧紅梅編：《辛棄疾詞新釋輯評》（北京：中國書
店，2001年1月，第一版），頁95。

〔註117〕朱德才、薛祥生、鄧紅梅編：《辛棄疾詞新釋輯評》（北京：中國書
店，2001年1月，第一版），頁95。

〔註118〕汪誠：《稼軒詞選析》（臺北：臺灣商務印書館，1993年11月初版），
頁95。

深山中傳來鷓鴣「但南不北」的叫聲，於是更堅定了當初
南歸報國的志向。這兩句，實際上是以鷓鴣「其志懷南」
的形象自比，表明自己即使恢復大計困難重重，但也要像
鷓鴣一樣留在南方，絕不能北去向金人屈膝。〔註119〕

以稼軒忠義激發之情，雖知北歸之事行路艱難，但緣於稼軒故國之思
和永不屈服的堅持，因之在理想和現實的矛盾中，仍有拂拂指端的忠
憤之氣，在鷓鴣啼鳴「但南不北」抑或「行不得」的憂國傷時之中，
更堅定了恢復之志，展現生命的堅韌和頑強。

〈阮郎歸·耒陽道中爲張處父推官賦〉：

山前風雨欲黃昏。山頭來去雲。鷓鴣聲里數家村。瀟湘逢
故人。　　揮羽扇，整綸巾。少年鞍馬塵。如今憔悴賦招
魂。儒冠多誤身。(卷一，頁75)

此詞作於淳熙六年或七年（1179-1180）。稼軒於淳熙六年領湖南漕
事，尋改湖南撫使，此詞是巡視州縣時忽逢故人張氏而作，「張處父」
疑與稼軒在山東同時舉兵反抗金朝統治者，〔註120〕年少時曾有一段
軍職，和稼軒重逢時正歸隱田園。〔註121〕他鄉遇故知原是人間喜事，
然全詞隱隱的淒涼憂傷。首二句藉黃昏時刻飄盪浮動的雲巧妙地結合
稼軒己身飄浮不定的心理狀態。此不安的心理，是緣於仕途的輾轉和
政治環境。淳熙三年（1176），作者由江西提點刑獄調任京西轉運判
官，次年出差知江陵府兼湖北安撫使，是年秋冬間又遷知隆興兼江西
安撫，二年之內所至莫非楚地，〔註122〕這從〈鷓鴣天・離豫章別司
馬漢章大監〉可證，詞云：

〔註119〕石恆昌、玉貴福：《男兒到北心如公鐵》（臺北：開今文化事業有限
　　　　公司，1993年12月一版），頁46。
〔註120〕鄧廣銘：《（增訂本）稼軒詞編年箋注》（臺北：華正書局，2007年
　　　　2月二版），頁75。
〔註121〕朱德才、薛祥生、鄧紅梅編：《辛棄疾詞新釋輯評》（北京：中國書
　　　　店，2001年1月，第一版第一刷），頁169。
〔註122〕鄧廣銘：《（增訂本）稼軒詞編年箋注》（臺北：華正書局，2007年
　　　　2月二版），頁51。

聚散匆匆不偶然。二年遍歷楚山川。但將痛飲酧風月，莫
放離歌入管絃。縈綠帶，點青錢，東湖春水碧連天。明朝
放我東歸去，後夜相思月滿船。〔註123〕

此詞作於淳熙五年（1178），「聚散匆匆」道出頻頻調動的牢騷不滿，
自淳熙三年到五年，先後被遷調四次，雖未說明原因，但「不偶然」
微現隱情，言其對調動的預知和必然性。所以如此追思以往經歷，想
他當年旌旗擁萬夫來歸時，南宋統治者立即解除其武裝，此後沒能再
居軍職，惟能留滯地方爲官，又因屢遭異動，難以籌劃建樹，測知南
宋統治者對他赤心來歸的猜忌和防備。〔註124〕這樣的不安和不滿，
又見昔日揮羽扇，整綸巾，瀟灑風流，勃勃英姿的戰友，〔註125〕如
今憔悴潦倒歸隱在這數家村里中，如被流放湘江的屈原，滿懷幽怨地
賦寫〈招魂〉。稼軒感於己身處境，又見友人的遭遇，感慨有用世之
才的儒者命運卻多舛，憐友悲己，而慨曰「儒冠多誤身」，正道出書
生熟諳人情世故，以致終身無成之哀。

　　至於黃昏時刻在山村中，聽見鷓鴣鳴聲，此鳴聲爲何，又有何寄
寓？鷓鴣聲在詞中，一表時序爲春，二象愁苦離之意。〔註126〕故《唐
宋詞鑑賞》認爲此詞是以鷓鴣的叫聲如「行不得也哥哥」，寄寓淒涼
心境：

古人認爲鷓鴣的叫聲好似行不得也哥哥，令人心寒，作者
寫他在黃昏的山村，聽見鷓鴣聲，是在表現對前途的憂慮，
襯托他的淒涼心境。〔註127〕

〔註123〕鄧廣銘：《（增訂本）稼軒詞編年箋注》（臺北：華正書局，2007 年
　　　　2 月 2 版），頁 51。
〔註124〕朱德才、薛祥生、鄧紅梅編：《辛棄疾詞新釋輯評》（北京：中國書
　　　　店，2001 年 1 月，第一版），頁 113。
〔註125〕馬興榮等主編《全宋詞廣選新注集評》認爲此乃稼軒自畫青年時的
　　　　形象。（瀋陽：遼寧人民出版社，1997 年 7 月），頁 490。
〔註126〕陳惠慈：〈稼軒詞山水意象之研究〉（臺南：成功大學中國文學研究
　　　　所碩士論文，2008 年 7 月），頁 75。
〔註127〕唐圭璋等：《唐宋詞鑑賞》（臺北：五南圖書出版，1998 年 7 月，初
　　　　版），頁 1762。

而汪誠注釋「鷓鴣聲里數家村」云：

　　在淒涼的行不得哥哥的鷓鴣聲裡進入幾家人小村。〔註128〕

又曰：

　　音響與環境是行不得哥哥的鷓鴣啼聲與幾戶人家的小村。
　　〔註129〕

謂鷓鴣啼聲「行不得哥哥」如音響，並有淒涼之寓，此一說法也見於《辛棄疾詞釋輯評》：

　　以鷓鴣聲點出逢人的時間，是在暮春。同時，鷓鴣聲兼有
　　渲染情調氣氛的作用，因爲在古人包括作者的感覺裡，它
　　的鳴叫是悲哀的，能夠引發聽者情緒上的同感。〔註130〕

鷓鴣聲點出稼軒和張處父相逢之季節爲暮春，又以其悲哀的鳴聲，如音響般渲染著悲哀的情調，從聽覺上引發聽者的同感；而此同感的情緒和淒涼心境，正是「表現對前途的憂慮」。〔註131〕稼軒撫今思昔，當年渡淮南歸恢復事業的豪情，而今屢遭排斥，調任頻繁，而抗金的奏策，竟乏人問津；復國渺茫的悲憤，依然可見於淳熙八年（1181）所作〈滿庭芳・和洪丞相景伯韻〉：「都休問，英雄千古，荒草沒殘碑。」（卷一，頁82）詞中抒發自己才士見妒，終將如英雄埋没荒草間的激憤和蒼涼。

　　稼軒以屈原賦〈招魂〉抒發滿腹的哀怨牢騷，並期朝廷能重新任用愛國將士，此不僅是悼念同懷王一樣遭遇，被金國囚繫而死的欽徽二帝，也是藉哀死之心激動生人雪恥復仇，發憤圖強，盼南宋復仇，恢復中原，打敗金虜，並鄙夷和譴責忘卻國恨偏安誤國的投降派。〔註132〕

〔註128〕汪誠：《稼軒詞選析》（臺北：臺灣商務印書館，1993 年 11 月初版），
　　　　頁 144。
〔註129〕汪誠：《稼軒詞選析》（臺北：臺灣商務印書館，1993 年 11 月初版），
　　　　頁 146。
〔註130〕朱德才、薛祥生、鄧紅梅編：《辛棄疾詞新釋輯評》（北京：中國書
　　　　店，2001 年 1 月，第一版），頁 170。
〔註131〕唐圭璋等：《唐宋詞鑑賞》（臺北：五南圖書出版，1998 年 7 月初版），
　　　　頁 1762。
〔註132〕汪誠：《稼軒詞選析》（臺北：臺灣商務印書館，1993 年 11 月初版），
　　　　頁 145。

因之，此詞乃以鷓鴣暮春啼鳴恐復國時晚，而鳴聲「行不得」乃對前途的憂慮，哀忠良不為用，己身報國無門，憂時機延誤而復國之路迢遙。

二、鼻亭山下鷓鴣吟——寓親友惜別兼憂國傷時

〈最高樓·送丁懷忠教授入廣，渠赴調都下，久不得書，或謂從人辟置，或謂徑歸閩中矣〉：

> 相思苦，君與我同心。魚沒雁沈沈。是夢他松後追軒冕，是化為鶴後去山林。對西風，直悵望，到如今。待不飲、奈何君有恨。待痛飲、奈何吾有病。君起舞，試重斟。蒼梧雲外湘妃淚，鼻亭山下鷓鴣吟。早歸來，流水外，有知音。（卷二，頁 245）

此詞作於淳熙十六年（1189）春，時稼軒閑居帶湖家中。丁懷忠乃丁朝佐，字懷忠，福建邵武人，淳熙十六年出任桂陽軍軍學教授，博覽群書尤擅考證，曾參與編《歐陽文忠公文集》，一時名流與之交友者眾。〔註 133〕丁懷忠將入廣西，〔註 134〕赴調都下，稼軒填詞送別。此詞就時間切割，寫別前、別時、別後三部分。〔註 135〕上片寫別前，首句「相思苦」以懸想示現寫彼此的思念，見稼軒別前的不捨，亦點出二人交情，為全詞情之所繫。「是夢」二句，寫相思之多，據《藝文類聚》載：「吳錄曰丁固為司徒，初為尚書，夢松出其腹，謂人曰：『松字十八公，後十八年吾其為公乎』遂如夢。」〔註 136〕又〔晉〕陶淵明《搜神後記》云：「丁令威本遼東人，學道於靈虛山，後化鶴

〔註 133〕朱德才、薛祥生、鄧紅梅編：《辛棄疾詞新釋輯評》（北京：中國書店，2001 年 1 月，第一版），頁 608。

〔註 134〕《全宋詞廣選新注集評》載曰：「稼軒用此，表示對於取道湖南去廣東的丁懷忠的惜別之情。」此有誤，「廣東」宜作「廣西」，馬興榮等主編：《全宋詞廣選新注集評》（瀋陽：遼寧人民出版社，1997年 7 月），頁 519～520。

〔註 135〕朱德才、薛祥生、鄧紅梅編：《辛棄疾詞新釋輯評》（北京：中國書店，2001 年 1 月，第一版），頁 609。

〔註 136〕見〔唐〕歐陽詢撰：《藝文類聚》（臺北：文光圖書有限公司，木鐸編譯室編輯，1974 年），卷 47，頁 254。

歸遼，集郡城門華表柱，時有少年擧弓欲射之，鶴乃飛，徘徊空中
而曰：『有鳥有鳥丁令威，去家千歲今始歸，城郭如故人民非，何不
學仙塚纍纍？』遂高上沖天。」〔註137〕此二典，寫相思之多。稼軒
牽掛朋友別後動向，別前預言式地猜想丁懷忠是否如丁固般，夢腹上
生松而出爲高官？或將像丁令威化鶴而歸故鄉？從稼軒的探尋下
落，更見彼此的交情。至於「對西風，直悵望，到如今」，據《辛棄
疾詞釋輯評》說：

> 對西風三句，此寫其相思之久，這就和前二句寫的相思之
> 多，共同豐富了相思苦的內涵，從而加深了讀者對相思苦
> 的理解和認識。〔註138〕

詞作於淳熙十六年（1189）春，若言此爲相思之久，那麼從「對西風」
一句，推知爲秋天，則此悵望之情，可知是從十五年的秋天到隔年春初，
亦即在淳熙十五年（1188）秋，已知將赴調廣西，相思之久由此可見。

下片前六句寫別時二人飲酒作別的情景。不飲怕友人遺憾，痛飲
又恐身體難支，終在斟酌之後還是重斟共飲。接著連用與舜有關的二
個典故寫別情，舜南巡時崩於蒼梧之野，二妃追至，哭之極哀，後投
水而死。又鼻亭山在湖南道廣州境內，舜封其弟象於此，舜至蒼梧，
不復能狩，而孟子謂象以愛兄之道來，舜象兄弟之愛，借鷓鴣鳴聲「行
不得」以寄，可知「行不得」被賦予的一種手足情感的牽掛。稼軒以
此二事正寫別離時揮淚相送，依依不捨之情。至於詞末三句以「高山
流水」〔註139〕典故，稼軒以鍾子期和伯牙的知音相惜爲喻，言己和丁

〔註137〕〔晉〕陶淵明：《搜神後記》，收錄於《叢書集成初編》（北京：中
　　　　華書局，1985年，新一版），頁13。

〔註138〕朱德才、薛祥生、鄧紅梅編：《辛棄疾詞新釋輯評》（北京：中國書
　　　　店，2001年1月，第一版），頁608。

〔註139〕〈湯問篇〉：「伯牙善鼓琴，鍾子期善聽。伯牙志在高山，鍾子期曰：
　　　　『巍巍乎若泰山！』伯牙志在流水，鍾子期曰：『洋洋乎若江海！』
　　　　伯牙所念子期心明。伯牙曰善哉。子之心而與吾心同。子期既死，
　　　　伯牙絕絃，終身不復鼓也。故有高山流水之曲。」列子著，楊伯峻
　　　　撰：《列子集釋》，收錄於《新編諸子集成》（北京：中華書局，1979

懷忠乃生死之交及對其別後能早歸的期待，二人相思之苦此又一見。

　　稼軒送別丁懷忠，以人倫中的夫妻之愛，手足之情，表達離別的不捨和牽掛；又以「高山流水」爲喻，言知己者的生死相交。復就全詞之措辭及詞外之本事論之，此爲一首單純的送別詞無疑，則「鼻亭山下鷓鴣吟」中「鷓鴣」，在詞中正取象手足之情的牽掛。惟詞中鷓鴣意象是否有弦外之音呢？鄭廣銘箋注「蒼梧句」，引杜甫〈同諸公登慈恩寺塔〉詩：「回道叫虞舜，蒼梧雲正愁。」〔註140〕此詩係作於天寶十四年（752）秋天，《資治通鑑》唐天寶十一年，載云：

> 上晚年自恃承平，以爲天下無復可憂，遂深居禁中，專以聲色自娛，悉委政事於林甫。林甫媚事左右，迎合上意，以固其寵；杜絕言路，掩蔽聰明，以成其奸；妒賢疾能，排抑勝己，以保其位；屢起大獄，誅逐貴臣，以張其勢。自皇太子以下，畏之側足。凡在相位十九年，養成天下之亂，而上不之寤也。〔註141〕

杜甫感慨玄宗漠國事而迷聲色，李林甫媚事以迎上意，而忠良招妒不得進，黑白不分；又見國家危機四伏，而追思太宗清明之政，以舜葬於蒼梧，比之爲太宗昭陵，言昭陵上空的雲朵，彿彷也爲國事發愁。

　　觀稼軒之時代環境及杜甫爲詩背景，同是皇帝心態偏安消極於國事，又污臣當道賢良不得進，杜甫憂唐朝將陷危亂；而稼軒一生志在北歸復國，二人對國家的忠愛，其情一也。稼軒詞中的文人形象，用杜甫者有六首，〔註142〕其中〈水調歌頭・送信守王桂發〉鄭廣銘就「多病妨人痛飲」句，與〈最高樓・送丁懷忠教授入廣〉：「待痛飲、奈何吾有病」語意相同，疑同作於淳熙十六年（1189），詞云：

　　　年），卷5〈湯問篇〉，頁178。

〔註140〕鄭廣銘：《（增訂本）稼軒詞編年箋注》（臺北：華正書局，2007年2月二版），頁246。

〔註141〕〔宋〕司馬光編著，〔元〕胡三省音注標點，資治通鑑小組校點：《資治通鑑》（北平：古籍出版社，1956年），卷216〈唐紀〉，頁32。

〔註142〕林鶴音：《稼軒詞中人物意象之研究》（國立成功大學中國文學研究所在職專班碩士論文，2006年6月），頁144。

酒罷且勿起，重挽史君須。一身都是和氣，別去意何如。
我輩情鍾休問，父老田頭說尹，淚落獨憐渠。秋水見毛髮，
千尺定無魚。　　望清闕，左黃閣，右紫樞。東風桃李陌
上，下馬拜除書。屈指吾生餘幾，多病妨人痛飲，此事正
愁餘。江湖有歸雁，能寄草堂無。〔註143〕（卷二，頁247）

西元 759 年 12 月杜甫爲躲避安史之亂，從長安流亡到成都，第二年
三月在浣花溪畔建成茅屋一座，自稱爲「草堂」，詞中稼軒也以此自
稱帶湖之居爲「草堂」。上片讚譽王桂發品格清高鄉親依戀不捨；下
片寫現狀和希望，寓清官廉吏當受重用，想像其赴調，必能青雲直上，
並抒發己身長期賦閒，徒能以酒忘愁，卻因己身病衰只得止酒之苦。
詞末以「江湖有歸雁，能寄草堂無。」隱含希望能取道於王桂發而被
朝廷重起重用，由此可知稼軒雖在江湖，仍心繫朝廷。

　　觀稼軒此二闋送別詞爲同時之作，信守王桂發爲稼軒的父母官，
〔註144〕其赴調稼軒寄重被起用的期待是合理的，而丁懷忠是他「子
之心而與吾心同」的知己，則滿腔忠憤卻賦閒在家之難抑不平，對丁
懷忠而言，自是不需多言。或許鄧廣銘看到了這點，故箋注「蒼梧句」
引杜甫〈同諸公登慈恩寺塔〉詩：「回道叫虞舜，蒼梧雲正愁。」〔註
145〕以呈現稼軒憂國傷時之心。可見鼻亭山下鷓鴣之吟，不但是「行
不得也」的手足情感的牽掛，也有「但南不北」的憂國之思，朱麗霞
《清代辛稼軒接受史》即云：「『鼻亭山下鷓鴣吟。早歸來，流水外，
有知音』鷓鴣勸歸的主旨十分明確，因爲家鄉尚有知音。」〔註146〕

　　稼軒藉送別表達家國情懷，也見於〈賀新郎·別茂嘉十二弟。鵜

〔註143〕鄧廣銘：《（增訂本）稼軒詞編年箋注》（臺北：華正書局，2007 年
　　　　 2 月二刷），頁247～248。
〔註144〕朱德才、薛祥生、鄧紅梅編：《辛棄疾詞新釋輯評》（北京：中國書
　　　　 店，2001 年 1 月，第一版第一刷），頁612。
〔註145〕鄧廣銘：《（增訂本）稼軒詞編年箋注》（臺北：華正書局，2007 年
　　　　 2 月二版），頁246
〔註146〕朱麗霞：《清代辛稼軒接受史》（濟南：齊魯書社，2005 年 1 月初版），
　　　　 頁647。

鳩杜鵑實兩種，見離騷補注）：

> 綠樹聽鷓鴣鳩。更那堪鷓鴣聲住，杜鵑聲切。啼到春歸無
> 尋處，苦恨芳菲都歇。算未抵人間離別。馬上琵琶關塞黑，
> 更長門翠輦辭金闕。看燕燕送歸妾。　　將軍百戰身名裂。
> 向河梁回頭萬里，故人長絕。易水蕭蕭西風冷，滿座衣冠
> 似雪。正壯士悲歌未徹。啼鳥還知如許恨，料不啼清淚長
> 啼血。誰共我，醉明月。（卷四，頁 527）

此詞作於稼軒閒居瓢泉期時（1194-1202 年），爲稼軒送茂嘉遠調桂林之
作。〔註147〕首五句採用興和賦相結合的創作手法，稼軒取借「鵜鴂」
立夏鳴叫，百草爲之不芳以興起良時喪失、英雄遲暮之感；〔註148〕「杜
鵑」傳說中爲蜀王望帝失國後魂魄所化，常悲鳴出血，其聲像「不如歸
去」；〔註149〕而鷓鴣鳴聲像「行不得也哥哥」。〔註150〕稼軒送別茂嘉，
以二種鳥聲寫實，更是以鳥鳴起興，而引入不堪承受之苦惱，乃因鳥爲
春天將歸而傷感，一如己對萬紫千紅紛紛零落而苦恨般。然人鳥同感的
深悲極恨，藉「算未抵」一語，從傷春惜逝之哀，折入人間離別之恨：
王昭君離漢宮嫁匈奴、陳皇后失寵辭漢闕幽閉長門宮、莊姜作〈燕燕〉
詩送戴媯離衛、李陵河梁餞別蘇武歸漢、燕太子丹易水送荊軻刺秦王，
藉此歷史五悲事道出人間別恨遠高於春歸之恨，以鳥情代寫人情，末以
惟有明月共沉醉，言茂嘉去後之孤獨不捨。此詞據〔清〕周濟《宋四家

〔註147〕 鄧廣銘箋注：劉過龍洲詞有「送辛稼軒弟赴桂林官」之《沁園春》詞，
　　　　　有句云：「入幕南來，籌邊如北，翻覆手高來去棋」詳此詞語意，蓋
　　　　　即作於「籌邊如北」之時，則劉詞當亦送茂嘉者。見鄧廣銘：《（增訂
　　　　　本）稼軒詞編年箋注》（臺北：華正書局，2007 年 2 月 2 刷），頁 526。

〔註148〕 鵜鴂，即伯勞，在夏至前後出鳴。《離騷》：「恐鵜鴂之先鳴兮，使
　　　　　夫百草爲之不芳。」見〔宋〕洪興祖撰、白化文等點校：《楚辭補
　　　　　注》。收錄於《中國古典文學基本叢書》（北京：中華書局 2000 年 3
　　　　　刷），頁 39。

〔註149〕 杜鵑，禽經云：「舊周，子規也。『江介曰子規，蜀右曰杜宇。』又
　　　　　曰：『鷓鴣鳴而草衰』注云：『鷓鴣爾雅謂之鴂，左傳謂之伯趙』，
　　　　　然則子規，鷓鴣二物也。」

〔註150〕 唐圭璋等：《唐宋詞鑑賞》（臺北：五南圖書出版，1998 年 7 月，初
　　　　　版），頁 1821。

詞選》云：

> 上片北都舊恨，下片南渡新恨。〔註151〕

誠如周濟所言，則五事並不只是羅列歷史離別掌故，更有稼軒切膚之痛的現實圖景折射。唐圭璋《唐宋詞簡釋》認同周濟看法，並言道：

> 末句，揭出己之獨愁，是送別正意。周止庵謂此首「前片北都舊恨，後片南渡新恨」。觀其前片所舉之例極淒慘，而後片所舉之例又極慷慨，則知止庵之說精到。

汪誠以周濟此言極是，認爲上片三事是指北宋失國，二帝北去，下片緊接著以李陵與蘇武的典故，寫對淪陷區父老兄弟、昔日起義的同夥，以及劉瞻、党懷英諸師友的思念與感慨；有的如李陵失身之愧，有的如蘇武吞節歸來，然皆無限哀怨。而易水送荊軻，是現實中的宋金通使折影，宋高宗以臣禮事金，孝宗以姪禮事金，使臣不勝蒙恥犯難，又要在屈辱地位上折衝樽俎，無論是行者送者，都是難堪。〔註152〕

自北宋亡國後，不但皇帝喪身北地，后妃宮女也受辱離闕北去，有志之士或身處異邦，或亦有志效忠南宋卻齎志以歿者。陳祥耀也說：

> 這些事都和遠適異國、不得生還，以及身受幽禁或國破家亡之事有關，都是極悲痛的別恨。……前闋寫三件婦女之事，遭遇接近北宋后妃；後闋寫兩件男性之事，遭遇接近南宋豪傑。〔註153〕

因之此詞寫眼前啼鳥之實，列歷史「別恨」五事以興寄，陳廷焯《白雨齋詞話》評曰：

> 沉鬱蒼涼，跳躍動盪，古今無此筆力。〔註154〕

〔註151〕〔清〕周濟：《宋四家詞選》。見唐圭璋編：《詞話叢編》（北京：中華書局，1993 年 12 月 1 版）冊 2，頁 1653。

〔註152〕汪誠：《稼軒詞選析》（臺北：臺灣商務印書館，1993 年 11 月初版），頁 586。

〔註153〕見唐圭璋等：《唐宋詞鑑賞》（臺北：五南圖書出版，1998 年 7 月，初版），頁 1821～1822。

〔註154〕〔清〕陳廷焯：《白雨齋詞話》。見唐圭璋編：《詞話叢編》（北京：

稼軒詞因其時代環境和身世之慨、忠憤之心，乃多有興寄；所以雖是送別之詞，也寫得沉鬱蒼涼，〔清〕周濟《介存齋論詞雜著》云：「稼軒鬱勃，故情深。」〔註155〕王國維稱稼軒之佳處在有性情有境界，《人間詞話刪稿》云：

> 稼軒〈賀新郎‧別茂嘉十二弟〉，章法絕妙，且語語有境界，此能品而幾於神者。然非有意爲之，故後人不能學也。〔註156〕

正因稼軒詞頗多寄托，故覺沉鬱蒼涼，以致語語有境界。王嘉祥《辛棄疾詞選》〔註157〕認爲對於本詞內容，不必一字一句稽考，應從整體的形象去體會作者的慷慨悲涼感情。葉嘉瑩《唐宋詞十七講》則說：

> 辛棄疾所有的詞，不論是寫得欣喜的，悲傷的，還是寫得豪放雄壯的，纖穠綿密的，他的本質都是不變的，都是寫他自己對故國故鄉不能忘懷的那一份關心的感情，是他自己的一份忠義奮發的志意。〔註158〕

稼軒從二十歲致身報國，至此時閒居瓢泉，已是五、六十歲的人了，胸中鬱積事多，故此詞誠有感而發；興寄亡國家恨，及仕途蹭蹬、英雄坐負卻依然忠義奮發的悵望，出於自然。

　　計稼軒送別茂嘉之作有兩首，另一首爲〈永遇樂‧戲賦辛字，送茂嘉十二弟赴調〉，〔註159〕詞中稱道辛家人「烈日秋霜，忠肝義膽，千載家譜」，言茂嘉同己風節剛直。茂嘉赴調，稼軒祝賀，原是送別詞中應有之意，然詞中引靴紋縐面之事，祝辭卻有諷勸，恐其若迎合

中華書局，1993 年 12 月 1 版）冊 4，頁 3791。

〔註155〕〔清〕周濟：《介存齋論詞雜著》。見唐圭璋編：《詞話叢編》（北京：中華書局，1993 年 12 月 1 版），冊 2，頁 1634。

〔註156〕王國維：《人間詞話刪稿》。見唐圭璋編：《詞話叢編》（北京：中華書局，1993 年 12 月 1 版），冊 5，頁 4258。

〔註157〕王嘉祥：《辛棄疾詞選》（臺南：王家出版社，1998 年 2 月），頁 138。

〔註158〕葉嘉瑩：《唐宋詞十七講》（臺北：桂冠圖書，2000 年 2 月二版），頁 452。

〔註159〕鄧廣銘：《（增訂本）稼軒詞編年箋注》（臺北：華正書局，2007 年 2 月 2 版），頁 529。

官場，就得扭曲辛家人之剛直性格而不如意。〔註 160〕茂嘉南歸本爲北伐抗金，然不得重用，又遭調到更遠的廣西，兄弟同心，卻不得齊力從事復土大業，茂嘉的遠離，如同自己般壯志難酬，也可見抗金志士備受朝廷排擠打擊的不堪，這也是最令稼軒痛心之事。

因之鷓鴣鳴聲在此是「行不得」的兄弟別離之勸，亦爲「但南不北」的國事之憂。

三、千章雲木鈎輈叫──閒情逸趣

〈鷓鴣天・鵝湖寺道中〉：

> 一榻清風殿影涼。涓涓流水響回廊。千章雲木鈎輈叫，十里溪風擺柂香。　　衝急雨，趁斜陽。山園細路轉微茫。倦途卻被行人笑，只爲林泉有底忙。（卷二，頁 186）

此詞約作於淳熙五 13 年（1186），〔註 161〕時稼軒閒居帶湖，江西鉛山縣有鵝湖山，其上有鵝湖，山麓有禪寺曰鵝湖寺，〔註 162〕稼軒曾到鵝湖山遊玩，爲此也寫下多首於此處游歷有關之作。上片寫鵝湖山及周遭清曠之景，寺外夏日清風入古寺，鵝湖溪水涓涓流下，寺內閒臥回廊小榻的詞人，享受微風的涼意和涓涓溪流聲，寺外寺內之景因風和水相接合，而山上千株聳入雲霄的大樹，想必藏有無數的鳥兒，鷓鴣鳥鳴聲此起彼落，鵝湖山也因鳥鳴更顯寧靜了。下片寫鵝湖歸來途中之遭遇和感受，「衝」字顯其驟然遇雨的緊張促迫心情，「趁」字見其暮色趕路之狀，「細路」道出其天晚路生的不安，詞末把林泉雅士奔赴疲倦的形象，放到被旁觀者取笑的位置，頗有自我打趣之意。〔註 163〕

〔註 160〕唐圭璋等：《唐宋詞鑑賞》（臺北：五南圖書出版，1998 年 7 月，初版），頁 1854。

〔註 161〕鄧廣銘：《（增訂本）稼軒詞編年箋注》（臺北：華正書局，2007 年 2 月 2 版），頁 186～187

〔註 162〕馬興榮等主編：《全宋詞廣選新注集評》（瀋陽：遼寧人民出版社，1997 年 7 月），頁 469。

〔註 163〕朱德才、薛祥生、鄧紅梅編：《辛棄疾詞新釋輯評》（北京：中國書

「千章雲木鉤輈叫」一句，按鄧廣銘引歐陽修《歸田錄》云：「處士林逋居杭州，西湖之孤山。逋工筆畫，善爲詩，如『草泥行郭索，雲木叫鉤輈。』頗爲士大夫所稱。」並錄《遯齋閑覽》及《本草》之文云：

> 《遯齋閑覽》：「格磔鉤輈謂鷓鴣聲也。」《本草》：「鷓鴣生江南，形似母雞，鳴云鉤輈格磔。」〔註164〕

顯然認爲此處「鉤輈」爲鷓鴣之鳴聲，即使汪誠《稼軒詞選析》也如是云：

> 鉤輈：狀聲詞，鷓鴣鳴叫聲。〔註165〕

可知鄧廣銘注「鉤輈」爲鷓鴣鳴聲，汪誠頗爲認同。汪誠謂此爲一闋旅遊詞，〔註166〕那麼行旅之中，稼軒沈醉於風涼水悅的鵝湖之遊，他顯然進入感官的放鬆，《辛棄疾詞釋輯評》云：

> 本文通過描寫鵝湖寺及其周圍景觀和詞人在其中的活動，表達了他忘情於林泉清賞中的快樂心情。〔註167〕

既是一個忘情於林泉清賞中的快樂心情，那麼「鉤輈」無論是響在耳際或是存在腦海的想像中，必然不會是幽怨，而是林泉清賞時純然的鷓鴣鳴聲，因此，本詞乃記罷居帶湖時遊山玩水之閒情逸趣當是無疑，何況鷓鴣鳴聲於此也只是一個單純的象聲詞，別無寓意。惟《辛棄疾詞新釋輯評》又道詞中諸字詞爲有意安排處：

> 全詞上片寫景，下片抒情。同時上片的寫景中顯示詞人的閒適神態，下片的抒情也是伴著敍事的。情不孤出，景不單顯，是一個明顯的特點。另外本詞注重煉字煉句，除了

店，2001 年 1 月，第一版第一刷），頁 440～441。

〔註164〕 鄧廣銘：《（增訂本）稼軒詞編年箋注》（臺北：華正書局，2007 年 2 月二版），頁 186。

〔註165〕 汪誠：《稼軒詞選析》（臺北：臺灣商務印書館，1993 年 11 月初版），頁 276。

〔註166〕 汪誠：《稼軒詞選析》（臺北：臺灣商務印書館，1993 年 11 月初版），頁 277。

〔註167〕 朱德才、薛祥生、鄧紅梅編：《辛棄疾詞新釋輯評》（北京：中國書店，2001 年 1 月，第一版），頁 440。

> 三四兩句堪稱得錘鍊之妙外，像「衝」、「趁」，「倦途」，諸
> 字詞，話中有話，皆是其有意安排處。〔註168〕

若是，那麼稱其有意安排處的話中話爲何？汪誠針對此詞認爲稼軒對
祖國山河、國家、民族、人民有深深之愛，因此見山河淪陷，金人統
治同胞呻吟，其志在恢復驅逐金虜，不願做隱逸泉林之士，惟報國無
門，只能迫於無奈地閒居山林排遣時日。〔註169〕是知稼軒縱使間居
山林其內心，仍是對家國的牽牽絆絆，這從下片的用字中可見：

> 下片寫歸來途中，突出一個「忙」字：急雨中的「衝」，「趁
> 斜陽」中的趁，「山圍細路轉微茫」心中的轉，倦途奔累被
> 別人的「笑」，結句的「只爲林泉有底忙」的忙，都可說明。
> 在這些忙，中不難發現其中的悲涼和憤慨。〔註170〕

既是忘情的一次山水旅遊，而忙也止於天雨、暮近和路生，何須有悲
涼和憤慨之情？從汪誠之見，以及《辛棄疾詞新釋輯評》所謂的作者
刻意安排之「話中有話」處，依稀可看出稼軒縱使感官上有意解放了，
但其精神上仍牽掛著北歸復國之事，而遲遲有著無法擺脫的承擔吧。

〈行香子・雲巖道中〉：

> 雲岫如簪。野漲接藍。向春闌綠醒紅酣。青裙縞袂，兩兩
> 三三。把麴禪，玉版局，一時參。　　拄杖彎環。過眼嵌
> 巖。岸輕烏白髮鬖鬖。他年來種，萬桂千杉。聽小綿蠻，
> 新格磔，舊呢喃。（卷四，頁511）

鄧廣銘疑此詞爲閒居瓢泉所作，然因詞作年難考，因其涉及雲巖，故
附於宋寧宗慶元末〈菩薩蠻・題雲巖〉二詞之後。〔註171〕前五句主
要記雲巖道中所見之景和人，「岫」指有巖穴的山，〔晉〕陶潛〈歸去

〔註168〕 朱德才、薛祥生、鄧紅梅編：《辛棄疾詞新釋輯評》（北京：中國書
　　　　 店，2001年1月，第一版），頁440～441。
〔註169〕 汪誠：《稼軒詞選析》（臺北：臺灣商務印書館，1993年11月初版），
　　　　 頁278。
〔註170〕 汪誠：《稼軒詞選析》（臺北：臺灣商務印書館，1993年11月初版），
　　　　 頁278。
〔註171〕 鄧廣銘：《（增訂本）稼軒詞編年箋注》（臺北：華正書局，2007年
　　　　 2月二版），頁510。

來兮辭〉曰：「雲無心而出岫」，這裡的「雲岫」很可能是指「雲巖」，此處言其地形似玉簪，其上雲蒸霞蔚，予人華貴之感。野漲，意指原野草茂；挼藍，意指整個草原如一片綠色海洋，又似春天江水，一派欣欣向榮。〔註172〕「綠醒紅酣」寫花開葉茂，從葉醒花酣鮮明的色彩處，稼軒為之著迷的深情可見。「青裙」二句寫游女著青裙配著白綢上衣，在暮春時節，三三兩兩猶如彩蝶穿梭原野草叢中，形成一道美麗的風景線。「把麴生禪」起至詞末寫雲巖途中所感，並以時間為線，前六句寫現在，後五句寫將來。「麴生」即酒，參禪為佛家語，「把麴生禪，玉版局，一時參。」三句說明自己在飲酒中參究真理，亦即借飲酒以離俗避世。「彎環」即彎月，「嵌巖」指山的孔穴，「岸」為上推意，因此「拄杖彎環。過眼嵌巖。岸輕烏白髮鬖鬖」，意謂拄杖而行於雲巖途中，半輪明月斜掛天際，山巖的孔穴從眼前一閃而過，上推質輕的烏紗帽白髮便披拂垂下。自「他年來種」句到詞末寫將來，謂雲巖之美，他年歸隱將來此種萬桂千杉，以聆聽鳥鳴，寄情大自然。

　　此詞在空間的處理上，是以雲巖為底，綠葉、紅花、游女、詞人、桂杉、和鳥為圖，層遞地安排景物、人物的出場，並以時間穿引其間。《辛棄疾詞釋輯評》云：

　　　　這樣由大至小，由遠及近，由大自然到游人，從自然和社
　　　　會兩個方面把雲巖之美寫出來，而他對雲巖的熱愛也就隱
　　　　寓其中了。〔註173〕

稼軒運用空間安排，有序地將雲巖之美呈現出來，寫雲巖道中一事，不惟記途中所見之景，並著意擷取游女的活動和自己的舉動，讓雲巖景物因人的參與情景更顯和諧圓融，而其抒發所感更可見稼軒對雲巖之愛。

　　此為一首旅遊詞，那麼稼軒抒感他年來雲巖種桂植杉，聽鳥啼鳴，則旅遊不僅只是視覺聽覺的饗宴，此詞亦見心靈的寄託，《辛棄

〔註172〕朱德才、薛祥生、鄧紅梅編：《辛棄疾詞新釋輯評》（北京：中國書
　　　　店，2001年1月，第一版），頁1351。
〔註173〕朱德才、薛祥生、鄧紅梅編：《辛棄疾詞新釋輯評》（北京：中國書
　　　　店，2001年1月，第一版），頁1351。

疾詞新釋輯評》云：

> 言雲巖如此之美，他年歸隱，將來此種樹，「千桂萬杉」，
> 而我則生活於叢林之中，聽黃鶯歡唱，鷓鴣悲鳴，燕子呢
> 喃而語，一年四季沈浸在大自然中，享受生活的安靜與閒
> 適，達到「復得返自然」（陶淵明語）的目的。

「復得返自然」特別標示「陶淵明語」不惟呼應「雲巖」可能爲「雲
岫」，應也引陶淵明以安放自己的情懷。計稼軒六百二十九闋詞詠陶
淵明者有六十餘闋，〔註174〕究其意，鄧紅梅言其內蘊有三：

> 一是借閱讀淵明詩以安放自己的情懷，這往往又化爲檃括
> 淵明詩意的文學再造行爲。二是解釋淵明的人生道路和人
> 生境界，以整理自己悟得的思想。三是引淵明爲同調，甚
> 至直接稱自己爲淵明。〔註175〕

觀稼軒涉及陶淵明的詞作，以帶湖、七閩、瓢泉及兩浙鉛山之什爲最
多，〔註176〕這首記遊詞正是瓢泉時期之作，此詞雖是記遊，然抒感
處頗有老年之至的歸歟之嘆，而此嘆乃是滿腔忠憤卻仕途多舛投報無
門的感慨。

紹熙三年（1992年）稼軒人在福建任所時作〈添字浣溪沙·三
山戲作〉：

> 記得瓢泉快活時，長年耽酒更吟詩。驀地捉將來斷送，老
> 頭皮。　　繞屋人扶行不得，閒窗學得鷓鴣啼。卻有杜鵑
> 能勸道：不如歸！（卷三，頁316）

三山是福州別稱，上片以過去和現在作對比，回憶瓢泉隱居時，可耽
於酒，興來即吟詩，何等逍遙快活。詞中「將來」、「斷送」、「老頭皮」
近口語，然而是有典故的，宋眞宗既東封泰山後，尋訪天下隱逸名士，
曾召對楊樸並問其臨行有人作詩送行否，楊樸對曰臣妻有詩云：

> 更休落魄耽杯酒，且莫倡狂愛吟詩，今日捉將官裡去，這

〔註174〕　石紅英：〈辛棄疾與陶淵明〉，《山東師大學報》1997年第一期，頁99。
〔註175〕　鄧紅梅：〈辛棄疾與陶淵明〉，《蘇州大學學報》1998年第一期，頁36。
〔註176〕　林鶴音：《稼軒詞中人物意象之研究》（國立成功大學中國文學研究
　　　　　所在職專班碩士論文，2006年6月），頁86。

回斷送老頭皮。〔註177〕

真宗聽了大笑放楊樸歸山，稼軒引此以自我調侃，也可知其現在和過去間生活的迥異和對過去的可望不可及。下片稼軒寫自己現在被「斷送」的衰頹、散漫、無聊的樣子，稼軒以此言自己的老態，〔註178〕日子閒散無事，繞屋而行取樂，惟人老力衰，行走尚需人扶，而人扶還是不得行，只得窗下無事，學鷓鴣啼叫「行不得也，哥哥！」惟杜鵑卻來勸說不如歸。鄧廣銘箋注「繞屋人扶行不得，閑窗學得鷓鴣啼」二句，引《本草》：「鷓鴣啼聲如云：『行不得也哥哥』。」〔註179〕《全宋詞廣選新注集評》也說：

言老態……鷓鴣啼聲如云：「行不得也哥哥」。〔註180〕

另有《辛棄疾詞新釋輯評》釋此二句為：

人老力衰，行走需人攙扶，閒中無事，漫學鷓鴣啼聲，鷓鴣啼聲如云：「行不得也，哥哥！」〔註181〕

言鷓鴣啼聲「行不得也，哥哥」是因人老力衰、行動不便，又閒中無事而學之，則此處「行不得也，哥哥」雖有音義雙關，然其義明確所指是因老態行走需人攙扶。汪誠《稼軒詞選析》謂此二句乃言老不願離家，因為在瓢泉，人老矣，連在家遶屋行走，非得人扶才行，老不應出，已出應歸。〔註182〕

淳熙十六年（1189）稼軒五十歲，塡作的二闋送別詞：〈最高樓‧

〔註177〕〔宋〕胡仔：《苕溪漁隱叢話》（臺北：世界書局，1961年10月初版），上冊，頁286。

〔註178〕馬興榮等主編：《全宋詞廣選新注集評》（瀋陽：遼寧人民出版，1997年7月），頁702。

〔註179〕鄧廣銘：《（增訂本）稼軒詞編年箋注》（臺北：華正書局，2007年2月二版），頁316。

〔註180〕馬興榮等主編：《全宋詞廣選新注集評》（瀋陽：遼寧人民出版，1997年7月），頁702。

〔註181〕朱德才、薛祥生、鄧紅梅編：《辛棄疾詞新釋輯評》（北京：中國書店，2001年1月，第一版），頁800。

〔註182〕汪誠：《稼軒詞選析》（臺北：臺灣商務印書館，1993年11月初版），頁455。

送丁懷忠教授入廣,渠赴調都下,久不得書,或謂從人辟置,或謂徑歸閩中矣〉:「待痛飲、奈何吾有病。」(卷二,頁 245)、〈水調歌頭‧送信守王桂發〉:「多病妨人痛飲」(卷二,頁 247),已見健康不佳。此詞作於五十三歲,稼軒此時人老力衰實有所證。稼軒因老又病,繞屋人扶尚且走不動,爲了解悶竟學鷓鴣啼「行不得也哥哥」,並打趣以杜鵑勸啼「不如歸」,也呼應了詞題所言「戲作」,則將鷓鴣鳴聲「行不得也哥哥」取意於因人老力衰「舉步維艱,行路艱難。」頗有老頑童聊無他事,閒情逸趣中的自嘲己諷。

不過汪誠《稼軒詞選析》稱這首戲作詞是故意嘲諷自己,似言自己爲天生自願閒居山林,沈溺於飲酒賦詩,不問世事的隱逸之士,而不是誓言抗金,力圖恢復的愛國英雄,此正因其對再度出仕,就任閩憲的不滿,因作地方官,不符合他一貫恢復的願望,朝廷的屈辱媚敵,宦途的傾軋險惡他是深惡痛絕,其云曰:

> 學啼什麼?行不得也,哥哥!可畢竟行出了,如今怎麼辦?
> 結語補上了:「卻有杜鵑能勸啼:不如歸。」這正是「戲作」
> 之主旨,也正反映他此時此刻的真實思想,雖屬辛辣的自
> 嘲,但也正蘊涵著愛國志士的無限悲憤和辛酸。〔註 183〕

汪誠認爲稼軒將愛國之思寓於詞中,《辛棄疾詞新釋輯評》:

> 鷓鴣啼叫的聲音如「行不得也——哥哥」,他是以此寄寓不
> 僅抗金復國的事對被阻擾而行不得,而且即在福建提刑任
> 上,也還多次受到掣肘,寸步難行。以下繼續用鳥語言懷。
> 鷓鴣已說了「行不得」,杜鵑再來勸他「不如歸」。〔註 184〕

謂此詞寓莊於諧,以自我調侃的口吻,將已因寸步難行而歸心復起的心思,寫得活潑風趣,將悲憤打入幽默之中。

〔註 183〕 汪誠:《稼軒詞選析》(臺北:臺灣商務印書館,1993 年 11 月,初版),頁 455。
〔註 184〕 朱德才、薛祥生、鄧紅梅編:《辛棄疾詞新釋輯評》(北京:中國書店,2001 年 1 月,第一版),頁 801。

第三章　稼軒詞中鷗鷺意象之研究

　　歷來鷗、鷺〔註1〕因外表高潔、內無機心，多用以寄閒情野趣或表達高潔心志，有時也作為妝飾性意象。在稼軒詞裡和「鷗」相關之作品有二十三闋〔註2〕、與「鷺」相關作品有十一闋，鷗鷺並提者三闋。

鷗　　　　　　　　鷺

〔註1〕　圖片為郭東輝拍攝。

〔註2〕　林宛瑜〈稼軒詞中鷗鳥意象之探析〉指出：稼軒詞中出現「鷗」字者共十九首，但〈柳梢青・三山歸途，代白鷗見嘲〉一詞中只提到「白鳥相迎」，未直稱此白鳥即為鷗，但根據詞題可知此詞為詠鷗詞。據此詞可知另一首〈浣溪沙・壬子春，赴閩憲，別瓢泉〉提到：「朝來白鳥背人飛」其中「白鳥」即指「白鷗」。〈哨遍〉（一壑自專）中提到：「看一時魚鳥忘情喜。會我已忘機更忘己。」雖未明指此鳥為鷗，但根據「忘機」一詞可知即是稼軒詞中專指忘機友的「鷗鳥」。將此三詞列入此文探討範圍，故稼軒鷗詞當有二十二首。然經筆者總計，稼軒詞裡出現「鷗」之詞有二十闋，其中〈鷓鴣天・和傅先之提舉賦雪〉：「泉上長吟我獨清。喜君來共雪爭明。已驚並水鷗無色，更怪行沙蟹有聲。添爽氣，動雄情。奇因六出憶陳平。卻嫌烏雀投林去，觸破當樓雲母屏。」林氏未採計。《新竹教育大學語文學報》2005年12月第12期，頁235～250。

第一節　鷗鷺的形態和習性

　　古代所稱的鷗鳥，包含紅嘴鷗和黑嘴鷗。紅嘴鷗全身灰白，紅嘴，嘴端黑色，夏羽黑頭，翼後緣黑色，腳紅色，冬羽眼後有黑斑，與黑嘴鷗羽色相近。常於海面漂浮或追逐魚群，抑或於水域及池塘上方低空盤旋，有時也見於魚船處聚集，以啄食獵物。〔註3〕文學裡有關鷗的記載，如〔唐〕孔穎達《毛詩正義》：

　　　　鷖，蒼頡解詁云，鷗也。〔註4〕

〔宋〕陸佃《埤雅》：

　　　　鷖鳧屬蒼黑色，鳧好没，鷖好浮，故鷖一名漚。〔註5〕

此皆道出鷖即是鷗。鷗又名信鷗，〔晉〕張華注《師曠禽經》：

　　　　鷗水鳥，如鶤鷉而小，隨潮而翔，迎浪蔽日，曰信鷗，鷗
　　　　之別類羣鳴，喈優優，隨大小潮來也，食小魚蝦蛙之屬，
　　　　雖潮至則翔水嚮以爲信，反爲鷲鳥所擊，是知信而不知所
　　　　以自害也。〔註6〕

〔明〕李時珍《本草綱目》對於鷗鳥的習性和形態，亦有詳細紀錄：

　　　　鷗者，浮水上輕漾如漚也，鷖者，鳴聲也；鶃者，形似也。
　　　　在海者名海鷗，在江者名江鷗，江夏人訛爲江鵝鷖也，海
　　　　中一種隨潮往來，謂之信鳧。

又云：

　　　　鷗，生南方江海湖溪間，形色如白鴿及小白雞，長喙，長
　　　　腳。羣飛耀日。〔註7〕

〔註3〕　韓學宏：《宋詞鳥類圖鑑》(臺北：貓頭鷹出版社，2004 年 11 月初版)，
　　　　頁 106～107。
〔註4〕　〔漢〕毛亨傳、鄭玄箋、〔唐〕孔穎達正義：《毛詩正義》(臺北：藝
　　　　文印書館 1815 年，阮元：《十三經注》)，頁 607。
〔註5〕　〔宋〕陸佃撰：《埤雅》(臺北：臺灣商務印書館，年月日缺，王雲
　　　　五主編：《叢書集成簡編》)，卷 7，頁 175。
〔註6〕　〔晉〕張華注：《師曠禽經》(北京：中華書局，1911 年新一版，《叢
　　　　書集成初編》)，頁 9。
〔註7〕　〔明〕李時珍：《本草綱目》(臺北：國立中國醫藥研究所，1988 年
　　　　10 月三版)，頁 1437。

鷗在海中隨潮上下，又名海鷗，《南越志》載曰：

> 江鷗一名海鷗，在漲海中隨潮上下，常以三月風至，乃還洲
> 嶼，頗知風雲，若羣飛至岸必風，渡海者以此爲候。〔註8〕

歷來有關鷗鳥的記載，名稱或有歧異和演化：《詩經》稱鷖，《列子》：「海上之人，有好漚鳥者。」〔註9〕稱爲漚鳥；〔東漢〕許慎《說文解字》載：「鷗，水鴞也。」；〔註10〕舊題〔周〕師曠《禽經》謂爲信鳥，又〔晉〕張華注《師曠禽經》云信鷗；〔宋〕陶穀稱之爲三品官，《清異錄》載：「隋宦者劉繼詮，得芙蓉鷗二十四隻以獻，毛色如芙蓉，帝甚喜，置北海中，曰鷗字三品鳥，宜封碧海舍人。」〔註11〕《南越志》曰海鷗，《本草綱目》喚爲信鳧。鷗鳥異稱所以繁多，賈祖璋《鳥與文學》認爲古人對於事的觀察始終不細緻、不正確，遺下的記載尤屬簡略殘缺，因此在名詞方面輾轉注釋，乃愈增迷糊。〔註12〕韓學宏《宋詞鳥類圖鑑》對於鷗的古今之名整理如下：

> 鷗，古又名水鴞、信鳧、漚鳥、信鳥、三品官、婆娑兒；
> 今名海鷗。〔註13〕

因爲鷗是忘記機心的象徵，白鷺是高潔品格的化身，因此在文學裡，文人雅士往往將鷗鳥和鷺並提。

〔註8〕 此據〔清〕郝玉麟、魯曾煜：《廣東通志》記載。見〔清〕紀昀等總纂：《景印文淵閣四庫全書》（臺北：臺灣商務印書館，1883年），冊564，頁453。

〔註9〕 列子著，楊伯峻撰：《列子集釋》（北京：中華書局，1979年，《新編諸子集成》），卷2〈黃帝篇〉，頁67。

〔註10〕 〔東漢〕許慎：《說文解字注》（臺北：黎明文化事業股份有限公司，1988年10月增訂三版），頁155。

〔註11〕 〔宋〕陶穀：《清異錄》，見〔清〕紀昀等總纂：《景印文淵閣四庫全書》（臺北：臺灣商務印書館，1883年），冊1047，子部小說家類，頁878。

〔註12〕 賈祖璋《鳥與文學》對於鷗的名稱歧異和演化，不作評論，但特別提出二點論之：1、形態的記載是否正確。2、江鷗海鷗信鷗是否爲同一類。見賈柏松、韓仁煦、尤廉編《賈祖璋全集》：（福州：福建科學技術出版社，2001年9月第一版）第一卷，頁124。

〔註13〕 韓學宏：《宋詞鳥類圖鑑》（臺北：貓頭鷹出版社，2004年11月初版），頁106。

有關鷺的記載,《毛詩正義》記載:「振振鷺,鷺于飛;鼓咽咽,醉言歸,于胥樂兮。」〔註14〕並且指出鷺的形態和習性:

> 陸機云鷺水鳥也,好而潔白,故謂之白鳥,齊魯之間謂之春鉏,遼東樂浪吳楊人皆謂之白鷺,青腳高尺七八寸,尾如鷹尾,喙長三寸,頭上有毛十數枚,長尺餘,毿毿然與眾毛異,好欲取魚時則弭之。〔註15〕

〔明〕李時珍《本草綱目》引《禽經》之說,認爲白鷺南飛之時天降白露因而得名,並言:

> 鷺,水鳥也,林棲水食,群飛成序。潔白如雪,頸細而長。腳青善翹,高尺餘,解指短尾。喙長三寸。頂有長毛十數莖,毿毿然如絲,欲取魚則弭之。〔註16〕

白鷺喜歡於淺水步行,一低首一昂首,如舂如鋤之狀,故又名「舂鋤」。其餘別名或稱青耕,獨舂、雪客、霜衣,帶絲禽,舂鋤,今名爲白鷺絲。〔註17〕

第二節　鷗鷺意象的蘊涵

鷗、鷺以其素潔高尚的羽色,詩詞裡往往被視爲隱士的知音良伴,如〔唐〕杜甫〈江村〉:「自去自來梁上燕,相親相近水中鷗。」〔註18〕據聞〔宋〕李昉慕白居易,園內畜五禽,皆以客名之,以白鷺爲雪客,白鷗爲閒客。〔註19〕

〔註14〕〔漢〕毛亨傳、鄭玄箋、〔唐〕孔穎達正義:《毛詩正義》(臺北:藝文印書館,1815 年,阮元:《十三經注》),頁 766。

〔註15〕〔漢〕毛亨傳、鄭玄箋、〔唐〕孔穎達正義:《毛詩正義》(臺北:藝文印書館,1815 年,阮元:《十三經注》),頁 250。

〔註16〕〔明〕李時珍:《本草綱目》(臺北:國立中國醫藥研究所,1988 年 10 月三版),頁 1437。

〔註17〕韓學宏:《宋詞鳥類圖鑑》(臺北:貓頭鷹出版社,2004 年 11 月初版),頁 114。

〔註18〕見清聖祖御製:《全唐詩》(臺北:明倫出版社,1971 年 5 月初版),冊 7,卷 226,頁 2434。

〔註19〕〔明〕徐應秋:《玉芝堂談薈》。見〔清〕紀昀等總纂:《景印文淵

　　文學裡，鷗常常被賦予自由漂泊、去俗忘機的內涵，寄寓著放浪江海之志，此和《列子》記載有關：

> 海上之人有好漚鳥者，每旦之海上，從漚鳥遊，漚鳥之至者百住而不止。其父曰：「吾聞漚鳥皆從汝遊，汝取來，吾玩之。」明日之海上，漚鳥舞而不下也。〔註20〕

鷗鳥以其靈性能洞察人的機心，惟有無雜念、無心機者，鷗鳥才願與之同遊。根據《三國志》注引孫盛曰：

> 機心內萌，則漚鳥不下。〔註21〕

鷗鳥好從自然沒有機心之人，若有人內萌機心，鷗鳥能識破，並且舞而不下，歷來詩詞常見據此發揮的作品。

　　至於白鷺為是林中水鳥，往往群飛成序，舊題〔周〕師曠《禽經》：「宋寮雝雝，鴻儀鷺序。」張華注：「鷺，白鷺也。小不踰大，飛有次序，百官縉紳之象。」〔註22〕因之白鷺群飛有序，常用以比喻朝官的班次。

第三節　稼軒詞中的鷗鷺意象

一、看一時魚鳥忘情喜——忘機盟友

　　因著《列子》對鷗鳥的記載，鷗鳥被賦予去俗忘機、放浪江海之志的內涵，傅錫壬指出：「全宋詞中『鷗』意象的形成有絕大多數與此有關。」〔註23〕又林宛瑜〈稼軒詞鷗意象之探析〉也說稼軒以鷗鳥

　　閣四庫全書》（臺北：臺灣商務印書館，1883 年），冊 833，頁 784。

〔註20〕列子著，楊伯峻撰：《列子集釋》（北京：中華書局，1979 年，《新編諸子集成》），卷 2〈黃帝篇〉，頁 67。

〔註21〕〔晉〕陳壽撰：《新校本三國志》（臺北：鼎文書局，1886 年，楊家駱主編：《新校本二十五史》），頁 687。

〔註22〕〔晉〕張華注：《師曠禽經》（北京：中華書局，1911 年新一版，《叢書集成初編》），頁 13。

〔註23〕傅錫壬：〈〈宋詞中『鷗』的構詞與意象表出〉，《淡江大學中文學報》2004 年 12 月第 11 期，頁 32。

為意象之詞，視鷗鳥為歸隱時忘機盟友最多。〔註 24〕

　　宋寧宗慶元五年（1199）稼軒有〈哨遍・秋水觀〉以眼前之秋水
觀起興，借用莊子寓言典故，與莊子同參玄言妙理，闡發齊物思想。
此後又有〈哨遍・用前韻〉，下片曰：〔註 25〕

> 嘻。物諱窮時，豈狐文豹罪因皮。富貴非吾願，皇皇乎欲
> 何之？正萬籟都沈，月明中夜，心彌萬里清如水。卻自覺
> 神遊，歸來坐對，依稀淮岸江涘。看一時魚鳥忘情喜，會
> 我已忘機更忘己。又何曾物我相視。非魚濠上遺意，要是
> 吾非子。但教河伯休慚海若，大小均為水耳。世間喜慍更
> 何其，笑先生三仕三已。（卷四，頁 424）

此為稼軒寫歸隱思想和其理論依據，是為一闋說理詞，稼軒用莊子和
陶淵明的哲理思想和生活實踐，表達對人生看法和生命苦難的超越。
詞之下片，寫閒居之樂，開頭五句，寫富貴非吾願的人生哲理。並以
「物諱」二字，即物言理，言物忌窮困，然不否定窮困；至於「看一
時魚鳥忘情喜。會我已忘機更忘己。」典出《列子》海上之人有好漚
鳥者一文。〔註 26〕據《辛棄疾詞新釋輯評》：

> 魚鳥歡喜，一時之間，寂然不動，若遺忘者；而我和魚鳥
> 一樣，忘機又忘己，還有什麼物我之別呢？〔註 27〕

吳則虞《辛棄疾詞選集》也引《列子》海上之人有好漚鳥者，以及江
淹〈孫廷尉綽雜述〉詩：「矗矗玄思清，胸中去機巧。物我俱忘懷，
可以狎鷗鳥」云曰：

〔註 24〕林宛瑜：〈稼軒詞鷗鳥意象之探析〉，《新竹教育大學語文學報》2005
　　　　年 12 月第 12 期，頁 237。

〔註 25〕鄧廣銘：《（增訂本）稼軒詞編年箋注》認為此二首用同韻，當是
　　　　為同時之作，又據〈哨遍・用前韻〉上片「試回頭五十九年非」
　　　　句，知作於六十歲時。（臺北：華正書局，2007 年 2 月二版），頁
　　　　425。

〔註 26〕列子著，楊伯峻撰：《列子集釋》（北京：中華書局，1979 年，《新編
　　　　諸子集成》），卷 2〈黃帝篇〉，頁 67。

〔註 27〕朱德才、薛祥生、鄧紅梅編：《辛棄疾詞新釋輯評》（北京：中國書
　　　　店，2001 年 1 月第一版），頁 1084。

神遊坐對，有如魚鳥相望，齊視萬物有不得已之苦衷。〔註28〕
此不得已的苦終可從「世間喜慍更何其，笑先生三仕三已」窺出，稼
軒當年帥贛、帥湘、帥閩三次出仕，卻又爲王藺、黃艾、何澹所彈劾
而三次落職，幾度出仕幾度歸隱，淬鍊出悠然忘機，無物無我的生命
態度，誠爲合理，但以稼軒滿腔的憤懑鬱抑之情，魚鳥忘機，萬物齊
一的超然情懷，亦是現實與願相違，而故作灑脫之語。

另一詞作〈水調歌頭・和王正之右司吳江觀雪見寄〉下片：

　　謫仙人，鷗鳥伴，兩忘機。掀髯把酒一笑，詩在片帆西。

　　寄語煙波舊侶：聞道蓴鱸正美，休裂芰荷衣。上界足官府，

　　汗漫與君期。（卷一，頁 44）

詞作於宋孝宗淳熙二、三年（1175 或 1176），此爲稼軒和王正之吳江
觀雪，下片主要紋寫二人情誼，詞中「鷗鳥伴，兩忘機」謂友人淡泊
名利，無塵世之機心，以至於鷗鳥不驚。據《三國志》云：「機心內
萌，則漚鳥不下。」〔註29〕言鷗鳥能識破心懷名利之人，而不與之近。

稼軒任江東安撫司參議官時，有送友人赴臨安之作〈水調歌頭〉
上片：

　　落日古城角，把酒勸君留。長安路遠，何事風雪敞貂裘。

　　散盡黃金身世，不管秦樓人怨，歸計狎沙鷗。明夜扁舟去，

　　和月載離愁。（卷一，頁 27）

詞中長安指南宋都城臨安。上片言擔心臨安路遠，而友人此去奔赴前程
難料，恐此去千金散盡而困守都城，辜負家妻室所負，故宴席中勸友留
下勿赴臨安，並以「狎沙鷗」勸其就此歸隱，忘卻世事，與沙鷗相游處。

稼軒自帥閩歸山之後，言官以惡言論列，自思無起復之望，頹然
自放，以酒自遣，然遇到能詩的高潔之友，對於矢志復國建功立業，
又遭逢罷官的稼軒而言，不得不吐露吟嘯山林又無法忘世的心緒，〈滿

〔註28〕吳則虞：《辛棄疾詞選集》（上海：上海古籍出版社，1993 年 6 月第
　　　　一版），頁 8。

〔註29〕〔晉〕陳壽撰：《新校本三國志》（臺北：鼎文書局，1886 年，楊家
　　　　駱主編：《新校本二十五史》），頁 687。

庭芳・和昌父〉：

> 西崦斜陽，東江流水，物華不爲人留。錚然一葉，天下已
> 知秋。屈指人間得意，問誰是騎鶴揚州。君知我，從來雅
> 興，未老已滄洲。　　無窮身外事，百年能幾，一醉都休。
> 恨兒曹抵死，謂我心憂。況有溪山杖屨，阮籍輩須我來游。
> 還堪笑，機心早覺，海上有驚鷗。（卷四，頁405）

周濟《介存齋論詞雜著》：「稼軒不平之鳴，隨處輒發。」〔註30〕此中
可見。然官場的晦暗，稼軒亦以朝事不可爲，退隱爲得計，以自我寬
慰失志之痛，詞中「機心」即指讒言之人，「驚鷗」爲稼軒自況。

　　稼軒取意《左傳》：「齊侯盟諸侯于葵丘，曰：『凡我同盟之人・
既盟之後，言歸於好山。』」〔註31〕又結合海上之人有好鷗鳥者典故，
與鷗結盟，〈水調歌頭・盟鷗〉：

> 帶湖吾甚愛，千丈翠奩開。先生杖屨無事，一日走千回。
> 凡我同盟鷗鷺，今日既盟之後，來往莫相猜。白鶴在何處，
> 嘗試與偕來。　　破青萍，排翠藻，立蒼苔。窺魚笑汝痴
> 計，不解舉吾杯。廢沼荒丘疇昔，明月清風此夜，人世幾
> 歡哀。東岸綠陰少，楊柳更須栽。（卷二，頁115）

淳熙八年（1181年）冬，稼軒改除兩浙西路提點刑獄，旋即被劾罷
職，淳熙九年（1182年）春，時帶湖新居初成，稼軒落職閒居於此，
自淳熙八年（1181年）冬至紹熙二年（1181~1191年）冬，在信州
帶湖，共賦閒十年，此爲落職閒居帶湖首作。借諸侯同盟時的口吻
來盟鷗，誇大中可見其豪邁，以及對鷗鷺的一份深愛，此亦正是他
風流的寫照，可以一窺歸隱初期的心境。吳則虞《辛棄疾詞選集》
稱此詞：

> 上闋力寫幽寂，力寫憂讒畏譏之不安，後闋先寫鷗鷺行動，
> 宛然如畫，似甚閒適，猶時時窺魚療饑，未能忘機，終非

〔註30〕　〔清〕周濟：《介存齋論詞雜著》。見唐圭璋編：《詞話叢編》（北京：
　　　　中華書局，1993年12月1版），冊2，頁1633。

〔註31〕　〔晉〕杜預注、〔唐〕孔穎達正義：《春秋左傳正義》（臺北：藝文印
　　　　書館1815年，阮元：《十三經注》），卷40，頁679。

知我者。〔註32〕

又汪誠《稼軒詞選析》載曰：

> 題為盟鷗，實英雄無用文武之地的之悲歎。……與鷗結盟
> 及希望白鶴也來，顯示本身的清雅高潔。下片笑鷗鷺只能
> 窺魚痴計，不理解自己，嘆人世多悲哀。〔註33〕

稼軒深愛帶湖的地理環境，然風景雖佳，卻獨自杖屨，一日千回，是
閒適之極，亦為寂寞之至，故盼與魚鳥同群，誠心往來，鷗鷺為盟，
莫如朝士之相猜。白鷗既可共來結盟，可證稼軒是早已忘機，安於歸
隱之心，然此非自願，而是曲折隱約表現出有志不得的抑鬱和悲憤。

　　稼軒對世路險惡的厭惡，期能和鷗鳥結盟，〈菩薩蠻・乙巳冬南
澗舉似前作，因和之〉：

> 錦書誰寄相思語。天邊數遍飛鴻數。一夜夢千回。　　梅
> 花入夢來。漲痕紛樹發。霜落沙洲白。心事莫驚鷗。人間
> 千萬愁。（卷二，頁 155）

以「心事莫驚鷗，人間千萬愁」言己落職閒居信州帶湖和鷗鳥為伴，
不願再受機心驅使，而去驚擾它們。既與白鷗結盟，更當知己互信，
但見野鳥飛來，見山鳥的悠閒自得，卻又對白鷗盤旋不下，偷眼覷人
起疑心，稼軒認為既與帶湖鷗鳥為盟，博山此道中之鷗鳥亦當視為結
盟之友，無需懼有機心而盤旋不下，〈醜奴兒近・博山道中效李易安
體〉下片：

> 午醉醒時，松窗竹戶，萬千瀟灑。野鳥飛來，又是一般閒
> 暇。卻怪白鷗，覷著人欲下未下。舊盟都在，新來莫是，
> 別有說話。（卷二，頁 171）

夏承燾《唐宋詞欣賞》稱此詞：「通過白鷗背盟，寫出自己身世之感
和生活遭遇的坎坷不平。」〔註34〕稼軒時而立盟永結，時而不安起疑，

〔註32〕吳則虞：《辛棄疾詞選集》（上海：上海古籍出版社，1993 年 6 月第
　　　　一版），頁 93。
〔註33〕汪誠：《稼軒詞選析》（臺北：臺灣商務印書館，1993 年 11 月初版），
　　　　頁 177。
〔註34〕夏承燾：《唐宋詞欣賞》（上海：百花文藝出版社，2003 年），頁 123。

正是表達對當時社會缺乏眞純，只顧私利的不屑和藐視，更洞見詞人內心的孤獨和不安。

另有〈朝中措・崇福寺道中，歸寄祐之弟〉：

> 夜深殘月過山房。睡覺北窗涼。起繞中庭獨步，一天星斗文章。朝來客話：「山林鍾鼎，那處難忘。」「君向沙頭細問，白鷗知我行藏。」（卷二，頁 213）

淳熙十四年（1187）稼軒罷官閒居瓢泉，鷗鳥儼然成爲帶湖時期稼軒的知己，詞中以惟有同盟的鷗鳥知己之行蹤，表達自己忘機無世俗名利，樂於潛隱山林的清靜閒逸。然而仕與隱一直是稼軒的予盾和兩難。紹熙三年（1192）出任福建提點刑獄，作〈賀新郎・又和〉，下片云：

> 回頭鷗鷺瓢泉社。莫吟詩莫拋尊酒，是吾盟也。千騎而今遮白髮，忘却滄浪亭榭。但記得灞陵呵夜。我輩從來文字飲，怕「壯懷激烈」須歌者。蟬噪也，綠陰夏。（卷三，頁 313）

同年又有〈水調歌頭・壬子三山被召，陳端仁給事飮餞席上作〉詞，下片云：

> 一杯酒，問何似，身後名。人間萬事，毫髮常重泰山輕。悲莫悲生離別，樂莫樂新相識，兒女古今情。富貴非吾事，歸與白鷗盟。（卷三，頁 317）

詞中「富貴非吾事，歸與白鷗盟」坦然宣示不苟求富貴，不與投降派同流合污。稼軒不仕則已，刻意淡然忘機，出仕更是效力爲國，紹熙三年（1192 年）福建提點刑獄任上，稼軒致力懲治貪官，以至福建污吏恆惴慄不安，甚至帥司也對他有意見。現實與願違所積蓄的抑鬱在〈賀新郎・又和〉（卷三，頁 313）已可窺見。

鷗鷺爲盟，彷彿成了稼軒在生命面臨橫阻，想要通渡關卡時，有伴共度的自我慰藉之道，然而縱使歸隱，雖機心未滅，但亦無積極用世之意。〈定風波・席上送范廓之游建康〉云：「寄語石頭城下水：居士，而今渾不怕風波。借使未成鷗鳥伴；經慣，也應學得老漁蓑。」（卷二，頁 262）彷彿稼軒已學得老漁翁面對風波，猶能安然處之的氣定神閒。

二、白鷗來往本無心──寫景寄情

淳熙五年（1178）秋夏之交，稼軒時由臨安赴湖北轉運副使舟行江，過采石而作〈西江月·江行采石岸，戲作漁父詞〉：

> 千丈懸崖削翠，一川落日鎔金。白鷗來往本無心。選甚風波一任。別浦魚肥堪膾，前村酒美重斟。千年往事已沈沈。閑管興亡則甚。（卷一，頁 62）

上片寫江行采石所見，下片抒發所感。題爲「江行采石岸」，〔唐〕張志和〈漁歌子〉：「西塞山前白鷺飛，桃花流水鱖魚肥。青箬笠，綠簑衣，斜風細雨不須歸。」即作於此地，采口爲江防要地，歷來南北戰爭，多於此渡江，而成爲古今王朝興衰的見證。此詞雖自稱戲作，其實寄慨遙深。〔註 35〕江誠：《稼軒詞選析》指出白鷗之意謂不僅寫稼軒自身，漁鷗一任自然風波，稼軒一任宦海風波，表達他已厭倦宦海，而期作江上漁父。〔註 36〕吳則虞《辛棄疾詞選集》也道：「白鷗來往無心，不問風波如何，均無所選擇而一任所之，此喻己之行藏遭遇。」〔註 37〕是知稼軒舟行經過，寫采石水光、江岸、白鷗、游人，觸目興懷，實寫眼前之景，並寄寓己身之情。

淳熙十年（1183 年）秋，稼軒第一次罷歸帶湖，自己開引水道名爲「南溪」，而引發己身爲官湖南時的往事回想，〈洞仙歌·開南溪初成賦〉：

> 婆娑欲舞，怪青山歡喜。分得清溪半篙水。記平沙鷗鷺，落日漁樵，湘江上，風景依然如此。　　東籬多種菊，待學淵明，酒興詩情不相似。十里漲春波，一棹歸來，只做個五湖范蠡。是則是一般弄扁舟，爭知道他家，有箇西子。
>
> （卷二，頁 144）

〔註 35〕朱德才、薛祥生、鄧紅梅編：《辛棄疾詞新釋輯評》（北京：中國書店，2001 年 1 月第一版），頁 146。

〔註 36〕汪誠：《稼軒詞選析》（臺北：臺灣商務印書館，1993 年 11 月初版），頁 127。

〔註 37〕吳則虞：《辛棄疾詞選集》（上海：上海古籍出版社，1993 年 6 月第一版），頁 247。

稼軒離開湖南初居帶湖時，憑藉鷗鳥表達對湘江風物的依戀，今昔之景相映，詞中微現對湘江鷗鷺和漁樵難以忘懷之情。上片即以南溪初成之景寫內心的喜悅，下片以詼諧的筆調抒寫壯志未酬的苦悶。詞中「平沙鷗鷺」言眾多鷗鷺，在平坦的沙洲上飛落，據〔南朝梁〕何遜〈慈老磯〉：「野雁平沙合，連山遠霧浮。」〔註38〕又〔宋〕李曾伯〈沁園春·丙午登多景樓和吳履齋韻〉：「鷗鷺眠沙，漁樵唱晚，不管人間半點愁。」〔註39〕此處以平沙鷗鷺和落日漁樵之景，好似為官湖南時曾見之景，是以鷗鷺作為單純的寫景對象，用以呈現曠達閒適之幽情。

至於〈滿江紅·山居即事〉表現了清閒自在的山居生活，詞云：

> 幾箇輕鷗，來點破一泓澄綠。更何處一雙鸂鶒，故來爭浴。
> 細讀離騷還痛飲，飽看修竹何妨肉。有飛泉日日供明珠，
> 五千斛。　　春雨滿，秧新穀。閒日永，眠黃犢。看雲連
> 麥隴，雪堆蠶簇。若要足時今足矣；以為未足何時足。被
> 野老相扶入東園，枇杷熟。（卷四，頁 401）

輕鷗飛來，劃破瓢泉如鏡般的碧水，呈現平靜如鏡的瓢泉和漣漪乍起的風貌，別具雅趣。詞人隱居之處，往往是淒清寂寥，有輕鷗、鸂鶒作為點綴，可為環境增加靈動和生機。全詞寫初夏季節山居生活的清閒自得，純樸山居的生活形態，稼軒體現出輕揚閒適、理趣盎然的情懷。〔明〕卓人月、徐士俊《古今詞統》即道：「無處著一分緣飾，是山居眞色。」〔註40〕另外〈鷓鴣天·黃沙道中即事〉：

> 句里春風正剪裁。溪山一片畫圖開。輕鷗自趁虛船去，荒
> 犬還迎野婦回。松菊竹，翠成堆。要擎殘雪鬥疏梅。亂鴉
> 畢竟無才思，時把瓊瑤蹴下來。（卷二，頁 301）

一句一景地把眼前動態的鷗趁虛船和犬迎野婦之貌，以及靜態之景的

〔註38〕　〔明〕張溥：《漢魏六朝百三家集》，見〔清〕紀昀等總纂：《景印文淵閣四庫全書》（臺北：臺灣商務印書館，1883 年），冊 1415，頁 434。

〔註39〕　〔宋〕李曾伯：《可齋雜稿》見〔清〕紀昀等總纂：《景印文淵閣四庫全書》（臺北：臺灣商務印書館，1883 年），冊 213，頁 345。

〔註40〕　〔明〕卓人月、徐士俊：《古今詞統》，見《續修四庫全書》（上海：上海古籍出版社，2002 年影印本第一版），冊 1729，頁 132。

特徵和神味，一一呈現。鷗的自在、狗的溫馨是動態，還有靜態之物松竹碧綠成蔭，以及猶著殘雪的梅花。更以無才思的烏鴉踢落樹枝上的花朵，諧趣作結，足見稼軒此刻心境悠閒，故能細膩的觀察及對待萬物的熱情，體現超然物外的閒情意趣。另一詞作〈浣溪沙·黃沙嶺〉同為寫黃沙嶺，詞云：

> 寸步人間百尺樓。孤城春水一沙鷗。天風吹樹幾時休。　突兀趁人山石狼，矇朧避路野花羞。人家平水廟東頭。（卷二，頁 300）

二詞表現的風格就迥然有異。上片泛寫人間行路之難，稼軒見一隻沙鷗停留於黃沙嶺的春水邊，此時有風起吹樹，稼軒即景抒感。〔唐〕杜甫〈旅夜書懷〉：「飄飄何所似？天地一沙鷗」，〔註41〕稼軒即景自喻，對沙鷗而自傷蒼茫孤獨之感。此詞據吳則虞《辛棄疾詞選集》：「『寸步人間百尺樓。孤城春水一沙鷗。』上句言黃沙之高，下句乃稼軒在嶺上自況。」〔註42〕

　　紹熙三年（1192）春，稼軒出任福建提點刑獄時，惟一別瓢泉之作〈浣溪沙·壬子春，赴閩憲，別瓢泉〉：

> 細聽春山杜宇啼。一聲聲是送行詩。朝來白鳥背人飛。　對鄭子真巖石臥，赴陶元亮菊花期。而今堪誦北山移。（卷三，頁 307）

上片借鳥語傳情，稼軒春山行走，側耳傾聽杜鵑長啼，又以白鳥怨恨，背人飛去，似有責怪意。此說其來有自，稼軒初隱帶湖時，有詞作〈水調歌頭·盟鷗〉：「凡我同盟鷗鳥，今日既盟之後，來往莫相猜。」〔註43〕（卷二，頁 115）結盟鷗鳥永久相伴，不料今天己卻驟然將離，言鷗似有責己背盟之怨。下片借典故寄意，以漢時鄭

〔註41〕見清聖祖御製：《全唐詩》（臺北：明倫出版，1971年5月初版）冊7，卷229，頁2489。
〔註42〕吳則虞：《辛棄疾詞選集》（上海：上海古籍出版社，1993年6月第一版），頁261。
〔註43〕鄧廣銘：《（增訂本）稼軒詞編年箋注》（臺北：華正書局，2007年2月二版），頁115。

子眞屢受詔而不仕，〔晉〕陶淵明掛冠不仕，毅然解印歸隱，言己曾如二人於巖石下，手把菊花飲，大談歸隱之趣，如今內萌機心而出任閩憲，半途背盟，該爲人所笑，故道「堪誦北山移」。〔註44〕諷己不能堅定不仕之盟，愧對山中盟友。稼軒春山行走，借鳥語傳情，又取象於眼前的白鳥，顯示他的自笑機心和曲折深隱的背盟之意。

　　稼軒詞裡，也以白鷺表現閒情，〈玉樓春‧乙丑京口奉祠西歸，將至仙人磯〉：

　　　江頭一帶斜陽樹。總是六朝人住處。悠悠興廢不關心，惟
　　有沙洲雙白鷺。仙人磯下多風雨。好卻征帆留不住。直須
　　抖擻盡塵埃，卻趁新涼秋水去。（卷五，頁 556）

稼軒對歷史興亡存廢的關懷，正是對現實關懷的變形，此處以對歷史興亡存廢的漠然感情，化用〔宋〕蘇軾〈再和潛師詩〉：「惟有飛來雙白鷺，玉羽瓊枝鬭清好。」〔註45〕而著眼於沙洲雙白鷺，寓意著三度罷職後，對現實生活不再存有追尋的希望，心情歸於一派恬然沈靜，如同興廢不關心的沙洲白鷺。

　　〈清平樂‧書王德由主簿扇〉是以鷺預祝仕途亨達高舉，詞云：

　　　溪回沙淺。紅杏都開遍。鸂鶒不知春水暖。猶傍垂楊春岸。
　　　　片帆千里輕船。行人想見敧眠。誰似先生高舉，一行
　　白鷺上青天。（卷四，頁 443）

此爲一首題畫扇詞，雖非眼前眞實之景，但稼軒即扇中之景，妙筆鋪陳由近而遠，由水及岸，再由岸邊至水上，從地面至天空，以紅杏、鸂鶒、垂楊、片帆、行人、白鷺等景物，構成一幅意境開闊的圖畫。

〔註44〕稼軒詞中「北山」，係採孔稚珪《北山移文》典故。用以嘲諷南朝‧周顒以山林爲「終南捷徑」之事。周顒，長於佛理及老莊，隱於鍾山，後奉召出仕爲海鹽縣令，期滿進京，路過鍾山，孔稚珪借「鍾山之英，草堂之靈」之名，以檄移的文體，對「纓情好爵」的虛僞隱士周顒，予以口誅筆伐。〔南朝梁〕蕭統編，〔唐〕李善注：《文選》（臺北：文津出版社，1987 年），頁 155。
〔註45〕〔清〕王文誥輯注：《蘇軾詩集》（北京：中華書局，1992 年 4 月），冊 4，卷 22，頁 1186。

「一行白鷺上青天」用杜甫〈絕句四首〉:「兩箇黃鸝鳴翠柳,一行白
鷺上青天」〔註46〕寫畫扇裡的空中飛鳥,預言王德由將仕途亨達高舉。

　　稼軒閒居瓢泉,追和趙晉臣同題同韻之咏荷詞〈喜遷鶯‧謝趙晉
臣賦敷文賦芙蓉詞見壽,用韻爲謝〉:

　　　　暑風涼月,愛亭亭無數,綠衣持節。掩冉如羞,參差似妒,
　　　　擁出芙渠花發。步襯潘娘堪恨,貌比六郎誰潔。添白鷺,
　　　　晚晴時公子,佳人並列。　　休說,寧木末;當日靈均,
　　　　恨與君王別。心阻媒勞,交疏怨極,恩不甚兮輕絕。千古
　　　　離騷文字,芳至今猶未歇。都休問;但千杯快飲,露荷翻
　　　　葉。(卷四,頁499)

稼軒即景生情,將杜牧〈晚晴賦〉:「白鷺忽來,似風標之公子」化爲
眼前之景,認爲惟有外表俊逸又超然忘時機之白鷺,堪配與荷花這絕
代佳人並肩共處。上片白鷺伴荷花的意象,更表明作者借孤高寂寞的
荷花自比,而以白鷺比擬趙晉那樣知己的深意。〔註47〕

三、拍手笑沙鷗──詼諧諷諭

　　稼軒以水上沙鷗起興,〈菩薩蠻‧金陵賞心亭爲葉丞相賦〉寓莊
於諧地展開議論,詞云:

　　　　青山欲共高人語。聯翩萬馬來無數。煙雨卻低回。望來終
　　　　不來。人言頭上髮。總向愁中白。拍手笑沙鷗。一身都是
　　　　愁。(卷一,頁32)

此詞巧妙化用白居易詩〈白鷺〉:「人生四十未全衰,我爲愁多白髮垂。
何故水邊雙白鷺,無愁頭上也垂絲。」〔註48〕謂若白髮可爲愁苦的標
誌和測量器,爲何白鷺無愁卻得愁,以至頭毛雪白。白居易寫白鷺無

〔註46〕見清聖祖御製:《全唐詩》(臺北:明倫出版,1971年5月初版)　冊
　　　　7,卷228,頁2487。
〔註47〕朱德才、薛祥生、鄧紅梅編:《辛棄疾詞新釋輯評》(北京:中國書
　　　　店,2001年1月第一版),頁1314。
〔註48〕見清聖祖御製:《全唐詩》(臺北:明倫出版,1971年5月初版)　冊
　　　　13,卷438,頁4871。

愁，稼軒以排諧戲謔之筆法，嘲弄一身潔白的鷗鳥更是一身皆爲愁。鷗本無機心卻說鷗愁，可見稼軒藉鷗表達心靈的深沈，「愁」反映出稼軒對於當時政局之憂心忡忡。〔明〕卓人月、徐士俊《古今詞統》稱：「拍手二句，趣語解頤。」〔註49〕鷗鷺高潔的品質，象徵著是文人的高情逸志，人和鷗鷺建立親和的主客合一關係，人亦彷彿返樸歸眞，回歸自由和本然的生命純眞狀態。因之稼軒時而以沙鷗的冷嘲熱諷，展現自我調侃解嘲，〈柳梢青‧三山歸途，代白鷗見嘲〉云：

> 白鳥相迎，相憐相笑，滿面塵埃。華髮蒼顏，去時曾勸，
> 聞早歸來。　　而今豈是高懷。爲千里蓴羹計哉。好把移
> 丈，從今日日，讀取千回。（卷三，頁340）

稼軒初罷帶湖時曾與白鷗爲盟，有〈水調歌頭‧盟鷗〉（卷二，頁115）之作，紹熙三年（1192）春，出任福建提點刑獄時，惟一別瓢泉之作〈浣溪沙‧壬子春，赴閩憲，別瓢泉〉（卷三，頁307），以白鳥怨恨，背人飛去，似有責怪其有機心而出任閩憲。紹熙五年（1192）秋，再度被罷職回到帶湖作此詞，表達再度出仕，卻又無功而返的憤慨和悔恨。

　　以稼軒的蓋世之才，卻未能成就大氣候，垂老出知鎮江府，因韓侂冑等人集團抗金計策而處處受羈，在屢遭抑遏催伏、壯圖銷鑠之餘，既未能有所作爲，又不甘歸山，出處尷尬，嘉泰四年（1204）鎮京口時，有〈瑞鷓鴣‧京口病中起登連滄觀偶成〉以鷗自我嘲諷：

> 聲名少日畏人知。老去行藏與願違。山草舊曾呼遠志，故
> 人今又寄當歸。何人可覓安心法，有客來觀杜德機。卻笑
> 使君那得似，清江萬頃白鷗飛！（卷五，頁551）

據《世說新語》：「處則爲遠志，出則爲小草。」〔註50〕稼軒自諷由昔日的「遠志」，而今爲「小草」，進不能有所作爲，隱又心有所憾，出處尷尬的煎熬，是以鷗鳥以嘲諷己之處境，故云「老去行藏與願違」。

〔註49〕〔明〕卓人月、徐士俊《古今詞統》，見《續修四庫全書》（上海：
　　　　上海古籍出版社，2002年影印本第一版），冊1729，頁125。
〔註50〕余嘉錫：《世說新語箋疏》（臺北：華正書局，1991年10月初版），
　　　　下冊，頁804。

吳則虞《辛棄疾詞選集》即道:「今日出而無遠志,謂功不成。江流萬頃,白鷗狎浪,鷗不眠而飛,喻人之當隱而不隱,此『飛』末字非泛用。」〔註51〕

　　稼軒與鷗同盟,能代白鷗見嘲,〔註52〕又能詼諧地和白鷺對話,藉人鳥一段有趣的對話,表現作者熱愛大自然之感情,頗具「文」味和奇思。〔註53〕,〈鵲橋仙·贈鷺鷥〉:

> 溪邊白鷺。來吾告汝。溪里魚兒堪數。主人憐汝汝憐魚,
> 要物我欣然一處。　　白沙遠浦。青泥別渚。剩有蝦跳鰍
> 舞。任君飛去飽時來,看頭上風吹一縷。(卷五,頁533)

歷來對白鷺多有歌詠,〔唐〕李白〈白鷺鷥〉:「白鷺下秋水,孤飛如墜霜。心閒且未去,獨立沙洲傍。」〔註54〕以白鷺潔白的羽色飛翔於空中著陸沙洲時如墜霜的身影,寫內心的孤寂。又〔唐〕劉禹錫〈白鷺兒〉:「白鷺兒,最高格。毛衣新成雪不敵,眾禽喧惚獨凝寂。孤眠竿芊草,久立潺潺石。前山正無雲,飛去人遙碧。」〔註55〕白鷺羽色潔白被賦予高潔的品格,孤高出塵的逸士形象,原是不與世爭,詞中稼軒在表達對善與惡、正與邪、喜好和厭惡的強列對比,白鷺被設想成一個頭上白羽飄飄的鬥士,稼軒要其聽己之勸告,愛惜清美的魚兒而去飽食泥沙中蝦鰍,彷彿將魚兒視為善類,而對視為惡類的蝦鰍,表現出嫉惡如仇、好惡愛恨的反差,可見其純真的生活趣味和深刻的生活體驗。

　　此外〈清平樂·博山道中即事〉以「宿鷺」對於熱中名利者婉曲地譏諷:

〔註51〕吳則虞:《辛棄疾詞選集》(上海:上海古籍出版社,1993年6月第一版),頁243～244。

〔註52〕〈柳梢青·三山歸途,代白鷗見嘲〉(卷三,頁340)。

〔註53〕王偉勇:《南宋詞研究》(臺北:文史哲出版社,1987年9月初版),頁322。

〔註54〕見清聖祖御製:《全唐詩》(臺北:明倫出版社,1971年5月初版),冊6,卷183,頁1871。

〔註55〕見清聖祖御製:《全唐詩》(臺北:明倫出版社,1971年5月初版),冊11,卷356,頁3998。

柳邊飛鞚，露濕征衣重。宿鷺窺沙影動。應有魚蝦入夢。　　一川淡月疏星。浣紗人影娉婷。笑背行人歸去，門前稚子啼聲。
（卷二，頁 171）

此以白描寫境，景物歷歷如畫，不同於〈醜奴兒近・博山道中效李易安體〉寫博山道中的雨後日景，此寫其夜景。劉永濟《唐五代兩宋詞簡析》：

> 此爲農村圖畫也，因眼前見之事有感於心者寫之。此詞「宿鷺」二句，雖繫眼前實景，而作者對此體會極爲深刻。蓋見熟睡之鷺，孤影搖動，因而體會其搖動之故，必繫作夢；又從鷺鳥之夢，體會必繫見著魚蝦。層層深入，心細於髮。
>
> 〔註56〕

稼軒見孤影晃動，知爲酣眠中的白鷺，揣度其當爲夢裡捉捕魚蝦而不安，由見而知，由知而猜，隱隱地譏諷追逐名利者。

四、其　他

稼軒妙筆詠雙陸之詞〈念奴嬌・雙陸，和陳仁和韻〉，以鷗鵲羽色寫棋弈，上片：

> 少年橫槊，氣憑陵，酒聖詩豪餘事。袖手旁觀初未識，兩兩三三而已。變化須臾，鷗飛石鏡，鵲抵星橋外。搗殘秋練，玉砧猶想纖指。（卷二，頁 216）

對博弈進行評論以鷗鳥羽白、鵲鳥色黑喻指棋子之色。又〈鷓鴣天・和傅先之提舉賦雪〉：

> 泉上長吟我獨清。喜君來共雪爭明。已驚並水鷗無色，更怪行沙蟹有聲。添爽氣，動雄情。奇因六出憶陳平。卻嫌烏雀投林去，觸破當樓雲母屏。（卷四，頁 522）

言沙鷗與雪色一樣，故望之似若無色，是以鷗羽白特徵寫雪色之白。另有以鷗、鷺羽白喻爲浪潮，〈摸魚兒・觀潮上葉丞相〉上片即云：

> 望飛來半空鷗鷺。須臾動地鼙鼓。截江組練驅山去。鏖戰

〔註56〕劉永濟：《唐五代兩宋詞簡析》，（臺北：龍田出版社，1982 年），頁 77。

　　　　未收貔虎。朝又暮。悄慣得、吳兒不怕蛟龍怒。風波平步。

　　　　看紅旆驚飛，跳魚直上，蹇踏浪花舞。（卷一，頁 39）

淳熙二年（1175），稼軒被召入朝，任倉部郎官，此詞作於七月出任
江西提刑前正值觀潮。「望飛來、半空鷗鷺」以江潮白浪譬為鷗鷺羽
白，又以江潮遠來疾至的宏偉氣勢，有如鷗、鷺從天而降，展現錢塘
江潮驚心動魄、聲勢浩大的潮水景象，也讓鷗鷺的本質起了變化，成
為奮進不懈的另一象徵意涵。〔註57〕

　　據舊題〔周〕師曠《禽經》：「宷寮雝雝，鴻儀鷺序。」張華注：
「鷺，白鷺也。小不踰大，飛有次序，百官縉紳之象。」〔註58〕白鷺
群飛有序的景象，〈御街行・山中問盛復之提幹行期〉：「情知夢里尋
鴛鷺，玉殿追班處。」（卷二，頁 250）以之喻朝官的班次有序。又
〈六州歌頭〉以白鷺振振寫威風之狀，詞上片云：

　　　　西湖萬頃，樓觀矗千門。春風路，紅堆錦，翠連雲，俯層
　　　　軒。風月都無際，蕩空蔚，開絕境，雲夢澤，餍八九，不
　　　　須吞。翡翠明璫，爭上金堤去，勃窣媻姍。看賢王高會，
　　　　飛蓋入雲煙。白鷺振振，鼓咽咽。（卷五，頁 561）

據《宋史》：「時侂冑以勢利蠱士大夫之心，薛叔似、辛棄疾、陳謙皆
起廢顯用，當時固有困於久斥，損晚節以規榮進者矣。」又「會辛棄
疾入見，言敵國必亂必亡，願屬元老大臣預為應變之計。」〔註59〕《宋
史》所載，或許難以讓人信服，然此詞是讚美韓侂冑「定策」之功。
「白鷺振振，鼓咽咽」謂舞者手持鷺羽翩翩起舞，稼軒用以寫韓侂冑
的西湖之旅，飛蓋入雲，鼓聲咽咽，載歌載舞場面的威風之狀。

〔註57〕林宛瑜：〈稼軒詞鷗鳥意象之探析〉，《新竹教育大學語文學報》2005
　　　　年 12 月第 12 期，頁 247。

〔註58〕〔晉〕張華注：《師曠禽經》（北京：中華書局，1911 年新一版，《叢
　　　　書集成初編》），頁 13。

〔註59〕〔元〕脫脫等撰：《新校本宋史》（臺北：鼎文書局，1886 年，楊家
　　　　駱主編：《新校本二十五史》），卷 387〈列傳第一百四十六／論曰〉，
　　　　頁 13774。

第四章　稼軒詞中杜鵑意象之研究

　　杜鵑〔註1〕是否即是鶗鴃？見仁見智，稼軒〈賀新郎・別茂嘉十二弟〉（綠樹聽鵜鴃），詞題有「鵜鴃杜鵑實兩種，見離騷補注。」循此，筆者將之視爲二種不同的鳥。稼軒詞中提及「杜鵑」一詞有七闋，「催歸」有四闋，「杜宇」、「子規」、「不如歸」各二闋，除却上述重複計數之作一闋及三闋詞中見「催歸」、「不如歸」但與杜鵑並無相關之作，實爲 13 闋：〈滿江紅〉（點火櫻桃）、〈新荷葉・和趙德莊韻〉（人已歸來）、〈定風波・賦杜鵑花〉（百紫千紅過了春）、〈定風波・再用韻和趙晉臣敷文〉（野草閑花不當春）、〈浣溪沙・壬子春，赴閩憲，別瓢泉〉（細聽春山杜宇啼）、〈添字浣溪沙・三山戲作〉（記得瓢泉快活時）、〈御街行・山中問盛復之提幹行期〉（山城甲子冥冥雨）、（〈婆羅門引・別叔高〉（落花時節）、〈婆羅門引・用韻別郭逢道〉（綠陰啼鳥）、〈鵲橋仙・送粉卿行〉（轎兒

〔註1〕 圖片爲林文崇攝。

排了）、〈賀新郎・別茂嘉十二弟〉（綠樹聽鵜鴂鴂）、〈醜奴兒・書博山道中壁〉（煙蕪露麥荒池柳）、〈添字浣溪沙〉（日日閑看燕子飛）。

第一節　杜鵑的形態和習性

　　杜鵑，一爲鳥名，一爲花名。杜鵑鳥由於種類繁多，說法各有異同，《辭海》中列有大杜鵑條目，對杜鵑做了如下解釋：屬杜鵑科，體長33～35釐米，體色以暗灰色爲主，肚腹部夾有黑褐（雄）、栗紅（雌）等色澤的橫紋或斑點等。棲於開闊林地，卵產於葦鶯等鳥巢中，嗜食毛毛蟲，在中國有四個亞種，夏時幾乎遍佈各處。據《鳥類圖鑑》所載，杜鵑爲遷徙性的候鳥，繁殖於西伯利亞東部到北非，在南非和亞洲過多。雄鳥叫聲「ㄅㄨㄅㄨˇ」杜鵑科科名即是因此而來。捕食大型鱗翅目幼蟲和各類小型無脊椎動物爲食；雌鳥會觀察其他正在築巢之鳥，擇一時機移走或吃掉巢中的蛋，再產下自己的蛋，由寄主哺育。〔註2〕此外韓學宏《宋詞鳥類圖鑑》記載杜鵑，指出學名爲中杜鵑，又稱筒鳥，上半身鼠灰色，眼褐色，下胸到尾下覆羽灰白色，有黑色條斑，下頸略帶褐色，雌雄同色。主要棲息在平地至丘陵的林緣中上層。不築巢，不育雛，托卵於其他鶯亞科小型鳥類巢裡，卵色與卵形隨寄主不同而變異。以小型動物爲食，通常單獨或成雙活動，鳴聲單調，常發出「不不——不不」以及「公孫」之聲。〔註3〕

　　根據舊題〔周〕師曠《禽經》：

　　　　鷤、舊周、子規也，啼必北嚮。江介曰子規，蜀右曰杜宇。

　　　　〔註4〕

〔晉〕張華注云：

〔註2〕　科林・哈里森，亞倫・格林史密斯：《鳥類圖鑑》（臺北：貓頭鷹出版社，1995年初版），頁182。

〔註3〕　韓學宏：《宋詞鳥類圖鑑》（臺北：貓頭鷹出版，2004年11月初版），頁25。

〔註4〕　〔晉〕張華注：《師曠禽經》（北京：中華書局，1911年新一版，《叢書集成初編》），頁8。

《爾雅・釋鳥》曰「巂周」，甌越間曰怨鳥，夜啼達旦，血漬
草木，凡鳴皆北嚮也。啼苦則倒懸於樹，自呼曰謝豹。〔註5〕
杜鵑鳴聲如「謝豹」，往往於夜間啼鳴，啼時必北嚮，且長啼至天亮。
〔宋〕陸佃《埤雅》也載：「杜鵑一名子規，苦啼啼血不止，一名怨
鳥，夜啼達旦，血漬草木，凡始鳴皆北嚮，啼苦則倒懸於樹。」〔註6〕
又〔明〕李時珍《本草綱目》云：

> 杜鵑，出蜀中，今南方亦有之。狀如雀鷂，而色慘黑，赤
> 口有小冠，春暮即鳴，夜啼達旦，鳴必向北，至夏尤甚，
> 晝夜不止，其聲哀切。田家候之，以興農事。惟食蟲蠹，
> 不能爲巢，居他巢生子，冬月則藏蟄。〔註7〕

李氏指出杜鵑的產地、形態和習性，並認爲是提醒農事的催耕之鳥。
杜鵑產於四川，外觀並不耀眼，羽色並不華麗美豔，正和她的鳴聲相
同，有淒涼哀怨的情調，是一種極爲暗淡的鳥。

有異於杜鵑鳥羽色的暗淡，杜鵑花則是以其色豔花紅耀人眼目，
據《南越筆記》載：

> 杜鵑花以杜鵑啼時開，故名。〔註8〕

文學裡，杜鵑鳥和杜鵑花往往被並提而論，鄭元春《神奇的多用途植
物圖鑑》記載，杜鵑隸屬杜鵑花科，有原生種和雜交種，品類繁多，
春至夏開，花形、花序、花色各有變異。性喜冷涼，在岩石裸露處、
向陽草生地，或貧瘠的岩礫地均能欣欣向榮。〔註9〕其實杜鵑啼鳴時
爲春至夏間，此時所開之花繁多，不惟杜鵑花而已，但因同爲蜀地之

〔註5〕　〔晉〕張華注：《師曠禽經》（北京：中華書局，1911 年新一版，《叢
　　　　書集成初編》），頁 8。
〔註6〕　〔宋〕陸佃撰：《埤雅》（臺北：臺灣商務印書館，年月日缺，王雲
　　　　五主編：《叢書集成簡編》），卷 9，頁 227。
〔註7〕　〔明〕李時珍：《本草綱目》（臺北：國立中國醫藥研究所，1988 年
　　　　10 月三版），頁 1477。
〔註8〕　〔清〕李調元輯：《南越筆記》（北京：中華書局，1985 年新一版，《叢
　　　　書集成初編》），頁 221。
〔註9〕　鄭元春：《神奇的多用途植物圖鑑》（臺北：綠生活雜誌股份有限公
　　　　司，1996 年 11 月），頁 72。

物，又杜鵑花色紅豔，而被聯想成神話傳說中杜鵑啼血之漬。

第二節　杜鵑意象的蘊涵

一、杜鵑異稱

　　望帝杜宇魂化杜鵑，派生出繁多的杜鵑異稱，根據賈祖璋《鳥與文學》統計有四十二個，並說：

> 在她那些分歧繁雜名稱中，有一些是屬於神話上的，有一些是擬似鳴聲的，有一些是各處各地的俗稱；又以聲音訛傳的關係，同一名稱有各種各樣的寫法，因此愈見紛雜繁複。〔註10〕

賈氏認為杜鵑異稱紛雜繁複，乃因神話、鳥鳴擬聲、地異稱歧、聲音訛傳、或是寫法不同之故。據羅澤賢〈杜鵑鳥別名考——兼論杜鵑與古代詩詞之關係〉歸納出杜鵑鳥一共有二十幾個別名，異稱之多，是鳥類中絕無僅有的現象。至於別名的由來如下：

> （1）根據杜宇化為鳴禽的神話故事；（2）諧音，模擬她的啼聲；（3）人們認定她對社會所作的貢獻；（4）依據她的容貌的特徵；（5）依據她啼鳴聲的感情色彩；（6）按照她啼鳴時當地農事的特點，因而這一名稱也就帶有某地局部性。〔註11〕

賈、羅二人之說，對杜鵑別名的統計數據實有差異，但對於異稱之多，緣於神話，或為擬聲、或因地異稱歧，看法是一致的。事實上，禽鳥的名稱是人類賜給的，往往肩負著命名者的期待、意願，或是其他社會心理。譬如望帝杜宇化為子規，是因著哀傷而美麗的神話傳說，而「子規」又和「子歸」諧音，也被賦予殷盼離人歸來的情

〔註10〕　見賈柏松、韓仁煦、尤廉編：《賈祖璋全集》（福州：福建科學技術出版社，2001年9月第一版）第一卷，頁96。

〔註11〕　羅澤賢：〈杜鵑鳥別名考——兼論杜鵑與古代詩詞之關係〉，《株洲師範高等專科學校學報》2007年8月，第十二卷第四期，頁72。

感；至於杜鵑啼鳴如「不如歸去」，在詩詞中，或作「催歸」、「思歸」，實爲音義雙關。

至於子規又名「謝豹」，據張華注《師曠禽經》云：「啼苦則倒懸於樹，自呼曰謝豹。」〔註12〕〔宋〕陸游《老學庵筆記》也載：「吳人謂杜宇爲謝豹，杜宇初啼時漁人得蝦，曰謝豹蝦。市中賣筍，曰謝豹筍。唐顧況送張衛尉詩曰：綠樹材中啼，謝豹啼若非吳人，殆不知謝豹爲何物也。」〔註13〕吳人稱杜宇爲「謝豹」，因之「謝豹」具有地域性色彩。有關「謝豹」的記載，也見於〔元〕伊士珍《瑯嬛記》：「昔有人飲於錦城謝氏，其女窺而悅之。其人聞子規啼，心動即謝去。女恨甚，後聞子規啼，則怔忡若豹鳴也，使侍女以竹枝驅之曰：『豹！汝尚敢至此啼乎！』故名子規爲謝豹。」。〔註14〕

二、杜鵑意象

王功絹、樊倩倩〈論唐詩中杜鵑意象意蘊的拓展〉歸納《全唐詩》中杜鵑意象有三：（1）聲音，其鳴若曰不如歸去；（2）身份，亡國的冤屈帝王；（3）行爲，啼血化魂。〔註15〕韓學宏《唐詩鳥類圖鑑》指出唐詩中提及杜鵑時，都含有怨懟嗔恨之意，而杜鵑鳴聲狀若「不如歸去」，被視爲鄉愁的象徵，這種的意涵，到宋代才眞正流傳下來。〔註16〕以下就神話所載杜宇化鵑、《禽經》所言杜鵑血漬草木，以及杜鵑鳴聲「不如歸去」三方面予以論述。

〔註12〕〔晉〕張華注：《師曠禽經》（北京：中華書局，1911 年新一版，《叢書集成初編》），頁 8。

〔註13〕〔宋〕陸游：《老學庵筆記》，見〔清〕紀昀等總纂：《景印文淵閣四庫全書》（臺北：臺灣商務印書館，1883 年）子部 171，雜書類，卷 3，頁 865～25。

〔註14〕〔元〕伊士珍撰：《瑯嬛記》（北京：中華書局，1911 年新一版，《叢書集成初編》），頁 16～17。

〔註15〕王功絹、樊倩倩：〈論唐詩中杜鵑意象意蘊的拓展〉，《滄桑》（山西：史志研究院，2007 年 5 月），頁 224。

〔註16〕韓學宏：《唐詩鳥類圖鑑》（臺北：貓頭鷹出版社，2003 年 4 月初版），頁 27。

（一）杜宇化鵑

〔東漢〕李膺《蜀志》載：

> 望帝稱王於蜀，時荊州有一人，化從井中出，名曰鼈靈。
> 於楚身死，屍反泝流上至汶山之陽，忽復生，乃見望帝，
> 立以爲相。其後巫山龍鬪，壅江不流，蜀民墊溺；鼈靈乃
> 鑿巫山，開三峽，降丘宅土，民得陸居。蜀人住江南，羌
> 住城北，始立木柵，周三十里，令鼈靈爲刺史，號曰西州。
> 後數歲，望帝以其功高，禪位於鼈靈，號曰開明氏。望帝
> 修道，處西山而隱，化爲杜鵑鳥，或云爲子規鳥，至春則
> 啼，聞者悽惻。〔註17〕

〔晉〕張華注《師曠禽經》曰：

> 望帝杜宇者，蓋天精也。……望帝修道處西山而隱，化爲
> 杜鵑鳥，或云化爲杜宇鳥，亦曰子規鳥。至春則啼，聞者
> 悽惻。〔註18〕

〔東晉〕常璩《華陽國志》載道：

> 杜宇稱帝，號曰望帝，更名蒲卑，自以功德高，……會有
> 水災其相開〔明〕決玉壘山以除水害，帝遂委以政事，法
> 堯舜禪授之義，遂禪位於開明，帝升西山隱焉。〔註19〕

杜鵑是望帝杜宇所化的神話，提供了後人繁複的想像，韓學宏：《宋
詞鳥類圖鑑》就說當杜鵑生子而托卵於百巢時，百巢會代爲哺雛，像
君臣一樣；〔註20〕賈祖璋《鳥與文學》認爲望帝並不怎麼樣有恩澤於
民，而蜀人卻能「見鵑鳴而思望帝」，並引杜甫〈杜鵑〉〔註21〕指出：

〔註17〕〔東漢〕李膺：《蜀志》轉引自〔晉〕張華注：《師曠禽經》（北京：
中華書局，1991年，新一版，《叢書集成初編》），頁8。

〔註18〕〔晉〕張華注：《師曠禽經》（北京：中華書局，1911年新一版，《叢
書集成初編》），頁8。

〔註19〕〔東晉〕常璩：《華陽國志》（臺北：宏業書局，民1972年4月，《函
海叢書》），冊1，頁109。

〔註20〕韓學宏：《宋詞鳥類圖鑑》（臺北：貓頭鷹出版社，2004年11月初版），
頁25。

〔註21〕〔唐〕杜甫〈杜鵑〉：「西川有杜鵑，東川無杜鵑。涪萬無杜鵑，雲
安有杜鵑。我昔遊錦城，結廬錦水邊。有竹一頃餘，喬木上參天。

「這是一首感事詩，所云極爲附會，但『生子百鳥巢，百鳥不敢嗔』
云云，或許可以作這個故事起源的解釋。」〔註22〕

　　令人疑惑之處，望帝杜宇既因鼈靈功高而甘願讓位，那麼死後爲
何要化爲夜啼達旦，血漬草木的「怨鳥」？又既是德薄而禪位，那蜀
人爲何緬懷如此昏聵之君呢？楊梅〈杜宇「禪讓」考〉認爲：

> 鼈靈是蜀國的相，爲取代杜宇，只能用宮廷政變的方式。
> 杜宇「禪讓」傳說，不過是開明氏統治者爲了說明其政權
> 的合法性而製造的假像。〔註23〕

楊氏認爲此是政治奪權的陰謀論。然而在文學裡，杜鵑多爲後世所
用，不斷地被吟詠歌賦，而成爲哀傷冤屈的情調，相通之處就在於作
爲望帝的化身：

> 杜鵑集中望帝亡國後的所有情感：被迫隱居的淒苦，亡國
> 的悲恨，對故國的眷戀⋯⋯。〔註24〕

望帝化鵑的冤屈幽怨，文人多藉此呈現內心冤屈之憤，鮑照《擬行路難
十九首》是第一個把杜鵑作爲冤屈者形象在文學作品中出現者。〔註25〕

杜鵑暮春至，哀哀叫其間。我見常再拜，重是古帝魂。生子百鳥巢，
百鳥不敢嗔。仍爲餧其子，禮若奉至尊。鴻雁及羔羊，有禮太古前。
行飛與跪乳，識序如知恩。聖賢古法則，付與後世傳。君看禽鳥情，
猶解事杜鵑。今忽暮春間，值我病經年。身病不能拜，淚下如迸泉。」
舊注：「上皇幸蜀還，肅宗以李輔國離間，遷之西內，悒悒而崩，此
詩感是而作。但首四句有無互見，不知何義。夏竦謂是詩序，亦無
解。黃希、吳曾引樂府郭東亦有樵，郭西亦有樵、魚戲蓮葉東，魚
戲蓮葉西，謂甫正用此格。詩體則然，義終難辨。至王誼伯分指當
時刺史，尤穿鑿可笑。」見清聖祖御製：《全唐詩》（臺北：明倫出
版社，1971 年 5 月初版），冊 7，卷 221，頁 2331。

〔註22〕見賈柏松、韓仁煦、尤廉編：《貫祖璋全集》（福州：福建科學技術
　　　　出版社，2001 年 9 月第一版）第一卷，頁 88。
〔註23〕楊梅：〈杜宇「禪讓」考〉，《新余高專學報》2006 年 6 月，第十一卷
　　　　第三期，頁 32。
〔註24〕楊梅：〈杜宇「禪讓」考〉，《新余高專學報》2006 年 6 月，第十一卷
　　　　第三期，頁 32。
〔註25〕王功絹、樊倩倩：〈論唐詩中杜鵑意象意蘊的拓展〉，《滄桑》（山西：
　　　　史志研究院，2007 年 5 月），頁 224。

因著杜宇魂化杜鵑之說源於蜀地，也派生出杜魄、望帝、古帝魂、蜀魄、蜀鳥、蜀鵑等名稱，如〔晉〕左思〈蜀都賦〉：「碧出萇紅之血，鳥出杜宇之魂。」；〔註 26〕〔唐〕杜牧〈杜鵑〉：「杜宇竟何冤，年年叫蜀門。」；〔註 27〕〔唐〕羅鄴〈聞子規〉：「蜀魄千年尚怨誰，聲聲啼血向花枝」〔註 28〕等。

（二）杜鵑啼血

〔晉〕張華注《師曠禽經》記載杜鵑：

> 夜啼達旦，血漬草木，凡鳴皆北嚮也，啼苦則倒懸於樹。
>
> 〔註 29〕

杜鵑夜啼達旦，苦啼不止，血漬草木之說，據〔南朝宋〕劉敬叔《異苑》云：

> 杜鵑始陽相催而鳴，先鳴者吐血死，常有人山行，見一群寂然，聊學其聲，嘔血死，初鳴先聽其聲者主離別，廁上聽其聲不祥，厭之法，當為大聲以應之。〔註 30〕

杜鵑果真會啼血嗎？恐是源於觀察不精。據〔明〕李時珍《本草綱目》所載：「狀如雀鷂，而色慘黑，赤口有小冠。」〔註 31〕杜鵑原為赤口，口腔上皮和舌頭均為紅色，彷彿啼得滿嘴流血，不過亦有可能因獵捕時，嘴上有血漬而生杜鵑嘔血之誤。杜鵑聲哀啼血的悲愁形象，常被視為不祥之物，〔南朝梁〕宗懔《荊楚歲時記》也云：「杜鵑初鳴，先

〔註 26〕〔晉〕左思〈蜀都賦〉，見〔梁〕蕭統編，〔唐〕李善注：《文選》（臺北：文津出版社，1987 年），卷 4〈蜀都賦〉，頁 187。

〔註 27〕見清聖祖御製：《全唐詩》（臺北：明倫出版社，1971 年 5 月初版），冊 16，卷 525，頁 6015。

〔註 28〕見清聖祖御製：《全唐詩》（臺北：明倫出版社，1971 年 5 月初版），冊 19，卷 654，頁 7522。

〔註 29〕〔晉〕張華注：《師曠禽經》（北京：中華書局，1911 年新一版，《叢書集成初編》），頁 8。

〔註 30〕〔南朝宋〕劉敬叔撰：《異苑》（臺北：新興書局，1978 年，影印本，《筆記小說大觀十編》），第一冊，卷 3，頁 16。

〔註 31〕〔明〕李時珍：《本草綱目》（臺北：國立中國醫藥研究所，1988 年 10 月三版），頁 1477。

聞者主別離，學其聲，令人吐血，登廁聞之不祥，厭法，但作聲應之。」
〔註32〕

此外杜鵑也可作爲花名，《南越筆記》記載杜鵑花因杜鵑啼時開故
名之。〔註33〕韓學宏《唐詩鳥類圖鑑》稱杜鵑啼血時，染紅了樹下花草，
「杜鵑花」一名即由此而來。〔註34〕因之杜鵑花開之際，正值杜鵑啼鳴
時，故有「惟有此花隨越鳥，一聲啼處滿山紅」〔註35〕詩句。杜鵑又以
花色豔紅，結合杜鵑啼血，而被合詠，〔唐〕成彥雄〈杜鵑花〉：「杜鵑
花與鳥，怨豔兩何賒。疑是口中血，滴成枝上花。一聲寒食夜，數朵野
僧家。謝豹出不出，日遲遲又斜。」，〔註36〕又吳融〈送杜鵑花〉：「春
紅始謝又秋紅，息國亡來入楚宮。應是蜀冤啼不盡，更憑顏色訴西風。」
〔註37〕將把杜鵑花、鳥，和望帝杜宇化鵑的冤屈幽怨情調，綜合成一個
繁複的形象。

（三）杜鵑鳴聲「不如歸去」

杜鵑因口腔上皮和舌頭爲紅色的生理特徵，古人誤爲苦啼而流
血，倒懸於樹，故有怨鳥之名。〔註38〕如此愁苦的形象，深映人心，

〔註32〕〔南朝梁〕宗懍撰：《荊楚歲時記》（北京：中華書局，1911 年，新
　　　　一版，《叢書集成初編》），頁 10。

〔註33〕〔清〕李調元編纂：《南越筆記》（北京：中華書局，1985 年，新一
　　　　版，《叢書集成初編》），頁 221。

〔註34〕韓學宏：《唐詩鳥類圖鑑》（臺北：貓頭鷹出版社，2003 年 4 月初版），
　　　　頁 27。

〔註35〕李紳〈杜鵑樓〉：「七年冬所造。自西軒延架城隅，樓前植其杜鵑，
　　　　因以爲名，宴遊多在其上。杜鵑如火千房拆，丹檻低看晚景中。繁
　　　　豔向人啼宿露，落英飄砌怨春風。早梅昔待佳人折，好月誰將老子
　　　　同。惟有此花隨越鳥，一聲啼處滿山紅。」見清聖祖御製：《全唐詩》
　　　　（臺北：明倫出版社，1971 年 5 月初版），冊 15，卷 481，頁 5476。

〔註36〕見清聖祖御製：《全唐詩》（臺北：明倫出版社，1971 年 5 月初版），
　　　　冊 22，卷 759，頁 8626。

〔註37〕見清聖祖御製：《全唐詩》（臺北：明倫出版社，1971 年 5 月初版），
　　　　冊 20，卷 685，頁 7874。

〔註38〕〔宋〕陸佃撰：《埤雅》（臺北：臺灣商務印書館，年月日缺，王雲
　　　　五主編：《叢書集成簡編》），卷 9，頁 227。

又以望帝魂化杜鵑的淒涼哀婉，結合擬作「不如歸去」的鳴聲，成爲
遊子思鄉、送客催歸的意象。賈祖璋《鳥與文學》即道：

　　杜鵑鳥深植人心，啓發無限詩感，完全由於他的鳴聲，古
　　人把它擬人化了，從望帝出亡，「不如歸去」設想，形成淒
　　涼哀婉的情調。〔註39〕

賈氏之言，指出杜鵑鳴聲「不如歸去」不惟是一個象聲詞，自望帝出
亡化鵑後，亦被賦予淒涼哀婉的情調。此外，韓學宏《宋詞鳥類圖鑑》
談到望帝化鵑：

　　到了宋詞則以春愁鄉思，啼血夜鳴爲描寫主調，杜鵑的鄉
　　愁象徵，與牠的鳴聲狀若「不如歸去」有關，這種象意涵，
　　到宋代才普遍運用。〔註40〕

望帝化鵑，杜鵑聲若「不如歸去」，寫春愁鄉思，如〔宋〕柳永〈安
公子〉：

　　游宦成羈旅。短檣吟倚閑凝佇。萬水千山迷遠近，想鄉關
　　何處。自別後、風亭月榭孤歡聚。剛斷腸、惹得離情苦。
　　聽杜宇聲聲，勸人不如歸去。〔註41〕

抒寫游宦他鄉，春暮懷歸，然鄉關何處之慨。離情的苦澀，歸期又不
定，杜鵑無知卻聲聲勸人歸去，無情又似有情。但人不能歸，而杜宇
又不諒解，依舊催勸，徒亂人意，則有情終似無情。又如〔宋〕晏幾
道〈鷓鴣天〉：

　　十里樓台倚翠微。百花深處杜鵑啼。殷勤自與行人語，不
　　似流鶯取次飛。驚夢覺，弄晴時。聲聲只道不如歸。天涯
　　豈是無歸意，爭奈歸期未可期。〔註42〕

〔註39〕見賈柏松、韓仁煦、尤廉編《賈祖璋全集》（福州：福建科學技術出
　　　　版社，2001年9月第一版）第一卷，頁88。
〔註40〕韓學宏：《宋詞鳥類圖鑑》（臺北：貓頭鷹出版社，2004年11月初版），
　　　　頁25。
〔註41〕見唐圭璋編：《全宋詞》（臺北：明倫出版社，1970年12月初版），
　　　　冊3，頁50。
〔註42〕見唐圭璋編：《全宋詞》（臺北：明倫出版社，1970年12月初版），
　　　　冊2，頁227。

寫春日百花深處聞杜鵑聲聲「不如歸去」，觸動作客他鄉，有家難歸的思歸之情，身不由己的憤慨。

　　杜鵑鳴聲因著文人各自處境和經驗不同，感受自是有異，例如〔唐〕杜荀鶴：〈聞子規〉：「啼得血流無用處，不如緘口過殘春。」〔註43〕是用以憤慨文章無用之言；〔宋〕王安石〈十五〉：「將母邗溝上，留家白紵陰，月明聞杜宇，南北總關心。」〔註44〕因杜鵑鳴聲「不如歸去」興起母子分隔兩地的思念和鄉愁。〔宋〕朱敦儒〈臨江仙〉：「月解重圓星解聚，如何不見人歸。今春還聽杜鵑啼。」〔註45〕寄寓痛心國土淪陷，南北親人不能團聚之言。

　　杜鵑鳴聲「不如歸去」，另有以「子規」象聲者，舊題〔周〕師曠《禽經》以「子規」名，此後擬似此聲者，或同一名稱有不同的說法，如「思歸」、「催歸」、「思歸樂」、「秭歸」、「子歸」等。〔註46〕

　　杜鵑催歸因著文人付諸個人感情或期待，亦用以送別寄惜別意，如〔唐〕張喬〈送友人東歸〉：「子規誰共聽，江月上清涔」。〔註47〕友人遠謫他處，流離的身世和仕途的坎坷，總讓人為之感慨，何時再見更不可測。有時反用杜鵑催歸之語，寄寓相思之意，〔唐〕無悶〈暮春送人〉：「杜鵑不解離人意，更向落花枝上啼。」〔註48〕杜鵑暮春啼

〔註43〕見清聖祖御製：《全唐詩》（臺北：明倫出版社，1971年5月初版），冊20，卷693，頁7983。

〔註44〕《王荊公詩集注》，見〔清〕紀昀等總纂：《景印文淵閣四庫全書》（臺北：臺灣商務印書館，1883年），冊1106，頁294。

〔註45〕見唐圭璋編：《全宋詞》（臺北：明倫出版社，1970年12月初版），冊1，頁842。

〔註46〕如：〔唐〕白居易：「人心自懷土，想作思歸鳴。」；〔宋〕尤袤《全唐詩話》：「換起（鳥鶂別名）窗全曙，催歸日未西，無心花裏鳥，更興盡情啼。」；高·唐賦：「秭歸，思歸。」；〔明〕楊維禎〈五禽言〉：「子歸，子歸，子不歸，白頭阿婆慈且悲。」

〔註47〕見清聖祖御製：《全唐詩》（臺北：明倫出版社，1971年5月初版），冊19，卷638，頁7318。

〔註48〕見清聖祖御製：《全唐詩》（臺北：明倫出版社，1971年5月初版），冊24，卷850，頁9622。

鳴，也點出時間，《留青日札》即道：

> 子規人但知其為催春歸去之鳥，蓋因其聲曰「歸去了」，故
> 又名思歸鳥，而不知亦為先春而鳴之鳥。〔註49〕

然而文學中將杜鵑視之為先春之鳥畢竟少見。杜鵑又因夜啼達旦，血漬草木之說，〔唐〕崔塗〈春夕〉：

> 水流花謝兩無情，送盡東風過楚城。胡蝶夢中家萬里，杜
> 鵑枝上月三更。故園書動經年絕，華髮春唯滿鏡生。自是
> 不歸歸便得，五湖煙景有誰爭。〔註50〕

崔塗言夢中化蝶還家，夢醒時杜鵑花開，子規啼鳴，時為三更，只要歸意一萌生，即使萬里之遙也能實現返鄉之夢。

杜鵑出現約為暮春至夏，正是一年繁花將萎、春景將逝之時，顏師古云：「杜鵑常以立夏鳴，鳴者眾芳皆歇。」〔註51〕因之杜鵑花開、杜鵑啼鳴又點出時序。此外杜鵑鳴若「不如歸去」，彷彿催春離去，意味春之將盡，易興傷春惜時之愁，如〔唐〕李嘉祐〈暮春宜陽郡齋愁坐忽枉劉七侍御新詩因以酬答〉：「子規夜夜啼櫧葉，遠道逢春半是愁。芳草伴人還易老，落花隨水亦東流。」〔註52〕又如〔宋〕秦觀〈踏莎行〉：「可堪孤館閉春寒，杜鵑聲里斜陽暮。」〔註53〕

〔註49〕〔明〕田藝蘅撰：《留青日札》（上海：上海古籍出版社，1992年11月第一版），頁58。

〔註50〕見清聖祖御製：《全唐詩》（臺北：明倫出版社，1971年5月初版），冊20，卷679，頁7783。

〔註51〕〈揚雄傳〉：「顏師古曰：『離騷云鶗鴂之先鳴兮，使夫百草為不芳。』雄言終以自沈，何惜芳草而憂鶗鴂也？……一名子規，一名杜鵑，常以立夏鳴，鳴則芳皆歇。」見〔東漢〕班固撰：《新校本漢書》（臺北：鼎文書局，1886年，楊家駱主編：《新校本二十五史》），卷87，頁3521。

〔註52〕見清聖祖御製：《全唐詩》（臺北：明倫出版社，1971年5月初版），冊6，卷207，頁2166。

〔註53〕見唐圭璋編：《全宋詞》（臺北：明倫出版社，1970年12月初版），冊4，頁0460。

第三節　稼軒詞中的杜鵑意象

　　筆者將稼軒 13 闋提及杜鵑之詞，歸納出「枕上勸人歸——思歸」、「杜鵑卻是舊知聞——賦杜鵑花」、「細聽春山杜宇啼——不如歸」、「提壺脫袴催歸去——萬恨千情」、「那堪更著子規啼——傷春」五個主題，以下分述之。

一、枕上勸人歸——思歸

〈滿江紅〉：

> 點火櫻桃，照一架荼蘼如雪。春正好，見龍孫穿破，紫苔蒼壁。乳燕引雛飛力弱，流鶯喚友嬌聲怯。問春歸不肯帶愁歸，腸千結。　　層樓望，春山疊。家何在，煙波隔。把古今遺恨，向他誰說。蝴蝶不傳千里夢，子規叫斷三更月。聽聲聲枕上勸人歸，歸難得。（卷一，頁 16）

《辛棄疾詞新釋輯評》稱此詞約作於宋孝宗乾道中期（1169 年前後）仕宦期內。﹝註54﹞辛更儒《辛棄疾詞選》認爲從詞中所寫永難平息的春愁，無人可訴的鄉土之恨來看，應是乾道元年之後的四五年內所作。﹝註55﹞

　　上片以「春正好」描繪出春天生機勃勃，明媚動人之景。不過「弱」、「怯」二字，流露出傷春惜時愁思。詞中閒暇是表層之意，對於一個有志抗金復國、志在有爲的英雄來說，歲月如流，恢復無望，而引起的時間之愁，才是內心沈鬱的感受。﹝註56﹞稼軒對春發問，恨春歸爲何不將愁帶走，也許有個人的離傷，更有深沈的感懷，藉以抒洩心中的鬱積，此也見於〈祝英台近・晚春〉：「是他春帶愁來，春歸何處，却不解帶將愁去。」（卷一，頁 96）一詞。下片由鄉愁入國愁，詞中反用〔唐〕崔

﹝註54﹞朱德才、薛祥生、鄧紅梅編：《辛棄疾詞新釋輯評》（北京：中國書店，2001 年 1 月第一版），頁 31。

﹝註55﹞辛更儒：《辛棄疾詞選》（北京：中華書局，2006 年 7 月第一版），頁 14。

﹝註56﹞朱德才、薛祥生、鄧紅梅編：《辛棄疾詞新釋輯評》（北京：中國書店，2001 年 1 月第一版），頁 32～33。

塗〈春夕〉：「胡蝶夢中家萬里，杜鵑枝上月三更。」〔註57〕言蝴蝶那裡
能能傳達自己的千里思鄉之夢，子規啼鳴到三更月盡，枕上所聽聲聲催
人歸去的啼鳴，更生不得歸去之愁思。此詞多角度烘托難以排遣的家國
之愁，並寄「思歸山東之情」。〔註58〕辛更儒《辛棄疾詞選》云：

> 作詞時，作者的居處似乎面對著一望無際的大江，這條大
> 江隔斷了南北的往來，使作者歸鄉的願望，永遠成了無法
> 實現的夢想。〔註59〕

稼軒登樓遠望，表現對故國望眼欲穿的思念，然而抗金復國大業的障
礙，徒能落得己身愁腸千結，楊忠《辛棄疾詞》也說：

> 「古今遺恨」此指國家分裂、鄉土淪陷之恨，「蝴蝶」兩句
> 化用前人詩句，以深婉之筆傳出哀婉之情。結尾杜鵑「不
> 如歸去」的叫聲，在催動思鄉人啟程。……此詞將傷春和
> 與思鄉結合，寓愛國之情於思鄉之中。〔註60〕

楊氏道出此詞一抒傷春，一寫家國之寄。稼軒家在濟南，陷敵已數十
載，思及徽、欽二帝及王公后妃囚死敵國之恥，中原父老陷敵之苦，
聞杜鵑勸人歸去，然南宋偏安，苟且偷生，不思恢復，現實徒與願違，
稼軒的焦灼和傷感，在子規勸歸聲中，更是何等鮮血淋漓的控訴，而
這樣的憂懷，也見於對友人的關懷詞作，如〈新荷葉・和趙德莊韻〉：

> 人已歸來，杜鵑欲勸誰歸。綠樹如雲，等閒付與鶯飛。兔
> 葵燕麥，問劉郎幾度沾衣。翠屏幽夢，覺來水繞山圍。　　有
> 酒重攜。小圃隨意芳菲。往日繁華，而今物是人非。春風
> 半面，記當年初識崔徽。南雲雁少，錦書無箇因依。（卷一，
> 頁30）

〔註57〕見清聖祖御製：《全唐詩》（臺北：明倫出版社，1971年5月初版），
　　　　冊20，卷679，頁7783。
〔註58〕鄧廣銘：《（增訂本）稼軒詞編年箋注》（臺北：華正書局，2007年2
　　　　月二版），頁17。
〔註59〕辛更儒：《辛棄疾詞選》（北京：中華書局，2006年7月第一版），頁
　　　　14。
〔註60〕楊忠譯注：《辛棄疾詞》（臺北：錦繡出版事業公司，1992年8月初
　　　　版），頁314。

此詞於宋孝宗淳熙元年（1174）正月，時稼軒重來建康府，出任江東安撫司參議官。當年他在建康府結識的好友趙德莊，已經退休寓居於饒州〔註61〕，此詞為稼軒和趙德莊之作。趙德莊〈新荷葉〉：「欲暑還涼，如春有意重歸。春若歸來，任他鶯老花飛。」又說「回首分攜。光風冉冉菲菲。曾幾何時，故山疑夢還非。」〔註62〕表達了對往日宦遊生涯和交游情誼的留戀，以及歸山後的無奈。稼軒和詞據此而發，上片總攝詞情，也對趙德莊政治機緣已失表示理解和同情；下片傳達趙德莊人事上因緣已斷的晚歸惆悵之感。〔註63〕詞中「人已歸來，杜鵑欲勸誰歸。」二句，辛更儒《辛棄疾詞選》釋義：

> 我已歸來，杜鵑還在啼叫「不如歸」，那是想勸說誰歸來呢？
>
> 〔註64〕

辛更儒認為「人已歸來」指的是稼軒自己歸來。因為由建康府通判任上被召見，前往臨安任司農寺主簿，旋即出知滁州，這次辟為江東安撫司參議官，是第二次到建康府。《辛棄疾詞新釋輯評》則稱：

> 言友人已自歸來，杜鵑為誰聲聲勸歸。〔註65〕

認為是趙德莊已歸來，杜鵑還勸誰歸。而汪誠《稼軒詞選析》也採取這樣的說法：

> 友人已經歸來，杜鵑啊！你還想勸誰歸？

上述三處或言「人已歸來」所指為稼軒，或稱為友人趙德莊，但不論

〔註61〕趙德莊即趙彥端。辛更儒：《辛棄疾詞選》（北京：中華書局，2006年7月第一版），頁22。

〔註62〕趙彥端〈新荷葉〉：「欲暑還涼，如春有意重歸。春若歸來，任他鶯老花飛。輕雷澹雨，似晚風、欺得單衣。簷聲驚醉，起來新綠成圍。回首分攜。光風冉冉菲菲。曾幾何時，故山疑夢還非。鳴琴再撫，將清恨、都入金徽。永懷橋下，系船溪柳依依。」見唐圭璋編：《全宋詞》（臺北：明倫出版社，1970年12月初版），冊7，頁1442。

〔註63〕朱德才、薛祥生、鄧紅梅編：《辛棄疾詞新釋輯評》（北京：中國書店，2001年1月第一版），頁66。

〔註64〕辛更儒：《辛棄疾詞選》（北京：中華書局，2006年7月第一版），頁22。

〔註65〕朱德才、薛祥生、鄧紅梅編：《辛棄疾詞新釋輯評》（北京：中國書店，2001年1月第一版），頁64。

所指為誰？可以確定的是此處杜鵑意象，取意勸歸當是無疑的。《辛棄疾詞新釋輯評》稱此詞是：

> 對友人趙德莊的人事遲暮失意感表達同情，同時也泄露出
> 作者內心深處的孤獨。〔註66〕

又《宋四家詞選》指出此詞：

> 以閒居反映朝局，一語便透。〔註67〕

道出稼軒不惟藉和詞表達對友人政事不利、人事不諧的失意落寞，予以勸慰關懷，也透露著官場人事變化的無常。而對於志在恢復，思歸之心激昂的稼軒而言，主戰抗敵在時代的氣氛中，如投海之石歸於靜寂，即使有著亢進的救國之情，亦難匹敵權位把持者的黜置，杜鵑勸歸聲裡，並微現稼軒內心的不安和孤獨。

二、杜鵑卻是舊知聞——賦杜鵑花

稼軒賦杜鵑花的詠物詞〈定風波・賦杜鵑花〉：

> 百紫千紅過了春，杜鵑聲苦不堪聞。卻解啼教春小住，風
> 雨，空山招得海棠魂。　　恰似蜀宮當日女，無數，猩猩
> 血染赭羅巾。畢竟花開誰作主？記取：大都花屬惜花人。（卷
> 四，頁494）

此詞〔宋〕趙晉臣曾和之，其後稼軒又賦同為詠杜鵑花之詞，〈定風波・再用韻和趙晉臣敷文〉：

> 野草閒花不當春。杜鵑卻是舊知聞。謾道不如歸去住。梅
> 雨。石榴花又是離魂。　　前殿群臣深殿女。無數，赭袍
> 一點萬紅巾。莫問興亡今幾主。聽取。花前毛羽已羞人。（卷
> 四，頁495）

二詞作年不可確考，約作於稼軒罷官閒居瓢泉期間。杜鵑花又名山映紅，春日開，花開多紅紫間有白色，因此〔唐〕白居易〈雨中赴劉十

〔註66〕朱德才、薛祥生、鄧紅梅編：《辛棄疾詞新釋輯評》（北京：中國書店，2001年1月第一版），頁74。

〔註67〕〔清〕周濟：《宋四家詞選》，見唐圭璋編《詞話叢編》（北京：中華書局，1993年12月1版），冊2，頁1654。

九二林之期及到寺劉已先去因以四韻寄之〉：「最惜杜鵑花爛熳，春風吹盡不同攀。」〔註68〕〔唐〕施肩吾〈杜鵑花詞〉：「杜鵑花時夭艷然，所恨帝城人不識。丁寧莫遣春風吹，留與佳人比顏色。」〔註69〕均寫出杜鵑花開時豔麗燦然之貌。

　　〈定風波‧賦杜鵑花〉上片泛咏杜鵑，結合杜鵑花落和杜鵑啼鳴，取意〔宋〕王安石〈越人幕養花游其下〉詩：「暮天無日地無塵，百紫千紅占得春」，〔註70〕而以「百紫千紅過了春」謂春歸花落，如此點出季節，也帶出「杜鵑聲苦不堪聞」。杜鵑鳥相傳蜀帝冤魂所化，春暮即鳴，夜啼達旦，鳴必北向，哀切之聲，啼至出血乃止，故〔唐〕李群玉〈黃陵廟〉：「風迴口暮吹芳芷，月落山深哭杜鵑。」〔註71〕稼軒用「聲苦」，「不忍聞」，寫出杜鵑深負哀怨悲愁之苦。下片讚杜鵑花之豔色，透過比喻的方式，將杜鵑的豔色聯想成蜀土宮女之血所染成，此也見〔唐〕司空曙〈杜鵑行〉將宮女和花作為聯想：「古時杜宇稱望帝，魂作杜鵑何微細。……豈知昔日居深宮。嬪妃左右如花紅。」〔註72〕杜鵑既是蜀王所化，那麼「嬪嬙左右如花紅」和稼軒宮女身披「猩猩血染赭羅巾」，視覺上恰恰與杜鵑花相似。此詞據《辛棄疾詞新釋輯評》云：

〔註68〕見清聖祖御製：《全唐詩》（臺北：明倫出版社，1971年5月初版），冊13，卷440，頁4904。

〔註69〕見清聖祖御製：《全唐詩》（臺北：明倫出版社，1971年5月初版），冊15，卷494，頁5592。

〔註70〕《王荊公詩集注》，見〔清〕紀昀等總纂：《景印文淵閣四庫全書》（臺北：臺灣商務印書館，1883年），冊1106，頁373。

〔註71〕見清聖祖御製：《全唐詩》（臺北：明倫出版社，1971年5月初版），冊17，卷569，頁6603。

〔註72〕〔唐〕司空曙〈杜鵑行〉：「古時杜宇稱望帝，魂作杜鵑何微細。跳枝竄葉樹木中，搶翔瞥掠雌隨雄。毛衣慘黑自憔悴，眾鳥安肯相尊崇。隳形不敢棲華屋，短翮唯願巢深叢。穿皮啄朽觜欲禿，苦饑始得食一蟲。誰言養雛不自哺，此語亦足為愚蒙。聲音咽嘶若有謂，號啼略與嬰兒同。口乾垂血轉迫促，似欲上訴于蒼穹。蜀人聞之皆起立，至今相效傳遺風。乃知變化不可窮，豈知昔日居深宮。嬪妃左右如花紅。」見清聖祖御製：《全唐詩》（臺北：明倫出版社，1971年5月初版），冊7，卷234，頁2581。

杜鵑悲鳴的目的，在於留春惜春小住，映衣帶開頭一句，
對杜鵑的行為，做了深入開掘，並使用「卻解」二字，把
杜鵑人格化。這大約和相傳杜鵑為蜀王杜宇靈魂所化的神
話傳說有關係。〔註73〕

指出杜鵑鳥悲鳴乃因春歸花落而傷春、惜春，欲留春住。雨橫風狂中，
杜鵑仍為空谷幽居的海棠招魂，勸其歸來，留春小住的用心良苦。

〈定風波・再用韻和趙晉臣敷文〉〔註74〕把杜鵑花和杜鵑鳥融
合在一起吟咏，開頭同是化用〔唐〕白居易〈雨中赴劉十九二林之期
及到寺劉已先去因以四韻寄之〉：「最惜杜鵑花爛熳，春風吹盡不同
攀。」〔註75〕〔唐〕施肩吾〈杜鵑花詞〉：「杜鵑花時夭艷然，所恨帝
城人不識」〔註76〕言百草閒花足稱為春色，惟有爛熳的杜鵑花堪為春
的象徵。接著又化用〔唐〕韋莊〈春日〉：「旅夢亂隨蝴蝶散，離魂漸
逐杜鵑飛。」〔註77〕〔唐〕白居易〈山石榴寄元九〉：「九江三月杜鵑
來，一聲催得一枝開。」〔註78〕以杜鵑啼叫杜鵑花開，如今梅雨霖霪，
切勿空言「不如歸去住」。下片仍是結合蜀王化鵑的神話傳說發揮。
如同「猩猩血染赭羅巾」，〔註79〕此處「前殿群臣深殿女。無數，赭
袍一點萬紅巾。」綜合運用〔唐〕司空曙〈杜鵑行〉〔註80〕和〔唐〕

〔註73〕朱德才、薛祥生、鄧紅梅編：《辛棄疾詞新釋輯評》（北京：中國書
店，2001 年 1 月第一版），頁 1295。

〔註74〕趙晉臣，紹興二十四年（1154）進士，中奉大夫，直敷文閣學士，
曾創書樓於上饒，慶元六年，任湖南轉運使並兼府事，而後罷職家
居鉛山。

〔註75〕見清聖祖御製：《全唐詩》（臺北：明倫出版社，1971 年 5 月初版），
冊 13，卷 440，頁 4904。

〔註76〕見清聖祖御製：《全唐詩》（臺北：明倫出版社，1971 年 5 月初版），
冊 15，卷 494，頁 5592。

〔註77〕見清聖祖御製：《全唐詩》（臺北：明倫出版社，1971 年 5 月初版），
冊 20，卷 696，頁 8008。

〔註78〕見清聖祖御製：《全唐詩》（臺北：明倫出版社，1971 年 5 月初版），
冊 13，卷 435，頁 4815。

〔註79〕〈定風波・賦杜鵑花〉（卷四，頁 494）。

〔註80〕見清聖祖御製：《全唐詩》（臺北：明倫出版社，1971 年 5 月初版），

白居易〈題孤山寺山石榴花示諸僧眾〉:「山榴花似結紅巾,容豔新妍占斷春。」〔註81〕言蜀王當年身著紅袍,群臣宮女身披紅巾,不幸國亡身死,化鵑泣血不止。

　　此二詞雖爲咏杜鵑花之作,然實有所寄託,《辛棄疾詞新釋輯評》評〈定風波・再用韻和趙晉臣敷文〉曰:

　　　　由杜鵑啼血引發的興亡之感,言帝王的興亡也好,改朝換
　　　　代也好,就不必去管了,還是吟賞杜鵑吧。〔註82〕

又曰:

　　　　此詞咏物,亦當有寄託,說「莫問興亡」,其實是關心國之
　　　　興亡,可謂「鬱伊善感」。〔註83〕

稼軒吟賞杜鵑,情繫家國安危,在「物」與「志」之間的感應與契合,蜀帝冤魂化成杜鵑,杜鵑成了寄寓遙深的身世之感,家國之寄。

三、細聽春山杜宇啼——不如歸

(一)諷己「不如歸」

　　稼軒自孝宗淳熙八年(1181)冬到光宗紹熙(1191)二年冬,被劾罷居上饒帶湖,紹熙三年(1192)春,稼軒時 53 歲,出任福建提點刑獄時,填〈浣溪沙・壬子春,赴閩憲,別瓢泉〉:

　　　　細聽春山杜宇啼。一聲聲是送行詩。朝來白鳥背人飛。
　　　　　　對鄭子眞巖石臥,赴陶元亮菊花期。而今堪誦北山
　　　　移。(卷三,頁 307)

上片借鳥語傳情,稼軒春山行走,側耳傾聽杜鵑長啼,又以白鳥怨恨,背人飛去,似有責怪意。稼軒身爲北人,一生志在北伐,朝廷詔以閩

　　　　冊 7,卷 234,頁 2581。
〔註81〕見清聖祖御製:《全唐詩》(臺北:明倫出版社,1971 年 5 月初版),
　　　　冊 13,卷 443,頁 4958。
〔註82〕朱德才、薛祥生、鄧紅梅編:《辛棄疾詞新釋輯評》(北京:中國書
　　　　店,2001 年 1 月第一版),頁 1298。
〔註83〕朱德才、薛祥生、鄧紅梅編:《辛棄疾詞新釋輯評》(北京:中國書
　　　　店,2001 年 1 月第一版),頁 1298。

憲,要其向南而行。紹熙二年(1191)冬,已奉福建提點刑獄使之命,遲至三年暮春,才快快別瓢泉赴任,因此吳則虞《辛棄疾詞選》:

> 赴閩之行,稼軒所不欲,詞中已顯言之。〔註84〕

稼軒落職上饒帶湖十年,基本上在世界觀、人生觀,已形成了從積極用世到可以避世的轉變。長時間的隱居與鷗鳥結盟永不背叛,今卻食言再度出山入仕,出與隱的掙扎,是對國事之憂的忠憤之心,在現實和想望的落差中,明知不可爲,卻又永不放棄的深沉矛盾。因此杜鵑之鳴「不如歸去」,聽在稼軒耳裡,可以是一首深情的送行詩,《辛棄疾詞新釋輯評》載:

> 首二句言杜鵑鳥有情,杜鵑鳥一聲聲長啼很有抒情意味,
> 彷彿是爲送別他而寫下的送行詩一樣。然而杜鵑的啼鳴,
> 古人都以爲如「不如歸去」,那麼作者只見它送行的殷勤,
> 不覺它勸歸的意思,顯然是裝糊塗。〔註85〕

此中道出稼軒對用世的渴望,但又遲疑此次出仕能否馳騁沙場,在進退之間,塑成內心在用世與避世的選擇時,呈現出兩難的衝突。吳則虞《辛棄疾詞選》指出此詞應同〈賀新郎・別茂嘉十二弟〉合看,並指出:

> 詞中用「鷗鴣」、「杜宇」之隱喻,知皆有寄託,非專以切
> 合時令,亦非偶然涉筆。杜宇即杜鵑,《本草》:「杜鵑鳴必
> 北向」,而鳴聲作「不如歸去」。〔註87〕

杜鵑鳴必北向,正寄稼軒北歸之思,杜鵑鳴聲「不如歸去」,聲聲送行盼歸,催其早歸,稼軒不取勸歸意,卻道是送行詩,正自稼軒自身對國事縛不住的機心和期待。

稼軒至閩後,另有〈添字浣溪沙・三山戲作〉之作:

> 記得瓢泉快活時。長年耽酒更吟詩。驀地捉將來斷送,老

〔註84〕吳則虞:《辛棄疾詞選集》(上海:上海古籍出版社,1993年6月第一版),頁263。

〔註85〕朱德才、薛祥生、鄧紅梅編:《辛棄疾詞新釋輯評》(北京:中國書店,2001年1月第一版),頁782。

〔註87〕吳則虞:《辛棄疾詞選集》(上海:上海古籍出版社,1993年6月第一版),頁263。

　　頭皮。　　　繞屋人扶行不得，閒窗學得鷓鴣啼。卻有杜鵑

　　能勸道：不如歸。（卷三，頁 316）

回憶瓢泉的快活，正反映赴閩內心的不得已，從「驀地捉將來斷送，

老頭皮」語意間已見請纓無門，出山無心的衝突糾葛，語意滑稽，內

心是痛苦之甚。稼軒藉鷓鴣啼聲「行不得」道出此次到閩心情，杜鵑

最識稼軒心情，而勸道「不如歸」。

（二）惜別「不如歸」

　　宋孝宗淳熙末年，稼軒罷官居帶湖家中，作〈御街行·山中問盛

復之提幹行期〉：

　　山城甲子冥冥雨。門外青泥路。杜鵑只是等閒啼，莫被他

　　催歸去。垂楊不語。行人去後，也會風前絮。　　　情知夢

　　裡尋鶯鸞。玉殿追班處。怕君不飲太愁生，不是苦留君住。

　　白頭白笑，年年送客，自喚春江渡。（卷二，頁 250）

盛復之，浙江麗水人，為稼軒的友人，官至福建提舉，曾居官信州。

〔註87〕這首詞是問其赴任福建提舉行期。上片寫行色，以「山城甲子

冥冥雨，門外青泥路」言由於細雨迷濛，道路泥濘不堪，遠行不易，

以〔唐〕杜甫詩〈雨〉：「冥冥甲子雨，已度立春時」，〔註88〕點出時

為春天雨時，喻天意留人。接著以杜鵑只是隨意啼鳴，要盛復之勿以

為催他早日離去。「垂陽」三句寫別情，中國向來有折柳送別的習俗，

垂柳因此也成別景之一，如〔宋〕蘇軾〈水龍吟〉：「似花還似非花，

也無人惜從教墜。拋家傍路，思量卻是，無情有思。」即是詠楊花寫

離情。〔註89〕此處「垂楊不語，行人去後，也會風前絮」表面似寫楊

柳無情，其實是借物言情，表達自己的惜別愁思。

〔註87〕鄧廣銘：《（增訂本）稼軒詞編年箋注》（臺北：華正書局，2007 年 2
　　　　月二版），頁 250。

〔註88〕見清聖祖御製：《全唐詩》（臺北：明倫出版社，1971 年 5 月初版），
　　　　冊 7，卷 230，頁 2533。

〔註89〕見唐圭璋編：《全宋詞》（臺北：明倫出版社，1970 年 12 月初版），
　　　　冊 3，頁 277。

下片問行期，稼軒揣測盛復之既已升遷官，自然到任心切，不願延宕行期。「情知」寫盛復之思及加入朝官行列，如鵷鷺成行，有序站立玉殿兩旁，君臣共論國事；「怕君」二句寫己不願苦留要他還是走吧，並言年年傷別，於己是司空見慣，故將自喚渡船到春江爲盛復之送行。此詞含蓄問友人行期，但隱隱有一股淒然悲涼之意，因爲盛復之去朝廷依班列序，然而稼軒自己卻徒能罷官居帶湖家中。詞中「杜鵑只是等閑啼，莫被他催歸去」句，汪誠《稼軒詞選析》云：

> 呼人歸去的杜鵑只是一般的閑啼，杜鵑，鳥鳴，也叫子規，
> 鳴曰：「不如歸去」一般用作催歸意。〔註90〕

又云：

> 杜鵑（子規）啼，在詩詞作催歸之鳥。這裡反用，目的也
> 是留。歇拍用垂楊柳絮依依之情，實喻眷屬依戀之情，也
> 是挽留。〔註91〕

汪誠以杜鵑啼鳴「不如歸去」，用作催歸意，此取其反義，以示挽留。《辛棄疾詞新釋輯評》記載：

> 杜鵑又名子規，以其啼聲類似「不如歸去」故能動人歸
> 思。……杜鵑春暮即鳴，夜啼達旦，鳴必北向，至夏尤甚，
> 其聲哀切，類似「不如歸去」，好像催歸似的。這兩句是説，
> 杜鵑只是隨意而鳴，不要因其「促歸」動身離去。〔註92〕

觀二書之言，均以杜鵑啼鳴如「不如歸去」寄催歸意，並認爲此處催歸、促歸並非要他及早動身赴職，乃取其反義，並以寄惜別之情。是知此詞問友人行期，上片從天意留人、杜鵑啼鳴、垂楊不語三方面勸其不要行得太急；下片揣測盛復之的心理，分析他必然欲行之情。此詞先勸留，又勸行，敍情景也析心理，稼軒面臨和友人將要分離的矛

〔註90〕 汪誠：《稼軒詞選析》（臺北：臺灣商務印書館，1993 年 11 月初版），頁 408。

〔註91〕 汪誠：《稼軒詞選析》（臺北：臺灣商務印書館，1993 年 11 月初版），頁 409。

〔註92〕 朱德才、薛祥生、鄧紅梅編：《辛棄疾詞新釋輯評》（北京：中國書店，2001 年 1 月第一版），頁 620。

盾，寄寓於杜鵑催歸聲中，顯示其惜別不捨之情。

　　罷官閒居，稼軒心情自是不佳，又見朋友離去，苦悶自是不待言，〔南朝宋〕劉義慶《世說新語》記載：「謝太傅語王右軍曰：『中年傷於哀樂，於親友別，輒作數日惡。』」〔註93〕稼軒傷別之情，也見於〈婆羅門引・別叔高。叔高長於楚詞〉：

>　　落花時節，杜鵑聲里送君歸。未消文字湘累，只怕蛟龍雲
>　雨，後會渺難期。更何人念我，老大傷悲。　　　已而已而。
>　算此意，只君知。記取岐亭買酒，雲洞題詩。爭如不見，
>　才相見、便有別離時。千里月、兩地相思。（卷四，頁455）

宋寧宗慶元六年（1200年），稼軒當時61歲，罷官閒居鉛山瓢泉家中，此送別杜叔高，抒寫內心的離情別緒，也發洩胸中的鬱悶。上片寫後會難期之苦，開頭兩句點出送別的時間與情景，春殘花落，原本使人傷感，此刻又送別友人，更是落寞。「杜鵑聲里送君歸」化用〔唐〕王維〈送梓州李使君〉：「萬壑樹參天，千山響杜鵑。」〔註94〕言在一片杜鵑催歸聲中送君離去，並呼應詞題，點出送別之意。接著讚譽杜叔高，文如屈原長於楚詞，並且用典《三國志》，〔註95〕稱杜叔高此去將如蛟龍，必能飛黃騰達，因之別後渺難再期。

　　下片寫千里相思之情。「已而已而」暗用《論語》：「楚狂接輿歌而過孔子，鳳兮鳳兮，何德之衰？往者不可諫，來者猶可追。已而已

〔註93〕 余嘉錫：《世說新語箋疏》（臺北：華正書局，1991年10月初版），上冊，頁121。

〔註94〕 王維〈送梓州李使君〉：「萬壑樹參天，千山響杜鵑。山中一夜雨，樹杪百重泉。漢女輸橦布，巴人訟芋田。文翁翻教授，不敢倚先賢。」見清聖祖御製：《全唐詩》（臺北：明倫出版社，1971年5月初版），冊4，卷126，頁1271～1272。

〔註95〕 《三國志》：「瑜上疏曰：『劉備以梟雄之姿，而有關羽、張飛熊虎之將，必非久屈為人用者。愚謂大計宜徙備置吳，盛為築宮室，多其美女玩好，以娛其耳目，分此二人，各置一方，使如瑜者得挾與攻戰，大事可定也。今猥割土地以資業之，聚此三人，俱在疆場，恐蛟龍得雲雨，終非池中物也。』」〔晉〕陳壽撰，楊家駱主編：《新校本三國志》（臺北：鼎文書局，1886年），頁1264。

而，今之從政者殆矣」〔註96〕語意，言己之苦悶唯杜叔高了解，可知
稼軒識杜叔高爲知己；並以蘇軾、陳季常作比，寫昔日和杜叔高二人
岐亭飲酒，同遊雲洞賦詩相娛之樂。因此杜鵑催歸，不惟喚起遊子之
思，送別離情，更表達對朋友離去的不捨。《辛棄疾詞新釋輯評》：

> 「落花時節」四字，不僅點出送別時間，同時又渲染了送
> 別的悲傷氣氛。杜鵑又名子規，鳴聲淒厲，能動旅客歸思，
> 故又名催歸。〔註97〕

由「落花時節」知春景不再，杜鵑鳴聲淒厲，暮春啼鳴，稼軒傷昔日
二人共遊良晨美景之逝，稼軒思及往日之歡，如今將要別離，深沈的
離別情愁，自是苦不堪言，這樣的送別依戀之情，也見作於同年的〈婆
羅門引・用韻別郭逢道〉：

> 綠陰啼鳥，陽關未徹早催歸。歌珠淒斷纍纍。回首海山何
> 處，千里共襟期。歎高山流水，弦斷堪悲。　　中心悵而。
> 似風雨，落花知。更擬停雲君去，細和陶詩。見君何日。
> 待瓊林宴罷醉歸時。人爭看寶馬來思。（卷四，頁 456）

郭逢道，名籍事歷不詳，鄧廣銘《（增訂本）稼軒詞編年箋注》：「稼軒
詩集和郭逢道韻二首，其中『莫爲梅花費詩句，細思丹桂是天香』句，
有勸其應試之意，可與此詞相參。」〔註98〕此詞與別杜叔高之作〈婆羅
門引・別叔高。叔高長於楚詞〉是同一時期之作，詞調相同，詞意近似。

　　詞的上片寫知音弦斷之悲。首二句言送別之曲未竟，又傳來啼鳥
悲鳴，離別之曲和著杜鵑催歸之聲，《辛棄疾詞新釋輯評》即道：

> 開頭兩句寫送別的情景。「綠陰啼鳥」指杜鵑。杜鵑又名子
> 規，春暮即鳴，夜啼達旦，其聲淒厲，能動旅客歸思，故
> 又名催歸。故「綠陰啼鳥」四字，既暗示出送。　　別時

〔註96〕〔魏〕何晏注、〔宋〕邢昺疏：《論語注疏》（臺北：藝文印書館1815
　　　年，阮元：《十三經注》）頁 165。
〔註97〕朱德才、薛祥生、鄧紅梅編：《辛棄疾詞新釋輯評》（北京：中國書
　　　店，2001 年 1 月第一版），頁 1181。
〔註98〕鄧廣銘：《（增訂本）稼軒詞編年箋注》（臺北：華正書局，2007 年 2
　　　月二版），頁 456。

間，又渲染了送別氣氛。〔註99〕

杜鵑鳴聲淒厲，更加深「高山流水」〔註100〕知音之交，後會難期的弦斷之悲。

　　下片寫寶馬之榮。「瓊林宴」爲宋代新進士及第者之恩榮宴；「寶馬來思」，指新進士宴罷騎馬來歸，稼軒之意謂待郭逢道金榜題名、進士高中時，瓊林宴罷，乘馬醉歸，萬人爭睹時再見，表達對郭逢道別後的祝願。稼軒曾勸郭逢道應試，杜鵑催歸寄託送別之意，亦有望君早日功成名就歸來之意。

　　杜鵑催歸寄託送別之意，稼軒也用於贈別侍女，〈鵲橋仙・送粉卿行〉詞云：

　　　轎兒排了，擔兒裝了，杜宇一聲催起。從今一步一回頭，
　　　怎睚得一千餘里。　　舊時行處，舊時歌處，空有燕泥香
　　　墜。莫嫌白髮不思量，也須有思量去裏。（卷四，頁384）

鄧廣銘《（增訂本）稼軒詞編年箋注》謂詞作時間不可考，爲稼軒送粉卿而行，因詞中有舊時歡處，疑粉卿即去之歌者。〔註101〕此詞上片寫送別粉卿歸去時的場景，「轎兒排了，擔兒裝了」寫送別時贈別的禮物之多，場面之闊。又設想侍女一步一回頭的不忍離去，臨別的哀傷可見。並以激問的手法道「怎睚得」，顯示出稼軒內心的憐惜和感慨，也見二人的感情之深。下片寫面對粉卿離去，人去樓空後引起內心的悽然和惆悵。「舊時行處，舊時歌處」疊用兩個舊字，表現情急和陶醉。「空有燕泥香墜」以燕去樓空言粉卿之行；泥中猶有殘香，寫對她氣味的迷戀。稼軒懷念粉卿踪跡所到處，甚至以留戀她的氣味不可得，道出內心的柔情和不捨，流露出稼軒這樣一位老詞人對待歌

〔註99〕朱德才、薛祥生、鄧紅梅編：《辛棄疾詞新釋輯評》（北京：中國書店，2001年1月第一版），頁1183。

〔註100〕列子著，楊伯峻撰：《列子集釋》（北京：中華書局，1979年，《新編諸子集成》），卷5〈湯問篇〉，頁178。

〔註101〕鄧廣銘：《（增訂本）稼軒詞編年箋注》（臺北：華正書局，2007年2月二版），頁384。

伎舞女的傳統文人情趣。詞中「杜宇一聲催起」不僅交代了離別的時間是在一個令人傷感的暮春季節，而且有借其傳達內心悲哀之意。「一聲」、「催起」，措辭急迫，傳達出稼軒留戀不及的遺憾，〔註102〕並以杜鵑啼聲如「不如歸去」，有催歸、促歸意，盼粉卿早日歸來，寄意惜別之情。

　　另有稼軒送茂嘉遠調桂林之作〈賀新郎‧別茂嘉十二弟。鵜鴂杜鵑實兩種，見離騷補注〉：

> 綠樹聽鵜鴂。更那堪鷓鴣聲住，杜鵑聲切。啼到春歸無尋處，苦恨芳菲都歇。算未抵人間離別。馬上琵琶關塞黑，更長門翠輦辭金闕。看燕燕送歸妾。　　將軍百戰身名裂。向河梁回頭萬里，故人長絕。易水蕭蕭西風冷，滿座衣冠似雪。正壯士悲歌未徹。啼鳥還知如許恨，料不啼清淚長啼血。誰共我，醉明月。（卷四，頁527）

亦是寄寓著杜鵑傷春、思歸、催歸、不如歸去的古典蘊涵。

四、「提壺」「脫袴」「催歸」去——萬恨千情

　　〈醜奴兒‧書博山道中壁〉約作於淳熙14年（1187年）前後，詞云：

> 煙蕪露麥荒池柳，洗雨烘晴。洗雨烘晴，一樣春風幾樣青。
> 　　提壺脫袴催歸去，萬恨千情。萬恨千情，各自無聊各自鳴。（卷二，頁169）

上片寫博山道中所見雨後晴春之景，煙雲籠罩的芊芊原野，菱葉、柳樹在春風拂過、暖日烘過後，深深淺淺的青綠色，表現詞家喜悅的情懷，又表現細微準確的觀察力。下片記雨後晴初原野所聽啼鳥之鳴，深淺不一的原野色調，眾鳥各自啼喚之聲，自有其情思。詞中「提壺脫袴催歸去」一句，各有所見，鄧廣銘：《（增訂本）稼軒詞編年箋注》：

〔註102〕朱德才、薛祥生、鄧紅梅編：《辛棄疾詞新釋輯評》（北京：中國書店，2001年1月第一版），頁961。

「提壺、脱袴、催歸」俱鳥名，以其鳴聲而得名者也。

〔註103〕

鄧廣銘認爲提壺、脱袴、催歸各以鳴聲爲鳥名，並且分屬三種不同之鳥，《全宋詞廣選新注集評》的說法與此一致；〔註104〕而林俊榮《稼軒詞新探與選譯》對於下片釋義爲：

提壺、脱袴聲正噪，杜鵑催歸去得早；恨重怨深心煩惱，
恨重怨深心煩惱，提壺、脱袴、杜鵑也無聊。〔註105〕

又云：

提壺、脱袴，鳥名。因叫聲象「提壺」、「脱袴」而得名。
催歸，亦鳥名，即子規，一名杜鵑，叫聲不如歸去，此處
一意雙關。〔註106〕

林氏的看法，明指「催歸」是杜鵑，叫聲「不如歸去」，於此爲一意雙關之詞，並且視之分屬提壺、脱袴、杜鵑三種不同的鳥。不過有異於上述明確指陳，《辛棄疾詞新釋輯評》認爲稼軒寫博山道中，所見所聞的生機勃勃的春景，因見青綠深淺不一的自然之景，而興對生命色調不一之感，用以寄託萬物不齊的禪思：

詞人的耳朵捕捉到了提壺鳥勸人「提壺」的聲音，布穀鳥
勸人「脱却破褲」的聲音。眾鳥齊鳴，音調各異，有的似
乎含情，有的似乎含恨，有的顯得快樂，有的顯得悲傷，
有的顯得無聊，……總之傳遞著鳥類不同的感情。〔註107〕

觀稼軒此時閒居上饒家中，對於一位志在恢復的有志之士，萬物各有

〔註103〕 鄧廣銘：《（增訂本）稼軒詞編年箋注》（臺北：華正書局，2007年2月二版），頁169。

〔註104〕 馬興榮等主編：《全宋詞廣選新注集評》（瀋陽：遼寧人民出版社，1997年7月初版），頁484。

〔註105〕 林俊榮：《稼軒詞新探與選釋》（北京：書目文獻出版社，1986年3月第一版），頁173。

〔註106〕 林俊榮：《稼軒詞新探與選釋》（北京：書目文獻出版社，1986年3月第一版），頁173。

〔註107〕 朱德才、薛祥生、鄧紅梅編：《辛棄疾詞新釋輯評》（北京：中國書店，2001年1月第一版），頁383。

其情,見眼前之景,聽耳際鳥鳴,而有萬物不齊之思,必然可信。吳則虞《辛棄疾詞選集》也說:

> 提壺勸酒,脫袴催耕,勤惰不同,故曰「各自鳴」,上片言見,下片言聞,曰「一」、曰「各」,見見聞聞,萬有不齊。此中有禪機物理,不徒寫景。〔註108〕

既是不徒寫景,並寄有禪機物理,那麼汪誠《稼軒詞選析》直道「萬恨千情」寫報國無門、壯志未酬,而朝廷偏安誤國,賄敵求和之恨,應是稼軒心情的寫照。汪誠又云:

> 「提壺脫袴催歸去」鳥聲爲名,不需附會,只是「歸去」,就會產生「萬恨千情」,令人深思,千般感情萬般恨,……。煞拍「各自無聊各自鳴」,無聊,不樂也,「萬恨千情」豈僅不樂?只能遮耳目,虛晃一槍罷。蓋文字獄還是令人生畏。〔註109〕

杜鵑又名「子規」、「子歸」、「催歸」,鳴聲如「不如歸去」,此處所稱「歸去」就會產生令人深思的千般感情萬般恨。那麼,此詞既寄託萬物不齊的禪思,則「提壺脫袴催歸去」無論所指爲何,似乎已濃縮著稼軒繁複的情感於其中了。

五、那堪更著子規啼──傷春

〈添字浣溪沙〉爲一闋惜春的抒情詞,以花鳥爲載體,借助對花、鳥的描寫,對春難留表示惋惜,但不悲傷。詞云:

> 日日閑看燕子飛,舊巢新壘畫簾低。玉歷今朝推戊己,住啣泥。　先自春光留不住,那堪更著子規啼。一陣晚香吹不斷,落花溪。(卷四,頁 379)

此詞據廣信書院本編次,應作於移居瓢泉之前。〔註110〕上片言閑來無

〔註108〕 吳則虞:《辛棄疾詞選集》(上海:上海古籍出版社,1993 年 6 月第一版),頁 260。
〔註109〕 汪誠:《稼軒詞選析》(臺北:臺灣商務印書館,1993 年 11 月初版),頁 247～248。
〔註110〕 鄧廣銘:《(增訂本)稼軒詞編年箋注》(臺北:華正書局,2007 年

事，日日觀看燕子營巢。燕子春社來，秋社去，據〔宋〕陸佃《埤雅》載：「戊己皆土，燕之往來避社，而嗛土避戊己日。」，〔註111〕〔晉〕李石《續博物志》亦載：「燕銜泥避戊日，己日，則巢固而不傾」〔註112〕此用其意，言今朝是戊己日，所以燕子「住銜泥」不營巢。

　　下片寫春光留不住的惜春情懷。「先自春光留不住」與〈曲江遊人歌〉：「春光且莫去，留與醉人看。」〔註113〕意近，直抒春光本來就是留不住的；何況四時之序，成功者去，時光是不以人的意志逆轉，展現對春去難留的理解，但也表達對春去難留的惋惜。至於「那堪更著子規啼」更見惜春情緒的強烈，如〔唐〕劉駕〈春夜〉：「近來欲睡兼難睡，夜夜夜深聞子規。」〔註114〕稼軒慨春光難留而夜不成眠，故《辛棄疾詞新釋輯評》云：

作者大約為惜春所苦，夜深難眠，所以說其惜春之強烈可
知。〔註115〕

稼軒掌握杜鵑春暮即鳴，夜啼達旦，鳴時眾芳皆歇的特性，以子規啼鳴道出傷時惜春之情，此處可見。惟「一陣晚香吹不斷」，與〔唐〕李嘉祐〈暮春宜陽郡齋愁坐忽枉劉七侍御新詩因以酬答〉：「子規夜夜啼櫧葉，遠道逢春半是愁。芳草伴人還易老，落花隨水亦東流。」〔註116〕意境相近，稼軒之意對春去難留，表示惋惜，但不悲傷，

2 月二版），頁 380。

〔註111〕〔宋〕陸佃撰：《埤雅》（臺北：臺灣商務印書館，年月日缺，王雲五主編：《叢書集成簡編》），卷 8，頁 198。

〔註112〕〔宋〕李石：《續博物志》（北京：中華書局，1985 年新一版，《叢書集成初編》），頁 77。

〔註113〕見清聖祖御製：《全唐詩》（臺北：明倫出版社，1971 年 5 月初版），冊 25，卷 874，頁 9899。

〔註114〕見清聖祖御製：《全唐詩》（臺北：明倫出版社，1971 年 5 月初版），冊 17，卷 585，頁 6785。

〔註115〕朱德才、薛祥生、鄧紅梅編：《辛棄疾詞新釋輯評》（北京：中國書店，2001 年 1 月第一版），頁 995。

〔註116〕見清聖祖御製：《全唐詩》（臺北：明倫出版社，1971 年 5 月初版），冊 6，卷 207，頁 2166。

失望中彿彷點燃著希望，因此吳則虞《辛棄疾詞選集》曰：「下闋
有『花落春猶在之境』。」〔註117〕

〔註117〕吳則虞：《辛棄疾詞選集》（上海：上海古籍出版社，1993 年 6 月第
　　　　一版），頁 267。

第五章　稼軒詞中鶯燕意象之研究

　　鶯和燕〔註1〕同為春日活動頻繁的鳥禽，鶯語嬌柔，燕聲呢喃；鶯善鳴，燕善舞。鶯燕作為明麗春景的表徵，卻往往更激發出悽惻之情，蓋春艷麗景寄寓故國之思，原是文學的抒寫傳統，稼軒詞既是懷抱的抒寫，自不免涉及。統計稼軒詞中與鶯相關者有二十八闋，與燕相關者二十八闋，鶯燕並提者八闋。

第一節　鶯燕的形態和習性

　　韓學宏《宋詞鳥類圖鑑》指出詩詞中所指的鶯，通常指的是黃鸝鳥。〔註2〕據《禽經》載：「倉鶊，鵹黃，黃鳥也。」張華注：「今謂之黃鶯，黃鸝是也。野民曰黃栗留，語聲轉耳。其色鵹黑而黃，故名鵹黃。

〔註1〕　圖片為郭東輝拍攝。
〔註2〕　韓學宏：《宋詞鳥類圖鑑》(臺北：貓頭鷹出版社，2004 年 11 月初版)，頁 33。

詩云：黃鳥，以色呼也。」〔註3〕《詩經》載：「綿蠻黃鳥，止於丘阿。」
〔註4〕《毛傳》訓：「綿蠻，小鳥貌。」〔註5〕又〔宋〕朱熹《詩集傳》
曰：「綿蠻，鳥聲。」〔註6〕上述推知綿蠻爲黃鳥鳴聲。賈祖璋《鳥與
文學》搜羅黃鳥名稱共二十五個，並依其命名分三類，或以羽色，或以
歌鳴，或爲其別稱。〔註7〕又《花鳥魚蟲賞玩詞典》指出：「黑枕黃鸝，
也稱黃鸝、黃鶯、黃鳥。鳥綱，黃鸝科。」〔註8〕鶯，常單獨或對出現
於平地至低海拔之樹林中下層，以植物果實昆蟲爲主食，鳴聲宏亮，婉
轉多變，常兩兩呼應鳴叫。飛行力很強，築巢於樹梢。〔註9〕

　　燕，嘴呈三角狀，短小寬平，翅膀狹長，尾多呈叉狀。常築巢於
屋簷、橫樑或農家廳堂，其巢由燕口銜濕泥，並和以羽毛、細草堆砌
築之。〔明〕李時珍《本草綱目》載：「背飛向宿，營巢避戊己日。春
社來，秋社去，其來亦銜泥巢於屋宇之下，其去也伏氣蟄於窟穴之中。」
〔註10〕

第二節　鶯燕意象的蘊涵

　　文學裡，多藉著黃鶯亮麗的羽色，美妙的鳴聲，生動的飛舞姿態，

〔註3〕　〔明〕李時珍《本草綱目》
〔註4〕　〔漢〕毛亨傳、鄭玄箋、〔唐〕孔穎達正義：《毛詩正義》（臺北：藝
　　　　文印書館 1815 年，阮元：《十三經注》），頁 521。
〔註5〕　〔漢〕毛亨傳、鄭玄箋、〔唐〕孔穎達正義：《毛詩正義》（臺北：藝
　　　　文印書館 1815 年，阮元：《十三經注》），頁 521。
〔註6〕　南〔宋〕朱熹：《詩集傳》（北京：學苑出版社 2002 年，《詩經要籍
　　　　集成》），冊 6，頁 311。
〔註7〕　見賈柏松、韓仁煦、尤廉編：《賈祖璋全集》（福州：福建科學技術
　　　　出版社，2001 年 9 月第一版）第一卷，頁 42。
〔註8〕　《花鳥魚蟲賞玩詞典》（上海：上海辭書出版社，1997 年 2 月二刷），
　　　　頁 343。
〔註9〕　韓學宏：《宋詞鳥類圖鑑》（臺北：貓頭鷹出版社，2004 年 11 月初版），
　　　　頁 49。
〔註10〕　〔明〕李時珍：《本草綱目》（臺北：國立中國醫藥研究所，1988 年
　　　　10 月三版），頁 1462。

以及牠和季節的韻動性，抒懷咏物。〔唐〕金昌緒〈春怨〉：「打起黃鶯兒，莫教枝上啼。啼時驚妾夢，不得到遼西。」〔註11〕言黃鶯啼聲驚擾妾夢，寫春日的相思之情。又如〔唐〕白居易〈琵琶行并序〉以「間關鶯語花底滑」形容音色之妙。韓學宏：〈「隔葉黃鸝」、「出谷遷喬」與「千里鶯啼」——從鳥類生態角度談《全唐詩》中的黃鶯與黃鸝〉指出，唐詩中黃鶯與士人、婦女、音樂，乃至仕途有關，而春日鶯啼有報訊的作用，如報春、報曉、報花時、報佳音。〔註12〕

　　燕子，常築巢於屋簷，親人可愛，有吉祥的象徵，婁元禮〈田家雜占〉：「紫燕來巢，主其家益富。」〔註13〕《毛詩正義》裡提到燕燕于飛，差池其羽，又頡之頏之，下上其音。〔註14〕指出燕子雙飛，翅羽交錯，飛行時或高或低，翩然輕揚，又其鳴唱，清脆婉轉，時上時下。燕子行止上下跳躍，隨飛隨鳴，若喁喁私語，恰若情侶纏綿，令人稱羨。然而也因此易讓離人觸景生情，如〔唐〕李白〈雙燕離〉：「雙燕復雙燕，雙飛令人羨。玉樓珠閣不獨棲，金窗繡戶長相見。柏梁失火去，因入吳王宮。吳宮又焚蕩，雛盡巢亦空。憔悴一身在，孀雌憶故雄。雙飛難再得，傷我寸心中。」〔註15〕燕子春社來秋社去，依時遠飛，因之見燕之飛，往往興離別愁緒，趙沛霖《興的起源》更言燕燕往飛，燕燕寓有家國之思。〔註16〕燕能銜土築墳，《新校本史記》：「上徵榮，榮行，祖於江陵北門，既已上車，軸折車廢，江陵父老流

〔註11〕見清聖祖御製：《全唐詩》（臺北：明倫出版，1971年5月初版），冊22，卷768，頁8724。

〔註12〕韓學宏：〈「隔葉黃鸝」、「出谷遷喬」與「千里鶯啼」——從鳥類生態角度談《全唐詩》中的黃鶯與黃鸝〉，摘自網路論文。

〔註13〕見〔清〕紀昀等總纂：《景印文淵閣四庫全書》（臺北：臺灣商務印書館，1883年），冊1032，子部338類書類，頁467。

〔註14〕〔漢〕毛亨傳、鄭玄箋、〔唐〕孔穎達正義：《毛詩正義》（臺北：藝文印書館1815年，阮元：《十三經注》），頁77。

〔註15〕見清聖祖御製：《全唐詩》（臺北：明倫出版，1971年5月初版），冊5，卷163，頁1690。

〔註16〕趙沛霖：《興的源起－歷史積澱與詩歌藝術》（臺北：明鏡文化，1989年），頁19～26。

涕竊言曰：『吾王不反矣！』榮至，詣中尉府簿，中尉郅都責訊王，王恐，自殺，葬藍田，燕數萬銜土置塚上，百姓憐之。」〔註17〕因之燕子銜土置塚的德性，也為古人稱道。燕與神話有關，往往把燕視為生育或象徵迷信，〈竹書記年〉記載：「契帝嚳之子母曰簡狄，有娀氏之女也。簡狄因浴而行，有三人焉，見元鳥隕卵，簡狄取而吞之，乃孕生契。」〔註18〕又神話中的燕子之國稱烏衣國，《御定佩文韻府》記載：「王榭居金陵，以航海為業，遇風舟破，附板抵一州，名烏衣國，國王以女妻之，榭思歸，王遣人取飛雲，令榭入其中，閉目少息，即至其家，見梁上雙燕呢喃，下視，榭乃悟所止燕子國也。」〔註19〕

第三節　稼軒詞中的鶯意象

　　稼軒詞中提及「鶯」字有二十五闋，另以「綿蠻」入詞有二闋、「黃鸝」一闋，故計稼軒詞裡和鶯相關之詞有二十八闋。

一、有多少鶯愁蝶怨——傷春惜時

　　古典詩詞裡，鶯愁蝶怨往往有女子青春虛度的感慨，〈杏花天〉：
> 病來自是於春懶。但別院笙歌一片。蛛絲網遍玻璃盞。更問舞裙歌扇。　　有多少鶯愁蝶怨。甚夢裏春歸不管。楊花也笑人情淺。故故沾衣撲面。（卷二，頁161）

以「鶯愁蝶怨」寫春怨，實則隱藏著罷官閒居時，對良辰虛度，病痛纏身，所生內心的苦悶。

　　燕來鶯老，恆指春之離去。〈出塞·春寒有感〉云：

〔註17〕〔西漢〕司馬遷撰：《新校本史記》（臺北：鼎文書局，1886年，楊家駱主編：《新校本二十五史》），頁2094。

〔註18〕〈竹書記年〉錄自〔宋〕鄭樵：《通志》。引〔清〕紀昀等總纂：《景印文淵閣四庫全書》（臺北：臺灣商務印書館，1883年），冊372，頁100。

〔註19〕〔清〕陳廷敬，張玉書：《御定佩文韻府》，見〔清〕紀昀等總纂：《景印文淵閣四庫全書》（臺北：臺灣商務印書館，1883年）冊1024，頁503。

　　鶯未老。花謝東風掃。秋千人倦彩繩閒，又被清明過了。
　　　　日長減破夜長眠，別聽笙簫吹曉。錦箋封與怨春詩，
　　寄與歸雲縹緲。(卷六，頁 579)

此詞以「鶯未老」，謂春猶在。又〈錦帳春‧席上和叔高韻〉：

　　春色難留，酒杯常淺。把舊恨新愁相間。五更風，千里夢，
　　看飛紅幾片。這般庭院。　　幾許風流，幾般嬌懶。問相
　　見何如不見。燕飛忙，鶯語亂。恨重簾不捲。翠屏平遠。(卷
　　四，頁 464)

〈杏花天〉：

　　牡丹昨夜方開遍。畢竟是今年春晚。荼䕷付與薰風管。燕
　　子忙時鶯懶。　　多病起日長人倦。不待得酒闌歌散。副
　　能得見荼甌面。卻早安排腸斷。(卷四，頁 367)

二詞以「燕飛忙，鶯語亂」、「燕子忙時鶯懶。」寫晚春之景，以春色
難留，對春去夏來的傷感，寄寓傷春惜春之情。〈西江月‧春晚〉：

　　賸欲讀書已嬾，只因多病長閒。聽風聽雨小窗眠。過了春
　　光太半。　　往事如尋去鳥，清愁難解連環。流鶯不肯入
　　西園。去喚畫梁飛燕。(卷四，頁 443)

以「過了春光太半」點出時序為暮春，扣合詞題「春晚」，又以「流
鶯不肯入西園，去喚畫梁飛燕」微現傷春之感。

　　〔唐〕金昌緒〈春怨〉：「打起黃鶯兒，莫教枝上啼。啼時驚妾夢，
不得到遼西。」〔註20〕言黃鶯啼聲驚擾妾夢，稼軒〈朝中措〉曾予以
借鑒，詞云：

　　綠萍池沼絮飛忙，花入蜜脾香。長怪春歸何處，誰知簡裏
　　迷藏。　　殘雲賸雨，些兒意思，直恁思量。不是鶯聲驚
　　覺，夢中啼損紅粧。(卷二，頁 213)

此詞反用〈春怨〉詩意，言黃鶯啼聲把他從夢中驚擾而醒，否則她會
在夢中啼損紅妝；亦是寫春怨，且傷春之情更重。〈祝英台近‧晚春〉：

　　寶釵分，桃葉渡。煙柳暗南浦。怕上層樓，十日九風雨。

〔註20〕見清聖祖御製：《全唐詩》(臺北：明倫出版，1971 年 5 月初版)，冊
　　　22，卷 768，頁 8724。

斷腸片片飛紅，都無人管，更誰勸啼鶯聲住。　　鬢邊覷。
試把花卜心期，才簪又重數。羅帳燈昏，哽咽夢中語。是
他春帶愁來，春歸何處。卻不解將愁歸去。(卷一，頁96)

以暮春流鶯婉轉動人之啼鳴，卻成為自己傷春之苦，盼有人能勸流鶯
停住。

　　暮春三月，江南往往呈現鶯飛草長之景，稼軒〈新荷葉·和趙德
莊韻〉：

人已歸來，杜鵑欲勸誰歸。綠樹如雲，等閒付與鶯飛。免
葵燕麥，問劉郎幾度沾衣。翠屏幽夢，覺來水繞山圍。　　有
酒重攜。小園隨意芳菲。往日繁華，而今物是人非。春風
半面，記當年初識崔徽。南雲雁少，錦書無箇因依。(卷一，
頁30)

以「綠樹如雲，等閑借與鶯飛」言時已暮春，傳達對趙德莊人事遲暮，
因緣已斷的惆悵之感。

二、隔戶語春鶯──歌聲悅耳

　　鶯語嬌柔，鳴聲美妙，文人往往取喻人之歌聲美妙，〈南鄉子〉：

隔戶語春鶯。才掛簾兒斂袂行。漸見凌波羅襪步，盈盈。
隨笑隨顰百媚生。　　著意聽新聲。盡是司空自教成。今
夜酒腸還道窄，多情。莫放籠紗蠟炬明。(卷一，頁61)。

詞中稱歌姬聲如鶯語，悅耳動聽。又〈定風波·施樞密聖與席上賦〉：

春到蓮壺特地晴。神仙隊裏相公行。翠玉相挨呼小字。須
記。笑簪花底是飛瓊。　　總是傾城來一處。誰妒。誰攜
歌舞到園亭。柳妒腰肢花妒艷。聽看。流鶯直是妒歌聲。(卷
二，頁271)

以流鶯妒侍女歌聲之美，襯侍女音色婉轉美好。〔唐〕白居易〈琵琶行
并序〉以「間關鶯語花底滑」形容琵琶女琴聲之妙，稼軒〈踏歌〉亦云：

攧厥。看精神壓一龐兒劣。更言語一似春鶯滑。一團兒美
滿香和雪。　　去也。把春衫換卻同心結。向人道、不怕
輕離別。問昨宵因甚歌聲咽。　　秋被夢，春閨月。舊家

事却對何人説。告第一莫趁蜂和蝶。有春歸花落時節。（卷
二，頁225）

以「更言語一似春鶯滑」寫聲音的悅耳。又如〈臨江仙〉：「逗曉鶯啼
聲昵昵，掩關高樹冥冥。」（卷二，頁163）亦是。

　　另有〈行香子・雲巖道中〉：

雲岫如簪。　　野漲接藍。向春闌綠醒紅酣。青裙縞袂，
兩兩三三。把蕘麨生禪，玉版局，一時參。　　拄杖彎環。
過眼嵌巖。岸輕烏白髮鬆鬆。他年來種，萬桂千杉。聽小
綿蠻，新格磔，舊呢喃。（卷四，頁511）

此詞以黃鶯鳴聲「綿蠻」借代為黃鶯。另有咏懷之詞〈江神子・和人
韻〉：

膩雲殘日弄陰晴。晚山明，小溪橫。枝上綿蠻，休作斷腸
聲。但是青山山下路，春到處，總堪行。　　當年綵筆賦
蕪城。憶平生，若為情？試取靈槎，歸路問君平。花底夜
深寒較甚，須扶却，玉山傾。（卷二，頁167）

詞中「枝上綿蠻，休作斷腸聲」反用曹植〈三良〉：「黃鳥為悲鳴，哀
哉傷肺肝。」〔註21〕要黃鳥而對大好春光，何需作斷腸聲，表達閒居
的苦悶，但又不甘於陷入逆境的開闊襟懷。

三、鶯蝶一春花裏活——美好生活

　　春日花叢裡，鶯語蝶舞，自在愜意，〈滿江紅・席間和洪景盧舍
人，兼簡司馬漢章〉云：

天與文章，看萬斛龍文筆力。聞道是一詩曾換，千金顏色。
欲說又休新意思，強啼偷笑真消息。算人人合與共乘鸞，
鸞坡客。　　傾國艷，難再得。還可恨，還勘憶。看書尋
舊錦，衫裁新碧。鶯蝶一春花裏活，可堪風雨飄紅白。問
誰家却有燕歸梁，香泥濕。（卷一，頁87）

此詞以物喻人，謂洪邁歸鄱陽後家居生活的安適自在，如鶯蝶在春花

〔註21〕見〔梁〕蕭統編，〔唐〕李善注：《文選》（臺北：文津出版社，1987
年），卷21〈詠史／曹子建三良詩〉，頁986。

裡的快活。〈好事近〉云：

> 花月賞心天，抬舉多情詩客。取次錦袍須貰，愛春醅浮雪。
>   黃鸝何處故飛來，點破野雪白。一點暗紅猶在，正不
> 禁風色。（卷六，頁 580）

此詞以黃鸝點破漫天的白雲，飛翔空中，呈現春和景明，令人心曠神
怡的景象。又鶯語嬌柔，燕聲呢喃，鶯善鳴，燕善舞，因之文人往往
以「鶯燕」比喻歌姬、舞女，如〈念奴嬌·謝王廣文雙姬詞〉：「燕燕
鶯鶯相並比，的當兩團兒雪。」（卷六，頁 570）以燕、鶯並稱，此
指王廣文的雙姬，寫雙姬的活潑、優美和對主人的赤誠，將王廣文風
流情態，自在道出。

四、隔簾鶯語──咏花

稼軒有三闋詠花詞，詞中提及黃鶯。〈念奴嬌〉爲咏梅詞，詞云：

> 洞庭春晚，□舊傳，恐是人間尤物。收拾瑤池傾國艷，來向
> 朱欄一壁。透户龍香，隔簾鶯語，料得肌如雪。月妖真態，
> 是誰教避人傑。　酒罷歸對寒窗，相留昨夜，應是梅花發。
> 賦了高唐猶想像，不管孤燈明滅。半面難期，多情易感，愁
> 點星星髮。繞梁聲在，爲伊忘味三月。（卷二，頁 274）

此詞係次韻蘇軾〈念奴嬌·赤壁懷古〉之作，詞中以「隔簾鶯語」謂
梅花特香，縱使隔著簾幕，亦能使黃鶯爲之神往啼語。又〈水龍吟·
寄題京口范南伯家文官花。花先白，次綠，次緋，次紫。唐會要載學
士院有之〉：

> 倚欄看碧成朱，等閑褪了香袍粉。上林高選，匆匆又換，
> 紫雲衣潤。幾許春風，朝薰暮染，爲花忙損。笑舊家桃李，
> 東涂西抹，有多少，淒涼恨。　擬倩流鶯說與，記榮華
> 易消難整。人間得意，千紅百紫，轉頭春盡。白髮憐君，
> 儒冠曾誤，平生官冷。算風流未減，年年醉裏，把花枝問。
> （卷二，頁 296）

〈菩薩蠻·雪樓賞牡丹席上用楊民瞻韻〉：

> 紅牙籤上群仙格。翠羅蓋底傾城色。和雨淚闌干。沈香亭

北看。　　東風休放去。怕有流鶯訴。試問賞花人。曉粧
勻未勻。（卷二，頁 203）

第一闋爲咏文官花之詞，借流鶯之口，告知榮華易消難整。第二闋係
咏牡丹花之詞，以「東風休放去，怕有流鶯訴」表達對花的挽留，因
爲春在花就在。

五、以鶯寄情

（一）燕語鶯啼人乍遠——離情

燕語鶯啼，鳴聲清脆婉轉，如仙音飄墜，又值春暖花開，佳人歡
聚之時，然而情人卻於此刻離去，更增添哀愁。〈蝶戀花・客有燕語
鶯啼人乍遠之句，用爲首句〉云：

燕語鶯啼人乍遠。卻恨西園，依舊鶯和燕。笑語十分愁一
半。　　翠圍特地春光暖。只道書來無過雁。不道柔腸，
近日無腸斷。柄玉莫搖湘淚點。怕君喚作秋風扇。（卷二，
頁 150）

此詞係以「燕語鶯啼人乍遠。卻恨西園，依舊鶯和燕」寫春日離情。
〔唐〕金昌緒〈春怨〉：「打起黃鶯兒，莫教枝上啼。啼時驚妾夢，不
得到遼西。」〔註22〕此詩寫行者因別離而心緒不佳，也因相思入夢相
見，卻被黃鶯喚起生懊惱意。稼軒〈謁金門〉亦云：

歸去未，風雨送春行李。一枕離愁頭徹尾，如何消遣是！
　　遙想歸舟天際。綠鬢瓏璁慵理。好夢未成鶯喚起。粉
香猶有殢。（卷四，頁 393）

以「好夢未成鶯喚起，粉香猶有殢」寫離愁別恨，寄寓相思。

（二）流鶯能說故園無——國愁

流鶯呼朋引伴，鶯語悅耳的暮春之景，暗示暮春時節的鄉愁、國
愁的寂寞，稼軒有三闋〈滿江紅〉，詞中鶯點出時節，傳達如此的情

〔註22〕見清聖祖御製：《全唐詩》（臺北：明倫出版，1971 年 5 月初版），冊
22，卷 768，頁 8724。

懷。〈滿江紅〉：

> 紫陌飛塵，望十里雕鞍繡轂。春未老已驚台榭，瘦紅肥綠。
> 睡雨海棠猶倚醉，舞風楊柳難成曲。問流鶯能說故園無，
> 曾相熟。　　巖泉上，飛鳧浴。巢林下，棲禽宿。恨荼蘼
> 開晚，謾翻紅玉。蓮社豈堪談昨夢，蘭亭何處尋遺墨。但
> 羈懷空自倚秋千，無心蹴。（卷五，頁 546）

> 點火櫻桃，照一架荼蘼如雪。春正好，見龍孫穿破，紫苔
> 蒼壁。乳燕引雛飛力弱，流鶯喚友嬌聲怯。問春歸不肯帶
> 愁歸，腸千結。　　層樓望，春山疊。家何在，煙波隔。
> 把古今遺恨，向他誰說。蝴蝶不傳千里夢，子規叫斷三更
> 月。聽聲聲枕上勸人歸，歸難得。（卷一，頁 16）

第一闋以「問流鶯、能說故園無」寫對故國草木的懷念。第二闋哀時
之過矣，寫暮春時刻對國事之憂愁。又〈滿江紅‧暮春〉：

> 家住江南，又過了清明寒食。花徑裏一番風雨，一番狼藉。
> 紅粉暗隨流水去，園林漸覺清陰密。算年年落盡刺桐花，
> 寒無力。　　庭院靜，空相憶。無說處，閒愁極。怕流鶯
> 乳燕，得知消息。尺素如今何處也。綵雲依舊無蹤跡。謾
> 教人羞去上層樓，平蕪碧。（卷一，頁 6）

以春意的衰敗，寄托時局衰微之意；以盼遊子音訊，寄托盼望北伐的消
息；以怕流鶯乳燕，寄托憂讒畏譏之心。〔註23〕而〈行香子‧三山作〉：

> 好雨當春。要趁歸耕。況而今已是清明。小窗坐地，側聽
> 簷聲。恨夜來風，夜來月，夜來雲。　　花絮飄零。鶯燕
> 丁寧。怕妨儂湖上閒行。天心肯後，費甚心情。放霎時陰，
> 霎時雨，霎時晴。（卷三，頁 328）

以「花絮飄零，鶯燕丁寧，怕妨儂湖上閒行」謂告歸未得，尚有種種
牽制，不得自由歸去。〔註24〕《辛棄疾詞新釋輯評》也指出此處寫清

〔註23〕朱德才、薛祥生、鄧紅梅編：《辛棄疾詞新釋輯評》（北京：中國書
　　　　店，2001 年 1 月第一版），頁 6。
〔註24〕鄧廣銘：《（增訂本）稼軒詞編年箋注》引梁啟超《稼軒年譜》如是
　　　　言。（臺北：華正書局，2007 年 2 月二版），頁 329。

明時節春殘花落和鶯聲燕語的景象，將春鳥寫得有情有義。就其比興視之，春殘鳥語，亦有國事如春殘，已不可爲，然而告歸不可得，尚有種種牽制的幽恨。

六、鶯喻知己

杜甫〈江畔獨步尋花七絕句〉：「江上被花惱不徹，無處告訴只顛狂。」〔註25〕稼軒〈婆羅門引・用韻答趙晉臣敷文〉化用杜甫詩意，詞曰：

> 不堪鶗鴂，早教百草放春歸。江頭愁殺吾儕。却覺君侯雅
> 句，千載共心期。便留春甚樂，樂了須悲。　　瓊而素而。
> 被花惱，只鶯知。正要千鍾角酒，五字裁詩。江東日暮，
> 道繡斧人去未多時。還又要玉殿論思。（卷四，頁457）

此詞謂相較於趙晉臣的一表堂堂，自己的風塵滿面、落魄江湖，惟有鶯鳥尚能理解自己。

七、鶯喻歌妓

〈菩薩蠻・和盧國華提刑〉：

> 旌旗依舊長亭路。尊前試點鶯花數。何處捧心顰。人間別
> 樣春。　　功名君自許。少日聞雞舞。詩句到梅花。春風
> 十萬家。（卷三，頁323）

此爲送別詞，以春日可遊玩賞之鶯和花，雙關指送別飲宴時，以佐清歡的歌妓。

第四節　稼軒詞中的燕意象

稼軒詞中提及「燕」字有四十四闋，除却不涉及鳥的「玉環飛燕皆塵土」、「兔葵燕麥」、「燕我瑤之席」、「看燕燕送歸妾」、「燕兵夜捉銀胡革」、「燕可伐與曰可」、「萬里勒燕然」七闋詞，實爲三十七闋；另有

〔註25〕見清聖祖御製：《全唐詩》（臺北：明倫出版，1971年5月初版），冊7，卷227，頁2452。

〈生查子‧有覓詞者，爲賦〉：「今年燕子來，誰聽呢喃語。」（卷二，頁 298）、〈行香子‧雲巖道中〉：「聽小綿蠻，新格磔，舊呢喃。」（卷四，頁 511）二闋以燕聲「呢喃」入詞，此中〈生查子〉詞中同時有「燕」和「呢喃」以一闋計，因之稼軒詞裡與燕相關之詞，總計三十八闋。

一、日日閑看燕子飛──傷春惜時

因著燕銜泥築巢的習性，詞人恆藉以發揮，稼軒〈添字浣溪沙〉：

> 日日閑看燕子飛。舊巢新壘畫簾低。玉曆今朝推戊己，住啣泥。　先自春光留不住，那堪更著子規啼。一陣晚香吹不斷，落花溪。（卷四，頁 379）

此詞應作於移居瓢泉之前，〔註 26〕爲一闋抒情詞，是抒寫惜春情懷。以花載體，借助對花、鳥的描寫，對春去難留，表示惋惜，但不悲傷，失望中包含希望。「日日閑看燕子飛，舊巢新壘畫簾低」寫閑看燕子營巢，言其閑來無事，天天觀看燕子飛來飛去，穿過低垂的畫面，壘起新巢。玉曆寫燕子築巢避開戊日和己日，〔晉〕李石《續博物志》即載：「燕啣泥避戊、己日，則巢固而不傾。」〔註 27〕〔明〕李時珍《本草綱目》：「營巢避戊己日，春社來，秋社去，其來也，銜泥巢於屋宇之下。」〔註 28〕

另有〈浣溪沙〉：「莫倚笙歌多樂事，相看紅紫又拋人。舊巢還有燕泥新。」（卷四，頁 454）以新來之燕，築巢於舊燕之上，言春之歸去，深化傷春之意。〈鵲橋仙‧送粉卿行〉：「舊時行處，舊時歌處，空有燕泥香墜。」（卷四，頁 384））用以言粉卿之離去。〈滿江紅‧席間和洪舍人，兼簡司馬漢章大監〉：「問誰家卻有燕歸梁，香泥濕。」（卷一，頁 87）寫詢問山雨樓處，燕歸梁、香泥濕的狀況。

〔註 26〕鄧廣銘：《（增訂本）稼軒詞編年箋注》（臺北：華正書局，2007 年 2 月二版），頁 380。

〔註 27〕〔宋〕李石：《續博物志》（北京：中華書局，1985 年新一版，《叢書集成初編》），頁 77。

〔註 28〕〔明〕李時珍：《本草綱目》（臺北：國立中國醫藥研究所，1988 年 10 月三版），頁 1462。

二、舊游飛燕能說——細訴深情

燕子能訴相聚之時的深情，〈念奴嬌・書東流村壁〉云：

> 野棠花落，又匆匆、過了青明時節。剗地東風欺客夢，一
> 夜雲屏寒怯。曲岸持觴，垂楊系馬，此地曾輕別。樓空人
> 去，舊游飛燕能說。聞道綺陌東頭，行人長見，簾底纖纖
> 月。舊恨春江流未斷，新恨雲山千疊。料得明朝，尊前重
> 見，鏡裏花難折。也應驚問，近來多少華髮。（卷一，頁52）

此用唐徐州諷刺史張建封築燕子樓以納愛妾關盼盼之典。又〔宋〕蘇
軾〈賀新郎〉云：「燕子樓空，佳人何在，空鎖樓中燕」。〔註29〕此處
「樓空人去，舊游飛燕能說」，言人去樓空，惟有燕子能訴當時相聚
的深情，是一闋以燕寄情，懷舊憶人之詞。又燕子翩然雙飛，呢喃蜜
語，有如情侶纏綿，〈祝英台近〉即如是抒寫，詞云：

> 綠楊堤，青草渡。花片水流去。百舌聲中，喚起海棠睡。
> 斷腸幾點愁紅，啼痕猶在，多應怨夜來風雨。　　別情苦。
> 馬蹄踏遍長亭，歸期又成誤。簾卷青樓，回首在何處。畫
> 梁燕子雙雙，能言能語。不解說相思一句。（卷一，頁98）

詞中既寫以畫梁上燕語呢喃，頡頏雙飛的溫存相伴，又埋怨它們不能
傳語相思，是寫傷春和對青樓舊侶的思念。

三、君如梁上燕——以燕喻人

〔唐〕杜甫〈江村〉：「自來自去堂上燕」〔註30〕曾以燕的習性
入詩，稼軒〈東坡引〉亦然：

> 君如梁上燕。妾如手中扇。圍圍青影雙雙伴。秋來腸欲斷。
> 秋來腸欲斷。　　黃昏淚眼，青山隔岸。但咫尺如天遠。
> 病來只謝旁人勸。龍華三會願。龍華三會願。（卷二，頁281）

此詞以傳統閨怨比擬手法，以梁燕喻男性，謂其自由自，從容安閒，

〔註29〕見唐圭璋編：《全宋詞》（臺北：明倫出版社，1970年12月初版），
　　　　冊2，頁302。
〔註30〕見清聖祖御製：《全唐詩》（臺北：明倫出版，1971年5月初版）冊
　　　　7，卷226，頁2434。

寫女子自身被拋棄的幽怨和哀思。又〈如夢令‧賦梁燕〉以梁燕喻己，言己之高潔德行，詞云：

> 燕子幾曾歸去。只在翠深處。重到畫梁間，誰與舊巢爲主。
> 深許。深許。聞道鳳凰來住。（卷二，頁 283）

稼軒力贊燕巢的幽靜清雅，就如百鳥之王鳳凰也肯屈尊來住，透過燕子的來去，鳳凰的到來，寄寓自身品格。稼軒此詞乃以梁燕喻己，寫其不與世俗同流合污的高潔德行。

四、春聲何處說興亡──訴說興亡

〔唐〕劉禹錫〈烏衣巷〉：「朱雀橋邊野草花，烏衣巷口夕陽斜，舊時王謝堂前燕，飛入尋常百姓家。」〔註31〕烏衣爲地名，王謝指晉代王導、謝安世家。又〔宋〕周邦彥〈西河〉：「想依稀王謝鄰里。燕子不知何世。入尋常巷陌人家，相對如說興亡，斜陽裏。」〔註32〕燕子能訴說興亡，稼軒〈酒泉子〉亦寫此情：

> 流水無情，潮到空城頭盡白，離歌一曲怨殘陽。斷人腸。
> 　　東風官柳舞雕牆。三十六宮花濺淚，春聲何處説興亡。
> 燕雙雙。（卷一，頁 38）

以春燕雙雙，聲聲細訴歷史興亡，表達憂國的情懷。另有〈八聲甘州‧壽建康胡長文給事。時方閱拆紅梅之舞，且有錫帶之寵〉以王謝二大家族作比喻，上片云：

> 把江山好處付公來，金陵帝王州。想今年燕子，依然認得，
> 王謝風流。只用平時尊俎，彈壓萬貔貅。依舊鈞天夢，玉
> 殿東頭。（卷一，頁 36）

稼軒一反劉禹錫用法，以王謝二人作比擬，謂胡長文出守建康，可從他身上見到當年此王謝二大世家的風采。

〔註31〕見清聖祖御製：《全唐詩》（臺北：明倫出版，1971 年 5 月初版），冊 11，卷 365，頁 4117。

〔註32〕見唐圭璋編：《全宋詞》（臺北：明倫出版社，1970 年 12 月初版），冊 1，頁 612。

稼軒南歸後的開篇之作，〈漢宮春・立春日〉云：

> 春已歸來，看美人頭上，裊裊春幡。無端風雨，未肯收盡
> 餘寒。年時燕子，料今宵夢到西園。渾未辦黃柑薦酒，更
> 傳青韭堆盤。　　却笑東風從此，便薰梅染柳，更沒些閑。
> 閑時又來鏡裡，轉變朱顏。清愁不斷，問何人會解連環。
> 生怕見花開花落，朝來塞雁先還。（卷一，頁 5）

此詞反映稼軒殷切盼望打回山東的心情。上片言此年立春特別寒冷，
又因第一次於南方過立春，尚未做好迎春的準備。下片言年華消逝，
北歸之夢路遙，怕清愁不斷。詞中「年時燕子，料今宵夢到西園」，
由於家燕有重返繁殖築巢處的習性，〔註33〕稼軒以己之心度燕子之
意，謂去年南來之燕應也尚未北歸，應也正在作歸鄉夢吧！用以抒發
懷念故國深情，表現故國之思。

五、燕雀豈知鴻鵠——藉喻志小

《史記》載：「陳涉少時，嘗與人傭耕，輟耕之壟上，悵恨久之，
曰：『苟富貴，毋相忘。』庸者笑而應曰：『若為傭耕，何富貴也？』
陳涉太息曰：『嗟乎，燕雀安知鴻鵠之志哉？』」〔註34〕稼軒化用此典，
勉勵范南伯，〈破陣子・為范南伯壽。時南伯為張南軒辟宰瀘溪，南
伯遲遲未行，因賦此詞勉之〉下片云：

> 燕雀豈知鴻鵠，貂蟬元出兜鍪。卻笑瀘溪如斗大，肯把牛
> 刀試手不。壽君雙玉甌。（卷一，頁 63）

公侯將相原出於普通士卒，稼軒期許范南伯當有鴻鵠大志，不必在意
世俗眼光，於焉燕雀有「小志」之意。〔註35〕

〔註33〕顏重威：《詩經裡的鳥類》（臺中：鄉宇文化事業有限公司，2004 年
　　　　9 月），頁 147。

〔註34〕〔西漢〕司馬遷撰：《新校本史記》（臺北：鼎文書局，1886 年，楊
　　　　家駱主編：《新校本二十五史》），頁 1949。

〔註35〕韓學宏指出《禮記》載云物之小者有「鷃雀蟬蜂」，稼軒當是承自《史
　　　　記》的說法，而將「鷃」字誤為「燕」字。見韓學宏：《宋詞鳥類圖
　　　　鑑》（臺北：貓頭鷹出版社，2004 年 11 月初版），頁 83。

六、飛燕相遇夕陽中——閒情逸致

稼軒閒居帶湖時，曾作〈定風波・暮春漫興〉：

> 少日春懷似酒濃。插花走馬醉千鍾。老去逢春如病酒。唯有。茶甌香篆小簾櫳。　　卷盡殘花風未定。休恨。花開元自要春風。試問春歸誰得見。飛燕。來時相遇夕陽中。(卷二，頁 223)

詞題曰「暮春漫興」也見此刻稼軒心情的平靜。下片「試問春歸誰得見。飛燕。來時相遇夕陽中」，以無人知曉春歸何處，想必唯有暮春飛回的歸燕，曾在夕陽中相遇，表達時間荏苒，花開花謝，春去燕回，人之將老的變化，總在時間推移中；因之心隨物化，即能不怨不恨。

又如〈行香子・雲巖道中〉：

> 雲岫如簪。野漲接藍。向春闌綠醒紅酣。青裙縞袂，兩兩三三。把蓁麰生禪，玉版局，一時參。　　拄杖彎環。過眼嵌巖。岸輕烏白髮鬖鬖。他年來種，萬桂千杉。聽小綿蠻，新格磔，舊呢喃。(卷四，頁 511)

以黃鶯歡唱、鷓鴣悲鳴、燕子呢喃，表現生活的閒適和安靜。

第六章　稼軒詞中雁意象之研究

第一節　雁的形態和習性

　　雁〔註1〕又名鴻，〔唐〕孔穎達《毛詩正義》：「鴻雁于飛，肅肅其羽。」〔註2〕就體型而論，鴻大而雁小，又云：「大曰鴻，小曰雁。」〔註3〕不過古典文學裡，鴻、雁往往混用。雁羽毛紫

褐色，腹部白色，嘴扁平，腿短，趾間有蹼，群居在水邊，飛時往往排列成行，主食植物的種子，也吃魚和蟲，可供食用，並可馴養。雁每年春分後飛往北方，秋分後飛回南方，《埤雅》載云：「雁霜降南翔，冰泮北徂，其性惡熱，故中國始寒而北至。舊說鴻雁南翔不過衡山，今衡山之旁有峰曰「回雁」，蓋南北極煥，人罕識雪者，故雁望衡山

〔註1〕　圖片爲郭東輝拍攝。
〔註2〕　〔漢〕毛亨傳、鄭玄箋、〔唐〕孔穎達正義：《毛詩正義》（臺北：藝文印書館 1815 年，阮元：《十三經注》），頁 373。
〔註3〕　〔漢〕毛亨傳、鄭玄箋、〔唐〕孔穎達正義：《毛詩正義》（臺北：藝文印書館 1815 年，阮元：《十三經注》），頁 373。

而止。」〔註4〕指出雁的候鳥習性。

第二節　雁意象的蘊涵

　　雁羣於高空飛行，亦飛亦鳴，形成雁字或雁陣，嘹亮的鳴聲經大氣激流和空間的共鳴，穿越雲層轉爲悠遠悽厲之聲。因著雁的棲宿遷飛以及鳴聲，也引發文人繁複的想像。

一、鴻鴈于飛

　　雁爲候鳥，隨著季節遷徙而流動無定，或用以喻災亂流離之民，如〔唐〕孔穎達《毛詩正義》：「鴻鴈于飛，肅肅其羽；之子于征，劬勞于野。爰及矜人，哀此鰥寡。」〔註5〕指出人民離散如鴻雁之飛，四方無所不往。顏重威《詩經裡的鳥類》即道：「鴻雁的意涵在詩經裡，原本是碩大能幹，經文人的描述，已轉爲旅人睹物聞聲思故鄉的代名詞。」〔註6〕

二、驚弓之鳥

　　〔西漢〕劉向《戰國策》載：「更羸與魏王處京臺之下，仰見飛鳥。更羸謂魏王曰：「臣爲王引弓虛發而下鳥。」魏王曰：『然則射可至此乎？』更羸曰：『可。』有間，雁從東方來，更羸以虛發而下之。魏王曰：『然則射可至此乎？』更羸曰：『此孽也。』王曰：『先生何以知之？』對曰：『其飛徐而鳴悲。飛徐者，故瘡痛也；鳴悲者，久失群也，故瘡未息，而驚心未至也。聞弦音，引而高飛，故瘡隕也。』」〔註7〕後用以比喻

〔註4〕　〔宋〕陸佃撰：《埤雅》（臺北：臺灣商務印書館，年月日缺，王雲五主編：《叢書集成簡編》），卷六，頁154。

〔註5〕　〔漢〕毛亨傳、鄭玄箋、〔唐〕孔穎達正義：《毛詩正義》（臺北：藝文印書館1815年，阮元：《十三經注》），頁373。

〔註6〕　顏重威：《詩經裡的鳥類》（臺中：鄉宇文化事業有限公司，2004年9月），頁73。

〔註7〕　〔西漢〕劉向編：《戰國策》（上海：上海古籍出版社1985年二版），頁571。

曾受過驚嚇的人，再遇到類似的情況就惶恐不安，心有餘悸。

三、雁行有序

雁飛成「人」或「一」字，有序飛行，《禮記》載：「父之齒隨行，兄之齒鴈行，朋友不相踰。」〔註8〕言年與父相當者，則己隨其後；年與兄相當者，則與之並行而稍後，後多以雁行喻兄弟。

四、雁足繫書

〔東漢〕班固《漢書》載雁足繫書信之事：「昭帝即位。數年，匈奴與漢和親。漢求武等，匈奴詭言武死。後漢使復至匈奴，常惠請其守者與俱，得夜見漢使，具自陳道。教使者謂單于，言天子射上林中，得雁，足有係帛書，言武等在某澤中。使者大喜，如惠語以讓單于。單于視左右而驚，謝漢使曰：『武等實在。』」〔註9〕是以雁足繫書與書信有關。

五、避世隱居

雁又稱鴻，〔漢〕揚雄《法言》載：「飛鴻冥冥，弋人何篡焉。」李軌注：「君子潛神重玄之域，世網不能制禦之。」〔註10〕後因以「冥鴻」喻避世隱居之士。

第三節　稼軒詞中的雁意象

稼軒詞裡，提及「雁」字有三十三闋，除却〈玉樓春·再和〉：「人間反覆成雲雨，鳧雁江湖來又去。」〔註11〕、〈賀新郎〉：「雁鶩如雲

〔註8〕　見阮元：《十三經注》（臺北：藝文印書館，1815年），頁20。

〔註9〕　〔東漢〕班固撰：《新校本漢書》（臺北：鼎文書局，1886年，楊家駱主編：《新校本二十五史》），卷54〈李廣蘇建傳第二十四／蘇建／子武〉，頁2466。

〔註10〕　〔清〕汪榮寶撰：《法言義疏》（北京：中國書店，1991年，影印本），頁217。

〔註11〕　《漢語大詞典》記載「鳧雁」指鴨與大雁，有時單指大雁或野鴨，

休報事」〔註12〕二闋不納入討論，計有三十一闋。另以「鴻」字入詞有二十闋，其中五闋詞裡見「鴻鵠」〔註13〕或「蒙鴻」或「鴻寶」，所指皆與雁不相關，故以十五闋計；又〈瑞鶴仙·賦梅〉（卷三，頁335）、〈水調歌頭·醉吟〉（卷四，頁441）詞中同時有鴻、雁二字，以二闋計，故稼軒詞裡和雁有關之詞有四十四闋。以下分「先倩雁、寄消息——雁喻書信」、「目斷秋霄落雁——驚嚇惶恐」、「江涵秋影雁初飛——秋天」、「雁行吹字斷——孤寂漂泊」、「天外有冥鴻——隱居之士」五個主題論之。

一、先倩雁寄消息——雁喻書信

稼軒〈霜天曉角〉即以此傳人消息，詞云：

暮山層碧。掠岸西風急。一葉軟紅深處，應不是，利名客。

玉人還佇立。綠窗生怨泣。萬里衡陽歸恨，先倩雁，寄消息。（卷一，頁76）

此處截取〔唐〕杜甫〈歸雁〉：「萬里衡陽雁，今年又北歸」。〔註14〕

抑或指鴨與鵝。羅竹風主編：《漢語大詞典》（臺北：東華書局，1997年，9月初版），又韓學宏《宋詞鳥類圖鑑》指出鳧，又稱野鶩，就是今日所稱野鴨，詩詞中常用鳧鷺、鳧雁、鳧鷥、鳧鷗來形容出現於沙洲、水岸，數目較多的水鳥。（臺北：貓頭鷹出版社，2004年11月初版），頁53。本文將〈玉樓春·再和〉：「人間反覆成雲雨，鳧雁江湖來又去。」納入「鳧」討論。

〔註12〕「雁鷺」指鵝和鴨，比喻文官。據韓愈〈藍田縣丞廳壁記〉：「文書行，吏抱成案詣丞，卷其前，鉗以左手，右手摘紙尾，雁鷺行以進，平立睨丞曰：『當署』。」按詞意「雁鷺」所指不為雁、鷺、鵝、鴨，故本文未將「雁鷺」納入討論。

〔註13〕有三闋：〈水調歌頭·趙昌父七月望日用東坡韻，敘太白東坡事見寄，過相襃借，且有秋水之約。八月十四日，余臥病博山寺中，因用韻為謝，兼簡子似〉：「鴻鵠一再高舉」（卷四，頁437）、〈破陣子·為范南伯壽。時南伯為張南軒辟宰瀘溪，南伯遲遲未行，因賦此詞勉之〉：「燕雀豈知鴻鵠」（卷一，頁63）、〈念奴嬌·雙陸和坐客韻〉：「鴻鵠飛來天際」（卷二，頁216）。

〔註14〕見清聖祖御製：《全唐詩》（臺北：明倫出版社，1971年5月初版），冊7，卷233，頁2577。

〔宋〕秦觀〈阮郎歸〉:「衡陽猶有雁傳書。郴陽和雁無。」〔註15〕以雁傳書信,揣測家人對自己的思念。

鴻雁為霜寒季節南飛之候鳥,〔宋〕陸佃《埤雅》:「雁霜降南翔,冰泮北徂,其性惡熱,故中國始寒而北至。」〔註16〕稼軒〈瑞鶴仙·賦梅〉詞云:

> 雁霜寒透幕。正護月雲輕,嫩冰猶薄。溪奩照梳掠。想含香弄粉,艷妝難學。玉肌瘦弱,更重重龍綃襯著。倚東風一笑嫣然,轉盼萬花羞落。　　寂寞。家山何在。雪後園林,水邊樓閣。瑤池舊約。鱗鴻更杖誰托。粉蝶兒只解,尋桃覓柳,開遍南枝未覺。但傷心冷落黃昏,數聲畫角。(卷三,頁335)

雁於霜降時南翔,此詞「雁霜」亦可釋為濃霜,嚴霜。「鱗鴻」即魚雁,為書信之意,如〈飲馬長城窟行〉:「客從遠方來,遺我雙鯉魚。」〔註17〕此處用以指書信或信使。

稼軒〈水調歌頭·嚴子文同傅安道和前韻,因再和以謝之〉上片:

> 寄我五雲字,恰向酒邊來。東風過盡歸雁,不見客星回。聞道瑣窗風月,更著詩翁杖屨,合作雪堂猜。歲旱莫留客,霖雨要渠來。(卷二,頁116)

亦藉鴻雁傳書的意象,寫對友人的思念和等待。〈滿江紅·暮春〉下片云:

> 湘浦岸,南塘驛。恨不盡,愁如織。算年年辜負,對他寒食。便恁歸來能幾許,風流已自非疇昔。憑畫欄一線數飛鴻,沈空碧。(卷一,頁77)

此詞取意於〔唐〕李白〈送裴十八圖南歸嵩山〉:「舉手指飛鴻,此情

〔註15〕 見唐圭璋編:《全宋詞》(臺北:明倫出版社,1970年12月初版),冊5,頁463。

〔註16〕 〔宋〕陸佃撰:《埤雅》(臺北:臺灣商務印書館,年月日缺,王雲五主編:《叢書集成簡編》),卷6,頁154。

〔註17〕 見〔梁〕蕭統編,〔唐〕李善注:《文選》(臺北:文津出版社,1987年),卷27〈樂府上/古樂府三首/飲馬長城窟行〉,頁1278。

難具論。」〔註 18〕謂望著一行排開的飛鴻,沈入碧空,卻不見家人來信的隱隱之痛。

二、目斷秋霄落雁──驚嚇惶恐

稼軒〈木蘭花慢・滁州送范倅〉:

老來情味減,對別酒、怯流年。況屈指中秋,十分好月,不照人圓。無情水、都不管,共西風、只等送歸船。秋晚尊鱸江上,夜深兒女燈前。　　征衫便好去朝天。玉殿正思賢。想夜半承明,留教視草,卻遣籌邊。長安故人問我,道尋常愁酒殢酒只依然。目斷秋霄落雁,醉來時響空弦。(卷一,頁 25)

此詞爲送范倅任滿入京而作。〔宋〕蘇軾〈次韻王雄州送侍其涇州〉詩云:「聞道名城得眞將,故應驚羽落空弦」。〔註 19〕此處稼軒以「目斷秋霄落雁,醉來時響空弦」寫憂讒畏譏的忐忑之心。然而以稼軒滿腔忠憤,雖惶恐不安,但遙望空中雁落,醉裡仍有空弦回響,借以慨嘆念念不忘的復國之路,徒能醉裡引弓。

另一詞作〈雨中花慢・吳子似見和,再用韻爲別〉:「心似傷弓塞雁,身如喘月吳牛。」(卷四,頁 480)以驚弓避雁,吳牛喘月的惶恐不安,寫生活的孤苦和憂思。又如〈沁園春・帶湖新居將成〉:

三徑初成,鶴怨猿驚,稼軒未來。甚雲山自許,平生意氣,衣冠人笑,抵死塵埃。意倦須還,身閒貴早,豈爲蓴羹鱸鱠哉。秋江上,看驚弦雁避,駭浪船回。(卷一,頁 92)

以驚弦雁避,寫宦海的陰險難測,勸己理當急流勇退。

三、江涵秋影雁初飛──秋天

〔唐〕杜牧〈九日齊山登高〉:「江涵秋影雁初飛,與客攜壺上

〔註 18〕見清聖祖御製:《全唐詩》(臺北:明倫出版社,1971 年 5 月初版),冊 5,卷 176,頁 1797。

〔註 19〕〔清〕王文誥輯注:《蘇軾詩集》(北京:中華書局,1992 年 4 月),冊 6,卷 37,頁 2023。

翠微。塵世難逢開口笑，菊花須插滿頭歸。但將酩酊酬佳節，不用登臨恨落暉。古往今來只如此，牛山何必淚霑衣。」[註20] 稼軒詞有三處和「江涵秋影雁初飛」有關。〈木蘭花慢・席上呈張仲固帥興元〉：

> 漢中開漢業，問此地、是耶非。想劍指三秦，君王得意，一戰東歸。追亡事、今不見，但山川滿目淚沾衣。落日胡塵未斷，西風塞馬空肥。　　一編書是帝王師。小試去征西。更草草離筵，匆匆去路，愁滿旌旗。君思我回首處，正江涵秋影雁初飛。安得車輪四角，不堪帶減腰圍。（卷一，頁73）

友人調任，稼軒設宴餞別，詞中設想友人於征途中，望雁思及自己，是寫友人的孤獨之情，然更是自己對友人離去，而心生孤獨的思念和不捨，寓情於景，可見二人情誼之深。又〈水調歌頭・醉吟〉上片：

> 四坐且勿語，聽我醉中吟。池塘春草未歇，高樹變鳴禽。
> 鴻雁初飛江上，蟋蟀還來床下，時序百年心。誰要卿料理，山水有清音。（卷四，頁441）

化用「江涵秋影雁初飛」，以「鴻雁初飛江上」作為秋天之景，言四季景物的變遷，此為自然客觀的規律。至於〈木蘭花慢・題上饒郡圃翠微樓〉下片：

> 近來堪入畫圖看。父老願公歡。甚挂笏悠然，朝米炎氣，正爾相關。難忘使君後日，便一花一草報平安。與客攜壺且醉，雁飛秋影江寒。（卷四，頁406）

杜牧〈九日齊山登高〉：「江涵秋影雁初飛，與客攜壺上翠微。」[註21] 有「翠微」二字，稼軒以「雁飛秋影江寒」隱寓「翠微」二字，以切合詞題「題上饒郡圃翠微樓」。

　　雁春分後飛往北方，秋分後飛回南方，雁飛是秋多可見的自然景

〔註20〕見清聖祖御製：《全唐詩》（臺北：明倫出版，1971 年 5 月初版），冊16，卷 522，頁 5966。
〔註21〕見清聖祖御製：《全唐詩》（臺北：明倫出版，1971 年 5 月初版），冊16，卷 522，頁 5966。

象。稼軒〈臨江仙〉:「冷雁寒雲渠有恨,春風自滿余懷。更教無日不花開。未須愁菊盡,相次有梅來。」(卷二,頁371)所謂「冷雁寒雲」,即指秋冬之時序。〈定風波・三山送盧國華提刑,約上元重來〉::「少日猶堪話別離,老來怕作送行詩。極目南雲無過雁,君看:梅花也解寄相思。」(卷三,頁323)點出送別之季節爲沒有雁鳥飛翔的季節。〈滿江紅・和廓之雪〉:「吟凍雁,嘲饑鵲。」(卷二,頁181)寫雪中受凍而瑟瑟縮縮之雁。稼軒亦有詠節序之詞,如〈鷓鴣天・重九席上作〉:

戲馬臺前秋雁飛。管弦歌舞更旌旗。要知黃菊清高處,不
入當年二謝詩。　　傾白酒,繞東籬。只於陶令有心期。
明朝重九渾瀟灑,莫使尊前欠一枝。(卷二,頁191)

據〔唐〕杜佑《通典》記載彭城西南有項羽戲馬臺,宋武帝嘗九日登之。〔註22〕稼軒用典呼應時序,以詠重陽節。

四、雁行吹字斷——孤寂漂泊

〈東坡引・閨怨〉以雁寫閨怨,詞云:

玉纖彈舊怨。還敲繡屏面。清歌目送西風雁。雁行吹字斷。
雁行吹字斷。　　夜深拜月,瑣窗西畔。但桂影空階滿。
翠幃自掩無人見。羅衣寬一半。羅衣寬一半。(卷二,頁281)

雁群在高空飛行時,呈「一」字隊伍形式,速度緩慢,徐徐向前進,其後隊形開始變爲「人」字,雁飛成「人」字,風吹字打斷,此以雁群失散,喻所思念之人,無踪無影,寫女子閨中的孤獨。又如〈賀新郎・陳同父字東陽來過余〉上片:

把酒長亭說。看淵明風流酷似,臥龍諸葛。何處飛來林間
鵲,蹙踏松梢微雪。要破帽多添華髮。剩水殘山無態度,
被疏梅料理成風月。兩三雁,也蕭瑟。(卷二,頁236)

兩兩三三的孤雁和疏梅,象徵倔強又不爲世容的自己和友人,點綴

〔註22〕〔唐〕杜佑《通典》:「宋武帝爲宋公,在彭城,九月九日,出項羽戲馬臺射,其後相承,以爲舊準。」(北京:中華書局,1988年),頁2105。

南宋這殘山剩水，表現出對故國的思念。至於〈水龍吟・登建康賞
心亭〉：

> 楚天千里清秋，水隨天去秋無際。遙岑遠目，獻愁供恨，
> 玉簪螺髻。落日樓頭，斷鴻聲裏，江南游子。把吳鉤看了，
> 欄干拍遍，無人會，登臨意。（卷一，頁 34）

此爲稼軒懷思家國之作，稼軒家在北地濟南，卻宦游江南，見雁群離
散，斷鴻哀鳴的江南秋夕之景，更激化壯志難酬的憤悶和漂泊流離的
悲苦。至於〈念奴嬌・瓢泉酒酣，用東坡赤壁韻〉一詞，也見思鄉念
國的耿耿憂心，詞云：

> 倘來軒冕，問還是，今古人間何物。舊日重城愁萬里，風
> 月而今堅壁。藥籠功名，酒壚身世，可惜蒙頭雪。浩歌一
> 曲，坐中人物三傑。　　休歎黃菊凋零，孤標應也，有梅
> 花爭發。醉裡重揩西望眼，惟有孤鴻明滅。世事從教，浮
> 雲來去，枉了衝冠髮。故人何在。長庚應伴殘月。（卷二，
> 頁 272）

吳則虞《辛棄疾詞選集》指出：「『孤鴻明滅』喻在朝者，知己廖落。」
〔註 23〕又俞陛雲《唐五代兩宋詞選釋》：「『孤鴻明滅』句有消沉今古
在長空飛鳥之意，視萬事若浮雲，則當年一怒衝冠，寧非無謂，但此
意知已無多，伴我者已如殘月，爲可傷耳。」〔註 24〕故人零落，自身
孤寂之情更深，復國之事即更渺茫。

別離孤寂的傷感之情，也出現在〈鷓鴣天〉詞云：

> 木落山高一夜霜。北風驅雁又離行。無言每覺情懷好，不
> 飲能令興味長。　　頻聚散，試思量。爲誰春草夢池塘。
> 中年長作東山恨，莫遣離歌苦斷腸。（卷二，頁 215）

以眼前之景「北風驅雁」，代爲兄弟離別。〔宋〕蘇軾〈卜算子・黃州
定慧院寓居作〉：「缺月挂疏桐，漏斷人初靜。誰見幽人獨往來，縹緲

〔註 23〕吳則虞：《辛棄疾詞選集》（上海：上海古籍出版社，1993 年 6 月第
　　　　一版），頁 61。
〔註 24〕俞陛云：《唐五代兩宋詞選釋》（上海：上海古籍出版社，1985 年），
　　　　頁 124。

孤鴻影。」〔註25〕稼軒取之，塡作〈蝶戀花‧送祐之弟〉：

> 衰草斜陽三萬頃。不算飄零，天外孤鴻影。幾許淒涼須痛
> 飲，行人自向江頭醒。　　會少離多看兩鬢。萬縷千絲，
> 何況新來病。不是離愁難整頓，被他引惹其他恨。（卷二，
> 頁211）

以「不算飄零，天外孤鴻影」安慰辛祐之只是身飄泊在外，但不算身
世飄零，較像孤鴻縹緲欲仙，清靜幽雅。〔註26〕

〈點絳唇〉亦云：「孤鴻起，丹青手裏，剪破松江水。」（卷二，
頁173）以孤鴻飛起打破秋江的平靜，以喻作者心中盪漾不已，又〈滿
江紅‧游清風峽和趙晉臣敷文韻〉下片：

> 風采妙，凝冰玉。詩句好，餘膏馥。嘆只今人物，一夔應
> 足。人似秋鴻無定住，事如飛彈須圓熟。笑君侯、陪酒又
> 陪歌，陽春曲。（卷四，頁506）

〔宋〕蘇軾〈正月二十日，與潘、郭二生出郊尋春，忽記去年是日
同至女王城作詩，乃和前韻〉：「東風未肯入東門，走馬還尋去歲村。
人似秋鴻來有信，事如春夢了無痕。江城白酒三杯釅，野老蒼顏一
笑溫。已約年年為此會，故人不用賦招魂。」〔註27〕又〈和子由澠
池懷舊〉：「人生到處知何似？應似飛鴻踏雪泥。」〔註28〕稼軒截取
此二詩句，以「人似秋鴻無定住，事如飛彈須圓熟」寫自己對人生
的深沈感慨。又〈賀新郎‧賦琵琶〉：「鳳尾龍香撥。自開元霓裳曲
罷，幾番風月。最苦潯陽江頭客，畫舸亭亭待發。記出塞黃雲堆雪。
馬上離愁三萬里，望昭陽宮殿孤鴻沒。弦解語，恨難說。」（卷二，

〔註25〕見唐圭璋編：《全宋詞》（臺北：明倫出版社，1970年12月初版），
　　　　冊2，頁304。

〔註26〕朱德才、薛祥生、鄧紅梅編：《辛棄疾詞新釋輯評》（北京：中國書
　　　　店，2001年1月第一版），頁510。

〔註27〕〔清〕王文誥輯注：《蘇軾詩集》（北京：中華書局，1992年4月），
　　　　冊4，卷21，頁1105。

〔註28〕〔清〕王文誥輯注：《蘇軾詩集》（北京：中華書局，1992年4月），
　　　　冊1，卷3，頁96。

頁 137）以孤鴻作爲離別場景的點綴，此中亦有孤寂愁苦之意。

五、天外有冥鴻——隱居之士

〈水調歌頭・和鄭舜舉蔗菴韻〉：

> 萬事到白髮，日月幾西東。羊腸九折歧路，老我慣經從。
> 竹樹前溪風月，雞酒東家父老，一笑偶相逢。此樂竟誰覺，
> 天外有冥鴻。　　味平生，公與我，定無同。玉堂金馬，
> 自有佳處著詩翁。好鎖雲煙窗戶，怕入丹青圖畫，飛去了
> 無蹤。此語更癡絕，眞有虎頭風。（卷二，頁 158）

稼軒自喻爲冥鴻，謂百姓生活的安樂，對一位隱居世外的自己而言，
已親身感受到了。又如〈哨遍・用前韻〉上片：

> 一壑自專，五柳笑人，晚乃歸田里。問誰知、幾者動之微。
> 望飛鴻、冥冥天際。論妙理。濁醪正堪長醉。從今自釀躬
> 耕米。嗟美惡難齊，盈虛如代，天耶何必人知。試回頭五
> 十九年非。似夢里歡娛覺來悲。慶乃憐蚨，谷亦亡羊，算
> 來何異。（卷四，頁 424）

以《易經》和揚雄《法言》闡述道理，謂吉凶之彰，始於徵兆，若能
見機而作，一如大雁鴻飛冥冥，那麼弋人何懼，如此則可遠禍避凶。
另有〈水調歌頭・題永豐楊少游提點一枝堂〉：「記當年，嚇腐鼠，嘆
冥鴻。衣冠神武門外，驚倒幾兒童。休說須彌芥子，看取鷗鵬斥鷃，
小大若爲同。君欲論齊物，須訪一枝翁。」（卷二，頁 285），詞中「冥
鴻」亦指隱居世外之人。

第七章 稼軒詞中鶴意象之研究

第一節 鶴的形態和習性

　　鶴，[註1] 學名丹頂鶴，屬鶴科，為大形涉禽，項腳較長，頭為小，丹頂鶴高約 150 公，全身白羽，翼尾黑色，頭頂裸膚紅色，嘴粗長而直，翅寬廣而有力，尾短。生活於廣闊平原農田、沼澤地帶，夜裡

棲息於淺灘，以動植物，或軟體動物為食，邊飛邊叫，繁殖期間，雄雌二鳥晨昏成對，展翅引頸而鳴，舉止溫雅有致。[註2] 分布於西伯利亞南部、中國東北地方、蒙古以及新疆等地之鶴，冬季南遷至華北、華中、華南以及朝鮮半島避寒，春暖回北。中國的鶴有九種，以丹頂鶴最為人所熟悉，三千年來中國道士、歷代皇室、古典文學裡或藝術繪畫的鶴都是丹頂鶴。丹頂鶴步履穩健、雍容大方、氣宇軒昂，態度從容，舞姿多

〔註1〕 圖片為郭東輝拍攝。
〔註2〕 韓學宏：《宋詞鳥類圖鑑》（臺北：貓頭鷹出版社，2004 年 11 月初版），頁 99。

變，躍飛時需快跑數步，躍起後直衝雲霄，氣勢磅礡，遷移時全家齊飛，乘風順勢，遨行千里，覓食時群聚照應，防天敵。〔註3〕又〔宋〕蘇軾《物類相感志》云：「鶴，知子午。」〔註4〕子爲北方，午爲南方，此應以鶴南遷北回的習性，揣測鶴知子午。

　　鶴的記載最早見於詩經，〔註5〕《詩經》曰：

　　　鶴鳴于九皋，聲聞于野。〔註6〕

〔唐〕孔穎達《毛詩正義》云：

　　　鶴在中鳴焉，而野聞其鳴聲。〔註7〕

〔宋〕陸佃《埤雅》提到鶴的形貌，並引《淮南子》指出鶴鳴高亮：

　　　鶴形狀如鵝，青腳素翼，常夜半鳴，故淮南子曰：「雞知將
　　　旦，鶴知夜半，其鳴高亮，聞八九里。」〔註8〕

鶴的鳴聲高亢可傳八九里之遠，奠立了鶴意象的精神特質，但是否爲眞，或是過甚的形容，不得而知。〔吳〕陸璣《毛詩陸疏廣要》亦對鶴的形態與習性有所描述：

　　　鶴，形狀大如鵝，長腳青黑，高三尺餘。赤頂赤目，喙長
　　　四寸餘。多純白，亦有蒼白。蒼色者人謂之赤頰。常夜半
　　　鳴，淮南子亦云：『雞知將旦，鶴知夜半。』其鳴高亮，聞
　　　八九里，雌者差下。今吳人園圃中及士大夫家皆養之，雞
　　　鳴時鶴亦鳴。

夜半啼鳴爲鶴特異的生理習性，對於聽聞者而言，確實是格外高亮遼遠。

〔註3〕 顏重威：《詩經裡的鳥類》（臺中：鄉宇文化事業有限公司，2004 年
　　　9 月），頁 122。

〔註4〕 〔宋〕蘇軾：《物類相感志》，收錄於《格物麤談》（北京：中華書局，
　　　1985 年，新一版），頁 26。

〔註5〕 顏重威：《詩經裡的鳥類》指出詩經裡的鶴，並不知爲何種。《詩經
　　　裡的鳥類》（臺中：鄉宇文化事業有限公司，2004 年 9 月），頁 122。

〔註6〕 〔漢〕毛亨傳、鄭玄箋、〔唐〕孔穎達正義：《毛詩正義》（臺北：藝
　　　文印書館 1815 年，阮元：《十三經注》），頁 376。

〔註7〕 〔漢〕毛亨傳、鄭玄箋、〔唐〕孔穎達正義：《毛詩正義》（臺北：藝
　　　文印書館 1815 年，阮元：《十三經注》），頁 376。

〔註8〕 〔宋〕陸佃撰：《埤雅》（臺北：臺灣商務印書館，年月日缺，王雲
　　　五主編：《叢書集成簡編》），卷 6，頁 158。

第二節　鶴意象的蘊涵

　　鶴以其一飛沖天、一起千里之姿謂之仙鶴，在文學裡衍生出與功名富貴有關，具有福、祿、壽的意象，並因爲仙家、文人、雅士之愛蘊涵高潔隱逸意象。賈祖璋《鳥與文學》指出詠鶴詩歌表現的思想，或爲通常的詠物寫情，抑或敍述神仙的渺茫，並有喻爲離別悲哀的別鶴之類。〔註9〕文學裡或以鶴寫別離，曹植〈失題〉：「雙鶴俱遨遊，相失東海傍，雄飛竄北朔，雌驚赴南湘，棄我交頸歡，離別各異方，不惜萬里道，但恐天網張。」即是一例。然鶴因舉翅振翼，故有鶴亦能舞之說，據《穆天子傳》云：「天子飲於孟氏，愛舞白鶴二八，至於巨蒐氏，巨蒐之人，乃獻白鶴之血，以飲天子。」然鶴果能舞之？應爲鶴舉翅振翼徘徊之故。又〔南朝宋〕劉義慶《世說新語》：「昔羊叔子有鶴善舞，嘗向客稱之。客試使驅來，氃氋不肯舞。」〔註10〕後以「不舞之鶴」喻名不副實。〔註11〕

　　以下主要就鶴衍生出的富貴功名及高潔隱逸的意象分述之。

一、福祿壽鶴

　　浮丘公《相鶴經》指出鶴爲仙人之騏驥，並且有長壽之稱：

　　　與鸞鳳同群，胎化而產，爲仙人之騏驥矣。……故天壽不
　　　可量。〔註12〕

〔註 9〕見賈柏松、韓仁煦、尤廉編《賈祖璋全集》（福州：福建科學技術出版社，2001 年 9 月第一版）第一卷，頁 129。

〔註10〕余嘉錫：《世說新語箋疏》（臺北：華正書局，1991 年 10 月初版）下冊，頁。812。

〔註11〕見〔唐〕歐陽詢撰：《藝文類聚》（臺北：文光圖書有限公司，木鐸編譯室編輯，1974 年），卷 90，頁 1566。

〔註12〕《相鶴經》：「鶴者，陽鳥也，生二年，子毛落而黑毛易。三年，頂赤，爲羽翮。其七年小變，而飛薄雲漢。複七年，聲應節，而晝夜十二時鳴。鳴則中律。百六十年大變，而不食生物。故大毛落而茸毛生，乃潔白如雪，故泥水不能汙。或即純黑，而緇盡成膏矣。複百六十年，變止，而雌雄相視，目睛不轉，則有孕。千六百年，形定，飲而不食，與鸞鳳同群，胎化而產，爲仙人之騏驥矣。夫聲聞於天，故頂赤；食于水，故啄長；軒於前，故後指短；棲于陸，故

又《太平廣記》云：

> 周靈王太子也，好吹笙作鳳凰鳴，遊伊洛之間。道士浮丘
> 公，接以上嵩山。三十餘年，後求之於山，見桓良曰：「告
> 我家，七月七日待我於緱氏山頭。」果乘白鶴，駐山嶺，
> 望之不到，舉手謝時人，數日而去。後立祠於緱氏及嵩山。
> 〔註13〕

《浙江通志》記載：

> 赤松子，〈列仙傳〉神農時雨師也，《杭州府志》富陽赤松
> 子山，相傳赤松子駕鶴往來，時憩於此故山。〔註14〕

《述異傳》亦曰：

> 茍瓌……寓居江陵，憩江夏黃鵠樓上，望西南有物飄然，降
> 自霄漢，俄頃已至，乃駕鶴之賓也，鶴止戶側，仙者就席，
> 羽衣虹裳，賓已歡對，辭去，跨鶴騰雲，眇然煙滅。〔註15〕

仙人乘鶴之說記載頗多，而騎鶴升天為仙，後也成為名利俱足之意，
〔南朝梁〕王文度《商芸小說》：「有客相從，各言所志，或願為揚州
刺史，或願多貲財，或願騎鶴上昇。其一人曰，腰纏十萬貫，騎鶴上
揚州，欲兼三者。」〔註16〕後以「揚州鶴」形容官高、錢多、成仙兼
具或指如意之事。

又《左傳》有關鶴的記載：

足高而尾周；翔于雲，故毛豐而肉疏。」且大喉以吐故，修頸以納
新，故天壽不可量。浮丘公撰，〔明〕周履靖輯：《相鶴經》（北京：
中華書局，1911年新一版，《叢書集成初編》），頁1-2。

〔註13〕 〔宋〕李昉：《太平廣記》（揚州：廣陵書社，2007年12月初版，《筆
記小說大觀》），冊2，卷4〈神仙王子喬〉，頁674。

〔註14〕 〔清〕沈翼機、嵇曾筠：《浙江通志》。見〔清〕紀昀等總纂：《景印
文淵閣四庫全書》（臺北：臺灣商務印書館，1883年），冊524，頁
378。

〔註15〕 見〔唐〕歐陽詢撰：《藝文類聚》（臺北市：文光圖書有限公司，木
鐸編譯室編輯，1974年），卷63，頁1130。

〔註16〕 〔南朝梁〕王文度：《商芸小說》，見〔清〕紀昀等總纂：《景印文淵
閣四庫全書》（臺北：臺灣商務印書館，1883年），冊1017，子部類
書類323，頁100。

> 懿公好鶴，鶴有乘軒者，將戰，國人受甲者皆曰：『使鶴』，
> 鶴實有祿位，余焉能戰。〔註17〕

衛懿公愛鶴，讓鶴享有俸祿爵位，上者食大夫俸，次者食士俸。懿公
出遊時，鶴也分班從幸，稱「鶴將軍」載於車前，甚至養鶴之人也享
有常俸，但民有飢凍卻全不撫恤，鶴乘軒車享有俸祿爵位，此舉引起
國人不滿。〔唐〕沈佺期也引乘軒鶴一事，〈移禁可刑〉云：「寵邁乘
軒鶴，榮過食稻梁。」〔註18〕以喻無功受祿之人。

二、高逸之鶴

　　〔南朝宋〕劉義慶《世說新語》記孟昶稱王恭身披鶴氅如神仙之
下凡，鶴羽爲裘往往表現出灑脫高雅的風範。然鶴與隱逸結合當於宋
朝，此與林逋「梅妻鶴子」之說相關，據《宋史》：「林逋字君復，杭
州錢塘人・少孤，力學，不爲章句・性恬淡好古，弗趨榮利，家貧衣
食不足，晏如也。」；〔註19〕又《宋人軼事彙編》：「林逋隱居孤山，
常畜兩鶴，縱之則飛入雲霄，盤旋久之，復入籠內。逋常泛小艇，遊
西湖諸寺。有客至，則一童子出應門，延客坐，爲開籠放鶴，良久，
逋必棹小舟返。蓋常以鶴飛爲驗也。」〔註20〕有關林逋與鶴的記載，
也見於《詩話總龜》：「林逋隱於武林之西湖，不娶無子，所居多植梅
畜鶴，泛舟湖中，客至則放鶴致之，因謂妻梅子鶴云。」〔註21〕後人

〔註17〕〔漢〕毛亨傳、鄭玄箋、〔唐〕孔穎達正義：《毛詩正義》（臺北：藝
　　　　文印書館1815年，阮元：《十三經注》），頁115。
〔註18〕見清聖祖御製：《全唐詩》（臺北：明倫出版社，1971年5月初版），
　　　　冊4，卷97，頁1050。
〔註19〕〔元〕脫脫等撰：《新校本宋史》（臺北：鼎文書局，1886年，楊家
　　　　駱主編：《新校本二十五史》），卷457〈列傳第二百一十六/隱逸上/
　　　　林逋〉，頁13432。
〔註20〕丁傳靖輯：《宋人軼事彙編》（臺北：臺灣商務印書館，1982年9月
　　　　二版），上冊，卷7，頁290。
〔註21〕引自〔清〕陳廷敬，張玉書：《御定佩文韻府》。見〔清〕紀昀等總
　　　　纂：《景印文淵閣四庫全書》（臺北：臺灣商務印書館，1883年）冊
　　　　1012，頁455。

或以「孤雲野鶴」來形容隨地安處的高人隱士。

第三節　稼軒詞中的鶴意象

　　稼軒詞裡提及「鶴」字有三十闋，另有〈霜天曉角·赤壁〉:「半夜一聲長嘯，悲天地，爲予窄。」（卷六，頁 583）化用蘇軾〈後赤壁賦〉一文，又有〈行香子·山居客至〉:「看北山移，盤谷序，輞川圖。」（卷四，頁476）〉用孔稚珪〈北山移文〉〔註22〕寫山中生活的閒適和樂趣，此二闋皆引用和鶴相關典故，計稼軒與鶴相關之詞共有三十二闋。以下從「非月非雲非鶴——清閒自在」、「白鶴駕仙風——長命高壽」、「典故中的鶴」三大主題說明。此中〈水調歌頭·席上用王德和推官韻，壽南澗〉詞中「猿鶴且相安」，雖是用典，取意於孔稚珪〈北山移文〉，但爲祝禱詞，本文將它納入「白鶴駕仙風——長命高壽」中討論。

一、非月非雲非鶴——清閒自在

　　　〈念奴嬌·賦雨巖，效朱希眞體〉:
　　　　近來何處有吾愁，何處還知吾樂。一點淒涼千古意，獨倚西風寥廓。並竹尋泉，和雲種樹，喚做眞閒客。此心閒處，不應長藉邱壑。　　休說往事皆非，而今雲是，且把清尊酌。醉裏不知誰是我，非月非雲非鶴。冷露風高，松梢桂子，醉了還醒卻。北窗高臥，莫教啼鳥驚著。（卷二，頁 174）
此詞當作於淳熙十四年（1187 年），〔註23〕詞題雖言賦雨巖，但並非詠雨巖，而是傾吐投閒置散生活的苦悶，是爲人生感悟之作，又言效朱希眞體，但詞中並無朱希眞詞的婉麗清暢，卻是多了閒愁清怨之氣。稼軒滿腔忠憤，長期賦閒，年華空虛度，精神苦悶悲憤，已臻迸

〔註22〕〔梁〕蕭統編，〔唐〕李善注:《文選》（臺北:文津出版社，1987 年月），卷43〈孔德璋北山移文〉，頁 1959。
〔註23〕鄧廣銘:《（增訂本）稼軒詞編年箋注》（臺北:華正書局，2007 年 2月二版），頁174。

裂，何能眞開達到渾然忘卻的境地。詞中「醉裏不知誰是我，非月非雲非鶴。」二句，據《辛棄疾詞新釋輯評》云：

> 這醉裡的迷離忘世兼忘我之樂，我與鶴與雲乃至於萬物，誰是誰非，誰又是誰，顯得無關緊要了，這是莊周夢蝶的境界，是泯去物我的境界。〔註24〕

又汪誠《稼軒詞選析》云：

> 顯示他閒居思想的矛盾和苦悶，做閒雲野鶴對故國山河不忍，只圖個人安逸，販老莊清靜無爲也非本志。〔註25〕

觀此詞作於稼軒被彈劾罷官時，仕與隱一直是稼軒面臨的兩難問題，閒雲野鶴的清閒自在，或許是迫不得已，而非眞情的選擇。

〈鷓鴣天・睡中即事〉爲一闋感事詞：

> 水荇參差動綠波，一池蛇影噤群蛙。因風野鶴饑猶舞，積雨山梔病不花。名利處，戰爭多。門前蠻觸日干戈。不知史有槐安國，夢覺南柯日未斜。（卷四，頁414）

此詞「因風野鶴饑猶舞，積雨山梔病不花」二句，據《辛棄疾詞新釋輯評》：「這兩句不僅語言精鍊，對仗工整，而且含義豐富，是一個非常突出的例子，前句野鶴一層，飢一層，飛舞又一層，而飢則是野鶴『因風』、『獨舞』的原因。」〔註26〕稼軒睡起，因見水荇參差不齊隨波浮動，荇影映在池中，猶如一池水蛇，嚇得群蛙噤聲，此想像中的蛇蛙之爭，乃現實生活所見名利之鬥的反應，有感而發。這樣的感慨，也見於〈南歌子・獨坐蔗菴〉：「靜看斜日隙中塵。始覺人間何處不紛紛。」（卷二，頁160）以南柯一夢對爭逐者加以嘲諷。

另有〈滿江紅・呈趙晉臣敷文〉寫歸隱後的閒情自在，詞云：

> 老子平生，元自有金盤華屋。還又要萬間寒士，眼前突兀。

〔註24〕朱德才、薛祥生、鄧紅梅編：《辛棄疾詞新釋輯評》（北京：中國書店，2001年1月第一版），頁402。

〔註25〕汪誠：《稼軒詞選析》（臺北：臺灣商務印書館，1993年11月初版），頁259。

〔註26〕朱德才、薛祥生、鄧紅梅編：《辛棄疾詞新釋輯評》（北京：中國書店，2001年1月第一版），頁1055。

一舸歸來輕似葉，兩翁相對清如鵠。道如今吾亦愛吾廬，
多松菊。　　人道是，荒年穀。還又似，豐年玉。甚等閒
卻爲，鱸魚歸速。野鶴溪邊留杖屨，行人牆外聽絲竹。問
近來風月幾篇詩，三千軸。（卷四，頁 505）

此詞確切作年不可考，約作於稼軒罷官閒居瓢泉之時，〔註27〕全詞敍
寫趙晉臣的高尚品格。趙晉臣爲敷文閣學士，又是宋王朝宗室。開頭
四句，稼軒稱許他關愛貧者寒士的可貴襟懷，接著寫二人交情，並以
兩翁相對如天清朧，可見人品高潔；結尾化用晉‧陶淵明〈讀山海經〉：
「吾亦愛吾廬」，〔註 28〕寫其對田園的熱愛。過片不變，換頭四句言
爲匡時濟世之才，接著稱許其鄙棄名利認同歸來之舉，並以「野鶴溪
邊留杖屨，行人牆外聽絲竹」寫歸後悠閒自得的鄉野生活。

二、白鶴駕仙風──長命高壽

　　鶴在中國代表長壽，花鳥繪畫裡，常見以「松鶴延年」爲創作主
題，據許伯卿〈稼軒詞題材類型統計與分析〉指出稼軒詞的題材類型
多達三十類，其中祝頌（壽）詞有 79 闋，約 12.5%；〔註29〕王倩〈論
辛棄疾的祝壽詞〉則統計約占總數的 7%。〔註30〕稼軒祝壽詞中提及
「鶴」計有：〈虞美人‧壽趙文鼎提舉〉、〈沁園春‧壽趙茂嘉郎中，
時以制置兼濟倉振濟里中，除直祕閣〉、〈品令‧族姑慶八十，來索俳
語〉、〈水調歌頭‧和德和上南澗韻〉四闋。〈虞美人‧壽趙文鼎提舉〉：
翠屏羅幕遮前後。舞袖翻長壽。紫髯冠佩御爐香。看取明
年歸奉萬年觴。今宵池上蟠桃席。咫尺長安日。寶煙飛焰
萬花濃。試看中間白鶴駕仙風。（卷二，頁 156）

〔註27〕朱德才、薛祥生、鄧紅梅編：《辛棄疾詞新釋輯評》（北京：中國書
　　　　店，2001 年 1 月第一版），頁 1333。
〔註28〕楊勇：《陶淵明集校箋》（臺北：正文書局有限公司 1987 年 1 月初版），
　　　　頁 233。
〔註29〕劉慶雲、陳慶元主編：《稼軒新論》（福州：海風出版社，2005 年 12
　　　　月），頁 142。
〔註30〕王倩〈論辛棄疾的祝壽詞〉，《文史博覽理論》（湖南商學院中國語言
　　　　文學學院，2008 年 4 月），頁 25。

詞疑作於宋孝宗淳熙十二、十三年（1185 或 1186 年），趙文鼎時為提舉。〔註31〕開頭二句寫壽筵，側重寫壽筵中的歌舞場景，翠屏遮前，羅幕圍後，也可見趙文鼎因身份特殊，而壽筵的不平凡。顯示雍容華貴之氣。「翻長壽」寫出舞者翩翩起舞，又照應詞題點出祝壽之意，至於「紫髯」一句，寫趙文鼎其人，生有紫色之髭鬚，身著官服，腰懸玉珮，御爐裡香烟裊繞，儼如大將一般。「歸奉萬年觴」是設想他在提舉崗位上，能有如班超平定西域的重大貢獻。〔註32〕

　　下片仍寫壽筵，謂此盛會足以和西王母蟠桃席相匹敵，可謂群仙雲集；又以「咫尺長安口」言其在外為官，但距離皇帝不遠，是可和朝廷保持密切聯繫。「寶煙飛焰萬花濃試看中間白鶴、駕仙風」寫烟花飛舞，焰火騰空如萬花叢，趙文鼎在有的炳火光焰中，有如萬花叢中飛翔的白鶴，同時也暗示將如神仙一樣長生不老。此詞以鶴祝壽，寫其形貌，賀其長生不老，這樣的呈現方式，也見於〈沁園春・壽趙茂嘉郎中，時以制置兼濟倉振濟里中，除直祕閣〉：

> 甲子相高，亥首曾疑，絳縣老人。看長身玉立，鶴般風度；
> 方頤須碟，虎樣精神。文爛卿雲，詩凌鮑謝，筆勢駸駸更
> 右軍。渾餘事，羨仙都夢覺，金闕名存。　　門前父老忻
> 忻。煥奎閣新襃沼語溫。記他年帷幄，須依日月：只今劍
> 履，快上星辰。人道陰功，天教多壽，看到貂蟬七葉孫。
> 君家裏，是幾枝丹桂，幾樹靈椿？（卷四，頁 430）

詞作於宋寧宗慶元五年（1199 年），時稼軒罷官開居鉛山瓢泉，趙茂嘉，即趙不遏，自幼有聲名，能文且登進士第。居鄉不恃氣凌人，置兼濟倉，里閭德之。慶元間，州狀其事於上，詔除直祕閣，以示旌異。

〔註31〕鄧廣銘：《（增訂本）稼軒詞編年箋注》（臺北：華正書局，2007 年 2 月二版），頁 157。

〔註32〕據《後漢書》記載班超欲出使西域，上書請兵一事：「臣超區區，特蒙神靈，竊冀未便僵仆，目見西域平定，陛下舉萬年之觴，薦勳祖廟，布大喜於天下，書奏，帝知其功可成，議欲給兵。」南朝〔宋〕范曄撰：《新校本後漢書》（臺北：鼎文書局，1886 年，楊家駱主編：《新校本二十五史》），卷 47〈班梁列傳〉，頁 1575。

此詞以「仙都夢覺，金闕名存」爲樞紐，採用虛實結合的方式，鋪敍茂嘉的人品、才藝和前程。〔註33〕此時趙茂嘉之年已逾七十，足以和絳縣老人〔註34〕相比，借以賀祝長壽。「看長身玉立，鶴般風度，方頤須磔，虎樣精神。」寫其精神氣度，以鶴見其身影清癯，仙風道骨不凡的儀態，而其精神矍鑠，虎虎生氣，至於文藝才華，可和卿雲、鮑謝、右軍媲美。稼軒極盡稱頌，但更重要的是事功，「仙都夢覺，金闕名存。」言其已離開仙居爲朝廷所知，照應詞題「制置兼濟倉賑濟里中，除直祕閣」，也開啓下片事功的抒寫。據莊子〈齊物論〉：「上古有大椿者、以八千歲爲春，八千歲爲秋」，〔註35〕又《宋史》載竇儀學問優博，風度峻整．弟儼、侃、偁、僖兄弟五人相繼登科，其父禹鈞與馮道有舊，馮道嘗贈詩：「靈椿一株老，丹桂五枝芳。」〔註36〕此詞末以「君家裏，是幾枝丹桂，幾樹靈椿。」賀茂嘉兒子金榜題名，並祝賀高壽。

　　鶴和椿慣作爲賀人長生高壽，〈品令・族姑慶八十，來索俳語〉慶賀族姑八十高齡，即見「靈龜椿鶴」一詞：
　　　　更休說。便是箇住世觀音菩薩。甚今年容貌八十歲，見底

〔註33〕朱德才、薛祥生、鄧紅梅編：《辛棄疾詞新釋輯評》（北京：中國書店，2001年1月第一版），頁1016。

〔註34〕《春秋左傳正義》：「晉悼夫人食輿人之城杞者．絳縣人或年長矣．無子．而往與於食．有與疑年．使之年．曰臣小人也．不知紀年．臣生之歲．正月甲子朔．四百有四十五．甲子矣．其季於今．三之一也．吏走問諸朝．師曠曰．魯叔仲惠伯會郤成子于承匡之歲也．是歲也．狄伐魯．叔孫莊叔於是乎敗狄于鹹．獲長狄僑如．及虺也豹也．而皆以名其子．七十三年矣．史趙曰．亥有二首六身．下二如身．是其日數也．士文伯曰．然則二萬二千六百有六旬也．」〔晉〕杜預注、〔唐〕孔穎達正義：《春秋左傳正義》（臺北：藝文印書館1815年，阮元：《十三經注》），卷40，頁679-680。

〔註35〕〔清〕郭慶藩撰，王孝魚點校：《莊子集釋》（北京：中華書局1995年，《新編諸子集成》），卷一上〈逍遙遊〉，頁11。

〔註36〕〔元〕脫脫等撰：《新校本宋史》（臺北：鼎文書局，1886年，楊家駱主編：《新校本二十五史》），卷387〈列傳第一百四十六/論曰〉，頁11895。

道繞十八。莫獻壽星香燭。莫祝靈椿龜鶴。只消得把筆輕
輕去，十字上添一撇。（卷四，頁477）〔註37〕

稼軒以詼諧風趣的口吻，大量運用口語，並且正話反說「莫獻壽星香
燭，莫祝靈椿龜鶴」逼出「十字上、添一撇」即「千」，意味祝賀長
生千歲。又〈水調歌頭·席上用王德和推官韻，壽南澗〉：

上界足官府，公是地行仙。青氈劍履舊物，玉立侍天顏。
莫怪新來白髮，恐是當年柱下，道德五千言。南澗舊活計，
猿鶴且相安。　　歌秦缶，寶康瓠，世皆然。不知清廟鐘
磬，零落有誰編。堪笑行藏用舍，試問山林鐘鼎，底事有
虧全。再拜荷公賜，雙鶴一千年。（卷二，頁140）

「猿鶴且相安」是用孔稚珪北山移文典故，謂韓南澗（元吉）歸隱與
猿鶴相娛，詞末又以韓南澗送給自己的雙鶴爲喻，祝願韓南澗如鶴不
老，仙齡永繼。

三、典故中的鶴

（一）北山移文

　　孔稚珪《北山移文》是用以嘲諷南朝·周顒以山林爲「終南捷徑」
之事。周顒，長於佛理及老莊，隱於鍾山，後奉召出仕爲海鹽縣令，
期滿進京，路過鍾山，孔稚珪借「鍾山之英，草堂之靈」之名，以檄
移的文體，對「纓情好爵」的虛僞隱士周顒，予以口誅筆伐，拒絕周
顒路過鍾山。〔註38〕

　　稼軒詞中的鶴意象，以運用「北山移文」之典居冠，據陳淑美〈稼
軒詞用典分類研究〉記載：「稼軒詞用典有重複引用同一典故的傾向，
詞中用到「北山移文」處有16條；〔註39〕又陳惠慈〈稼軒詞山水意

〔註37〕鄧廣銘《（增訂本）稼軒詞編年箋注》校：「四卷本丙集作『重龜椿
　　　　鶴』」。（臺北：華正書局，2007年2月二版），頁477。
〔註38〕〔南朝梁〕蕭統編，〔唐〕李善注：《文選》（臺北：文津出版社，1987
　　　　年），頁155。
〔註39〕陳淑美：〈稼軒詞用典分類研究〉（臺北：國立臺灣大學中文所碩士
　　　　論文，1967年7月），頁50。

象之研究〉指出稼軒因北山移文之故，衍生出北山意象群如：「北山
猿鶴」、「猿驚鶴怨」、「猿鶴怨」、「猿鶴驚」、「猿愁鶴怨」、「猿啼鶴喚」、
「春猿秋鶴」〔註40〕、「北山猿」、「鶴怨」、「人同鶴在」、「故山猿老」、
「鶴怨猿吟」、「猿吟鶴舞」、「猿鶴悲吟」等，或指有心歸隱、思念家
鄉故地；或用作詠朝士思歸的故實；或喻指不願出仕；或言出仕有背
初衷；或形容對官場生活的厭倦。有時也正面用意謂「出山入仕」。
〔註41〕段致平〈稼軒詞用典研究〉也指出稼軒多次引用此典，並以反
其意而用之居多。〔註42〕以下舉例說明，〈沁園春・帶湖新居將成〉
詞曰：

> 三徑初成，鶴怨猿驚，稼軒未來。甚雲山自許，平生意氣，
> 衣冠人笑，抵死塵埃。意倦須還，身閒貴早，豈爲蓴羹鱸
> 鱠哉。秋江上，看驚弦雁避，駭浪船回。　　東岡更葺茅
> 齋。好都把軒窗臨水開。要小舟行釣，先應種柳；疏籬護
> 竹，莫礙觀梅。秋菊堪餐，春蘭可佩，留待先生手自栽。
> 沈吟久，怕君恩未許，此意徘徊。（卷一，頁 92）

淳熙八年（1181 年）春天，稼軒已開始於帶湖經營家園，帶湖位於
信州（江西上饒市）城北靈山門外一里的一處丘陵地，湖水清澈，呈
腰帶狀的狹長形，因名帶湖。此處除了有花徑竹扉，池塘茅亭，亦闢
有一片稻田，以供來日歸隱之需，又於田側蓋草堂一座，名爲「稼軒」，
取意爲力田耕稼。〔註43〕此詞作於同年秋天，時稼軒在江西安撫使任
上，詞題「帶湖新居將成」知詞作乃因新居將成而抒寫。此時稼軒仍

〔註40〕陳惠慈：〈稼軒詞山水意象之研究〉將「春猿秋鶴」歸入北山意象群，
　　　　此一說法有誤，筆者認爲當是截自〔唐〕韓愈詩〈柳州羅池廟碑〉：
　　　　「侯朝出遊兮暮來歸，春與猿吟兮秋鶴與飛。」（臺南：成功大學中
　　　　國文學研究所碩士論文，2008 年 7 月），頁 153。
〔註41〕陳惠慈：〈稼軒詞山水意象之研究〉（臺南：成功大學中國文學研究
　　　　所碩士論文，2008 年 7 月），頁 153。
〔註42〕段致平：〈稼軒詞用典研究〉（臺北：國立臺灣師範大學國文研究所
　　　　碩士論文，1999 年 6 月），頁 120。
〔註43〕朱德才、薛祥生、鄧紅梅編：《辛棄疾詞新釋輯評》（北京：中國書
　　　　店，2001 年 1 月第一版），頁 213。

在任內，似已預感被劾，而有躊躇之意。蓋自南歸二十年來，抗戰復國之念遲未能實現，當權派的排擠和讒言，爾虞我詐，竟謀私利的醜態，相較於自己的耿直，堅持北伐，憂懼讒言之心，恆存於心，歸隱之念，也更朗澈。果然於 1181 年冬，改除兩浙西路提點刑獄使，旋以臺臣王藺劾其「用錢如沙泥，殺人如草芥」，落職罷新任，並於淳熙九年（1182 年）仲春，歸隱上饒新居。

　　上片寫欲求退隱之情，表明退隱之因乃是仕途險惡，禍患將生，又不得不暫時避開。下片藉猿鶴為其籌劃的口吻，寫對新居的規劃和經營，又以彈章嚴峻，歸山心切，而君恩未許；或有回旋餘地，徘徊瞻顧，進退維谷，此亦正是稼軒此時心情。吳則虞《辛棄疾詞選集》指出此詞稼軒以千鈞之力，將內心斡轉，顯出平生志氣。〔註44〕詞中「鶴怨猿驚」乃用典於孔稚珪〈北山移文〉：「蕙帳空兮夜鵠怨，山人去兮曉猿驚。」〔註45〕稼軒反用此典，以帶湖畔之猿鶴驚怪主人未歸，以示一己退隱之決心。

　　稼軒對湖山之迷戀，也正揭示其心志，〈水調歌頭‧盟鷗〉云：
　　帶湖吾甚愛，千丈翠奩開。先生杖屨無事，一日走千回。凡我同盟鷗鷺，今日既盟之後，來往莫相猜。白鶴在何處，嘗試與偕來。　　破青萍，排翠藻，立蒼苔。窺魚笑汝癡計，不解舉吾杯。廢沼荒丘疇昔，明月清風此夜，人世幾歡哀。東岸綠陰少，楊柳更須栽。（卷二，頁 115）
汪誠《稼軒詞選析》：「上片從『帶湖吾甚愛』到『一日走千回』表達對湖山之戀；與鷗結盟及希望白鶴也來，顯示本身的清雅高潔。」〔註46〕
另有〈滿江紅‧遊南巖，和范廓之韻〉：
　　笑拍洪崖，問千丈翠巖誰削。依舊是西風白鳥，北村南郭。

〔註44〕吳則虞：《辛棄疾詞選集》（上海：上海古籍出版社，1993 年 6 月第一版），頁 67。
〔註45〕見〔梁〕蕭統編，〔唐〕李善注：《文選》（臺北：文津出版社，1987 年月），卷 43〈孔德璋北山移文〉，頁 1959。
〔註46〕汪誠：《稼軒詞選析》（臺北：臺灣商務印書館，1993 年 11 月初版），頁 177。

> 似整復斜僧屋亂，欲吞還吐林煙薄。覺人間萬事到秋來，
> 都搖落。　　呼斗酒，同君酌。更小隱，尋幽約。且丁寧
> 休負，北山猿鶴。有鹿從渠求鹿夢，非魚定未知魚樂。正
> 仰看飛鳥却膡人，回頭錯。（卷二，頁 180）

范廓之爲稼軒弟子，稼軒知范廓之將出仕，曾叮嚀出仕後勿忘早歸，
以行隱居之約。詞中並以王康琚〈反招隱詩〉：「小隱隱陵藪，大隱隱
朝市」〔註47〕盼范開早日歸隱。

〈浣溪沙·壬子春，赴閩憲，別瓢泉〉：

> 細聽春山杜宇啼。一聲聲是送行詩。朝來白鳥背人飛。對
> 鄭子眞巖石臥，赴陶元亮菊花期。而今堪誦北山移。（卷三，
> 頁 307）

稼軒自孝宗淳熙八年（1181）多到光宗紹熙二年（1191）多，被劾罷
居上饒帶湖共 10 年，此詞爲紹熙三年（1192）春，稼軒時 53 歲，出
任福建提點刑獄時，惟一爲別瓢泉而作。上片借鳥語傳情，稼軒春山
行走，側耳傾聽杜鵑長啼，又以白鳥怨恨，背人飛去，似有責怪意。
此說其來有自，稼軒初隱帶湖時，有詞作〈水調歌頭·盟鷗〉：「凡我
同盟鷗鳥，今日既盟之後，來往莫相猜。」（卷二，頁 115）結盟鷗
鳥永久相伴，不料今天己卻驟然將離，言鷗似有責己背盟之怨。下片
借典故寄意，以漢時鄭子眞屢受詔而不仕，晉·陶淵明掛冠不仕，毅
然解印歸隱，言己曾如二人於巖石下，手把菊花飲，大談歸隱之趣，
如今心有機心而出任閩憲，半途背盟，該爲人所笑，故道「堪誦北山
移」；諷己不能堅定不仕之盟愧對山中盟友。

（二）乘軒鶴

　慶元六年（1200 年），稼軒閒居瓢泉·前吏部尚書韓元吉之子韓
淲辭官歸隱信州來訪，稼軒以先前一闋同調詞的韻腳塡作〈賀新郎·
韓仲止判院山中見訪，席上用前韻〉，詞云：

〔註47〕見〔梁〕蕭統編，〔唐〕李善注：《文選》（臺北：文津出版社，1987
　　　年），卷 22〈反招隱/王康琚反招隱詩〉，頁 1030。

聽我三章約。有談功談名者舞，談經深酌。作賦相如親滌
器，識字子雲投閣。算枉把精神費却。此會不如公榮者，
莫呼來政爾妨人樂。醫俗士，苦無藥。　當年眾鳥看孤
鶚。意飄然、橫空直把，曹吞劉攫。老我山中誰來伴，須
信窮愁有腳。似剪盡、還生僧髮。自斷此生天休問，倩何
人、說與乘軒鶴。吾有志，在溝壑。（卷四，頁 473）

稼軒抒發己身功名無成之憤慨，表明志在山林丘壑的懷抱，詞中即用
《左傳》懿公好鶴典故。〔註48〕常國武《稼軒詞集導讀》稱此詞：「此
感慨身世，憤時嫉俗之作，上片借司馬相如，揚雄的不幸遭遇，表達
了對功名對儒術的厭棄心情。卜片回顧當年超越群倫，意氣風發，慨
吟而今落魄山中，窮愁不斷。」〔註49〕稼軒此處用以諷刺藐視和嘲諷
那些在朝居官坐享榮富而無建立功業者，並表明寧處身山林，亦不願
與之同流的襟懷。

（三）揚州鶴

〔南朝梁〕王文度《商芸小說》：「有客相從，各言所志，或願為
揚州刺史，或願多貲財，或願騎鶴上昇。其一人曰，腰纏十萬貫，騎
鶴上揚州，欲兼三者。」〔註50〕後以「揚州鶴」形容官高、錢多、成
仙兼具或指如意之事。稼軒和鳥有關之詞，有〈滿江紅・和廓之雪〉
（卷二，頁 181）、〈滿庭芳・和章泉趙昌父〉（卷四，頁 405）二闋，
引用此典。〈滿庭芳・和章泉趙昌父〉詞云：

西崦斜陽，東江流水，物華不為人留。錚然一葉，天下已
知秋。屈指人間得意，問誰是騎鶴揚州。君知我，從來雅
興，未老已滄洲。　無窮身外事，百年能幾，一醉都休。
恨兒曹抵死，謂我心憂。況有溪山杖屨，阮籍輩須我來游。

〔註48〕〔晉〕杜預注、〔唐〕孔穎達正義：《春秋左傳正義》（臺北：藝文印
書館 1815 年，阮元：《十三經注》），頁 191。
〔註49〕常國武：《辛稼軒詞集導讀》（成都：巴蜀書社，1988 年），頁 42。
〔註50〕〔南朝梁〕王文度：《商芸小說》，見〔清〕紀昀等總纂：《景印文淵
閣四庫全書》（臺北：臺灣商務印書館，1883 年），冊 1017，子部類
書類 323，頁 100。

還堪笑，機心早覺，海上有驚鷗。（卷四，頁 405）

詞作於慶元三年（1197 年），時稼軒遷居鉛山瓢泉之初。趙昌父爲稼
友人，家居信州玉山之章泉，世稱章泉先生，〔宋〕劉宰《漫塘文集》
記載：「先生趙氏⋯⋯有浴沂咏歸之氣象。」〔註 51〕此爲稼軒閒居瓢
泉和友人之詞，對於矢志復國建功立業，又遭逢罷官的稼軒而言，遇
到能詩的高潔之友，不得不吐露吟嘯山林又無法忘世的心緒。上片從
良辰易逝，秋意漸來，人事難全三個面向表自己堅定的歸穩之心；下
片以跳躍靈動的筆致，表達自己飲酒忘世，樂在山林的隱士情懷。此
詞以人間自古無人能「騎鶴揚州」得意美滿，否定人間遭遇的反差，
藉消弭相對差異來自我寬慰失志之痛。

又〈滿江紅・和廓之雪〉，作於淳熙九年（1182）到十三年（1186）
之間，詞云：

> 天上飛瓊，畢竟向人間情薄。還又跨玉龍歸去，萬花搖落。
> 雲破林梢添遠岫，月臨屋角分層閣。記少年駿馬走韓盧，
> 掀東郭。　　吟凍雁，嘲饑鵲。人已老，歡猶昨。對瓊瑤
> 滿地，與君酬酢。最愛霏霏迷遠近，卻收擾擾還寥廓。待
> 羔兒酒罷又烹茶，揚州鶴。（卷二，頁 181）

此爲稼軒和門生范開之詞。〔宋〕蘇軾〈於潛僧綠筠軒〉詩：「若對此君
仍大嚼，世間那有揚州鶴。」〔註 52〕稼軒此詞敘一系列雪中歡樂，賞瓊
玉般的飛雪、飲羊羔酒、烹煮茗茶，有如騎鶴上揚州，盡享人間美事。

（四）梅妻鶴子

稼軒詞中用林逋之典計有五闋，〔註 53〕此中並「鶴」入詞有一
闋。乾道六或七年（1170 或 1171 年）稼軒任司農寺主簿時作〈念奴

〔註 51〕〔宋〕劉宰：《漫塘文集》，見〔清〕紀昀等總纂：《景印文淵閣四庫
全書》（臺北：臺灣商務印書館，1883 年），冊 1170，頁 488。

〔註 52〕〔清〕王文誥輯注：《蘇軾詩集》（北京：中華書局，1992 年 4 月），
冊 2，卷 9，頁 448。

〔註 53〕林鶴音：〈稼軒詞中人物意象之研究〉（國立成功大學中國文學研究
所在職專班碩士論文，2006 年 6 月），頁 101。

嬌‧西湖和人韻〉云：

> 晚風吹雨，戰新荷聲亂，明珠蒼壁。誰把香奩收寶鏡，雲
> 錦周遭紅碧。飛鳥翻空，游魚吹浪，慣趁笙歌席。坐中豪
> 氣，看君一飲千石。　　遙想處士風流，鶴隨人去，已作
> 飛仙伯。茆舍疏籬今在否，松竹已非疇昔。欲說當年，望
> 湖樓下，水與雲寬窄。醉中休問，斷腸桃葉消息。（卷一，
> 頁 17）

上片吟咏西湖美景，下片緬懷西湖名士林逋。稼軒此詞「遙想處士風
流，鶴隨人去，老作飛仙伯。」即是描寫林逋妻梅子鶴一事，林逋「梅
妻鶴子」之說爲人所稱頌，他孑然一身，隱居杭州西湖的孤山，以梅
爲妻，以鶴爲子，可謂高風亮節，瀟灑塵外的處士風範。〔註 54〕稼軒
傾慕林逋恬淡瀟灑，弗趨榮利的處士高潔之風，故道林逋死後，當爲
飛仙之長；一如稱李白爲謫仙人，說石曼卿死後成仙主芙蓉城，以示
其人之不凡。〔註 55〕

（五）仙　鶴

　　據〔宋〕李昉《太平廣記》載王子喬一事：「周靈王太子也，好
吹笙作鳳凰鳴，遊伊洛之間。道士浮丘公，接以上嵩山。三十餘年，
後求之於山，見桓良曰：『告我家，七月七日待我於緱氏山頭。』果
乘白鶴，駐山嶺，望之不到，舉手謝時人，數日而去。後立祠於緱氏
及嵩山。」〔註 56〕又《浙江通志》記載：「有赤松子，其云：富陽有
赤松子山，相傳赤松子駕鶴往來也。」〔註 57〕言仙家道士、赤松子乘

〔註 54〕見賈柏松、韓仁煦、尤廉編：《賈祖璋全集》（福州：福建科學技術
　　　　出版社，2001 年 9 月第一版）第一卷，頁 129。

〔註 55〕朱德才、薛祥生、鄧紅梅編：《辛棄疾詞新釋輯評》（北京：中國書
　　　　店，2001 年 1 月第一版），頁 36。

〔註 56〕〔宋〕李昉：《太平廣記》（揚州：廣陵書社，2007 年 12 月初版，《筆
　　　　記小說大觀》），冊 2，卷 4〈神仙王子喬〉，頁 674。

〔註 57〕〔清〕沈翼機、嵇曾筠：《浙江通志》。見〔清〕紀昀等總纂：《景印
　　　　文淵閣四庫全書》（臺北：臺灣商務印書館，1883 年），冊 524，頁
　　　　378。

鶴雲游,騎鶴上升仙界。〔註58〕

　　稼軒和友人韓南澗雪樓觀雪,作〈念奴嬌·和韓南澗載酒見過雪樓觀雪〉詞:

　　　　兔園舊賞,悵遺蹤,飛鳥千山都絕。縞帶銀杯江上路,惟有南枝香別。萬事新奇,青山一夜,對我頭先白。倚岩千樹,玉龍飛上瓊闕。　　莫惜霧鬢風鬟,試教騎鶴,去約尊前月。自與詩翁磨凍硯,看掃幽蘭新闋。便擬明年,人間揮汗,留取層冰潔。此君何事,晚來曾為腰折。(卷二,頁162)

此詞至晚作於宋孝宗淳熙十三年(1186年)冬,〔註59〕上片描繪雪樓之景,起句「兔園舊賞」作總領,以高低遠近,動靜色味,由大到小的藝術手法,多角度多層次地描繪雪樓所見之景。「南枝香別」即從嗅覺寫梅花凌寒恕放,香氣襲人;下片寫月下賞雪飲酒賦詩,稼軒和韓南澗於月下賞雪,飲酒賦詩,並且騎著仙鶴邀明月和嫦娥共飲,濃郁浪漫的氣氛,表現出胸襟的超凡脫俗。

(六)丁令威典

　　晉·陶淵明《搜神後記》載:「丁令威本遼東人,學道於靈虛山,後化鶴歸遼,集郡城門華表柱,時有少年推舉弓欲射之,鶴乃飛,徘徊空中而曰:『有鳥有鳥丁令威,去家千歲今始歸,城郭如故人民非,何不學仙塚纍纍?』遂高上沖天。」〔註60〕言人化為仙鶴。稼軒〈最高樓·送丁懷忠教授入廣,渠赴調都下,久不得書,或謂從人辟置,或謂徑歸閩中矣〉:

　　　　相思苦,君與我同心。魚沒雁沈沈。是夢他松後追軒冕,是化為鶴後去山林。對西風,直悵望,到如今。　　待不

〔註58〕見清聖祖御製:《全唐詩》(臺北:明倫出版社,1971年5月初版),冊17,卷571,頁6621。

〔註59〕朱德才、薛祥生、鄧紅梅編:《辛棄疾詞新釋輯評》(北京:中國書店,2001年1月第一版),頁356。

〔註60〕〔晉〕陶淵明:《搜神後記》(北京:中華書局,1985年新一版,《叢書集成初編》),頁13。

飲、奈何君有恨。待痛飲、奈何吾有病。君起舞，試重斟。
蒼梧雲外湘妃淚，鼻亭山下鷓鴣吟。早歸來，流水外，有
知音。（卷二，頁 245）

稼軒牽掛朋友別後動向，別前預言式地猜想丁懷忠是否如丁固般，夢
腹上生松而出為高官，〔註61〕或將像丁令威化鶴而歸故鄉，從稼軒的
探尋下落，更見彼此的交情。另一闋亦引此典，取鶴能「高上沖天」
意，謂溪臺高立且寬廣，能使鶴也得以有活動空間，〈浣溪沙・席趙
景山提幹賦溪臺，和韻〉：

臺倚崩崖玉減瘢，青山卻作捧心顰。遠林煙火幾家村。　　引
入滄浪魚得計，展成寥闊鶴能言。幾時高處見層軒。（卷二，
頁 286）

此為一首賦溪臺詞，就詞所寫，此臺當處於高崖之下，清溪之旁，其
中有水道通向外界，能得林泉溪之勝，因此趙景山愛而賦之，稼軒亦
即興和之。全詞先泛詠溪臺之美，後寫溪臺之建設高立且寬廣，能使
鶴也能高上沖天，並建議溪臺之前，再起一座重檐的臺閣，以臻至善。

（七）方進罷陂典

稼軒用《漢書》：「成帝時，關東數水，陂溢為害・方進為相，與
御史大夫孔光共遣掾行視，以為決去陂水，其地肥美，省隄防費而無
水憂，遂奏罷之・及翟氏滅，鄉里歸惡，言方進請陂下良田不得而奏
罷陂云・王莽時常枯旱，郡中追怨方進，童謠曰：『壞陂誰？翟子威，
飯我豆食羹芋魁，反乎覆，陂當復，誰云者？兩黃鵠』」〔註62〕典故，
在〈賀新郎・用韻題趙晉臣敷文積翠巖，余謂當築陂於其前〉一詞以
鶴自擬，詞云：

拄杖重來約。對東風、洞庭張樂，滿空簫勺。巨海拔犀頭

〔註61〕見〔唐〕歐陽詢撰：《藝文類聚》（臺北：文光圖書有限公司，木鐸
　　　　編譯室編輯，1974 年），卷 47，頁 877。

〔註62〕東〔漢〕班固撰：《新校本漢書》（臺北：鼎文書局，1886 年，楊家
　　　　駱主編：《新校本二十五史》），卷 84〈翟方進傳第五十四/翟方進/子
　　　　義〉，頁 3440。

角出，來向此山高閣。尚依舊、爭前又卻。老我傷懷登臨
際，問何方、可以平哀樂？唯酒是，萬金藥。　　勸君且
作橫空鶚。便休論、人間腥腐，紛紛烏攫。九萬里風斯在
下，翻覆雲頭雨腳。更直上、崑崙濯髮。好臥長虹陂十里，
是誰言、聽取雙黃鶴。推翠影，浸雲塹。（卷四，頁 472）

稼軒自喻為鶴，要趙晉臣應聽取他的建言，於積翠巖前築十里長陂，
以擋洪流並可蓄水，如此翠影倒映陂中，陂水浸潤雲塹，山水交融，
翠岩之景，亦臻至善。

（八）用杜甫詩

稼軒南歸不久，吳明可奉祠退閒。稼軒有詞和之，調寄〈賀新郎・
和吳明可給事安撫〉：

世路風波惡。喜清時邊夫袖手，□將帷幄。正值春光二三
月，兩兩燕穿簾幕。又怕箇江南花落。與客攜壺連夜飲，
任蟾光飛上闌干角。何時唱，從軍樂。　　歸歟已賦居岩
壑。悟人世正類春蠶，自相纏縛。眼畔昏鴉千萬點，□欠
歸來野鶴。都不戀黑頭黃閣。一詠一觴成底事，慶康寧天
賦何須藥。金盞大，為君酌。（卷六，頁 577）

其人，《宋史》載稱其：「足以當大任者，惜不盡其用焉。」〔註63〕稼
軒此詞亦表達了相同的憂懷。詞中「眼畔昏鴉千萬點，□欠歸來野鶴」
化用杜甫「獨鶴歸來晚，昏鴉已滿林」〔註64〕詩意，言野鶴雖未歸，
但成群的昏鴉已歸山林，為寫吳明可不戀棧高官厚祿烘托氣氛。

（九）用韓愈文

稼軒曾作〈沁園春・期思舊呼奇獅，或云碁師，皆非也〉云：

〔註63〕《新校本宋史》：「論曰：黃洽渾厚有守，應辰學術精醇，尤稱骨鯁。
十朋、吳芾、良翰、莘老相繼在臺府，歷詆姦倖，直言無隱，皆事
上忠而自信篤，足以當大任者，惜不盡其用焉。」〔元〕脫脫等撰：
《新校本宋史》（臺北：鼎文書局，1886 年，楊家駱主編：《新校本
二十五史》），卷 387〈列傳第一百四十六/論曰〉，頁 11895。
〔註64〕見清聖祖御製：《全唐詩》（臺北：明倫出版社，1971 年 5 月初版），
冊 7，卷 225，頁 2425。

有美人兮，玉佩瓊琚，吾夢見之。問斜陽猶照，漁樵故里，長橋誰記，今故期思。物化蒼茫，神游仿佛，春與猿吟秋鶴飛。還驚笑：向晴波忽見，千丈虹霓。　　覺來西望崔嵬。更上有青楓下有溪。待空山自薦，寒泉秋菊，中流却送，桂棹蘭旗。萬事長嗟，百年雙鬢，吾非斯人誰與歸。憑闌久，正清愁未了，醉墨休題。（卷二，頁 290）

稼軒運用題序所言，以父老求其題橋爲契機，抓住長橋成敗和美人，今古爲抒情線索，隱曲地顯示了詞人落職閒居的怨憤。〔註65〕吳則虞《辛棄疾詞選集》評：「此稼軒假期思題橋以遭罷斥之怨憤也。」〔註66〕詞中「物化蒼茫，神游仿佛，春與猿吟秋鶴飛。」截取自〔唐〕韓愈〈柳州羅池廟碑〉：「侯朝出遊兮暮來歸，春與猿吟兮秋鶴與飛。」〔註67〕言古人皆已物化於蒼茫之境，而美人亦徒爲一個神遇之幻影，惟有猿鳴鶴飛代表自然永恆。

（十）用蘇軾賦

淳熙十六年（1189 年），稼軒罷官閒居帶湖，作〈滿江紅·送徐撫幹衡仲之官三山，時馬叔會侍郎帥閩〉：

絕代佳人，曾一笑傾城傾國。休更嘆舊時清鏡，而今華髮。明日伏波堂上客，老當益壯翁應說。恨苦遭鄧禹笑人來，長寂寂。　　詩酒社，江山筆。松菊徑，雲煙屐。怕一觴一詠，風流弦絕。我夢橫江孤鶴去，覺來卻與君相別。記功名萬里要吾身，佳眠食。（卷二·頁 249）

這是一闋送行詞，徐衡仲孝友的典範，在村裡間頗具名氣，但稼軒並未據此發揮，徐衡仲此時到三山爲官已年逾六十，故稼軒以老當益壯，保重身體勉之。上片即從過去、現在、未來勉其老當益壯，今日

〔註65〕朱德才、薛祥生、鄧紅梅編：《辛棄疾詞新釋輯評》（北京：中國書店，2001 年 1 月第一版），頁 731。

〔註66〕吳則虞：《辛棄疾詞選集》（上海：上海古籍出版社，1993 年 6 月第一版），頁 72。

〔註67〕〔唐〕韓愈《韓昌黎集》（臺北：河洛出版社，1975 年 3 月初版），頁 286。

之官三山，明日將成爲閩帥馬叔會〔註68〕幕僚，盼其爲國效力。下片
勸其保重身體，「我夢橫江孤鶴去，覺來卻與君相別」化用〔宋〕蘇
軾〈後赤壁賦〉：「時夜將半，四顧寂寥，適有孤鶴，橫江東來，翅如
車輪，玄裳縞衣，戛然長鳴，掠予舟而西也。」〔註69〕以道士羽化成
鶴，東坡醒時已翩然離去，言夢中孤鶴飛去，醒來與徐衡仲作別，寫
得似夢非夢，亦鶴亦人，此處即以橫江孤鶴喻離別之意，也喻徐衡仲
爲高潔清雅似雲中鶴。吳則虞《辛棄疾詞選集》稱此詞：「我夢橫江，
陡然辟出一境，最爲神速，『覺來』句看平率，其實不如此不能回到
題上。空際轉身，全局精神一振。」〔註70〕另一詞作：〈霜天曉角・
赤壁〉：

> 雪堂遷客，不得文章力。賦寫曹劉興廢，千古事，泯陳跡。
> 望中磯岸赤。直下江濤白。半夜一聲長嘯，悲天地、爲予
> 窄。（卷六，頁583）

雖未見以鶴字入詞，惟「半夜一聲長嘯，悲天地，爲予窄。」亦是語
出於蘇軾〈後赤壁賦〉。

〔註68〕《景定嚴州續志》：「馬大同字會叔，邵人，登紹興二十四（1154年）
　　　　進士第，自爲小官，即以剛介聞。……歷中外要官，必求盡職，以
　　　　洗冤澤物爲己任。」鄭瑤等撰：《景定嚴州續志》（北京：中華書局，
　　　　1985年新一版，《叢書集成初編》），頁40。
〔註69〕錢伯城主編：《古文觀止新編》（臺北：臺灣古籍出版社1999年3月
　　　　初版），下冊，頁880。
〔註70〕吳則虞：《辛棄疾詞選集》（上海：上海古籍出版社，1993年6月第
　　　　一版），頁140。

第八章　稼軒詞中其他鳥意象之研究

第一節　安舒淳樸

一、雞

　　雞，嘴短上喙稍彎曲，頭部有鮮紅色肉質雞冠，翅膀短，不能高飛，肉、卵可食，品種極多，〔明〕李時珍《本草綱目》載：「雞類甚多，五方所產，大小形色往往亦異。」〔註1〕雞和農村生活最息息相關，雄雞司晨，雞鳴日出，拉開村民耕作，如〔唐〕李益〈聞雞贈主人〉詩：「膠膠司晨鳴，報爾東方旭。」〔註2〕又如〔宋〕黃庭堅〈演雅詩〉：「鵲傳吉語安得閒，雞催晨興不敢臥」。〔註3〕

〔註1〕〔明〕李時珍：《本草綱目》（臺北：國立中國醫藥研究所，1988年10月三版），頁1440。

〔註2〕清聖祖御製：《全唐詩》（臺北：明倫出版社，1971年5月初版），冊9，卷283，頁3221。

〔註3〕〔宋〕黃庭堅著，任淵注：《山谷內集詩注》。見〔清〕紀昀等總纂：

　　稼軒詞中提及「雞」字有十三闋，除却〈清平樂〉：「大兒鋤豆溪東，中兒正織雞籠。」（卷二，頁 193）一詞，因詞中「雞籠」爲裝雞的器具，此不予計數，故實爲十二闋。又〈賀新郎・同父見和，再用前韻〉：「我最憐君中宵舞，道『男兒到死心如鐵』。」（卷二，頁238）用聞雞起舞典故，並此討論，合計稼軒和雞相關之詞作凡十三闋；大致表現農村的淳樸生活，或寫離開官場、回歸淳樸與退隱有關，亦有用以表示時間或化用典故入詞。

　　稼軒〈水調歌頭・和鄭舜舉蔗菴韻〉：

　　　　萬事到白髮，日月幾西東。羊腸九折歧路，老我慣經從。
　　　　竹樹前溪風月，雞酒東家父老，一笑偶相逢。此樂竟誰覺，
　　　　天外有冥鴻。（卷二，頁 158）

鷄在農村間，是很典型的家禽，東家鷄酒用以指民風淳樸，淳樸敦厚的鄉里生活，稼軒指出百姓淳樸安樂的生活，對隱居世外的自己而言，已親自感受到了。〈鷓鴣天〉：

　　　　晚歲躬耕不怨貧。隻雞斗酒聚比鄰。都無晉宋之間事，自
　　　　是羲皇以上人。　　　千載後，百篇存。更無一字不清眞。
　　　　若教王謝諸郎在，未抵柴桑陌上塵。（卷四，頁416）

〈滿江紅・戲題村舍〉：

　　　　雞鴨成群晚不收。桑麻長過屋山頭。有何不可吾方羨，要
　　　　底都無飽便休。　　　新柳樹，舊沙洲。去年溪打那邊流。
　　　　自言此地生兒女，不嫁余家即聘周。（卷二，頁 193）

第一闋「隻雞斗酒聚比鄰」語出〔東晉〕陶淵明〈歸園田居〉：「漉我新熟酒，隻雞招近局。」〔註4〕又〈雜詩〉：「落地爲兄弟，何必骨肉親。得歡當作樂，斗酒聚比鄰。」〔註5〕稼軒表達以淳樸之心

　　　　《景印文淵閣四庫全書》（臺北：臺灣商務印書館，1883），冊 1114，
　　　　頁 121。

〔註4〕楊勇：《陶淵明集校箋》（臺北：正文書局有限公司 1987 年 1 月初版），
　　　　頁 62。

〔註5〕楊勇：《陶淵明集校箋》（臺北：正文書局有限公司 1987 年 1 月初版），
　　　　頁 199。

和農民往來。第二闋寫淳樸農家自給自足的生活，表現對簡單生活的嚮往。

　　古時往往於春耕前祭祀土神，以祈豐收，謂之春社，秋季祭祀土神謂之秋社。〈水調歌頭・送楊明瞻〉是想像友人返鄉後，秋日祭祀土地神的歡樂之景，下片云：

　　　夢連環，歌彈鋏，賦登樓。黃雞白酒，君去村社一番秋。
　　　長劍倚天誰問，夷甫諸人堪笑，西北有神州。此事君自了，
　　　千古一扁舟。（卷二，頁 257）

〔唐〕李白〈南陵別兒童入京〉：「白酒新熟山中歸，黃雞啄黍秋正肥。呼童烹雞酌白酒，兒女嬉笑牽人衣。」〔註6〕稼軒詞中「黃雞白酒」，多指退隱後淳樸的田園生活，此又見於〈水調歌頭・三山用趙丞相韻，答帥幕王君，且有感於中秋近事，併見之末章〉：「看尊前，輕聚散，少悲歡。城頭無限今古，落日曉霜寒。誰唱黃雞白酒，猶記紅旗清夜，千騎月臨關。莫說西州路，且盡一杯肴。」（卷三，頁 315）一詞。

　　〔唐〕韓愈〈南溪始泛〉：「但恐煩里閭，時有緩急投。願為同社人，雞豚燕春秋。」〔註7〕又〔唐〕王駕〈社日〉：「鵝湖山下稻梁肥，豚柵雞棲半掩扉。桑柘影斜春社散，家家扶得醉人歸。」〔註8〕春日時節，稼軒以豬和雞來祭拜土地神，傳達鄉里淳樸之風，如〈滿江紅・送湯朝美司諫自便歸金壇〉：「瘴雨蠻煙，十年夢尊前休說。春正好故園桃李，待君花發。兒女燈前和淚拜，雞豚社裏歸時節。看依然舌在齒牙牢，心如鐵。」（卷二，頁 138）、〈賀新郎〉：「雞豚舊日漁樵社。問先生、帶湖春漲，幾時歸也。為愛琉璃三萬頃，正臥水亭煙樹。對

〔註6〕見清聖祖御製：《全唐詩》（臺北：明倫出版社，1971 年 5 月初版），冊 5，卷 174，頁 1787。

〔註7〕見清聖祖御製：《全唐詩》（臺北：明倫出版社，1971 年 5 月初版），冊 10，卷 342，頁 3838。

〔註8〕見清聖祖御製：《全唐詩》（臺北：明倫出版社，1971 年 5 月初版），冊 20，卷 690，頁 7918。

玉塔、微瀾深夜。雁鶩如雲休報事，被詩逢敵手皆勍者。春草夢，也宜夏。」（卷三，頁 311）

　　雞有時用以表示時間，稼軒陳述對德業進退的看法，〈洞仙歌·丁卯八月病中作〉上片：

　　　　賢愚相去，算其間能幾。差以毫厘繆千里。細思量義利，
　　　　舜跖之分，孳孳者，等是雞鳴而起。（卷五，頁 560）

取意《孟子》：「雞鳴而起，孳孳為善者，舜之徒也。雞鳴而起，孳孳為利者，跖之徒也。欲知舜與跖之分，無他，利與善之閒也。」〔註9〕謂同是雞鳴晨起，有孳孳以求為利者，亦有孳孳以求為善者，表達同為勸勉態度，但最本質的部份卻是相異。又〈沁園春·戊申歲，奏邸忽騰報謂余以病挂冠，因賦此〉：「抖擻衣冠，憐渠無恙，合挂當年神武門。都如夢；算能爭幾許，雞曉鐘昏。」（卷二，頁 233）詞中「雞曉鐘昏」指一早一晚。〈南歌子〉：「月到愁邊白，雞先遠處鳴。」（卷二，頁 214）以遠處雞鳴表示破曉時分。

　　另有二闋取意於祖逖聞雞起舞一事，《晉書》載：「祖逖與司空劉琨俱為司州主簿，情好綢繆，共被同寢。中夜聞荒雞鳴，蹴琨覺曰：『此非惡聲也。』因起舞。」〔註10〕後以「聞雞起舞」為志士仁人及時奮發。〈賀新郎·同父見和，再用前韻〉：「我最憐君中宵舞，道『男兒到死心如鐵』」（卷二，頁 238）、〈菩薩蠻·和盧國華提刑〉：「功名君自許，少日聞雞舞。」（卷三，頁 323）即引此典。

　　又稼軒稱讚吳克明菊隱，〈木蘭花慢·題廣文克明菊隱〉下片：

　　　　古來堯舜有巢由。江海去悠悠。待說與佳人，種成香草，
　　　　莫怨靈修。我無可無不可，意先生出處有如丘。聞道問津
　　　　人過，殺雞為黍相留。（〈木蘭花慢·題廣文克明菊隱〉卷四，
　　　　頁 407）

〔註9〕 〔漢〕趙歧注、〔宋〕孫奭疏：《孟子注疏》（臺北：藝文印書館 1815
　　　年，阮元：《十三經注》），頁 239。

〔註10〕《新校本晉書》（臺北：鼎文書局，1886 年，楊家駱主編：《新校本
　　　二十五史》），頁 1694。

詞中化用《論語》，〔註11〕表達吳克明是一位遠離富貴重出處，善於
待人接物的高士。

二、鴨

　　鴨，雁鴨科。長腳短，
趾間有蹼，各種類的羽色變
異大，但多明亮，雌雄異
色。〔註12〕鴨和雞同爲鄉
野農村常見的家禽。

　　稼軒詞裡提及鴨有四
闋。〈滿江紅·戲題村舍〉：「雞鴨成群晚不收，桑麻長過屋山頭。」
（卷二，頁193）即以鴨表現淳樸的農村生活。

　　淳熙九年（1182年）稼軒罷官閒居帶湖家中，有玉山之行與友
人陸德隆相會，作〈六麼令·用陸氏事，送玉山令陸德隆〉：

> 酒群花隊，攀得短轅折。誰憐故山歸夢，千里蓴羹滑。便
> 整松江一棹，點檢能言鴨。故人歡接。醉懷雙橘，墮地金
> 圓醒時覺。（卷二，頁123）

〈六麼令·再用前韻〉：

> 倒冠一笑，華髮玉簪折。陽關自來淒斷，卻怪歌聲滑。放
> 浪兒童歸舍，莫惱比鄰鴨。水連山接。看君歸興，如醉中
> 醒夢中覺。（〈六麼令·再用前韻〉卷二，頁124）

第一闋「點檢能言鴨」語出《談苑》：「陸龜蒙居笠澤，有內養自長

〔註11〕《論語》：「長沮、桀溺耦而耕，孔子過之，使子路問津焉。長沮曰：
　　　　『夫執輿者爲誰？』子路曰：『爲孔丘。』曰：『是魯孔丘與？』曰：
　　　　『是也。』曰：『是知津矣。』……子路從而後，遇丈人，以杖荷蓧。
　　　　子路問曰：『子見夫子乎？』丈人曰：『四體不勤，五穀不分，孰爲
　　　　夫子？』植其杖而芸。子路拱而立。止子路宿，殺雞爲黍而食之，
　　　　見其二子焉。」〔魏〕何晏注、〔宋〕邢昺疏：《論語注疏》（臺北：
　　　　藝文印書館1815年，阮元：《十三經注》），頁166。
〔註12〕韓學宏：《宋詞鳥類圖鑑》（臺北：貓頭鷹出版社，2004年11月初版），
　　　　頁63。

安使杭州，舟經舍下，彈綠頭鴨，龜蒙遽從舍出大呼云：『此綠鴨有異，善人言，適將獻天子，今將此死鴨以詣官。』內養少長宮禁，信然，厚以金帛遺之，因徐問龜蒙曰：『此鴨何言？』龜蒙曰：『常自呼其名』，內養憤且笑，龜蒙還其金曰：『吾戲耳』。」〔註13〕龜蒙以鴨能人言戲弄太監，稼軒詼諧幽默地以之要友人歸吳中之後，亦可以養鴨治產。第二闋雖爲贈別詞，卻表現出活潑輕鬆的氣氛，「放浪兒童歸舍，莫惱比鄰鴨。」言孩子無知，勿讓他們惹惱了鄰居鴨子，此以貼近日常生活的瑣事作爲抒寫的對象，更表現出對友人至誠的關心。

〈臨江仙〉寫秋日的相思之情，詞云：

> 手撚黃花無意緒，等閑行盡回廊。卷簾芳桂散餘香。枯荷難睡鴨，疏雨暗池塘。憶得舊時攜手處，如今水遠山長。
>
> 羅巾浥淚別殘粧。舊歡新夢裏，閒處卻思量。（卷四，頁392）

上片寫景，下片抒情，緣情敷景，即景言情。「枯荷難睡鴨」言枯黃的荷葉在稀疏秋雨中，略顯狼藉，使得荷下的睡鴨亦難以安眠，烘托出女主人悲愁之情。

三、鳧

鳧〔註14〕善沈於水裡，能與水波上下，韓學宏《宋詞鳥類圖鑑》指出鳧又稱野鶩，就是今日所稱野鴨，詩詞中常用鳧鷺、鳧雁、鳧鷖、鳧鷗來形容出現於沙洲、水

〔註13〕〔宋〕孔平仲撰，〔明〕陳繼儒、高承埏校：《談苑》（臺北：新興書局，1986年3月，《筆記小說大觀四編》），頁23。
〔註14〕圖片爲郭東輝拍攝。

岸，數目較多的水鳥。〔註15〕又〔明〕李時珍《本草綱目》也載：
「鳧，東南江海湖泊中皆有之，數百爲群，晨夜蔽天，而飛聲如風
雨，所至稻梁一空。」〔註16〕

　　稼軒詞裡，提及鳧有三闋，以「鳧」或「鳧雁」稱之。〈滿江紅〉：

　　　　紫陌飛塵，望十里雕鞍繡轂。春未老已驚台榭，瘦紅肥綠。
　　　　睡雨海棠猶倚醉，舞風楊柳難成曲。問流鶯、能説故園無，
　　　　曾相熟。　　　嚴泉上，飛鳧浴。巢林下，棲禽宿。恨荼蘼
　　　　開晚，謾翻紅玉。蓮社豈堪談昨夢，蘭亭何處尋遺墨。但
　　　　羈懷，空自倚秋千，無心蹴。（卷五，頁546）

〈玉樓春〉：

　　　　人間反覆成雲雨。鳧雁江湖來又去。十千一斗飲中仙，一
　　　　百八盤天上路。舊時楓葉吳江句。今日錦囊無著處。看封
　　　　關外水雲侯，剩按山中詩酒部。（卷四，頁394）

第一闋〈滿江紅〉以飛鳧沐浴之景，表現從容自在的安適生活。第二
闋〈玉樓春〉以鳧的自由閒逸，與官場的污濁險惡作對比，表達自己
對退隱生活的嚮往。另有〈水調歌頭‧將遷新居不成，有感，戲作，
時以病止酒，且遣去歌者，末章及之〉上片：

　　　　我亦卜居者，歲晚望三閭。昂昂千里，泛泛不作水中鳧。
　　　　好在書攜一束，莫問家徒四壁，往日置錐無。借車載家具，
　　　　家具少於車。（〈水調歌頭‧將遷新居不成，有感，戲作，時以病止
　　　　酒，且遣去歌者，末章及之〉卷四，頁383）

《楚辭》：「寧昂昂若千里之駒乎？若水中之鳧乎，與波上下，偷以全
吾軀乎？」〔註17〕稼軒嚮往屈原的精神操守，宣誓自己寧爲千里馬，亦
不作浮游不定的水中鳧，寓意著不隨俗浮沈的堅守之志。

〔註15〕韓學宏：《宋詞鳥類圖鑑》（臺北：貓頭鷹出版社，2004年11月初版），
　　　　頁53。
〔註16〕〔明〕李時珍：《本草綱目》（臺北：國立中國醫藥研究所，1988年
　　　　10月三版），頁1435。
〔註17〕〔宋〕洪興祖撰、白化文等點校：《楚辭補注》（北京：中華書局2000
　　　　年3刷，《中國古典文學基本叢書》），卷六〈卜居第六〉，頁177～178。

四、雀

雀，〔註18〕麻雀的別稱。
體形矮圓，頭頂與頸背粟褐
色，頸背有白色領環，下身白
中帶黃，嘴粗短，腳短有力。
〔註19〕雀因體型嬌小，或用以
喻志小，如《史記》載：「陳
涉少時，嘗與人傭耕，輟耕之
壟上，悵恨久之，曰：『苟富

貴，毋相忘。』庸者笑而應曰：『若爲庸耕，何富貴也？』陳涉太息
曰：『嗟乎，燕雀安知鴻鵠之志哉？』」〔註20〕

稼軒詞裡出現「雀」字有五闋，除却〈賀新郎〉：「望金雀觚稜翔
舞」（卷一，頁80）「金雀」即金爵，實爲四闋。〈破陣子〉：

> 燕雀豈知鴻鵠，貂蟬元出兜鍪。卻笑盧溪如斗大，肯把牛
> 刀試手不？壽君雙玉甌。（卷一，頁63）

詞中「燕雀豈知鴻鵠」即是語出《史記》。又〈玉樓春・寄題文山鄭
元英巢經樓〉以《史記》門可羅雀之典，表達甘於寧靜和閒適，詞云：

> 悠悠莫向文山去。要把襟裾牛馬汝。遙知書帶草邊行，正
> 在雀羅門里住。　　平生插架昌黎句。不似拾柴東野苦。
> 侵天且擬鳳凰巢，掃地從他鸒鵒舞。（卷二，頁255）

《史記》載：「夫以汲、鄭之賢，有勢則賓客十倍，無勢則否，況眾
人乎！下邽翟公有言，始翟公爲廷尉，賓客闐門；及廢，門外可設雀
羅。」〔註21〕稼軒取意於此，寫門庭冷落，來客絕少，表達不圖仕進，

〔註18〕圖片爲郭東輝拍攝。
〔註19〕韓學宏：《宋詞鳥類圖鑑》（臺北：貓頭鷹出版社，2004年11月初版），
　　　　頁45。
〔註20〕〔西漢〕司馬遷撰：《新校本史記》（臺北：鼎文書局，1886年，楊
　　　　家駱主編：《新校本二十五史》），頁1949。
〔註21〕〔西漢〕司馬遷撰：《新校本史記》（臺北：鼎文書局，1886年，楊
　　　　家駱主編：《新校本二十五史》），卷一百二十〈列傳／卷汲鄭列傳第

不慕權貴的閒適自在。

　　〈沁園春‧答楊世長〉化用〔唐〕劉禹錫〈烏衣巷〉詩意，下片曰：

> 我醉狂吟，君作新聲，倚歌和之。算芬芳定向，梅間得意；輕清多是，雪里尋思。朱雀橋邊，何人會道，野草斜陽春燕飛。都休問，甚元無霽雨，卻有晴霓。（卷二，頁 292）

稼軒稱頌楊世長善於寫懷古詩，並深得劉禹錫〈烏衣巷〉：「朱雀橋邊野草花，烏衣巷口夕陽斜。舊時王謝堂前燕，飛入尋常百姓家。」〔註22〕詩之精髓。

　　另有咏雪之作，寫雪景之大，〈鷓鴣天‧和傳先之提舉賦雪〉詞曰：

> 泉上長吟我獨清。喜君來共雪爭明。已驚並水鷗無色，更怪行沙蟹有聲。添爽氣，動雄情。奇因六出憶陳平。卻嫌鳥雀投林去，觸破當樓雲母屏。（卷四，頁 522）

以烏雀投林，誤把「當樓雲母屏」鉛看成山林，而將它觸破，側面烘托大雪瀰漫，以致視野迷濛不清之貌。

五、雉

　　《詩經》載：「有瀰濟盈，有鷕雉鳴。」《毛傳》云：「鷕，雌雉聲也。」，〔註23〕指出鷕為雌雉鳴聲。但馬瑞辰《通釋》指出：「毛傳特望文生義，因詩下言求牡，遂以鷕為雌雉聲耳，不知鷕本雉聲，不必定為雌雉聲。」〔註24〕

　　　　六十〉，頁 3113。

〔註22〕見清聖祖御製：《全唐詩》（臺北：明倫出版社，1971 年 5 月初版），冊 11，卷 365，頁 4117。

〔註23〕〔漢〕毛亨傳、鄭玄箋、〔唐〕孔穎達正義：《毛詩正義》（臺北：藝文印書館 1815 年，阮元：《十三經注》），頁 88。

〔註24〕馬瑞辰：《毛詩傳箋通釋》（臺北：新文豐出版公司，1989 年 7 月新

稼軒詞裡提及雉〔註25〕有一闋，〈破陣子‧硤石道中有懷子似縣尉〉：

> 宿麥畦中雉鷕，柔桑陌上蠶生。騎火須防花月暗，玉唾長攜彩筆行，隔牆人笑聲。莫說弓刀事業，依然詩酒功名。千載圖中今古事，萬石溪頭長短亭。小塘風浪平。（卷四，頁 437）

以麥田的雉的鳴聲及桑樹長出新葉供蠶食用，表現一派生機的自然景色。

六、鳶

鳶屬猛禽類，俗稱鷂鷹、老鷹。上體暗褐雜棕白色，耳羽黑褐色，下體大部分爲灰棕色帶黑褐色縱紋，翼下具白斑，尾叉狀，翱翔時最易識別。攫蛇、鼠、雞、雛鳥爲食。分布幾遍我國各地，終年留居。鳶善飛翔，《爾雅注疏》

曰：「鳶，鴟也。鴟鳥之類，其飛也布翅翱翔。」〔註26〕〔宋〕陸佃《埤雅》亦曰：「鳶，鈍者也，而乘風以風作之則高飛。」〔註27〕此皆指出鳶是能高飛之鳥。〔唐〕白居易《放鷹》：「鷹翅疾如風，鷹爪利如錐。」〔註28〕以鳶的形態和習性發揮，指出鳶善飛翔，且趾爪之銳利。

一版，《叢書集成續編》），冊 112，頁 434。

〔註25〕圖片爲郭東輝拍攝。

〔註26〕〔晉〕郭璞注、〔宋〕邢昺序：《爾雅注疏》（臺北：藝文印書館 1815年，阮元：《十三經注》），卷 10〈釋鳥第十七〉，頁 187。

〔註27〕〔宋〕陸佃撰：《埤雅》（臺北：臺灣商務印書館，年月日缺，王雲五主編：《叢書集成簡編》），卷六，頁 145。

〔註28〕見清聖祖御製：《全唐詩》（臺北：明倫出版社，1971 年 5 月初版），冊 13，卷 424，頁 4665。

稼軒詞中提及鳶有一闋，〈蘭陵王·賦一丘一壑〉寫隱居的風流和樂趣，也隱隱透露政治理想受挫的不得已，詞云：

> 一丘壑。老子風流占却。茅簷上、松月桂雲，脈脈石泉逗山腳。尋思前事錯。惱殺晨猿夜鶴。終須是、鄧禹輩人，錦繡麻霞坐黃閣。　　長歌自深酌。看天闊鳶飛，淵靜魚躍。西風黃菊蔌噴薄。悵日暮雲合，佳人何處，紉蘭結佩帶杜若。入江海曾約。　　遇合。事難托。莫擊磬門前，荷蕢人過，仰天大笑冠簪落。待說與窮達，不須疑著。古來賢者，進亦樂，退亦樂。（卷四，頁357）

「看天闊鳶飛，淵靜魚躍。」語出《詩經》：「鳶飛戾天，魚躍于淵。」孔穎達疏：「其上則鳶鳥得飛至於天以遊翔，其下則魚皆跳躍於淵中而喜樂，是道被飛潛，萬物得所，化之明察故也。」〔註29〕鳶鳥高空遊翔，魚躍深淵潛游的本能，後以「鳶飛魚躍」謂萬物各得其所，稼軒此詞用以表現心境的安舒自在。

七、婆餅焦

婆餅焦因其鳴聲如婆餅焦，故名。〔南宋〕王質《紹陶錄》：「婆餅焦，身褐，聲焦急微清，每調作三語，初如云婆餅焦；次云不與吃；末云歸家無消息，後兩聲若微于初聲。」〔註30〕

稼軒詞中見「婆餅焦」有一闋，〈玉樓春〉：

> 三三兩兩誰家女。聽取鳴禽枝上語。提壺沽酒已多時，婆餅焦時須早去。　　醉中忘卻來時路。借問行人家住處。只尋古廟那邊行，更過溪南烏柏樹。（卷四，頁398）

詞作於罷居瓢泉初期，全詞洋溢著恬然諧趣的情態。上片以生動活的筆觸寫游女和鳥鳴的情景。稼軒帶著酒意，陶醉眼前之景，表現著清閒自在。詞中雖寫三三兩兩的游女聽「提壺」、「婆餅焦」等禽鳥之鳴，

〔註29〕 〔漢〕毛亨傳、鄭玄箋、〔唐〕孔穎達正義：《毛詩正義》（臺北：藝文印書館1815年，阮元：《十三經注》），頁560。

〔註30〕 南〔宋〕王質述：《紹陶錄》（北京：中華書局，1911年，新一版，《叢書集成初編》），頁24。

實乃稼軒所聽之聲,這樣的鳴聲聽在一位酒醉又思家國的稼軒耳裡,恍若言道:「你提著酒壺出門打酒已經很久了,家裡的婆婆已經把餅都烙焦了,你還是早點回去吧。」可知禽言在此,用以勸路飲未歸的稼軒趕緊回去。

八、翠 羽

翠羽〔註31〕即翠鳥,古又稱翡翠、魚狗、魚獅。《師曠禽經》指出翠羽:「背有采羽,曰翡翠。狀如鵁鶄而色正碧,鮮縟可愛。飲啄於澄瀾洄淵之側。尤惜其羽,曰濯於水中。」〔註32〕翠羽常單獨生活,能快速鼓翼直飛而下,覓餌時,棲坐於樹枝或木樁,注視其領域,發現食餌旋即起飛,捕食後返回原位。故曰濯於水中,實是因為衝入水中捕魚之故,未必是愛惜其羽毛。

稼軒詞裡提及「翠羽」一詞有二闋:〈清平樂〉:「喚起仙人金小小,翠羽玲瓏裝了。」(卷二,頁 266)、〈鷓鴣天・寄葉仲洽〉:「背人翠羽偷魚去,抱藥黃鬚趁蝶來。」(卷四,頁 372),此中惟〈鷓鴣天・寄葉仲洽〉詞裡「翠羽」係指翠羽鳥,故以一闋計,詞云:

> 是處移花是處開。古今興廢幾池臺。背人翠羽偷魚去,抱
> 藥黃鬚趁蝶來。　　掀老甕,撥新醅。客來且盡兩三杯。
> 日高盤饌供何晚?市遠魚鮭買未回。(卷四,頁 372)

詞作於閒居鉛山瓢泉家中,約宋寧宗慶元元元年、二年(1195 或 1196年)。稼軒以描述日常生活現象為主,並興發感慨。詞中透露對政治和世事的淡漠和鄙棄。〔唐〕白居易〈題王家莊臨水柳亭〉:「翠羽偷

〔註31〕圖片為郭東輝拍攝。

〔註32〕〔晉〕張華注:《師曠禽經》(北京:中華書局,1911 年新一版,《叢書集成初編》),頁 5。

魚入，紅腰學舞迴。」〔註33〕稼軒以「背人翠羽偷魚去，抱蕊黃鬚趁
蝶來」指出翠鳥可以捕魚，卻背人而去；黃蜂可以抱蕊，卻趁蝶而來，
言世上萬物各有定律，不必勉強，生活之樂，貴在隨緣自在。

九、鴛　鴦

　　鴛鴦，〔註34〕雄鳥嘴橙黃
色，全身羽色具光澤，額及頭
頂深藍色，眼周白色，眼後上
方有白色長帶，腹下白色，脅
土黃色。雌鳥嘴黑褐色，基部
有白色細環，腳橙黃色，背、
胸、脅暗褐色，眼周白色延至
後方，腹下白色。〔註35〕鴛鴦
雌雄偶居不分離的習性，古又名「匹鳥」，〔晉〕崔豹《古今注》記載：
「鴛鴦，水鳥，鳧類也。雌雄未嘗相離，人得其一，一思而死，故謂
之疋鳥也。」〔註36〕文學裡，常見用以比喻夫妻或有成雙成對之意。

　　稼軒詞裡，提及「鴛鴦」一詞有三闋，另有〈念奴嬌·謝王廣文
雙姬詞〉：「今宵鴛帳，有同對影明月。」（卷六，頁570）、〈尋芳草·
調陳萃叟〉：「有得許多淚。又閒卻許多鴛被。枕頭兒放處都不是。」（卷
二，頁259）雖未言鴛鴦，然「鴛帳」、「鴛被」所用亦為鴛鴦意象，此
納入討論，總計有五闋，以下舉例說明。〈鷓鴣天·席上再用韻〉：

　　　　水底明霞十頃光。天教鋪錦襯鴛鴦。最憐楊柳如張緒，卻
　　　　笑蓮花似六郎。　　　方竹簟，小胡床。晚風消得許多涼。

〔註33〕見清聖祖御製：《全唐詩》（臺北：明倫出版社，1971年5月初版），
　　　　冊14，卷454，頁5146。
〔註34〕圖片為林文崇拍攝。
〔註35〕韓學宏：《宋詞鳥類圖鑑》（臺北：貓頭鷹出版社，2004年11月初版），
　　　　頁65。
〔註36〕〔晉〕崔豹：《古今注》（出版地、年、月缺，《四部叢刊三編子部》），
　　　　頁6。

背人白鳥都飛去，落日殘鴉更斷腸。（卷二，頁 215）

以鴛鴦戲游於水面的美麗之景，表現對閒適自在的美好生活的嚮往。
〈卜算子・爲人賦荷花〉：

> 紅粉靚梳粧，翠蓋低風雨。占斷人間六月涼，期月鴛鴦浦。
> 　　根底藕絲長，花裏蓮心苦。只爲風流有許愁，更襯佳
> 人步。（卷二，頁 252）

此處寫下荷下鴛鴦，言六月炎熱但荷下猶可供鴛鴦納涼，亦暗指可爲
青年男女幽會意。又〈臨江仙・醉中有歌此詩以勸酒者，聊隱括之〉：

> 春色饒君白髮了，不妨倚綠偎紅。翠鬟催喚出房櫳。垂肩
> 金縷窄，蘸甲寶杯濃。　　睡起鴛鴦飛燕子，門前沙暖泥
> 融。畫樓人把玉西東。舞低花外月，唱徹柳邊風。（卷二，
> 頁 164）

稼軒襲用杜甫〈絕句〉：「泥融飛燕子，沙暖睡鴛鴦。」〔註37〕詩意，
並易其語，以「睡起鴛鴦飛燕子，門前沙暖泥融」言門前沙泥溼軟，
燕子銜泥飛來營巢，春日沙暖，引來鴛鴦出水，成雙成對沐浴在燦爛
的陽光下。是寫春日勃勃的生機，然此中亦有以物映襯友人之意，要
其雖年老髮白，但亦可倚綠偎紅，尋歡作樂。

十、鸂鶒

　　鸂鶒〔註 38〕是一種水
鳥，身長約四十公分，扁嘴
鉛灰色，先端黑色，眼黃，
腳灰黑，趾間有蹼。雄鳥頭
至頸部爲泛光澤的黑紫色，
頭後有飾羽，故名「紫鴛
鴦」。雌鳥飾羽較短，除了白

〔註37〕見清聖祖御製：《全唐詩》（臺北：明倫出版社，1971 年 5 月初版），
　　　　冊 7，卷 228，頁 2475。
〔註38〕圖片爲郭東輝拍攝。

腹外，餘多爲黑竭。〔註39〕好成雙成對並游，因此文學裡如同鴛鴦，常以之喻爲愛情鳥，如〔宋〕柳永〈如魚水〉：「雙雙戲，鸂鶒鴛鴦」〔註40〕、〔宋〕陳克〈虞美人〉「閒並一雙鸂鶒、沒人時。」〔註41〕

稼軒詞提及「鸂鶒」有二闋，〈滿江紅・山居即事〉：

> 幾個輕鷗，來點破一泓澄綠。更何處一雙鸂鶒，故來爭浴。細讀離騷還痛飲，飽看修竹何妨肉。有飛泉日日供明珠，五千斛。　春雨滿，秧新穀。閒日永，眠黃犢。看雲連麥隴，雪堆蠶簇。若要足時今足矣，以爲未足何時足。被野老相扶入東園，枇杷熟。（卷四，頁401）

又〈清平樂・書王德由主簿扇〉：

> 溪回沙淺，紅杏都開遍。鸂鶒不知春水暖，猶傍垂楊春岸。　片帆千里輕船，行人想見敧眠。誰似先生高舉，一行白鷺青天。（卷四，頁443）

第一闋詞描寫初夏季節山中生活的清閒安適，詞中以「更何處一雙鸂鶒，故來爭浴。」表現出稼軒看到紫鴛鴦的驚喜更甚於鷗，此或許因紫鴛鴦罕見之故。第二闋「鸂鶒不知春水暖」一句，乃據〔宋〕蘇軾〈惠崇春江曉景〉：「竹外桃花三兩枝，春江水暖鴨先知。」〔註42〕而來，稼軒以鸂鶒不知春江水暖，點出鸂鶒不在水裡，而是活動於岸上，更見春江水岸生氣勃勃的生機。

十一、白　鳥

稼軒詞裡提及白鳥有七闋，除却〈柳梢青・三山歸途，代白鷗見嘲〉：「白鳥相迎」、〈浣溪沙・壬子春，赴閩憲，別瓢泉〉：「朝來白鳥

〔註39〕韓學宏：《宋詞鳥類圖鑑》（臺北：貓頭鷹出版社，2004 年 11 月初版），頁 117。

〔註40〕見唐圭璋編：《全宋詞》（臺北：明倫出版社，1970 年 12 月初版），冊 1，頁 40。

〔註41〕見唐圭璋編：《全宋詞》（臺北：明倫出版社，1970 年 12 月初版），冊 1，頁 828。

〔註42〕〔清〕王文誥輯注：《蘇軾詩集》（北京：中華書局，1992 年 4 月），冊 5，卷 26，頁 1401。

背人飛」，二詞中「白鳥」係指白鷗，實爲五闋。〔註43〕〈水調歌頭·
提幹李君索余賦秀野、綠遶二詩。余詩尋醫久矣，姑合二榜之意，賦
水調歌頭以遺之。然君才氣不減流輩，豈求田問舍而獨樂其身耶〉：

> 吾老矣，探禹穴，欠東遊。君家風月幾許，白鳥去悠悠。
> 插架牙籤萬軸，射虎南山一騎，容我攬鬚不。更欲勸君酒，
> 百尺臥高樓。（卷二，頁 133）

此詞據《辛棄疾詞新釋輯評》評曰：「『君家二句』折回原題，言李子
永家雖不乏風月可觀，但歸隱盟鷗意趣已不多見。」〔註44〕顯然將白
鳥釋爲鷗鳥，不過林宛瑜〈稼軒詞鷗鳥意象之探析〉並未將此詞納入
鷗鳥意象論之，〔註45〕筆者在無更多證據下，暫不論斷爲何鳥。詞中
「白鳥去悠悠」是表達歸隱的情趣，這在〈賀新郎·題趙兼善東山園
小魯亭〉：「雙白鳥，又飛去。」（卷四，頁 421）一詞裡亦可見，稼
軒爲安慰趙兼善被放歸里的不滿情緒，用歐陽修〈和韓學士襄州聞喜
亭置酒〉：「清川萬古流不盡，白鳥雙飛意自閒。」〔註46〕之意，表達
閒居生活的自在。另有〈水調歌頭·題張晉英提舉玉峯樓〉：「白鳥飛
不盡，卻帶夕陽回。」（卷三，頁 329）反用李白〈獨坐敬亭山〉：「眾
鳥高飛盡，孤雲獨去閒。」〔註47〕之意，以白鳥戀故林，在夕陽映照

〔註43〕二詞中「白鳥」，根據林宛瑜〈稼軒詞中鷗鳥意象之探析〉指出：
　　　　稼軒詞中出現「鷗」字者共十九首，但〈柳梢青·三山歸途，代
　　　　白鷗見嘲〉一詞中只提到「白鳥相迎」，未直稱此白鳥即爲鷗，但
　　　　根據詞題此詞爲詠鷗詞。據此詞可知另一首〈浣溪沙·壬子春，
　　　　赴闡憲，別瓢泉〉提到：「朝來白鳥背人飛」其中「白鳥」即指「白
　　　　鷗」。《新竹教育大學語文學報》2005 年 12 月第 12 期，頁 235～
　　　　250。
〔註44〕朱德才、薛祥生、鄧紅梅編：《辛棄疾詞新釋輯評》（北京：中國書
　　　　店，2001 年 1 月第一版），頁 289。
〔註45〕林宛瑜：〈稼軒詞鷗鳥意象之探析〉，《新竹教育大學語文學報》2005
　　　　年 12 月，第 12 期，頁 235～250。
〔註46〕〔宋〕歐陽修撰，〔宋〕周必大編：《文忠集》。見〔清〕紀昀等總纂：
　　　　《景印文淵閣四庫全書》（臺北：臺灣商務印書館，1883 年），冊 1102，
　　　　頁 103。
〔註47〕見清聖祖御製：《全唐詩》（臺北：明倫出版社，1971 年 5 月初版），

下，又飛回舊巢，寫暮色下的山景，亦是傳達玉峯樓之美。

　　白鳥可作爲閒適，歸隱的意象，亦有用以表現消極悽苦，〈鷓鴣天・席上再用韻〉詞云：

　　　　水底明霞十頃光。天教鋪錦襯鴛鴦。最憐楊柳如張緒，卻
　　　　笑蓮花似六郎。　　方竹簟，小胡牀。晚風消得許多涼。
　　　　背人白鳥都飛去，落日殘鴉更斷腸。（卷二，頁215）

以白鳥飛去作爲遲暮之景，傳達對前景的消極和悲歎。又〈鷓鴣天・湖歸病起作〉：

　　　　枕簟溪堂冷欲秋。斷雲依水晚來收。紅蓮相倚渾如醉，白
　　　　鳥無言定自愁。　　書咄咄，且休休。一丘一壑也風流。
　　　　不知筋力衰多少，但覺新來懶上樓。（卷二，頁188）

愁、醉本不干花鳥，稼軒以紅蓮如醉、白鳥白愁，其實是自己心理的投射。此詞寓悲壯于閒適，以淡筆寫濃情，將身世漂離、家國之痛，滙成一片。〔註48〕

第二節　傷春惜時

一、鵙鴂

　　鵙鴂〔註49〕或稱杜鵑，稼軒於〈賀新郎・別茂嘉十二弟。鵙鴂杜鵑實兩種，見離騷補注〉（卷四，頁527）詞題引《離騷》，將鵙鴂、杜鵑視爲二物，因之本文將杜鵑、鵙鴂分述。

　　稼軒詞裡提及鵙鴂，或寫作

　　　冊6，卷182，頁1858。
〔註48〕朱德才、薛祥生、鄧紅梅編：《辛棄疾詞新釋輯評》（北京：中國書
　　　店，2001年1月第一版），頁447。
〔註49〕圖片爲郭東輝拍攝。

「鵜鴂」，共有四闋。〈賀新郎‧別茂嘉十二弟。鵜鴂杜鵑實兩種，見
離騷補注〉上片：

> 綠樹聽鵜鴂。更那堪鷓鴣聲住，杜鵑聲切。啼到春歸無尋
> 處，苦恨芳菲都歇。算未抵人間離別。馬上琵琶關塞黑，
> 更長門翠輦辭金闕。看燕燕送歸妾。（卷四，頁 527）

春天原是百花盛開，然經風摧雨折之後，繁花衰歇，又在鵜鴂鳴聲後，
百花不芳，春天榮景不再，春光既是難留，惟能無奈聽任它離去。據
《離騷》記載：「恐鵜鴂之先鳴兮，使夫百草為之不芳。」〔註 50〕又
《漢書》提及鵜鴂，指出常以立夏鳴，鳴則眾芳皆歇。〔註 51〕稼軒取
借「鵜鴂」立夏鳴叫，百草為之不芳以興起良時喪失、英雄遲暮之感。
其餘三闋，亦見傷春感懷的愁緒，臚列於下：

> 光景難攜，任他鵜鴂芳菲。細數從前，不應詩酒皆非。（〈新
> 荷葉‧再和前韻〉卷一，頁 31）

> 榆莢陣，菖蒲藥。時節換，菖蒲歇。算怎禁風雨，怎禁鵜
> 鴂。（〈滿江紅‧餞鄭衡州厚卿席上再賦〉卷二，頁 232）

> 不堪鵜鴂，早教百草放春歸。江頭愁殺吾累。卻覺君侯雅
> 句，千載共心期。便留春甚樂，樂了須悲。（〈婆羅門引‧用
> 韻答趙晉臣敷文〉卷四，頁 457）

〔註 50〕 《離騷》：「恐鵜鴂之先鳴兮，使夫百草為之不芳。」見〔宋〕洪興
祖撰、白化文等點校：《楚辭補注》（北京：中華書局 2000 年 3 刷，
《中國古典文學基本叢書》，頁 39。

〔註 51〕 〈揚雄傳〉：「顏師古曰：『離騷云鵜鴂之先鳴兮，使夫百草為不芳。』
雄言終以自沈，何惜芳草而憂鵜鴂也？……一名子規，一名杜鵑，
常以立夏鳴，鳴則芳皆歇。」見〔東漢〕班固撰：《新校本漢書》（臺
北：鼎文書局，1886 年，楊家駱主編：《新校本二十五史》），卷 87，
頁 3521。

二、百　舌

百舌，〔註52〕學名「烏鶇」。
烏鶇是較瘦長的鶇亞科鳥類，雌
雄異色，雄鳥全黑，黃黑腳，雌
鳥上體黑褐，下身深褐，嘴色帶
黑。〔註53〕百舌立春鳴囀，夏至
後始無聲。

　　稼軒詞裡提及百舌有一闋，〈祝英台近〉詞云：

綠楊堤，青草渡。花片水流去。百舌聲中，喚起海棠睡。
斷腸幾點愁紅，啼痕猶在，多應怨夜來風雨。　　別情苦。
馬蹄踏遍長亭，歸期又成誤。簾卷青樓，回首在何處。畫
梁燕子雙雙，能言能語，不解說相思一句。（卷一，頁98）

以暮春時節，百舌鳥的鳴聲的嬌美和海棠花開的妖媚，寫游子對於春
景將盡的感傷之情。

三、提　壺

　　提壺亦作「提壺蘆」、「提胡蘆」。〔宋〕黃庭堅〈演雅詩〉：「提壺
猶能勸沽酒」，任淵注云：「提壺，鳥名，梅聖俞四家禽詩云：『提壺
蘆，沽美酒，風為賓，樹為友，山花撩亂目前開，勸爾今朝千萬壽。』」
〔註54〕又羅鳳珠〈蘇軾詩典故用語研究〉指出唐宋時期提及提壺，幾
乎都與花、酒合寫。〔註55〕

〔註52〕圖片為林文崇拍攝。
〔註53〕韓學宏：《宋詞鳥類圖鑑》（臺北：貓頭鷹出版社，2004年11月初版），
　　　頁21。
〔註54〕〔宋〕黃庭堅著，任淵注《山谷內集詩注》。見〔清〕紀昀等總纂：
　　　《景印文淵閣四庫全書》（臺北：臺灣商務印書館，1883），冊1114，
　　　頁122。
〔註55〕羅鳳珠〈蘇軾詩典故用語研究〉一文對於提壺有相關說明，指出〈和
　　　子由柳湖久涸，忽有水，開元寺山茶舊無花，今歲盛開二首：其一〉：
　　　「如今勝事無人共，花下壺盧鳥勸提。」提壺盧（蘆）是鳥名，又

稼軒詞中提及「提壺」有五闋,〈南歌子‧獨坐蔗菴〉:

> 玄入參同契,禪依不二門。靜看斜日隙中塵。始覺人間何
> 處不紛紛。　　病笑春先到,閒知懶是真。百般啼鳥苦撩
> 人。除卻提壺此外不堪聞。(卷二,頁 160)

〈采桑子‧書博山道中壁〉:

> 煙迷露麥荒池柳,洗雨烘晴。洗雨烘晴。一樣春風幾樣青。
> 　　提壺脫袴催歸去,萬恨千情。萬恨千情。各自無聊各
> 自鳴。(卷二,頁 169)

二詞歌詠百鳥鳴囀,生機勃勃的春景,提壺鳥勸人「提壺」的鳴叫聲,
對稼軒言,是悅耳又能引起不同禪思的一種鳥鳴,「除卻提壺此外不
堪聞」言在大眾鳥之中,他獨願聽到提壺聲,此中或許是萬恨千情,
仍盼藉「提壺」逗出以酒找醉的心靈寄託。另外三闋,更直接在詞中
看到「提壺」和酒、勸的結合使用,〈沁園春‧城中諸公載酒入山,
余不得以止酒為解,遂破戒一醉,再用韻〉上片:

> 杯汝知乎,酒泉罷侯,鴟夷乞骸。更高陽入謁,都稱齏臼;
> 杜康初筮,正得雲雷。細數從前,不堪餘恨,歲月都將麴
> 蘗埋。君詩好,似提壺却勸,沽酒何哉。(卷四,頁 387)

稼軒有〈沁園春‧將止酒、戒酒杯使勿近〉(卷四,頁 386)寫戒酒,
而此詞是寫開戒,詞中「君詩好,似提壺卻勸,沽酒何哉」把友人的
勸飲詩,比作提壺鳥的勸飲。然而對久醉思家的稼軒而言,「提壺」
之聲亦有勸歸的聯想,〈玉樓春〉一詞云:

> 三三兩兩誰家女。聽取鳴禽枝上語。提壺沽酒已多時,婆
> 餅焦時須早去。　　醉中忘卻來時路。借問行人家住處。

名提壺鳥,也叫提葫。蘇軾是取「壺盧」與可以盛酒的「葫蘆」同
音,再則後面接「鳥」,讀者可以知道蘇軾寫的是「提壺盧鳥」,「提」
字放在同句句末,一者讀者很容易聯想到前面的「壺盧」即是「提
壺盧鳥」,且這種倒裝句法在詩詞裡常見,再者「提」字之前是「鳥」、
「勸」二字,「提」字緊接在後變成動詞,更生動的以擬人化的筆法
傳遞提壺鳥勸人「提」起「壺盧」喝酒的詩意,較之其他詩作更為
靈動,更添逸趣。羅鳳珠〈蘇軾詩典故用語研究〉(第五屆漢語詞匯
語意學研討會新加坡國立大學主辦,2004 年 6 月)

只尋古廟那邊行，更過溪南烏桕樹。（卷四，頁 398）

「提壺」之聲，無乃如禽言之意，好似說著你提著酒壺，出去打酒已多時應當回家的勸歸意。

〈玉樓春・用韻呈仲洽〉為一闋贈答詞，稼軒描述自己山中生活起居，以答謝友人的關心，詞云：

狂歌擊碎村醪，欲舞還憐衫袖短。身如溪上釣磯閒，心似道旁官堠懶。　　山中有酒提壺勸，好語多君堪鮓飯。至今有句落人間，渭水西風黃葉滿。（卷四，頁 469）

稼軒以「山中有酒提壺勸，好語多君堪鮓飯」答謝友人關懷之意。

第三節　清苦寂寥

一、鴉

鴉，〔註56〕古又名烏、烏鵲、慈烏；今名巨嘴鴉。全身黑羽泛光澤，鳴聲粗啞，雄雌羽色相同。〔註57〕《詩經》載：「莫赤匪狐，莫黑匪烏。」〔註58〕烏即指烏鴉。

稼軒詞裡，或以「烏」或「鴉」稱之，烏或鴉所指實為同一種鳥，提及「鴉」字共十九闋，扣除〈蝶戀花・送人行〉：「意態憨生元自好。學畫鴉兒，舊日偏他巧。」計有十八闋，又提及「烏」字有十四闋，所指為烏鴉只有二闋。故計涉及烏鴉之詞有二十闋，且多以「鴉」稱之，如群鴉、啼鴉、亂鴉、

〔註56〕圖片為郭東輝拍攝。
〔註57〕韓學宏：《宋詞鳥類圖鑑》（臺北：貓頭鷹出版社，2004 年 11 月初版），頁 35。
〔註58〕〔漢〕毛亨傳、鄭玄箋、〔唐〕孔穎達正義：《毛詩正義》（臺北：藝文印書館 1815 年，阮元：《十三經注》），頁 11。

暮鴉、殘鴉、歸鴉、城鴉、寒鴉、昏鴉、墨鴉、神鴉，其中更以啼鴉占最多數。大致寓情於景，或以烏鴉作為點綴鄉野之景，亦有以烏鴉羽色作為想像。

黃昏時刻，落日斜陽之景，易生悲觀消極之情，〈鷓鴣天・代人賦〉：

> 陌上柔條初破芽。東鄰蠶種已生些。平岡細草鳴黃犢，斜日寒林點暮鴉。　　山遠近，路橫斜。青旗沽酒有人家。城中桃李愁風雨，春在溪頭薺菜花。（卷二，頁 225）

寫鄉野風光，看似即景之作，王偉勇《南宋詞研究》稱此詞有「自憐幽獨，傷心人別有懷抱」之意。〔註 59〕此處以寒林暮鴉的遠景，表明這個寒意未消的初春景色，傳達著惆悵意。另有〈踏莎行・和趙國興知錄韻〉：

> 吾道悠悠，憂心悄悄。最無聊處秋光到。西風林外有啼鴉，斜陽山下多衰草。　　長憶商山，當年四老。塵埃也走咸陽道。為誰書到便幡然，至今此意無人曉。（卷四，頁 409）

以秋風吹拂林外，烏鴉悲啼，太陽西下，漫處衰草的景色，寓傷秋愁苦之情。另有〈鷓鴣天・席上再用韻〉：

> 水底明霞十頃光。天教鋪錦襯鴛鴦。最憐楊柳如張緒，卻笑蓮花似六郎。　　方竹簟，小胡床。晚風消得許多涼。背人白鳥都飛去，落日殘鴉更斷腸。（卷二，頁 215）

> 取景殘鴉無多，夕陽西下，呈現出黃昏暮景的暗淡，表現對生活和未來的悲觀。〈西江月・三山作〉：「城鴉喚我醉歸休。細雨斜風時候。」（卷三，頁 317）

以細雨斜風時候，城頭上的烏鴉喚歸，可知時間已晚，表現苦悶傷感。

〔宋〕周邦彥〈渡江雲〉：「千萬絲陌頭楊柳，漸漸可藏鴉。」〔註 60〕陌頭楊柳處有藏鴉，往往寄離別傷感的情懷，在稼軒表達思

〔註 59〕王偉勇：《南宋詞研究》（臺北：文史哲出版社，1987 年 9 月初版），頁 324。

〔註 60〕見唐圭璋編：《全宋詞》（臺北：明倫出版社，1970 年 12 月初版），冊 1，頁 0596。

念或離情的詞裡，有以烏鴉作爲景象，或楊柳、棲鴉二物同時入詞，〈好事近・送李復州致一席上和韻〉：

> 和淚唱陽關，依舊字嬌聲穩。回首長安何處，怕行人歸晚。
> 　　垂楊折盡只啼鴉，把離愁勾引。卻笑遠山無數，被行雲低損。（卷二，頁 280）

楊柳既已折盡，自是只剩烏鴉。〈玉蝴蝶・追別杜叔高〉上片：

> 古道行人來去，香紅滿樹，風雨殘花。望斷青山，高處都被雲遮。客重來風流觴詠，春已去光景桑麻。苦無多，一條垂柳，兩個啼鴉。（卷四，頁 466）

此爲稼軒送別杜叔高之詞，「一條垂柳，兩個啼鴉」可知柳少鴉稀，用以呈現內心的淒涼寂寞。又〈鵲橋仙・和范先之送祐之弟歸浮梁〉：「啼鴉哀柳自無聊，更管得離人腸斷。」（卷二，頁 211）、〈鷓鴣天・代人賦〉：「晚日寒鴉一片愁，柳塘新綠卻溫柔。」（卷二，頁 224）以啼鴉、柳色、寒鴉，表現離愁。

〈玉蝴蝶・叔高書來戒酒，用韻〉上片：

> 貴賤偶然渾似。隨風簾幌，籬落飛花。空使兒曹，馬上羞面頻遮。向空江誰捐玉珮，寄離恨應折疏麻。暮雲多。佳人何處。數盡歸鴉。（卷四，頁 467）

「數盡歸鴉」一句，可知佇立時間之長，和寂寞無聊賴的空虛，表現對友人的盼望和濃濃的思念。〈蝶戀花・和江陵趙宰〉：

> 老去怕尋年少伴。畫棟珠簾，風月無人管。公子看花朱碧亂。新詞攪斷香思怨。　　涼夜愁腸千百轉。一雁西風，錦字何時遣。畢竟啼烏才思短。喚回曉夢天涯遠。（卷一，頁 96）

表達思念之情，埋怨沒有才思的啼烏，把他從曉夢中驚醒，不得再和趙景明夢中相聚。

〈清平樂・呈昌父，時僕以病止酒，昌父日作詩數篇，末章及之〉寫春日閒居的苦悶：

> 雲煙草樹。山北山南雨。溪上行人相背去。惟有啼鴉一處。

> 門前萬斛春寒，梅花可煞摧殘。使我長忘酒易，要君
> 不作詩難。（卷四，頁 404）

以行人背去，啼鴉僅一處，表現生活的寂寥和悲苦的情緒。〈上西
平‧會稽秋風亭觀雪〉：「起來極目，向彌茫數盡歸鴉」（卷五，頁
546）係咏雪詞，稼軒極目遠眺，蒼茫處數盡歸鴉，以清苦之景，
寓寂寥之情。

稼軒化用隋煬帝「寒鴉千萬點，流水繞孤村。」〔註61〕、杜甫
「獨鶴歸來晚，昏鴉已滿林」，〔註62〕〈賀新郎‧和吳明可給事安
撫〉下片：

> 歸歟已賦居巖壑。悟人世正類春蠶，自相纏縛。眼畔昏鴉
> 千萬點，□欠歸來野鶴。都不戀黑頭黃閣。一詠一觴成底
> 事，慶康寧天賦何須藥。金盞大，為君酌。（卷六，頁 577）

以「眼畔昏鴉千萬點，□欠歸來野鶴」言野鶴雖未歸，但成群的昏鴉
已歸山林，對於吳明可不戀棧高官厚祿，表示理解和支持。

〈漢宮春‧會稽蓬萊閣觀雨〉：「君不問王亭謝館，冷煙寒樹啼鳥。」
（卷五，頁 540）以王謝兩大家族的亭館今只剩冷煙籠罩，寒林樹間
烏鴉悲啼，寫繁景的沒落。〈永遇樂‧京口北固亭懷古〉是對國事的
感慨，下片曰：

> 元嘉草草，封狼居胥，贏得倉皇北顧。四十三年，望中猶
> 記，烽火揚州路。可堪回首，佛狸祠下，一片神鴉社鼓。
> 憑誰問，廉頗老矣，尚能飯否。（卷五，頁 553）

以鎮江對面不遠的佛狸寺，人們迎神祭示鼓震天的熱鬧，烏鴉聞聲前
來廟裡吃祭品的景象，言國仇家恨，恢復之事更不可行的感慨。

稼軒詞裡，鴉亦有作為鄉野之景的點綴。〈鷓鴣天‧遊鵝湖，醉
書酒家壁〉：

〔註61〕〔宋〕胡仔：《苕溪漁隱叢話》（臺北：世界書局，1961 年 10 月初版），
下冊，頁 661。
〔註62〕見清聖祖御製：《全唐詩》（臺北：明倫出版社，1971 年 5 月初版），
冊 7，卷 225，頁 2425。

　　春日平原薺菜花。新耕雨後落群鴉。多情白髮春無奈，晚
　　日青帘酒易賒。　　閑意態，細生涯。牛欄西畔有桑麻。
　　青裙縞袂誰家女，去趁蠶生看外家。（卷二，頁187）

以群鴉飛落新翻耕的田野，覓食表現鄉林間充滿自然生機的面
貌。〈謁金門・和廓之五月雪樓小集韻〉：

　　遮素月，雲外金蛇明滅。翻樹啼鴉聲未徹。雨聲驚落葉。
　　　　寶炬成行嫌熱，玉腕藕絲誰雪。流水高山絃斷絕。怒
　　蛙聲自咽。（卷二，頁261）

烏鴉驚啼之聲不斷，可知風力何其大。〈鷓鴣天・黃沙道中〉：

　　句里春風正剪裁。溪山一片畫圖開。輕鷗自趁虛船去，荒
　　犬還迎野婦回。　　松菊竹，翠成堆。要擎殘雪鬥疏梅。
　　亂鴉畢竟無才思，時把瓊瑤蹴下來。（卷二，頁301）

以亂鴉作爲表現煞風景的可愛諧趣畫面。

　　烏鴉羽色烏黑，〈水調歌頭・壽趙漕介菴〉用以指鬢髮依油黑光
亮，如烏鴉的羽毛一般，上片曰：

　　千里渥洼種，名動帝王家。金鑾當日奏草，落筆萬龍蛇。
　　帶得無邊春下，等待江山都老，教看鬢方鴉。莫管錢流地，
　　且擬醉黃花。（卷一，頁7）

又〈滿江紅・再用前韻〉用以形容字墨，上片詞云：

　　照影溪梅，悵絕代佳人獨立。便小駐雍容千騎，羽觴飛急。
　　琴裏新聲風響珮，筆端醉墨鴉棲壁。是使君文度舊知名，
　　今方識。（卷一，頁57）

蘇軾〈次韻王鞏南遷初歸〉：「平生痛飲處遺墨鴉棲壁」，[註63] 又蘇
轍〈高郵別秦觀〉：「筆端大字鴉棲壁，袖裏新詩句琢冰」[註64] 稼軒
此處，用以言冷泉亭的題字，醉墨淋漓。

〔註63〕〔清〕王文誥輯注：《蘇軾詩集》（北京：中華書局，1992年4月），
　　　　冊4，卷22，頁1174。
〔註64〕〔宋〕蘇轍：《欒城集》。見〔清〕紀昀等總纂：《景印文淵閣四庫全
　　　　書》（臺北：臺灣商務印書館，1883年），冊1112，頁635。

二、鵲

鵲，〔註 65〕學名灰喜
鵲，種類繁多，以灰喜鵲、
喜鵲、紅嘴藍鵲分佈最廣。
灰喜鵲頸背灰，具長楔形
尾，下身灰色，尾下腹羽棕
紅色，上背褐色，黑尾，腰
及下背灰白，黑嘴灰腳，雌
雄羽色相同。〔註 66〕《禽經》曰：「靈鵲兆喜」，〔晉〕張華《師曠禽
經》注云：「鵲噪則喜生。」〔註 67〕黃文吉〈唐宋詞中「鵲鳥」的意
義〉指出鵲鳥在唐宋詞裡主要的意義有六：報喜、報晴、相會、漂泊
淒涼、裝飾、其他。〔註 68〕

稼軒詞裡出現「鵲」字有九闋，除卻〈謁金門・和陳提幹〉：「因
甚無箇阿鵲地，沒工夫說哩。」（卷六，頁 577）詞中「阿鵲」指打
噴嚏的聲音，與鵲鳥無關，實為八闋。

〈鷓鴣天・峽石用前韻答子似〉是化用曹操和杜牧詩意，詞曰：
嘆息頻年廩未高。新詞空賀此丘遭。遙知醉帽時時落，見
說吟鞭步步搖。乾玉唾，禿錐毛。只今明月費招邀。最憐
烏鵲南飛句，不解風流見二喬。（卷四，頁 439）

《古詩源》論曹操〈短歌行〉：「月明星稀，烏鵲南飛，繞樹三匝，何
枝可依？」指出：「喻客子無所依托」，〔註 69〕又〔唐〕杜牧有〈赤壁〉：

〔註 65〕圖片為郭東輝拍攝。
〔註 66〕韓學宏：《宋詞鳥類圖鑑》（臺北：貓頭鷹出版社，2004 年 11 月初版），
　　　　頁 85。
〔註 67〕〔晉〕張華注：《師曠禽經》（北京：中華書局，1911 年新一版，《叢
　　　　書集成初編》），頁 1。
〔註 68〕黃文吉：《黃文吉詞學論集》（臺北：臺灣學生書局有限公司，2003
　　　　年 11 月，初版），頁 109～132。
〔註 69〕引自〔梁〕蕭統編，唐李善等注：《六臣注文選》。見〔清〕紀昀等
　　　　總纂：《景印文淵閣四庫全書》（臺北：臺灣商務印書館，1883 年），

「東風不與周郎便，銅雀春深鎖二喬。」〔註70〕稼軒化用曹操和杜牧詩意，言曹操雖文才特出，卻未能實現政治理想，以此感慨己負文才，卻政治抱負不得實現的遺憾。

據〔南朝梁〕宗懍《荊楚歲時記》記載，天河之東有織女，天帝之子也。年年織杼勞役，織成雲錦天衣。天帝哀其獨處，許配河西牽牛郎。嫁後遂廢織紝。天帝怒，責令歸河東，唯每年七月七日夜渡河一會。〔註71〕〈風俗記〉也云：「織女七夕當渡河，鵲爲橋，相傳七夕鵲首無故皆髠，因爲樑以渡織女故也。」〔註72〕因著牛郎織女於七夕渡鵲橋相會，由此亦演化成離多會少的感慨。〈綠頭鴨・七夕〉：

> 嘆飄零。離多會少堪驚。又爭如天人有信。不同浮世難憑。佔秋初桂花散采，向夜久銀漢無聲。鳳駕催雲。紅帷卷月，泠泠一水會雙星。素杼冷臨風休織，深訴隔年誠。飛光淺青童語款，丹鵲橋平。　　看人間爭求新巧，紛紛女伴歡迎。避燈時彩絲未整。拜月處蛛綱先成。誰念臨州，蕭條官舍，燭搖秋扇坐中庭。笑此夕金釵無據，遺恨滿蓬瀛。歊高枕梧桐聽雨，如是天明。(卷六，頁575)

爲咏七夕的節序詞，稼軒以天上、人間同感離多會少，進一步表達「嘆飄零」的內涵。

另有從鵲鳥報晴、報喜的意象發揮，如：〈念奴嬌・和信守王道夫席上韻〉：「爲問幾日新晴，鳩鳴屋上，鵲報簷前喜。」（卷二，頁303）寫鵲鳥生性惡潮溼，故遇雨後新晴則喜而噪鳴、〈武陵春〉：「不免相煩喜鵲兒。先報那人知。」（卷四，頁465）。

冊1330，頁635。

〔註70〕見清聖祖御製：《全唐詩》（臺北：明倫出版，1971年5月初版）冊16，卷523，頁5980。

〔註71〕〔南朝梁〕宗懍撰《荊楚歲時記》（北京：中華書局，1911年，新一版，《叢書集成初編》），頁12。

〔註72〕〈風俗記〉錄自〔清〕陳廷敬編：《御選唐詩》，引〔清〕紀昀等總纂：《景印文淵閣四庫全書》（臺北：臺灣商務印書館，1883年），冊1146，頁277。

至於〈西江月〉：

> 稻花香里說豐年。聽取蛙聲一片。七八個星天外，兩三點
> 雨山前。舊時茅店社林邊。路轉溪橋忽見。（卷二，頁 301）

以「明月別枝驚鵲，清風半夜鳴蟬」描寫山野夜間之景，此與〔東漢〕曹操〈短歌行〉：「月明星稀，烏鵲南飛，繞樹三匝，何枝可依」，以及〔宋〕蘇軾〈次周令韻送赴闕〉：「月明驚鵲未安枝」景象相似。稼軒寫山野夜景的深邃寧靜，以月皎潔，枝頭鵲鳥無法安眠，半夜蟬鳴表現夜歸的閒適。

咏雪詞〈滿江紅・和廓之雪〉：「吟凍雁，嘲饑鵲。」（卷二，頁181）詞中以鵲鳥因雪大而無處覓食，側面烘托飛雪滿天之狀。或即景抒寫，如〈賀新郎・陳同父字東陽來過余〉：「把酒長亭說。看淵明風流酷似，臥龍諸葛。何處飛來林間鵲，蹙踏松梢微雪。」（卷二，頁 236）以飛鵲蹴雪，點畫出送別時長亭之景。〈念奴嬌・雙陸，和陳仁和韻〉：「變化須臾，鷗飛石鏡，鵲抵星橋外。」（卷二，頁 216）以鷗鳥羽白、鵲鳥羽黑，喻指棋弈顏色。

第四節　高潔不凡

一、鸞

鸞為傳說中與鳳凰同類的鳥，《禽經》：「子野曰：鳥之屬三百六十，鳳為之長，故始於此，鳳雄凰雌，亦曰瑞鷗，亦曰鸞鷟，羽族之君長也，瑞鳥。」〔晉〕張華注：「鸞者，鳳鳥之亞，始生類鳳，久則五彩變易，故字從變省。」〔註73〕〔東漢〕班固《漢書》：「鷹隼橫屬，鸞俳個兮！」顏師古注：「鸞，神鳥也，赤靈之精，赤色，五采，雞形，鳴中五音。」〔註74〕又《舊唐書》：「鸞者，太平之瑞也，非三公

〔註73〕〔晉〕張華注：《師曠禽經》（北京：中華書局，1911 年新一版，《叢書集成初編》），頁 1。

〔註74〕〔東漢〕班固撰：《新校本漢書》（臺北：鼎文書局，1886 年，楊家

之德也。」〔註75〕鄧廣銘箋注〈滿江紅・席間和洪景盧舍人，兼簡司馬漢章〉：「算人人合與共乘鸞，鑾坡客。」（卷一，頁87）謂鸞即鳳凰。〔註76〕

　　稼軒詞裡和鸞相關之詞有十四闋，如〈摸魚兒・兩巖有石，狀怪甚，取《離騷・九歌》名曰山鬼，因賦〈摸魚兒〉，改今名〉：「待萬里攜君，鞭笞鸞鳳，誦我遠遊賦。」（卷二，頁 176）、〈御街行・無題〉：「藕花都放，木犀開後，待與乘鸞去。」（卷二，頁 251）主要是從乘鸞駕鳳、遨遊天際的意象發揮。

　　〔唐〕杜牧〈早春閣下寓直蕭九舍人亦直內署因寄書懷四韻〉：「王喬在何處，清漢正驂鸞。」〔註77〕〔宋〕張孝祥〈金山觀月〉：「揮手從此去，翳鳳更驂鸞。」〔註78〕翳鳳驂鸞意為駕鸞鳳而登仙，稼軒〈水調歌頭・九日遊雲洞和韓南澗韻〉下片：

> 為公飲，須一日，三百杯。此山高處東望，雲氣見蓬萊。
> 翳鳳驂鸞去，落佩倒冠吾事，抱病且登臺。歸路有明月，
> 人影共徘徊。（卷二，頁 128）

以「翳鳳驂鸞公去」指出仕為官。〈滿江紅・題冷泉亭〉下片：

> 山木潤，琅玕濕。秋露下，瓊珠滴。向危亭橫跨，玉淵澄
> 碧。醉舞且搖鸞鳳影，浩歌莫遣魚龍泣。恨此中風月本吾
> 家，今為客。（卷一，頁 56）

以鸞鳳高潔不凡，作為孤高自負的表徵以自喻。〈滿江紅・席間和洪景盧舍人，兼簡司馬漢章〉上片：

　　　駱主編：《新校本二十五史》），頁 2188。
〔註75〕〔後晉〕劉昫撰：《新校本舊唐書》（臺北：鼎文書局，1886 年，楊家駱主編：《新校本二十五史》），卷45〈志第二十五／輿服／衣服／侍臣服〉，頁 1949。
〔註76〕鄧廣銘：《（增訂本）稼軒詞編年箋注》（臺北：華正書局，2007 年 2 月二版），頁 87。
〔註77〕見清聖祖御製：《全唐詩》（臺北：明倫出版社，1971 年 5 月初版），冊 16，卷 521，頁 5953。
〔註78〕〔宋〕張孝祥：《于湖詞》。見〔清〕紀昀等總纂：《景印文淵閣四庫全書》（臺北：臺灣商務印書館，1883 年），冊 1488，頁 5。

> 天與文章，看萬斛龍文筆力。聞道是一詩曾換，千金顏色。
> 欲說又休新意思，強啼偷笑真消息。算人人合與共乘鸞，
> 鑿坡客。（卷一，頁 87）

稼軒稱頌洪景盧的文學事業，詞中以「共乘鸞」，言具文才者皆可與
之共登鑿坡，表達對洪景盧的肯定。

〈水調歌頭・趙昌父七月望日用東坡韻敘太白，東坡事見寄，過
相褒借，且有秋水之約。八月十四日，余臥病博山寺中，因用韻為謝，
兼寄吳子似〉上片：

> 我志在寥闊，疇昔夢登天。摩挲素月，人世俯仰已千年。
> 有客驂鸞並鳳，雲遇青山赤壁，相約上高寒。酌酒援北斗，
> 我亦虱其間。　　少歌曰，神甚放，形則眠。鴻鵠一再高
> 舉，天地睹方圓。欲重歌兮夢覺，推枕惘然獨念，人事底
> 虧全。有美人可語，秋水隔娟娟。（卷四，頁 437）

以有驂鸞跨鳳的客人，稱許趙昌父有仙人的浪漫色彩。

另有以乘鸞飛升仙界作為祝壽之用，如〈醉花陰・為人壽〉：「蟠
桃結子知多少。家住三山島。何日跨歸鸞，滄海飛塵，人世因緣了。」
（卷二，頁 282）、〈水調歌頭・鞏采若壽〉：「玉佩揖空闊，碧霧翳蒼
鸞。」（卷六，頁 582）

仙人駕馭鸞鳥雲游謂之「驂鸞」，稼軒〈江神子・和陳仁和韻〉
有二闋：

> 玉簫聲遠憶驂鸞。幾悲歡。帶羅寬。且對花前，痛飲莫留
> 殘。歸去小窗明月在，雲一縷，玉千竿。　　吳霜應點鬢
> 雲斑。綺窗閑。夢連環。說與東風，歸意有無間。芳草姑
> 蘇台下路，和淚看，小屏山。（卷二，頁 220）
> 寶釵飛鳳鬢驚鸞。望重歡。水雲寬。腸斷新來，翠被粉香
> 殘。待得來時春盡也，梅著子，筍成竿。　　湘筠簾卷淚
> 痕斑。珮聲閑，玉垂環。個裏溫柔，容我老其間。卻笑將
> 軍三羽箭，何日去，定天山。（卷二，頁 221）

第一闋用以指陳仁和亡姬仙逝。第二闋以「寶釵飛鳳鬢驚鸞」喻為情

人水雲分隔，兩處相離。

〈一絡索‧閨思〉：「羞見鑑鸞孤却，倩人梳掠。一春長是為花愁，甚夜夜東風惡。」（卷二，頁 227）詞中「鑑鸞」指鸞鏡。又〈水調歌頭‧和王正之右司吳江觀雪見奇〉：「造物故豪縱，千里玉鸞飛。等閑更把，萬斛瓊粉蓋頗黎。」（卷一，頁 43）「玉鸞」指飛雪。〈滿庭芳‧和洪丞相景伯韻呈景盧舍人〉：「誰將春色去，鸞膠難覓，絃斷朱絲。」（卷一，頁 84）、〈鷓鴣天‧和陳提幹〉：「明朝再作東陽約，肯把鸞膠續斷絃。」（卷六，頁 576）詞中以鸞膠續朱弦，寫好友相聚之樂，表達主客歡樂的融洽。

二、鳳

鳳，古代傳說中的百鳥之王，羽毛五色，雄的叫鳳，雌的叫凰，通稱為「鳳」或「鳳凰」。《禽經》：「子野曰鳥之屬三百六十，鳳為之長，故始於此，鳳雄凰雌，亦曰瑞鶠，亦曰鸑鷟，羽族之君長也，瑞鳥。」鳳鳴聲如簫樂，因此用以稱美琴或簫聲。又因象徵瑞應，所以昔時宮殿或宮中之池、臺、樓閣常以此為名。

稼軒詞裡提及「鳳」字有三十闋。此中〈水調歌頭‧九日遊雲洞和韓南澗韻〉卷二，頁 128）、〈江神子‧和陳仁和韻〉卷二，頁 220）、〈滿江紅‧題冷泉亭〉（卷一，頁 56）、〈摸魚兒‧兩巖有石狀怪甚，取離騷九歌名曰山鬼，因賦摸魚兒，改今名〉（卷二，頁 176）、〈水調歌頭‧趙昌父七月望日用東坡韻敘太白，東坡事見寄，過相褒借，且有秋水之約；八月十四日余臥病博山寺中，因用韻為謝，兼寄吳子似〉（卷四，頁 437）五闋，為鸞鳳並提，已於上文「鸞」處作說明，此不贅述。至於鸞鳳遨遊升天登山的浪漫色彩，〈好事近〉：「春意滿西湖，湖上柳黃時節。瀨水霧窗雲戶，貯楚宮人物。一年管領好花枝，東風共披拂。已約醉騎雙鳳，玩三山風月。」（卷六，頁 584）一詞，雖未提及鸞，亦可見此意象的運用。

相傳天下大治則鳳凰出，如《呂氏春秋》云：「夫覆巢毀卵，則

鳳凰不至；刳獸食胎，則麒麟不來。」〔註79〕又鳳凰或用喻指地位崇高、德才高尚之人，《論語》載：「鳳兮鳳兮，何德之衰也。」邢昺疏：「知孔子有聖德，故比孔子於鳳。」〔註80〕另有屈原〈九辯〉曰：「鷖鴈皆唼夫粱藻兮，鳳愈飄翔而高舉」王逸注：「賢者遯世，竄山谷也。」〔註81〕以鳳喻賢能崇高之士，可知鳳可喻有聖德的人或騷雅之士。

稼軒〈生查子‧民瞻見和，復用前韻〉：

> 誰傾滄海珠，簸弄千明月。喚取酒邊來，軟語裁春雪。　　人間無鳳凰，空費穿雲笛。醉倒卻歸來，松菊陶潛宅。（卷一，頁 204）

此以「人間無鳳凰」寫世無德高之知音者。

據《詩經》載：「鳳皇鳴矣，于彼高岡。梧桐生矣，于彼朝陽。」〔註82〕鳳鳴朝陽往往用以比喻賢才遇時而起，〈鷓鴣天‧送廓之秋試〉：

> 白苧新袍入嫩涼，春蠶食葉響回廊。禹門已準桃花浪，月殿先收桂子香。　　鵬北海，鳳朝陽，又攜書劍路茫茫。明年此日青雲去，卻笑人間舉子忙。（卷二，頁 185）

范廓之秋試，稼軒寫其胸懷大志，以鳳凰朝陽預祝一舉及第。

稼軒詞中也見以「鳳凰」構句，但未直接指稱為鳥，如〈玉樓春‧寄題文山鄭元英巢經樓〉：「侵天且擬鳳凰巢，掃地從他鸛鵒舞。」（卷二，頁 255）以鳳凰巢能育出鳳凰，謂巢經樓必能出賢士名人。

〔宋〕孔平仲《談苑》：「韓溥、韓泊咸有詞學，泊嘗輕溥，語人曰：『吾兄為文，譬如繩樞草舍，聊庇雨風而已，予之為文，如造五

〔註79〕朱永嘉、蕭木注譯：《新譯呂氏春秋》（臺北：三民書局 2000 年 8 月），頁 619。

〔註80〕〔魏〕何晏注、〔宋〕邢昺疏：《論語注疏》（臺北：藝文印書館 1815 年，阮元：《十三經注》），頁 165。

〔註81〕見〔宋〕洪興祖撰、白化文等點校：《楚辭補注》（北京：中華書局 2000 年 3 刷，《中國古典文學基本叢書》），卷八〈九辯〉，頁 189。

〔註82〕〔漢〕毛亨傳、鄭玄箋、〔唐〕孔穎達正義：《毛詩正義》（臺北：藝文印書館 1815 年，阮元：《十三經注》），頁 629。

鳳樓手。』」〔註83〕五鳳樓爲古樓名，上有五鳳翹翼，後用以喻文章巨匠。〈鷓鴣天・鄭守厚卿席上謝余伯山，用其韻〉：「君家兄弟眞堪笑，個個能修五鳳樓。」（卷二，頁266）即以此喻文才。

　　唐代以「鳳凰池」指宰相職位，稼軒因洪適一度出任宰相，和洪適詞〈滿庭芳〉：「曾是金鑾舊客，記鳳凰獨繞天池。」（卷一，頁85）以「鳳凰獨繞天池」指宰相。

　　〔晉〕陸翽《鄴中記》：「右季龍與皇后在觀上，爲詔書五色紙，著鳳口中，鳳既銜詔，侍人放數百丈緋繩，轆轤回轉，鳳凰飛下，謂之鳳詔。」〔註84〕鳳詔即詔書，稼軒詞裡有多闋提及鳳詔，臚列如下：

> 休唱陽關別去，只今鳳詔歸來。（〈西江月・用韻和李兼濟提舉〉
> 卷三，頁320）

> 莫惜金尊倒，鳳詔看看到。（〈千秋歲・爲金陵史致道留守壽〉卷
> 一，頁13）

> 便鳳凰飛詔下天來，催歸急。（〈滿江紅・送鄭舜舉郎中赴召〉
> 卷二，頁195）

> 看明朝，丹鳳詔，紫泥封。（〈最高樓・聞周氏旌表有期〉卷四，
> 頁418）

> 莫惜金尊倒，鳳詔看看到。（〈千秋歲・爲金陵史致道留守壽〉卷
> 一，頁13）

> 莫信君門萬里，但使民歌五褲，歸詔鳳凰銜。（〈水調歌頭・
> 送鄭厚卿赴衡州〉卷二，頁231）

鳳凰也用以指稱美琴，即與音樂有關，古又以桐木所製之琴爲貴，〈鷓

〔註83〕《談苑》：「韓浦、韓洎、晉公滉之後，咸有詞學。浦善聲調，洎能爲古文，洎嘗輕浦，語人曰：『吾兄爲文，譬如繩樞草舍，庇風雨而已，予之文是造五鳳樓。』」〔宋〕孔平仲撰，陳繼儒、高承埏校：《談苑》，收錄於《筆記小說大觀四編》（臺北：新興書局，1986年3月），頁2099。

〔註84〕〔晉〕陸翽：《鄴中記》見〔清〕紀昀等總纂：《景印文淵閣四庫全書》（臺北：臺灣商務印書館，1883年），冊463，頁307。

鷓天・徐衡仲惠琴不受〉：

千丈陰崖百丈溪。孤桐枝上鳳偏宜。玉音落落雖難合，橫
理庚庚定自奇。　　人散後，月明詩。試彈幽憤淚空垂。
不如卻付騷人手，留和南風解慍詩。（卷二，頁 151）

「孤桐枝上鳳偏宜」以鳳棲孤桐稱讚琴之不凡。〈賀新郎・聽琵琶〉：
「鳳尾龍香撥」（卷二，頁 137）「鳳尾」指琵琶的琴弦。〈菩薩蠻・
雙韻賦摘阮〉：「莫作別離聲，且聽雙鳳鳴。」（卷二，頁 269）言琴
聲如鳳凰和鳴。又〈水調歌頭〉：「螺髻梅妝環列，鳳管檀槽交泰，回
雪無纖腰。」（卷二，頁 258）、〈青玉案・元夕〉：「鳳簫聲動，玉壺
光轉，一夜魚龍舞。」（卷一，頁 19）、〈江神子・和人韻〉：「繡閣香
濃，深鎖鳳簫聲。」（卷二，頁 168）詞中鳳管、鳳簫即排簫，因比
竹為之，參差如鳳翼，故名。

　　〈南鄉子・送筠州趙司戶，茂中之子。茂中嘗為筠州幕官，題詩
甚多〉：「日日老萊衣。更解風流蠟鳳嬉。」（卷四，頁 525）採用〔南
朝齊〕王僧綽采蠟燭珠為鳳凰事。〔註85〕此用以指趙司戶對待兄弟像
僧綽一樣的寬容。而〈水龍吟・用些語在題瓢泉，歌以飲客，聲韻甚
諧，客為之釂〉：「其外芳芬，團龍片鳳，煮雲膏些。」（卷四，頁 355）
詞中「片鳳」為茶名。

　　鳳凰常用作為飾物，〈清平樂・〉：「春宵睡重，夢里還相送，
枕畔起尋雙玉鳳」（卷四，頁 367）「玉鳳」指鳳釵。又古代女子所
穿的繡花鞋，因以鞋頭花樣多繪鳳凰又稱鳳鞋，如〈糖多令〉：「鳳
鞋兒微褪些根。忽地倚人陪笑道，真個是腳兒疼。」（卷一，頁 101）。

〔註85〕《南史》：「僧虔，金紫光祿大夫僧綽弟也。父曇首，與兄弟集會子
　　　　孫，任其戲適。僧達跳下地作彪子。時僧虔累十晩不墜落，亦不重
　　　　作。僧綽採蠟燭珠為鳳皇，僧達奪取打壞，亦復不惜。伯父弘歎曰：
　　　　『僧達俊爽，當不減人；然亡吾家者，終此子也。僧虔必至公，僧
　　　　綽當以名義見美。』或云僧虔採燭珠為鳳皇，弘稱其長者云。」〔唐〕
　　　　李延壽撰：《新校本南史》（臺北：鼎文書局，1886 年，楊家駱主編：
　　　　《新校本二十五史》），卷 22〈列傳第十二／王曇首／僧綽弟僧虔〉，
　　　　頁 600。

三、鵷

鵷又稱鵷雛，傳說中與鸞、鳳同類的鳥，《莊子》一書指出鵷的習性，曰：「夫鵷鶵，發於南海而飛於北海，非梧桐不止，非練實不食，非醴泉不飲。」〔註86〕〔後晉〕劉昫《舊唐書》記載：「元敬，隋選部侍郎邁子也・有文學，少與收及收族兄德音齊名，時人謂之『河東三鳳』・收為長雛，德音為鸞鷟，元敬以年最小為鵷鶵。」〔註87〕後來以鵷雛指少子，或稱「鳳雛」，喻為有才望之年輕人。

稼軒詞裡提及鵷有二闋。〈御街行・山中問盛復之提幹行期〉下片：

> 情知夢里尋鵷鷺。玉殿追班處。怕君不飲太愁生，不是苦留君住。白頭笑我，年年送客，自喚春江渡。（卷二，頁250）

鵷和鷺因飛行有序，用以比喻班行有序的朝官。〔註88〕又〈清平樂・為兒鐵柱作〉：「靈皇醮罷，福祿都來也。試引鵷鶵花樹下。斷了驚驚怕怕。」（卷二，頁 142）詞中鵷鶵用以指少子，稼軒為少子祈福，表現了對子女的關愛和期待。

四、鵬

鵬〔註89〕為傳說中的一種大鳥，〔東漢〕許慎《說文解字注》：「鵬，亦古文鳳」並指出在《莊子》寓言裡化而為鵬。〔註90〕

稼軒詞裡載及「鵬」字有七闋，另有〈滿江紅〉：「垂天自有扶搖力」

〔註86〕〔清〕郭慶藩撰，王孝魚點校：《莊子集釋》（北京：中華書局 1995年，《新編諸子集成》），卷 6 下〈外篇秋水第十七〉，頁 605。

〔註87〕〔後晉〕劉昫撰：《新校本舊唐書》（臺北：鼎文書局，1886 年，楊家駱主編：《新校本二十五史》），頁 2589。

〔註88〕此詞已於第三章鷗鷺意象處說明，此不贅述。

〔註89〕圖片為廖煥彰拍攝。

〔註90〕〔東漢〕許慎：《說文解字注》（臺北：黎明文化事業股份有限公司，1988 年 10 月增訂三版），頁 150。

（卷二，頁 190）、〈水調歌頭・慶韓南澗尚書七十〉：「看取垂天雲翼，九萬里風在下，與造物同游」（卷二，頁 200）、〈賀新郎・用韻題趙晉臣敷文積翠巖，余謂當築陂於其前考〉：「九萬里風斯在下」（卷四，頁 472）三闋，係運用鵬鳥相關典故，亦納入討論，總計十闋，大抵與《莊子》典故有關聯。也有針對莊子思想提出問題及辨析，〈哨遍〉〔註91〕：「噫。子固非魚，魚之爲計子焉知。河水深且廣，風濤萬頃堪依。有網罟如雲，鵜鶘成陣，過而留泣計應非。其外海茫茫，下有龍伯，饑時一啖千里。更任公五十犗爲餌。使海上人人厭腥味。似鵾鵬變化能幾。東游入海此計。直以命爲嬉。古來謬算狂圖，五鼎烹死。指爲平地。嗟魚欲事遠游時。請三思而行可矣。」（卷四，頁 485）即是一例。

　　《莊子》載鵾化爲鵬一事，云：「北冥有魚，其名爲鵾。鵾之大不知其幾千里也。化而爲鳥，其名爲鵬。鵬之背不知其幾千里也。怒而飛，其翼若垂天之雲。……鵬之徙於南冥也，水擊三千里，摶扶搖而上者九萬里。」〔註92〕鵾化爲鵬，鵬飛一上九萬里凌雲的氣勢，後來多以「鵬翼」、「鵬舉」、「鵬程」稱人奮發有爲，卓逸不羣，或指前景遠大，仕途顯達。

　　〈滿江紅・建康史帥致道席上賦〉上片：
　　　鵬翼垂空，笑人世蒼然無物。還又向九重深處，玉階山立。
　　　袖裏珍奇光五色，他年要補天西北。且歸來談笑護長江，

〔註91〕　〈哨遍〉詞題因冗長，附錄如下：「趙昌父之祖季思學士，退居鄭圃，有亭名魚計，宇文叔通爲作古賦。今昌父之弟成父，於所居鑿池築亭，榜以舊名。昌父爲成父作詩，屬余賦詞，余爲賦哨遍。莊周論於蟻棄知，於魚得計，於羊棄意，其意美矣。然上文論蝨託於豕而得焚，羊肉爲蟻所慕而致殘，下文將併結二義，乃獨置豕蝨不言而遽論魚，其意無所從起。又間於羊蟻兩句之間，使羊蟻之義離不相屬，何耶！其必有深意存焉，故後人未之曉耳。或言以得水而死，羊得水而病，魚得水而活，此最穿鑿，不成義趣。余嘗反復尋繹，終未能得。意世必有能讀此書而了其義者。他日倘見之而問焉，姑先識余疑於此詞云爾」（卷四，頁 485）
〔註92〕　〔清〕郭慶藩撰，王孝魚點校：《莊子集釋》（北京：中華書局 1995年，《新編諸子集成》），卷一上〈內篇逍遙遊第一〉，頁 9。

波澄碧。（卷一，頁9）

稼軒以史志道若鵬鳥展翅凌空，足以傲視羣倫，稱其雄奇放逸的超群才性。〈鷓鴣天・送廓之秋試〉：

白苧新袍入嫩涼，春蠶食葉響回廊。禹門已準桃花浪，月殿先收桂子香。　鵬北海，鳳朝陽，又攜書劍路茫茫。明年此日青雲去，卻笑人間舉子忙。（卷二，頁185）

以鵬鳥由北海徙往南海之狀，祝賀范廓之在秋試中，鵬程萬里，前途遠大。

至於〈滿江紅・病中俞山甫教授訪別，病起寄之〉下片云：

西崦路，東巖石。攜手處，今塵跡。望重來猶有，舊盟如日。莫信蓬萊風浪隔，垂天自有扶搖力。對梅花一夜苦相思，無消息。（卷二，頁190）

稼軒答謝俞山甫來訪，訪別時作此詞，言縱然他日再相見實屬難料，然若能發揮大鵬垂天雲翼，扶搖直上青天的威力，相信相會必然可期。另外〈賀新郎・用韻題趙晉臣敷文積翠巖，余謂當築陂於其前考〉：「九萬里風斯在下」（卷四，頁472）是以大鵬鳥徙往南海時，水擊三千里，摶扶搖而上者九萬里的特出氣勢，喻積翠巖高聳入天若大鵬神鳥，高潔不凡。

稼軒〈水調歌頭・慶韓南澗尚書七十〉：「上古八千歲，才是一春秋。不應此日，剛把七十壽君侯。看取垂天雲翼，九萬里風在下，與造物同游。君欲計歲月，當試問莊周。　醉淋浪，歌窈窕，舞溫柔。從今杖屨南澗，白日為君留。聞道鈞天帝所，頻上玉巵春酒，冠珮擁龍樓。快上星辰去，名姓動金甌。」（卷二，頁200）結合《莊子》的理念，以「翼若垂天之雲，摶扶搖羊角而上者九萬里，絕雲氣，負青天，然後圖南，且適南冥也」〔註93〕和「古有大椿者，以八千歲為春，以八千歲為秋」〔註94〕、「上與造物者遊，而下與外死生無終始

〔註93〕〔清〕郭慶藩撰，王孝魚點校：《莊子集釋》（北京：中華書局1995年，《新編諸子集成》），卷1上〈內篇逍遙遊第一〉，頁14。

〔註94〕〔清〕郭慶藩撰，王孝魚點校：《莊子集釋》（北京：中華書局1995

者爲友」〔註95〕典故，言永駐人間，作爲祝長壽之意。

《荀子》：「今夫大鳥獸則失亡其群匹，越月踰時，則必反鉛；過
故鄉，則必徘徊焉。」〔註96〕稼軒〈沁園春・送趙景明知縣東歸，再
用前韻〉：

> 錦帆畫舫行齋。悵雪浪粘天江影開。記我行南浦，送君折
> 柳；君逢驛使，爲我攀梅。落帽山前，呼鷹臺下，人道花
> 須滿縣栽。都休問，看雲霄高處，鵬翼徘徊。（卷一，頁 93）

以景語結合情意，將送別之情和思念之意，寄寓於鵬翼之中。

莊子藉大鵬和小鳩、大椿和朝菌的比喻，說明任何事物都不能超
越自己本性和客觀環境，主張各任其性，放棄一切大小、榮辱、死生、
壽夭的差別觀念，便能逍遙自在，無往而不適。稼軒〈哨遍・秋水觀〉
下片曰：

> 蝸角鬭爭，左觸右蠻，一戰連千里。君試思，方寸此心微。
> 總虛空並包無際。喻此理，何言泰山毫末，從來天地一稊
> 米。嗟大小相形，鳩鵬自樂，之二蟲又何知。記跖行仁義
> 孔丘非。更殤樂長年老彭悲。火鼠論寒，冰蠶語熱，定誰
> 同異。（卷四，頁 422）

以大鵬和小雀自有其樂趣，認爲大小差別皆由心造。「鳩鵬自樂，之
二蟲又何知？」語出《莊子》：「蜩與學鳩笑之曰：『我決起而飛，搶
榆枋，時則不至而控於地而已矣，奚以之九萬里而南爲？』適莽蒼者，
三餐而反，腹猶果然；適百里者，宿舂糧；適千里者，三月聚糧。之
二蟲又何知！」〔註97〕

須彌極大，芥子極小，鵾鵬有垂天之翼，斥鷃可飛揚蓬蒿之間，

年，《新編諸子集成》），卷 1 上〈內篇逍遙遊第一〉，頁 11。

〔註95〕〔清〕郭慶藩撰，王孝魚點校：《莊子集釋》（北京：中華書局 1995
年，《新編諸子集成》），附錄二〈馬夷初莊子天下篇述義〉，頁 62。

〔註96〕李滌生撰：《荀子集釋》（臺北：臺灣學生書局，1981 年 10 月再版），
頁 434。

〔註97〕〔清〕郭慶藩撰，王孝魚點校：《莊子集釋》（北京：中華書局 1995
年，《新編諸子集成》），卷 1 上〈內篇逍遙遊第一〉，頁 9。

小大皆有待而然,《莊子》即云:「有鳥焉,其名爲鵬,背若太山,翼若垂天之雲,摶扶搖羊角而上者九萬里,絕雲氣,負青天,然後圖南,且適南冥也。斥鴳笑之曰:『彼且奚適也?我騰躍而上,不過數仞而下,翱翔蓬蒿之間,此亦飛之至也。而彼且奚適也?』」〔註98〕稼軒對於莊子大小之辯的齊物理念,也有表述,認爲事物大小存乎一心。〈水調歌頭・題永豐楊少游提點一枝堂〉云:

> 萬事幾時足,日月自西東。無窮宇宙,人是一粟太倉中。
> 一葛一裘經歲,一缽一瓶終日,老子舊家風。更著一杯酒,
> 夢覺大槐宮。　　記當年,嚇腐鼠,嘆冥鴻。衣冠神武門
> 外,驚倒幾兒童。休說須彌芥子,看取鷤鵬斥鴳,小大若
> 爲同。君欲論齊物,須訪一枝翁。(卷二,頁285)

《辛棄疾詞新釋輯評》指出稼軒論莊子的齊物,仍隱含著物齊、物不齊的矛盾。吳則虞《辛棄疾詞選集》更稱此詞蘊涵怨憤疾俗之氣,只是詞貌不露。〔註99〕

　　另有贈答詞〈漢宮春・答吳子似總幹和章〉.「達則青雲,便玉堂金馬;窮則茅廬。逍遙小大自適,鵬鷃何殊。君如星斗,燦中天密密疏疏。荒草外自憐螢火,清光暫有還無。」(卷五,頁545)以鵬鷃何殊,表達各有各自的自在理念。

五、鶚

　　鶚,〔註100〕俗稱魚鷹,性凶猛,捕魚爲食,〔明〕李時珍《本草綱目》:「鶚,鵰類也。似鷹而土黃色,深目

〔註98〕〔清〕郭慶藩撰,王孝魚點校:《莊子集釋》(北京:中華書局 1995年,《新編諸子集成》),卷1上〈內篇逍遙遊第一〉,頁14。
〔註99〕吳則虞:《辛棄疾詞選集》(上海:上海古籍出版社,1993 年 6 月第一版),頁 123。
〔註100〕圖片爲郭東輝拍攝。

好峙。雄雌相得，驚而有別，交則雙翔，別則異處。能翶翔水上捕魚食，江表人呼爲食魚鷹。亦啖蛇。」〔註101〕韓學宏《宋詞鳥類圖鑑》稱古籍所載鶚，或稱大鵰，並非只有一種，而是一種泛稱。〔註 102〕〔漢〕孔融〈薦禰衡表〉：「鷙鳥累百，不如一鶚，使衡立朝，必有可觀。」〔註 103〕後用「鶚薦」謂舉薦賢才，大鵰的卓然出羣，出類拔萃，因此也喻指人的才能特出。

稼軒詞裡提及「鶚」有三闋，均以「賀新郎」詞牌塡之，且同作於慶元六年（1200 年）。〈賀新郎・題君用山園〉下片：

> 山頭怪石蹲秋鶚。俯人間塵埃野馬，孤撑高攫。拄杖危亭
> 扶未到，已覺雲生兩腳。更換卻朝來毛髮。此地千年曾物
> 化，莫呼猿且自多招鶴。吾亦有，一丘壑。（卷四，頁 471）

詞以秋鶚形容東山怪石，將怪石喻爲一個具有生命的大鵰，在俯視人間，更見特出不凡。〈賀新郎・用韻題趙晉臣敷文積翠巖、予欲令築陂於其前〉下片云：

> 勸君且作橫空鶚。便休論、人間腥腐，紛紛烏攫。九萬里
> 風斯在下，翻覆雲頭雨腳。更直上、崑崙濯髮。好臥長虹
> 陂十里，是誰言、聽取雙黃鶴。推翠影，浸雲壑。（卷四，
> 頁 472）

「勸君且作橫空鶚。便休論人間腥腐，紛紛烏攫。」寓情於景，寫其欲假積翠岩之手，行鏟除社會貪婪官吏、惡行敗腐之實。〔註104〕

亦有以孤鶚自比，〈賀新郎・韓仲止判院山中見訪，席上用前韻〉下片曰：

〔註101〕〔明〕李時珍：《本草綱目》（臺北：國立中國醫藥研究所，1988 年10 月三版），頁 1481。

〔註102〕韓學宏：《宋詞鳥類圖鑑》（臺北：貓頭鷹出版社，2004 年 11 月初版），頁 93。

〔註103〕見〔梁〕蕭統編，〔唐〕李善注：《文選》（臺北：文津出版社，1987年），卷 37〈孔文舉薦禰衡表〉，頁 1669。

〔註104〕朱德才、薛祥生、鄧紅梅編：《辛棄疾詞新釋輯評》（北京：中國書店，2001 年 1 月第一版），頁 1236。

當年眾鳥看孤鶚。意飄然橫空直把，曹吞劉攫。老我山中
誰來伴。須信窮愁有腳。似剪盡還生僧髮。自斷此生天休
問，倩何人說與乘軒鶴。吾有志，在溝壑。（卷四，頁473）

謂己當年眾望所歸、所向披靡、剛猛不屈的盛氣，以孤鶚自況，抒發
英雄遲暮的感慨和不隨波逐流的堅持。吳則虞《辛棄疾詞選集》稱此
詞：「後闋由頂上盤空而起，以『孤鶚』自況，平生往事俱行攝入。」
〔註105〕

六、鵠

　　鵠〔註106〕又稱鴻鵠、黃
鵠、天鵝。商鞅《商君書》
云：「黃鵠之飛，一舉千里。」
〔註107〕〔明〕李時珍《本草
綱目》也載：「鵠大于鴈，羽
毛白澤，其翔極高而善步，

所謂鵠不浴而白，一舉千里，是也。」〔註108〕鵠可喻為逸士，據屈
原〈卜居〉載：「寧與黃鵠比翼乎？將與雞鶩爭食乎？」劉良注：「黃
鵠，喻逸士也。」〔註109〕鵠飛能一舉千里，或以之比喻遠大的志向。
　　稼軒詞裡提及「鵠」字有六闋。〈破陣子‧為范南伯壽。時南伯
為張南軒辟宰瀘溪，南伯遲遲未行，因賦此詞勉之〉：

〔註105〕吳則虞：《辛棄疾詞選集》（上海：上海古籍出版社，1993 年 6 月第
　　　　一版），頁 39。
〔註106〕圖片為郭東輝拍攝。
〔註107〕商鞅撰，嚴萬里校：《商君書》（臺北：臺灣商務印書館，1956 年 4
　　　　月初版），頁 32。
〔註108〕〔明〕李時珍：《本草綱目》（臺北：國立中國醫藥研究所，1988 年
　　　　10 月三版），頁 1432。
〔註109〕屈原〈卜居〉：「寧與黃鵠比翼乎？將與雞鶩爭食乎？」劉良注：「黃
　　　　鵠，喻逸士也。」見〔宋〕洪興祖撰、白化文等點校：《楚辭補注》
　　　　（北京：中華書局 2000 年 3 刷，《中國古典文學基本叢書》），卷六
　　　　〈卜居第六〉，頁 178。

擲地劉郎玉斗。掛帆西子扁舟。千古風流今在此，萬里功
名莫放休。君王三百州。　　　燕雀豈知鴻鵠，貂蟬元出兜
鍪。卻笑瀘溪如斗大，肯把牛刀試手不。壽君雙玉甌。（卷
一，頁63）

「燕雀豈知鴻鵠」語出《史記》：「陳涉少時，嘗與人傭耕，輟耕之壟
上，悵恨久之，曰：『苟富貴，毋相忘。』庸者笑而應曰：『若爲庸耕，
何富貴也？』陳涉太息曰：『嗟乎，燕雀安知鴻鵠之志哉？』」〔註110〕
以鴻鵠之志喻指不凡的遠大志向。

　　淳熙八年（1181年），稼軒任江西安撫使，趙景明出知江陵任滿
東歸。早在淳熙七年，稼軒任湖南安撫使時，與趙景明有詞章往往，
然未能謀面，至今方得相聚首，稼軒塡詞以贈。〈沁園春・送趙景明
知縣東歸，再用前韻〉：

　　佇立瀟湘，黃鵠高飛，望君不來。被東風吹墮，西江對語；
　　急呼斗酒，旋拂征埃。卻怪英姿，有如君者，猶欠封侯萬
　　里哉。空贏得，道江南佳句，只有方回。（卷一，頁93）

稼軒佇立瀟湘，指出友人東歸的目的地爲湖南，可知等待之切。「黃
鵠高飛，望君不來」以鵠飛象徵友人節行高逸，又以之謂友人如黃鵠
一飛千里，未見歸來，讚頌友人也表達思念意。

　　稼軒借鑒〔西漢〕賈誼〈惜誓〉：「黃鵠之一舉兮，知山川之紆曲。
再舉兮，睹天地之圓方。」，〔註111〕在〈水調歌頭・趙昌父七月望日用
東坡韻敘太白，東坡事見寄，過相褒借，且有秋水之約；八月十四日余
臥病博山寺中，因用韻爲謝，兼寄吳子似〉一詞裡借夢抒懷，下片云：

　　少歌曰，神甚放，形則眠。鴻鵠一再高舉，天地睹方圓。
　　欲重歌兮夢覺，推枕惘然獨念，人事底虧全。有美人可語，
　　秋水隔娟娟。（卷四，頁437）

〔註110〕　〔西漢〕司馬遷撰：《新校本史記》（臺北：鼎文書局，1886年，楊
　　　　　家駱主編：《新校本二十五史》），頁1949～1950。

〔註111〕　〔宋〕洪興祖撰、白化文等點校：《楚辭補注》（北京：中華書局
　　　　　2000年3刷，《中國古典文學基本叢書》），卷11〈惜誓第十一〉，
　　　　　頁228。

以鴻鵠高舉表達精神上的期待，盼獲得超脫於時空囿限的自在感情。
言神魂如鴻鵠不斷騰空而上，想看一看天地是方是圓。

　　另有〈念奴嬌・雙陸，陳仁和韻〉為詠雙陸之詞，詞云：

　　少年握槊，氣憑陵，酒聖詩豪餘事。袖手旁觀初未識，兩兩
　　三三而已。變化須臾，鷗飛石鏡，鵲抵星橋外。搗殘秋練，
　　玉砧猶想纖指。　　堪笑千古爭心，等閑一勝，拚了光陰費。
　　老子忘機渾謾與，鴻鵠飛來天際。武媚宮中，韋娘局上，休
　　把興亡記。布衣百萬，看君一笑沈醉。（卷二，頁 216）

此處巧用《孟子》：「弈秋，通國之善弈者也。使弈秋誨二人弈：其一
人專心致志，惟弈秋之為聽；一人雖聽之，一心以為有鴻鵠將至，思
援弓繳而射之。」〔註 112〕謂自己對弈，不具機心不爭強好勝。

　　有時也以鵠鳥形容形貌，〈滿江紅・呈趙晉臣敷文〉上片：

　　老子平生，原自有、金盤華屋。還又要、萬間寒士，眼前
　　突兀。一舸歸來輕似葉，兩翁相對清如鵠。道如今、吾亦
　　愛吾廬，多松菊。（卷四・頁 505）

〔宋〕蘇軾〈別子由三首兼別遲〉：「遙想茅軒照水開，兩翁相對清如
鵠。」〔註 113〕稼軒襲用蘇軾「兩翁相對清如鵠」詩句，言自己和趙
晉臣乘船，相對而坐，有如一對天鵝清秀。

　　至於〈歸朝歡・齊菴菖蒲港，皆長松茂林，獨野梅花一株，山上
盛開，照映可愛。不數日，風雨摧敗殆盡。意有感，因效介菴體為賦，
且以菖蒲綠名之。丙辰歲三月三日也〉：「苦無妙手畫於菟，人間雕刻
真成鵠。」（卷四，頁 375）化用《後漢書》：「效伯高不得，猶為謹
敕之士，所謂刻鵠不成尚類鶩者也。效季良不得，陷為天下輕薄子，
所謂畫虎不成反類狗者也。」〔註 114〕謂己效介菴體為賦，仿效雖不

<hr />

〔註 112〕〔漢〕趙歧注、〔宋〕孫奭疏：《孟子注疏》（臺北：藝文印書館 1815
　　　　年，阮元：《十三經注》），頁 200。

〔註 113〕〔清〕王文誥輯注：《蘇軾詩集》（北京：中華書局，1992 年 4 月），
　　　　冊 4，卷 23，頁 1226。

〔註 114〕〔晉〕陳壽撰：《新校本三國志》（臺北：鼎文書局，1886 年，楊家
　　　　駱主編：《新校本二十五史》），卷 24〈馬援列傳〉，頁 845。

逼眞，但還相似。

第五節　其　他

一、秦吉了

　　秦吉了，〔註 115〕古又名「吉了」、「了哥」，今名「九官鳥」，學名「鷯哥」。全身黑羽泛金屬光澤，後頭二片橘黃色肉垂，兩側有白斑，黃腳橘嘴，棲於高樹，多成對或結群活動，喜鳴叫，叫

聲響亮悅耳。〔註 116〕詩詞又名「了哥」、「吉了」、「情急了」。〔註 117〕據《舊唐書》記載：「今案嶺南有鳥，似鴝而稍大，乍視之，不相分辨，籠養久，則能言，無不通，南人謂之吉了，亦云料．開元初，廣州獻之，言音雄重如丈夫，委曲識人情，慧於鸚鵡遠矣。」〔註 118〕文學裡恆以秦吉了舌巧善言發揮，如〔唐〕李白〈自代內贈〉詩云：「安得秦吉了，爲人道寸心。」〔註 119〕期盼能借秦吉了，爲人代言以傳情。又〔唐〕白居易〈秦吉了——哀冤民也〉：「秦吉了，出南中，

〔註 115〕　圖片爲郭東輝拍攝。
〔註 116〕　韓學宏：《宋詞鳥類圖鑑》（臺北：貓頭鷹出版社，2004 年 11 月初版），頁 39。
〔註 117〕　據《謝氏詩源》記載：昔有丈夫與女子相愛，書札相通，皆憑一鳥往來。此鳥殊解人意，忽對女子曰：「情急了」，因名此鳥爲情急了，秦吉了就是「情急了」"的諧音。《謝氏詩源》見〔元〕伊士珍撰：《瑯嬛記》（北京：中華書局，1911 年新一版，《叢書集成初編》），頁 67。
〔註 118〕　〔後晉〕劉昫撰：《新校本舊唐書》（臺北：鼎文書局，1886 年，楊家駱主編：《新校本二十五史》），頁 1061。
〔註 119〕　見清聖祖御製：《全唐詩》（臺北：明倫出版社，1971 年 5 月初版），冊 6，卷]184，頁 1884。

彩毛青黑花頸紅。耳聰心慧舌端巧，鳥語人言無不通。」〔註 120〕更
是用以秦吉了的慧舌善言作深刻的諷論。

　　稼軒詞裡提及秦吉了有一闋，〈千年調・庶菴小閣名曰厄言，作
此詞以嘲之〉詞云：

> 厄酒向人時，和氣先傾倒。最要然然可可，萬事稱好。滑
> 稽坐上，更對鴟夷笑。寒與熱，總隨人，甘國老。　　少
> 年使酒，出口人嫌拗。此箇和合道理，近日方曉。學人言
> 語，未會十分巧。看他門，得人憐，秦吉了。（卷二，頁 159）

鄭舜舉爲庶菴小閣名爲「厄言」，「厄言」一詞出於《莊子》：「厄言日
出，和以天倪。」〔註 121〕原指自然隨意之言，或爲支離破碎之言。
稼軒自述見斥當局乃因不肯隨聲附和，借題發揮，寫下這闋嘲諷詞，
鉤勒南宋時期，只圖一己之利，附和於投降派，而造成恢復之事不得
行的宦林羣醜，並以自己剛正不阿，不隨波逐流的個性與之相比，揭
示內心的不屑和憤慨。詞中以「秦吉了」比喻爲官場上那些圓滑逢迎，
八面玲瓏，沒有主見，毫無堅持，附會權要，隨人學舌的官僚。

二、脫　袴

　　脫袴爲鳥鳴聲，以其鳴聲似「脫袴」而得之，〔宋〕蘇軾〈五禽
言〉：「南山昨夜雨，西溪不可渡，溪邊布穀兒，勸我脫破袴。」並自
注：「土人謂布谷爲脫却破袴。」〔註 122〕稼軒詞裡，提及「脫袴」有
一闋，〈采桑子・書博山道中壁〉詞云：

> 煙迷露麥荒池柳，洗雨烘晴。洗雨烘晴，一樣春風幾樣青。
> 　　提壺脫袴催歸去，萬恨千情。萬恨千情。各自無聊各
> 自鳴。（卷二，頁 169）

〔註 120〕見清聖祖御製：《全唐詩》（臺北：明倫出版社，1971 年 5 月初版），
　　　　　冊 13，卷 427，頁 4710。
〔註 121〕〔清〕郭慶藩撰，王孝魚點校：《莊子集釋》（北京：中華書局 1995
　　　　　年，《新編諸子集成》），卷 9 上〈雜篇寓言第二十七〉，頁 949。
〔註 122〕〔清〕王文誥輯注：《蘇軾詩集》（北京：中華書局，1992 年 4 月），
　　　　　冊 4，卷 20，頁 1046。

此詞於杜鵑一文有詳談，不再贅述。

三、鵜鶘

鵜鶘〔註 123〕是水鳥，善於游泳和捕魚，常將捕得的魚存在皮囊中，肉可以食用，羽毛並可作爲裝飾品，《詩經》載：「維鵜在梁，不濡其翼。維鵜在梁，不濡其咮。」〔註 124〕用以諷小人
不食其力，無功而受祿。吳・陸璣也云：「鵜，水鳥，形如鶚而極大，喙長尺餘，直而廣，口中正赤。頷下胡大如數升囊。好群飛，若小澤中有魚便群共抒水，滿其胡而棄之，令水竭盡。魚在陸地乃共食之。」〔註 125〕〔晉〕張華《師曠禽經》也載云：「鵜鶘處處有之，水鳥也。似鶚而甚大，灰色如蒼鵝。喙長尺餘，直而且廣，口中正赤，頷下胡大如數升囊。好群飛，沈水食魚，亦能竭小水取魚。」〔註 126〕

稼軒詞裡，提到「鵜鶘」有一闋，〈哨遍・趙昌父之祖季思學士，退居鄭圃，有亭名魚計，宇文叔通爲作古賦。今昌父之弟成父，於所居鑿池築亭，榜以舊名。昌父爲成父作詩，屬余賦詞，余爲賦哨遍。莊周論於蟻棄知，於魚得計，於羊棄意，其意美矣。然上文論蝨託於豕而得焚，羊肉爲蟻所慕而致殘，下文將併結二義，乃獨置豕蝨不言而遽論魚，其意無所從起。又間於羊蟻兩句之間，使羊蟻之義離不相屬，何耶！其必有深意存焉，故後人未之曉耳。或言以得水而死，羊得水而病，魚得水而活，此最穿鑿，不成義趣。余嘗反復尋繹，終未

〔註 123〕圖片爲郭東輝拍攝。
〔註 124〕〔漢〕毛亨傳、鄭玄箋、〔唐〕孔穎達正義：《毛詩正義》（臺北：藝文印書館 1815 年，阮元：《十三經注》），頁 269～270。
〔註 125〕見阮元：《十三經注》（臺北：藝文印書館，1815 年），頁 269～270
〔註 126〕〔晉〕張華注：《師曠禽經》（北京：中華書局，1911 年新一版，《叢書集成初編》），頁 1429。

能得。意世必有能讀此書而了其義者。他日倘見之而問焉，姑先識余
疑於此詞云爾〉下片云：

> 噫。子固非魚。魚之爲計子焉知。河水深且廣，風濤萬傾
> 堪依。有網罟如雲，鵜鶘成陣，過而留泣計應非。其外海
> 茫茫，下有龍伯，饑時一啖千里。更任公五十犗爲餌。使
> 海上人人厭腥味。似鯤鵬變化能幾。東游入海此計。直以
> 命爲嬉。古來謬算狂圖，五鼎烹死。指爲平地。嗟魚欲事
> 遠游時。請三思而行可矣。（卷四，頁485）

鵜鶘有善於用智捕魚的特點，故有魚怕鵜鶘更甚於網之說，《莊子》
即道：「魚不畏網，而畏鵜鶘」，〔註127〕稼軒此詞「有網罟如雲，鵜
鶘成陣，過而留泣計應非」之說，乃據莊子說法提出己見。

四、鷃

鷃〔註128〕亦作鴳，鶉的一
種，也稱鴳雀、尺鴳或斥鴳，〔明〕
李時珍《本草綱目》指出鷃爲候
鳥：「鷃，候鳥也。常晨鳴如雞，
趨民收麥，行者以爲候。」〔註
129〕鷃常用以喻爲小人，據《師
曠禽經》：「鷃雀啁啁，下齊眾庶」
張華注：「鷃，籬鷃也，雀屬，
眾人之象言多也。」〔註130〕又

《楚辭》：「鷃雀列兮譁譁，鴝鵒鳴兮聒余。」注云：「鷃雀，小鳥，

〔註127〕　〔清〕郭慶藩撰，王孝魚點校：《莊子集釋》（北京：中華書局 1995
　　　　　年，《新編諸子集成》），卷9上〈雜篇外物第二十六〉，頁934。
〔註128〕　圖片爲林文崇拍攝。
〔註129〕　〔明〕李時珍：《本草綱目》（臺北：國立中國醫藥研究所，1988 年
　　　　　10 月三版），頁 1457。
〔註130〕　〔晉〕張華注：《師曠禽經》（北京：中華書局，1911 年新一版，《叢
　　　　　書集成初編》），頁 13。

以喻小人列位也。」〔註131〕有時也以之喻爲才能低下者，如〔唐〕
劉禹錫〈浙西李大夫述夢四十韻并浙東元相公酬和斐然繼聲〉：「鳳姿
嘗在竹，鷃羽不離蒿。」自注：「自謂」。〔註132〕

　　稼軒詞中提及鷃有二闋，其一爲〈水調歌頭・題永豐楊少游提點
一枝堂〉：「休說須彌芥子，看取鷗鵬斥鷃，小大若爲同。君欲論齊物，
須訪一枝翁。」（卷二，頁285）、〈漢宮春・答吳子似總幹和章〉：「達
則青雲，便玉堂金馬；窮則茅廬。逍遙小大自適，鵬鷃何殊。」（卷五，
頁545）二詞所用爲《莊子》典故，此在鵬鳥一文已說明，故不再贅述。

五、鳩

　　鳩，種類不一，有雉鳩、
祝鳩、斑鳩等。體形大小亦有
異，《爾雅》即指出鳩並非只有
一類，〔註133〕詩詞裡常指山斑
鳩及珠頸斑鳩兩種。

　　稼軒詞裡提及鳩有二闋，
〈哨遍・秋水觀〉：「嗟大小相

形，鳩鵬自樂，之二蟲又何知？」（卷四，頁422）是引自《莊子・
逍遙遊》。據〔宋〕陸佃《埤雅》：「陰則屏逐其匹，晴則呼之，語曰：
『將雨，鳩逐婦者是也』。」〔註134〕稼軒〈念奴嬌・和信守王道夫席
上韻〉：「爲問幾日新晴，鳩鳴屋上，鵲報檐前喜。」（〈念奴嬌〉卷二，
頁303）以「鳩鳴屋上」寫鳩鳥對新晴的期待。

〔註131〕〔宋〕洪興祖撰、白化文等點校：《楚辭補注》（北京：中華書局，
　　　　2000年3刷，《中國古典文學基本叢書》），頁317。

〔註132〕見清聖祖御製：《全唐詩》（臺北：明倫出版社，1971年5月初版），
　　　　冊11，卷363，頁4099。

〔註133〕〔晉〕郭璞注、〔宋〕邢昺序：《爾雅注疏》（臺北：藝文印書館1815
　　　　年，阮元：《十三經注》），卷10〈釋鳥第十七〉，頁837。

〔註134〕〔宋〕陸佃撰：《埤雅》（臺北：臺灣商務印書館，年月日缺，王雲
　　　　五主編：《叢書集成簡編》），卷7，頁172。

六、鶩

鶩〔註135〕即野鴨，《禽經》：「水鶩澤則群，擾則逐。」張華注：「鶩，野鴨也。飛止大澤之中，群處既象擾之，惡其族類而相逼逐也。」〔註136〕

稼軒詞裡提及鶩有二闋。

宋孝宗淳熙八年（1181年），稼軒任江西安撫使，親臨滕王閣，因有感作〈賀新郎・賦滕王閣〉，下片曰：

> 王郎健筆誇翹楚。到如今落霞孤鶩。競傳佳句。物換星移知幾度。夢想珠歌翠舞。爲徒倚闌干凝佇。目斷平蕪蒼波晚，快江風一瞬澄襟暑。誰共飲，有詩侶。（卷一，頁90）

〔唐〕王勃〈滕王閣序〉〔註137〕自古傳誦，文中「落霞與孤鶩齊飛，秋水共長天一色。」〔註138〕謂雨過天青時，晚霞照徹雲端，水鴨白下而上，鼓翼而飛，一閃一爍，霞光隨著躍動的美景。稼軒此詞賦滕王閣，讚賞王勃其人其事，論及自己對〈滕王閣序〉的傾醉，「落霞孤鶩」即是語出於王勃〈滕王閣序〉一文，又〈沁園春・答余叔良〉「白髮重來，畫橋一望，秋水長天孤鶩飛。」（卷二，頁292）以秋水長天有孤鶩飛起，寫眼前美景。

〔註135〕圖片爲郭東輝拍攝。

〔註136〕〔晉〕張華注：《師曠禽經》（北京：中華書局，1911年新一版，《叢書集成初編》），頁12。

〔註137〕滕王閣是唐高祖子元嬰爲洪州刺史時所建。後元嬰封滕王，故名。故址在今江西省南昌市贛江濱。其後閻伯嶼爲洪州牧，宴群僚於閣上，王勃省父過此，即席作《滕王閣序》。

〔註138〕錢伯城主編：《古文觀止新編》（臺北：臺灣古籍出版社1999年3月，初版），頁512。

第九章　結　論

　　稼軒鳥意象詞提及 36 種鳥，大致可分二類：一為實際存在的鳥，二為虛擬的鳥。實際存在的鳥如：鷓鴣、杜鵑、鶴、鷗、鷺、鶯、燕等；虛擬的鳥指出現在神話、傳說裡虛擬意象的鳥，如：鸞、鳳、鴆、鵬；無論是實際存在或是虛擬的鳥，除了鳥本身所具有的原型特典，同時又有歷史的積澱，滋生出複雜和豐富的文化蘊涵。稼軒鳥意象詞就眼前之景，或廣泛運用典故、或以個人的才識聯想，傳達己身的遭遇和心志。下列將稼軒詞作和鳥意象詞在各期的分佈情形，以表格示之：

詞數 \ 分期		一 江淮兩湖	二 帶湖	三 七閩	四 瓢泉	五 兩浙鉛山	六 補遺
總詞數	629	88	228	36	225	24	28
鳥意象詞數	348	59	143	23	95	14	14
鷓鴣	7	2	2	1	2		
鷗	23	5	9	4	4	1	
鷺	11	1	4	1	2	3	
杜鵑	13	2	2	2	7		
鶯	28	6	10	2	6	1	3
燕	38	10	12	2	12		2
雁	44	11	23	2	8		
鶴	32	2	11	1	14	2	2

雞	13		7	3	2	1	
鴨	4		3		1		
梟	3				2	1	
雀	4	1	2		1		
雉	1				1		
鳶	1				1		
婆餅焦	1				1		
翠羽	1				1		
鴛鴦	5		4				1
鸂鶒	2				2		
白鳥	5		3	1	1		
鶗鴂	4	1	1		2		
百舌	1	1					
提壺	5		2		3		
鴉	20	3	8	1	4	3	1
鵲	8		5		2		1
鶯	14	4	7	1			2
鳳凰	30	5	16	2	5		2
鴝	2		2				
鵬	10	2	4		3	1	
鶡	3				3		
鵠	6	2	1		3		
秦吉了	1		1				
脫袴	1		1				
鵯鶋	1				1		
鸚	2		1			1	
鳩	2		1		1		
鷔	2	1	1				

　　據上表，將鳥意象詞在總詞作的百分比，以及各期鳥意象詞所占百分比，分別繪出如下：

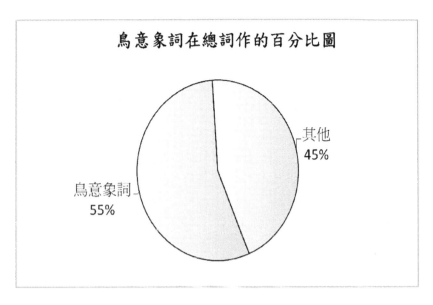

鳥意象詞在總詞作的百分比圖

其他 45%
鳥意象詞 55%

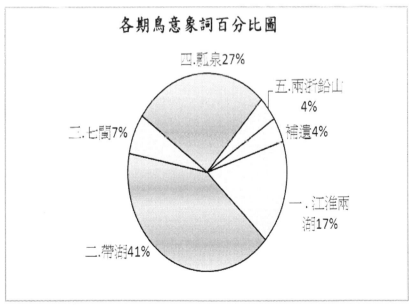

各期鳥意象詞百分比圖

四.瓢泉27%
五.兩浙鉛山 4%
補遺4%
二.七閩7%
一.江淮兩湖17%
二.帶湖41%

總詞作中鳥意象詞占 55%，並且有 68%鳥意象詞創作於帶湖時期和瓢泉時期。

　　若將稼軒各期詞作和各期鳥意象詞的分佈情形以折線圖繪出：

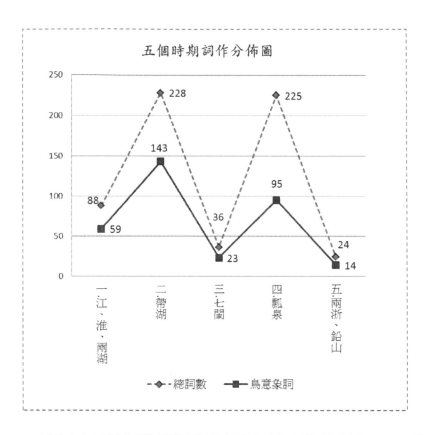

　　由圖看出五個時期以閒居帶湖和瓢泉時的詞作量分居一、二,此二時期不只是稼軒詞數二個高峯期,亦是鳥意象詞最夥之時。稼軒居官的三個時期,任期依序為:18 年、2 年、4 年,閒居的二個時期分別為 10 年、8 年;總詞作屬於居官 24 年所作僅 148 闋,〔註1〕佔 25%,閒居的 18 年詞作有 453 闋,高達 75%;又鳥意象詞作於居官時期僅 96 闋,〔註2〕佔 29%,而閒居時期計 238 闋,佔 71%。觀稼軒閒居時期較居官時期短,但詞量卻遠遠高出,何以如此?筆者認為居官時期長詞量少,或因鐵馬金戈、案牘勞形致無暇詞作,或因投報有路稍緩英雄絕望之憂;而閒居時期短詞量多,乃是閒居事少時間充餘,更是

〔註1〕　總詞量 629 闋,此處扣除補遺 28 闋,以 621 闋計之。
〔註2〕　鳥意象詞 348 闋,此處扣除補遺 14 闋,以 334 闋計之。

滿腔的忠憤卻欲進無門的沉鬱吧!

　　三仕二隱的稼軒居官的激奮與退隱的沉悶,其仕隱心情與五個時期詞量對照,繪出如下:

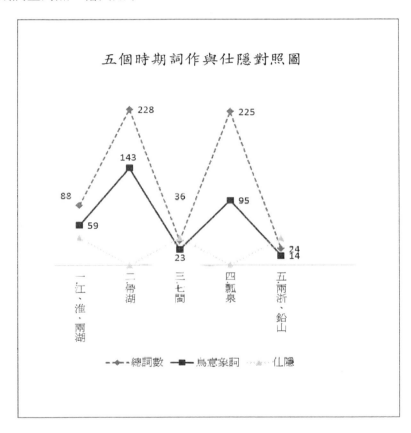

　　仕隱心情繪出狀似"W",五個時期詞量呈"M"型,二者如浪高又潮落,佁若稼軒官場的坎坷顛簸、命運的波波折折,其進退出處心境起伏與詞量好似對鏡反映,這也正是稼軒以詞抒情,以鳥言志的證明。

　　稼軒鳥意象詞計出現過 36 種鳥,各期所出現鳥種的詞數若以直條圖呈現如下:

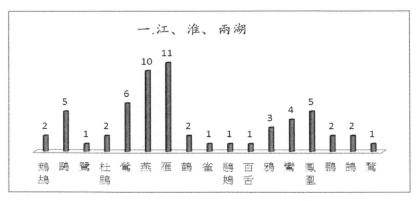

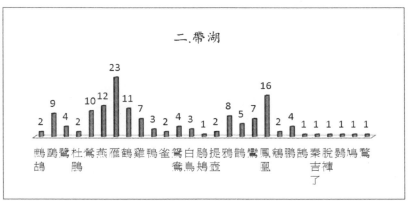

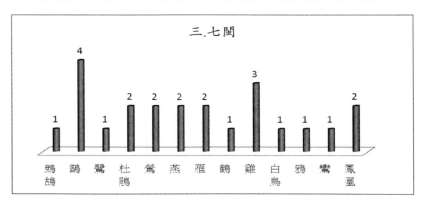

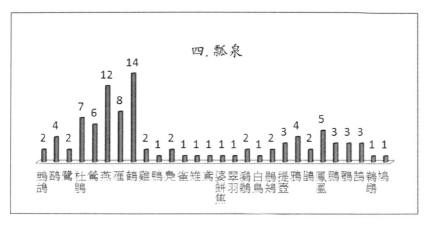

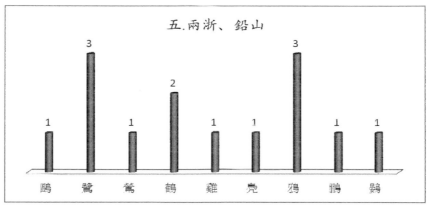

五個時期鳥意象詞長條圖所示：鷓鴣、杜鵑、燕、雁、鳳凰是僅出現
於前四期的鳥種；鷗、鷺、鶯、鶴、鴉貫穿於五個時期。富涵家國之
思的鷓鴣、杜鵑、燕、雁以及象徵高潔不凡的鳳凰，為何皆出現於前
四期，又何以均未現於第五期？而鷗、鷺、鶯、鶴、鴉為何皆貫穿各
期？此中是巧合？亦或別具心意？

　　觀稼軒詞前四期為宋孝宗隆興一年（1163）至宋寧宗嘉泰二年
（1202），稼軒從一個國亡南歸的二十四歲有為青年，屢立戰功、積
極奮進展現軍事長才，到被奏劾落職退隱瓢泉的六十三歲白髮老人，
約四十年間，二次出仕、二度落職，無論是在朝為政或是退居在野，
仍以鷓鴣、杜鵑、燕、雁表達著對故國深濃之思，並以鳳凰的高潔展

現其對恢復之事的仍不放棄；即使到第五時期（兩浙、鉛山）三度出仕，年邁的稼軒徒能以「問流鶯、能說故園無，曾相熟。」（〈滿江紅〉（卷五，頁 546）、「可堪回首，佛狸祠下，一片神鴉社鼓。憑誰問，廉頗老矣，尚能飯否。」（〈永遇樂・京口北固亭懷古〉卷五，頁 553）藉鶯、鴉表達歸鄉之思與壯志未酬。是之貫穿五個時期的鷗、鷺、鶯、鶴、鴉，或為稼軒想像之物，或以水澤農村鄉野之景入詞，亦或取於典故，稼軒以鶯、鴉寫心中愁思，以鶴寄仕隱兩難，而橫豎於心、如梗在胸的萬恨千情，仍待以鷗、鷺作為忠憤難洩、脆弱孤寂時，有伴共渡的生命知己。

　　〔清〕馮煦《蒿庵論詞》云：「稼軒所賦各闋，尤多寄托。」〔註3〕又葉嘉瑩《唐宋詞十七講》也道：「辛棄疾所有的詞，不論是寫得欣喜的、悲傷的，還是寫得豪放雄壯的，纖穠綿密的，他的本質都是不變的，都是寫他自己對故國故鄉不能忘懷的那一份關心的感情，是他自己的一份忠義奮發的志意。」〔註4〕三仕二隱的稼軒以鳥入詞，將眼前之物象，結合時事、情懷或識見，以物寓志，藉鳥以抒懷，飽涵著身世之感、君國之憂，亦處處可見身世漂離的尷尬和焦慮。因之稼軒鳥意象詞，縱使沉鬱蒼涼處，時有怨悱之情，即使外示閒散，仍是內藏悲憤，尤多寄托。

　　從本文探究各鳥種在稼軒詞裡的意義，謹歸納如下：

一、鷓鴣意象

　　自舊題〔周〕師曠《禽經》記載鷓鴣飛必南翥，〔漢〕楊孚《異物記》道出鷓鴣其志懷南不思北，從此「但南不北」在唐宋詞裡已成遷客羈旅鄉情的象徵。「鉤輈格磔」在唐代純為一個鳥鳴擬音，宋詞裡依舊如是。而「杜薄州」僅見於〔唐〕劉恂《嶺表錄異》記載，唐宋詞裡未見用；「懊惱澤家」是鷓鴣雌雄對啼之閨怨路線發展成的音義雙關詞，此後亦未有用之；至於「行不得」，乃源自北宋中期黃庭

〔註3〕〔清〕馮煦：《蒿庵論詞》（北京：人民文學出版，1959 年），頁 42。
〔註4〕葉嘉瑩：《唐宋詞十七講》（臺北：桂冠圖書，2000 年 2 月二版），頁 452。

堅詩，寄意行路艱難兼象手足之愛，成爲歷來鷦鴣意象的載體；「鷦
鴣」則是鳥名又象其啼鳴，因之從鷦鴣鳥到鷦鴣鳴聲，其興起的意象，
富涵著該鳥在當代的總體蘊涵。

　　觀南渡詞人的苦悶，主要是由外部挫折造成的壓抑，其人生的漂
泊流離是時代、社會造成的不可避免的悲劇。〔註5〕在稼軒七闋論及「鷦
鴣」之詞，居官江淮兩湖時期填作的二詞：〈菩薩蠻·書江西造口壁〉、〈阮
郎歸·耒陽道中〉，一是登臨懷古一是異鄉逢友，詞中寄家國之思，身世
之感，「鷦鴣」被賦予壯志難酬壓抑而成的濃烈憂國傷時之感；二闋送
別之作：〈最高樓·送丁懷忠〉、〈賀新郎·別茂嘉十二弟〉一贈好友一別
族弟，詞裡不乏用典陳古之離別事，以寄今之送別意，「鷦鴣」意象一
違傳統閨怨之調，送別中但持舜象兄弟之愛，並且仍見其家國身世之
寄；至於三闋閒情逸趣詞作：〈鷦鴣天·鵝湖寺道中〉、〈添字浣溪沙·
三山戲作〉、〈行香子·雲巖道中〉，雖寫村野之趣，嘻笑調侃中卻微現
著濃縮在個體的時代悲劇。觀稼軒詞中的鷦鴣意象，在書寫傳統中一
掃兒女閨怨路數，繼軌惜別漂泊之道，並把原有的羈旅鄉愁之寄，以
其博大情懷迸發出的激烈和悲壯，擴大爲身世家國之寄。

二、鷗鷺意象

　　鷗、鷺以其素潔高尚的羽色，往往被視爲隱士的知音，賦予自由
漂泊、去俗忘機的內涵，寄寓著放浪江海之志；或因白鷺群飛有序，
而用來比喻朝官的班次。稼軒矛盾於仕與隱之間，鷗鳥儼然成爲稼軒
的知己，稼軒詞裡，取鷗鷺忘機之意，或寫眼前之景，寄寓己身之情，
或表達詼諧諷諭之意，亦以鷗、鷺羽白作爲比喻。並承襲著「鴻儀鷺
序」寫朝官班次有序、「白鷺振振」載歌載歌舞的傳統。總之，鷗鷺
高潔的品質，象徵著是文人的高情逸志，人和鷗鷺建立親和的主客合
一關係，人亦彷彿返璞歸眞，回歸自由和本然的生命純眞狀態。

〔註 5〕　王兆鵬：《宋南渡詞人群體研究》（臺北：文津出版社，1992 年 3 月），
　　　　頁 98～100。

三、杜鵑意象

　　杜鵑春暮即鳴，夜啼達旦，血漬草木，鳴必向北聲若「不如歸去」的特性，在詩詞中或作「催歸」、「思歸」意。且自蜀帝化鵑的神話傳說一出後，詩詞裡，將杜鵑花、杜鵑鳥、人三位一體幻化運用，已是慣性。稼軒掌握杜鵑花的標格風神，遺形取神，並結合杜鵑鳥「催歸」、「思歸」「不如歸」的傳統的書寫意象，把杜鵑傷春惜時，催歸，與思鄉結合，不只用以傳達送別之情，並寓故國之思。

四、鶯燕意象

　　稼軒鶯燕意象詞共有六十四闋，約占 18%。大致以「燕飛忙，鶯語亂」、「燕子忙時鶯懶」寫晚春之景，對春去夏來的傷感，寄寓傷春惜時之情；或用以寄離別之情，家國興亡之意。又因著鶯語嬌柔，燕聲呢喃，鶯啼燕舞，表達閒情，或寄意著美好，亦有以鶯燕喻己或他人。

五、雁意象

　　稼軒雁意象詞有四十四闋，為鳥意象詞之冠，詞中有十九闋以雁足繫書一事作為發揮。鴻雁為候鳥，霜寒季節向南飛，南往北返的自然之景，往往成為遊子漂泊之思，因此稼軒雁意象之詞，多有思念意；或用以對友人，對家人，更有故國的情懷。間有用驚弦雁避寫內心的惶恐；或以之喻為隱居世外之人，亦有作為呼應時序之景。

六、鶴意象

　　稼軒詞裡涉及鶴意象的三十二闋詞裡，瓢泉時期有十四闋和帶湖時期有十一闋，閒居的二個時期作品即占 78%。鶴意象詞主要是取意鶴在北山移文裡的意象，多用以表達仕和隱之間的矛盾，觀稼軒五個時期的作品，皆有以此發揮者。在稼軒 79 闋祝壽詞裡，〔註 6〕以鶴祝壽雖僅有四闋，卻是用禽鳥祝壽中比例最高者。另有以鶴表達閒情野趣，

〔註 6〕劉慶雲、陳慶元主編：《稼軒新論》（福州：海風出版社，2005 年 12月），頁 142。

或取上升仙界，清雅不凡之意；或寫風範高潔，或以乘軒鶴、揚州鶴寫功名，或用鶴表達對朋友的牽掛；更有以鶴飛沖天，寫空間寬廣。

七、其　他

稼軒詞中，凡傳達安舒淳樸，常用雞、鴨、鳧、雀、雉、婆餅焦、翠羽、鳶、鴛鴦、鸂鶒、白鳥；表達傷春惜時常用鵜鴂、百舌；好以烏鴉、鵲表現清苦寂寥；以鷺、鳳、鵷、鵬、鶪、鵠表現高潔不凡。

綜合上述，稼軒以鷓鴣、杜鵑、雁、鶯、燕等，傳達家國之思；以鶯、燕、鵬、雁、杜鵑、鷓鴣、鴉、鵲、提壺等，寄意惜別或愁思；以鷗、鷺、鷺、鳳、鵷、鵬、鶪、鵠、鶴等，表現高潔不凡；以雞、鴨、鳧、雀、雉、婆餅焦、翠羽、鳶、鴛鴦、鸂鶒等，傳達淳樸閒適；祝福歌頌，用鶴、鵬、鵠等；揭露諷刺，常見鶴、秦吉了、鷗、鷺等；物之小者，以雀、鷃、燕示之；鷗喻白色，鴉、鵲譬黑；白鳥寄意閒適、歸隱或愁苦。

總之，稼軒鳥意象詞裡，鷗23闋、鷺11闋、杜鵑13闋、鷓鴣僅7闋，論闋數均非居冠。但若從一位南歸志在北伐抗金的詞人心理探究，恢復之事既是一生唯一的志業，現實的處境卻是在南宋朝廷權力機構中處於邊緣，滿腔的忠憤之心和鬱勃之情，進退出處、仕隱的兩難，鷓鴣、鷗、鷺、杜鵑實是最能呈現稼軒一生精神面貌的鳥種。

參考文獻

一、**稼軒詞集**（詩文總集、綜合選本）

1. 鄧廣銘：《辛稼軒詩文鈔存》（臺北：華正書局，1979 年 3 月初版）。

2. 林俊榮：《稼軒詞新探與選釋》（北京：書目文獻出版社，1986 年 3 月第一版）。

3. 鄧廣銘編：《辛棄疾詞鑑賞》（濟南：齊魯書社，1986 年 12 月一版）。

4. 常國武：《辛稼軒詞集導讀》（成都：巴蜀書社，1988 年）。

5. 楊忠譯注：《辛棄疾詞》（臺北：錦繡出版事業股份有限公司，1992 年 8 月初版）。

6. 吳則虞：《辛棄疾詞選集》（上海：上海古籍出版社，1993 年 6 月第一版）。

7. 汪誠：《稼軒詞選析》（臺北：臺灣商務印書館，1993 年 11 月初版）。

8. 石恆昌、玉貴福：《男兒到北心如鐵》（臺北：開今文化事業有限公司，1993 年 12 月一版）。

9. 常國武：《稼軒詞集導讀》（成都：巴蜀書社，1998 年）。

10. 王嘉祥：《辛棄疾詞選》（臺南：王家出版社，1998 年 2 月）。

11. 朱德才選注：《辛棄疾詞選》（北京：人民文學出版社，1998 年 12 月）。

12. 葉嘉瑩主編：《辛棄疾詞新釋輯評》（北京：中國書店，2001 年 1 月第一版）。

13. 施議對：《辛棄疾詞選評》（上海：上海古籍出版社，2002 年 10 月）。

14. 劉紀華、高美華：《蘇辛詞選注》（臺北：里仁書局，2004 年 9 月初

版）。

15. 劉揚忠選注：《辛棄疾詞》（北京：人民文學出版社，2005 年 3 月）。

16. 劉斯奮：《辛棄疾詞選》（臺北：遠流出版社，2005 年 7 月）。

17. 辛更儒：《辛棄疾詞選》（北京：中華書局，2006 年 7 月第一版）。

18. 孫乃修：《辛棄疾詞選——氣吞萬里如虎》（臺北：名田文化公司，2006 年 12 月）鄧廣銘：《(增訂本) 稼軒詞編年箋注》（臺北：華正書局，2007 年 2 月二版）。

19. 唐圭璋選釋：《唐宋詞簡釋》（臺北：木鐸出版社，1982 年）。

20. 俞陛雲：《唐五代兩宋詞選釋》（上海：上海古籍出版社，1985 年）。

21. 馬興榮等主編：《全宋詞廣選新注集評》（瀋陽：遼寧人民出版社，1997 年 7 月初版）。

22. 孔範今主編：《全唐五代詞釋注》（西安：陝西人民出版社，1998 年 10 月第一版）。

23. 唐圭璋等：《唐宋詞鑑賞》（臺北：五南圖書出版公司，2001 年 12 月初版）。

二、稼軒年譜、傳記、專論

1. 梁啟超：《辛稼軒先生年譜》（臺北：臺灣中華書局，1969 年 8 月）。

2. 鄧廣銘：《辛棄疾》（臺北：河洛圖書出版社，1979 年）。

3. 夏承燾、游止水：《辛棄疾》（臺北：三民書局，1993 年）。

4. 劉維崇：《辛棄疾評傳》（臺北：黎民文化事業公司，1983 年 5 月）。

5. 鞏本棟：《辛棄疾評傳》（南京：南京大學出版社，1998 年 12 月）

6. 陳桂芬：《金戈鐵馬辛稼軒》（臺北：莊嚴出版社，1986 年 2 月）。

7. 汪誠：《辛棄疾——慷慨豪放的愛國詞家》（臺北：幼獅文化事業公司，1990 年 11 月）。

8. 姜岱東：《劍膽詩魂——辛棄疾》（北京：人民文學出版社，2002。

9. 陳滿銘：《稼軒詞研究》（臺北：文津出版社，1980 年 9 月）。

10. 孫崇恩主編：《辛棄疾研究論文集》（北京：中國文聯出版社，1993 年 2 月）。

11. 李卓藩：《稼軒詞探賾》（臺北：天工書局，1999 年 10 月）。

12. 周保策、張玉奇主編：《辛棄疾研究論文集》（香港：天馬圖書公司，2003 年 2 月）。

13. 朱麗霞：《清代辛稼軒接受史》（濟南：齊魯書社，2005 年 1 月初版）

14. 辛更儒編：《辛棄疾資料彙編》（北京：中華書局，2005 年 10 月）。

15. 劉慶雲、陳慶元主編：《稼軒新論》（福州：海風出版社，2005 年 12 月）。

16. 蘇淑芬：《辛派三家詞研究》（臺北：文史哲出版社，2006 年 3 月）。

17. 程繼紅：《帶湖與瓢泉──辛棄疾在信州日常生活研究》（濟南：齊魯書社，2006 年 12 月）。

三、詞學、詩學論著

1. 〔明〕卓人月、徐士俊《古今詞統》（上海：上海古籍出版社，2002 年影印本第一版，《續修四庫全書》）。

2. 〔清〕馮煦：《蒿庵論詞》（北京：人民文學出版，1959 年）。

3. 清聖祖御製：《全唐詩》（臺北：明倫出版社，1971 年 5 月初版）。

4. 〔清〕馬瑞辰：《毛詩傳箋通釋》（臺北：新文豐出版公司，1989 年 7 月新一版）。

5. 〔清〕王文誥輯注：《蘇軾詩集》（北京：中華書局，1992 年 4 月）。

6. 〔清〕張玉穀者，許逸民點校：《古詩賞析》（上海：上海古籍出版社，2000 年 12 月一版）。

7. 〔南宋〕朱熹《詩集傳》（北京：學苑出版社，2002 年，《詩經要籍集成》）。

8. 唐圭璋編：《全宋詞》（臺北：明倫出版社，1970 年 12 月初版）。

9. 陳匪石《宋詞舉》（臺北：正中書局，1983 年 1 月四版）。

10. 王偉勇：《南宋詞研究》（臺北：文史哲出版社，1987 年 9 月初版）。

11. 劉逸生：《宋詞蒙太奇》（臺北：大鴻圖書有限公司，1991 年元月）。

12. 傅璇琮等主編：《全宋詩》（北京：北京大學出版社，1991 年 7 月一版）。

13. 王兆鵬：《宋南渡詞人群體研究》（臺北：文津出版社，1992 年 3 月初版）。

14. 葉嘉瑩：《唐宋詞十七講》（臺北：桂冠圖書有限公司，1992 年 4 月二版）。

15. 〔清〕周濟：《介存齋論詞雜著》（北京：中華書局，1993 年 12 月 1 版，唐圭璋編：《詞話叢編》））。

16. 〔清〕周濟：《宋四家詞選》（北京：中華書局，1993 年 12 月 1 版，唐圭璋編：《詞話叢編》）。

17. 〔清〕陳廷焯：《白雨齋詞話》（北京：中華書局，1993 年 12 月 1 版，

唐圭璋編：《詞話叢編》)。

18. 王國維：《人間詞話刪稿》(北京：中華書局，1993 年 12 月 1 版，唐圭璋編：《詞話叢編》)。

19. 陳滿銘：《詩詞新論》(臺北：萬卷樓圖書有限公司，1994 年 6 月)。

20. 袁行霈：《中國詩歌藝術研究》(臺北：五南圖書出版公司，1994 年)。

21. 吳曉：《詩歌與人生——意象符號與情感空間》(臺北：書林出版社，1995 年 3 月)。

22. 楊海明：《唐宋詞主題探索》(高雄：麗文文化事業公司，1995 年 10 月)

23. 李若鶯：《唐宋詞鑑賞通論》(高雄：復文出版社，1996 年 9 月出版)。

24. 王隆升：《宋詞的登望意識與境界》(臺北：文津出版社，1998 年 9 月)。

25. 葉嘉瑩：《迦陵說詞講稿》(臺北：桂冠圖書有限公司，2000 年 6 月初版)。

26. 王長俊：《詩歌意象學》(合肥：安徽文藝出版社，2000 年 8 月)。

27. 王偉勇：《詞學專題研究》(臺北：文史哲出版社，2003 年 4 月)。

28. 陳滿銘：《蘇辛詞論稿》(臺北：文津出版社，2003 年 8 月初版)。

29. 王兆鵬：《唐宋詞史論》(北京：人民文學出版社，2003 年 9 月)。

30. 葉嘉瑩：《唐宋詞名家論集》(臺北：桂冠圖書有限公司，2003 年 10 月初版)。

31. 黃文吉：《黃文吉詞學論集》(臺北：臺灣學生書局，2003 年 11 月)。

32. 鄧紅梅、侯方元著：《南宋詞研究史稿》(濟南：齊魯書社，2006 年 8 月)。

33. 仇小屏：《古典詩詞時空設計美學》(臺北：文津出版社，2002 年 11 月)。

34. 陳子展：《詩經三百題》(上海：復旦大學出版社，2001 年)。

35. 顏重威：《詩經裡的鳥類》(臺中：鄉宇文化事業有限公司，2004 年 9 月)。

36. 顏崑陽：《李商隱詩箋釋方法論》(臺北：里仁書局，2005 年 11 月)。

四、其他圖書

1. 〔漢〕趙歧注、〔宋〕孫奭疏：《孟子注疏》(臺北：藝文印書館 1815 年，阮元：《十三經注》)。

2. 〔漢〕毛亨傳、鄭玄箋、〔唐〕孔穎達正義：《毛詩正義》（臺北：藝文印書館 1815 年，阮元：《十三經注》）。

3. 〔魏〕何晏注、〔宋〕邢昺疏：《論語注疏》（臺北：藝文印書館 1815 年，阮元：《十三經注》）。

4. 〔晉〕杜預注、〔唐〕孔穎達正義：《春秋左傳正義》（臺北：藝文印書館 1815 年，阮元：《十三經注》）。

5. 〔晉〕郭璞注、〔宋〕邢昺序：《爾雅注疏》（臺北：藝文印書館 1815 年，阮元：《十三經注》）。

6. 〔西漢〕司馬遷撰：《新校本史記》（臺北：鼎文書局，1886 年，楊家駱主編新校本二十五史）。

7. 〔東漢〕班固撰：《新校本漢書》（臺北：鼎文書局，1886 年，楊家駱主編新校本二十五史）。

8. 〔晉〕陳壽撰：《新校本三國志》（臺北：鼎文書局，1886 年，楊家駱主編新校本二十五史）。

9. 〔南朝宋〕范曄撰：《新校本後漢書》（臺北：鼎文書局，1886 年，楊家駱主編新校本二十五史）。

10. 〔唐〕李延壽撰：《新校本南史》（臺北：鼎文書局，1886 年，楊家駱主編新校本二十五史）。

11. 〔後晉〕劉昫撰：《新校本舊唐書》（臺北：鼎文書局，1886 年，楊家駱主編新校本二十五史）。

12. 〔元〕脫脫等撰：《新校本宋史》（臺北：鼎文書局，1886 年，楊家駱主編新校本二十五史）。

13. 〔清〕紀昀等總纂：《景印文淵閣四庫全書》（臺北：臺灣商務印書館，1883 年）。

本論文援引書目如次：

1. 〔宋〕陸游：《老學庵筆記》，冊 171。

2. 〔宋〕李曾伯：《可齋雜藁》，冊 213。

3. 〔宋〕鄭樵：《通志》，冊 372。

4. 〔清〕沈翼機、嵇曾筠：《浙江通志》，冊 524。

5. 〔清〕郝玉麟、魯曾煜：《廣東通志》，冊 564。

6. 〔明〕徐應秋：《玉芝堂談薈》，冊 833。

7. 〔清〕陳廷敬，張玉書：《御定佩文韻府》，冊 1024。

8. 〔宋〕陶穀：《清異錄》，冊 1047。

9. 〔宋〕歐陽修撰，〔宋〕周必大編：《文忠集一五三卷》，冊 1102。

10. 〔宋〕王安石：《王荊公詩集注》，冊 1106。

11. 〔宋〕蘇轍：《欒城集》，冊 1112。

12. 〔宋〕黃庭堅著，任淵注：《山谷內集詩注》，冊 1114。

13. 〔清〕陳廷敬編《御選唐詩》，冊 1146。

14. 〔宋〕劉宰：《漫塘文集》，冊 1170。

15. 〔梁〕蕭統編，唐李善等注：《六臣注文選》，冊 1330。

16. 〔明〕張溥：《漢魏六朝百三家集》，冊 1415。

17. 〔宋〕張孝祥《于湖詞》，冊 1488。

18. 〔漢〕楊孚撰：《異物志》（北京：中華書局，1985 年新一版，《叢書集成初編》）。

19. 〔晉〕張華撰：《博物志》（北京：中華書局，1985 年新一版，《叢書集成初編》）。

20. 〔唐〕段成式撰：《酉陽雜俎》（北京：中華書局，1985 年新一版，《叢書集成初編》）。

21. 〔唐〕段公路撰：《北戶錄》（北京：中華書局，1985 年新一版，《叢書集成初編》）。

22. 〔唐〕劉恂撰：《嶺表錄異》（北京：中華書局，1985 年新一版，《叢書集成初編》）。

23. 〔宋〕朱翌撰：《猗覺寮雜記》（北京：中華書局，1985 年新一版，《叢書集成初編》）。

24. 〔宋〕陸佃撰：《埤雅》（北京：中華書局，1985 年新一版，《叢書集成初編》）。

25. 〔宋〕趙與虤：《娛書堂詩話》（北京：中華書局，1985 年新一版，《叢書集成初編》）。

26. 〔宋〕沈括：《夢溪筆談》（北京：中華書局，1985 年新一版，《叢書集成初編》）。

27. 〔宋〕李石：《續博物志》（北京：中華書局，1985 年新一版，《叢書集成初編》）。

28. 〔宋〕趙與虤：《娛書堂詩話》（北京：中華書局，1985 年新一版，《叢書集成初編》）。

29. 〔清〕李調元輯：《南越筆記》（北京：中華書局，1985 年新一版，《叢書集成初編》）。

30. 鄭瑤等撰：《景定嚴州續志》（北京：中華書局，1985 年新一版，《叢

書集成初編》)。

31. 〔晉〕張華注：《師曠禽經》（北京：中華書局，1911 年新一版，《叢書集成初編》)。

32. 〔南朝梁〕宗懍撰：《荊楚歲時記》（北京：中華書局，1911 年新一版，《叢書集成初編》)。

33. 〔南宋〕王質述：《紹陶錄》（北京：中華書局，1911 年新一版，《叢書集成初編》)。

34. 〔元〕伊士珍撰：《瑯嬛記》（北京：中華書局，1911 年新一版，《叢書集成初編》)。

35. 〔元〕費著撰：《歲華紀麗譜》（北京：中華書局，1911 年新一版，《叢書集成初編》)。

36. 浮丘公撰，〔明〕周履靖輯：《相鶴經》（北京：中華書局，1911 年新一版，《叢書集成初編》)。

37. 〔東周〕商鞅撰，嚴萬里校：《商君書》（臺北：臺灣商務印書館，1956 年 4 月初版)。

38. 〔秦〕呂不韋編，朱永嘉、蕭木注譯：《新譯呂氏春秋》（臺北：三民書局，2000 年 8 月)。

39. 〔漢〕劉向編：《戰國策》（上海：上海古籍出版社，1985 年二版)。

40. 〔漢〕許慎著，〔清〕段玉裁注：《說文解字注》（臺北：黎明文化事業股份有限公司，1988 年 10 月增訂三版)。

41. 〔漢〕揚雄著，〔清〕汪榮寶撰：《法言義疏》（北京：中國書店，1991 年影印本)。

42. 〔晉〕崔豹，《古今注》（出版地、年、月缺，《四部叢刊三編子部》)。

43. 〔晉〕常璩：《華陽國志》（臺北：宏業書局，民 1972 年 4 月)。

44. 〔晉〕陶淵明，楊勇校箋：《陶淵明集校箋》（臺北：正文書局有限公司，1987 年 1 月初版)。

45. 〔南朝宋〕劉敬叔撰：《異苑》，收錄於（臺北：新興書局，1978 年影印本《筆記小說大觀十編》)。

46. 〔南朝宋〕劉義慶編、余嘉錫箋疏：《世說新語箋疏》（臺北：華正書局，1991 年 10 月初版)。

47. 〔南朝梁〕蕭統編，〔唐〕李善注：《文選》（臺北：文津出版社，1987 年)。

48. 〔唐〕杜佑撰：《通典》（北京：中華書局 1988 年初版)。

49. 〔唐〕歐陽詢：《藝文類聚》（臺北市：文光圖書有限公司，1974 年)。

50. 〔唐〕韓愈:《韓昌黎集》(臺北:河洛出版社,1975 年 3 月初版)。

51. 〔宋〕孔平仲撰,陳繼儒、高承埏校:《談苑》(臺北:新興書局,1986 年 3 月《筆記小說大觀四編》)。

52. 〔宋〕司馬光編著,〔元〕胡三省音注標點:《資治通鑑》(北京:古籍出版社,1956 年)。

53. 〔宋〕胡仔:《苕溪漁隱叢話》(臺北:世界書局,1961 年 10 月初版)。

54. 〔宋〕羅大經撰,王瑞來點校:《鶴林玉露》(北京:中華書局,1983 年 8 月第一版)。

55. 〔宋〕蘇軾:《格物麤談》(北京:中華書局,1985 年新一版)。

56. 〔宋〕洪興祖撰、白化文等點校:《楚辭補注》(北京:中華書局,2000 年 12 月,《中國古典文學基本叢書》)。

57. 〔宋〕周去非撰:《嶺外代答》(揚州:廣陵書社,2003 年 4 月,《中國風土志叢刊》)。

58. 〔宋〕李昉:《太平廣記》(揚州:廣陵書社,2007 年 12 月初版,《筆記小說大觀》)。

59. 〔明〕李時珍:《本草綱目》(臺北:國立中國醫藥研究所,1988 年 10 月三版)。

60. 〔清〕郭慶藩撰,王孝魚點校:《莊子集釋》(北京:中華書局 1995 年)。

61. 〔清〕丁傳靖輯:《宋人軼事彙編》(臺北:臺灣商務印書館,1982 年 9 月二版)。

62. 王國維:《觀堂集林》(上海:上海書店,缺年月影印,《民國叢書第四編》)。

63. 楊伯峻撰:《列子集釋》(北京:中華書局,1979 年)。

64. 李滌生撰:《荀子集釋》(臺北:臺灣學生書局,1981 年 10 月再版)。

65. 蔡英俊:《比興、物色與情景交融》(臺北:大安出版社,1986 年 5 月)。

66. RENE&WELLEK 著、梁伯傑譯:《文學理論》(臺北水牛出版社,1989 年 3 月)。

67. 趙沛霖:《興的源起——歷史積澱與詩歌藝術》(臺北:谷風文化出版社,1989 年 9 月)。

68. 俞建章、葉舒憲:《符號:語言與藝術》(臺北:久大文化公司,1992 年 3 月)。

69. 周鎮:《鳥與史料》(南投:台灣省鳳凰谷鳥園,1992 年 10 月)。

70. 葉朗：《中國美學史》（臺北：文津出版社，1996 年 1 月）。

71. 王立：《心靈的圖景——文學意象的主題史研究》（上海：學林出版社，1999 年 2 月）。

72. 錢伯城主編：《古文觀止新編》（臺北：臺灣古籍出版社 1999 年 3 月初版）。

73. 賈柏松、韓仁煦、尤廉編：《賈祖璋全集》（福州：福建科學技術出版社，2001 年 9 月第一版）。

74. 陳滿銘：《意象學廣論》（臺北：萬卷樓圖書公司，2006 年 11 月）。

75. 林尹，高明主編：《中文大辭典》（臺北：中國文化大學出版部，1980 年 9 月八版）。

76. 凌紹雯等纂修，高樹藩重修：《新修康熙字典》（臺北：啟業書局，1987 年 3 月四版）。

77. 葛成民等主編：《唐宋詞典故大辭典》（南寧：廣西人民出版社，1994 年 7 月初版）。

78. 《花鳥魚蟲賞玩詞典》（上海：上海辭書出版社，1997 年 2 月二刷）。

79. 羅竹風主編：《漢語大詞典》（臺北：東華書局，1997 年，9 月初版）。

80. 葉嘉瑩等撰：《唐宋詞鑑賞辭典》（上海：上海辭書出版社，1998 年 8 月）。

81. 夏承燾等撰：《宋詞鑒賞辭典》（上海：上海辭書出版社，2003 年）。

82. 科林・哈里森，亞倫・格林史密斯：《鳥類圖鑑》（臺北：貓頭鷹出版社，1995 年初版）。

83. 韓學宏：《唐詩鳥類圖鑑》（臺北：貓頭鷹出版社，2003 年 4 月初版）。

84. 韓學宏：《宋詞鳥類圖鑑》（臺北：貓頭鷹出版社，2004 年 11 月初版）。

五、學位論文

1. 陳滿銘：〈稼軒長短句研究〉（臺北：臺灣師範大學國文研究所碩士論文，1966 年）。

2. 陳淑美：〈稼軒詞用典分類研究〉（臺北：臺灣大學中文所碩士論文，1967 年 7 月）。

3. 林承坯：〈稼軒詞之內容及其藝術成就〉（臺北：臺灣師範大學國文研究所碩士論文，1985 年 5 月）。

4. 文鈴蘭：〈詩經中草木鳥獸意象表現的研究〉（臺北：政治大學中國文學研究所碩士論文，1985 年）。

5. 林佳珍：〈詩經鳥類意象及其原型研究〉（臺北：臺灣師範大學國文研究所碩士論文，1992 年）。

6. 林承坯：〈辛稼軒詠物詞研究〉（臺北：臺灣師範大學國文研究所博士論文，1993 年 12 月）。

7. 郭靜慧：〈辛稼軒山水田園詞研究〉（臺北：臺灣師範大學國文研究所碩士論文，1998 年 5 月）。

8. 段致平：〈稼軒詞用典研究〉（臺北：臺灣師範大學國文研究所碩士論文，1999 年 6 月）。

9. 王翠芳：〈稼軒豪放詞風之美學研究〉（高雄：高雄師範大學國文研究所博士論文，2002 年 6 月）。

10. 曾孟雅：〈稼軒詞評論研究〉（嘉義：中正大學中國文學研究所碩士論文，2002 年 6 月）。

11. 黃喬玲：〈唐詩鶴意象研究〉（臺北：政治大學文學院碩士論文，2003 年 6 月）。

12. 蔡雅芬：〈詩經鳥獸蟲魚意象研究〉（臺中：靜宜大學中國文學研究所碩士論文，2004 年）。

13. 李佩芬：〈稼軒帶湖、瓢泉兩時期詞析論〉（臺北：臺北市立師範學院應用語言文學研究所碩士論文，2005 年 1 月）。

14. 鄧絜馨：〈《六一詞》花鳥意象研究〉（臺北：臺灣師範大學國文研究所碩士論文，2006 年）。

15. 黃鈺婷：〈東坡詞禽鳥意象研究〉（臺北：銘傳大學應用中國文學系碩士論文 2006 年）。

16. 侯鳳如：〈晏殊《珠玉詞》花鳥意象研究〉（臺北：台灣師範大學國文研究所碩士論文，2006 年）。

17. 林鶴音：〈稼軒詞中人物意象之研究〉（臺南：成功大學中國文學研究所碩士論文，2006 年 6 月）。

18. 陳惠慈：〈稼軒詞山水意象之研究〉（臺南：成功大學中國文學研究所碩士論文，2008 年 7 月）。

19. 陳鳳秋：〈阮籍詠懷詩鳥與草木意象之研究〉（臺北：臺灣師範大學國文研究所碩士論文，2007 年）。

六、期刊論文

1. 陳滿銘：〈辛棄疾的境遇與其詞風〉，《中華文化復興月刊》第十卷第三期，1977 年 3 月。

2. 邱燮友：〈詩歌意象的表現〉，《幼獅文藝》第四十七卷六期，1978

年 6 月。

3. 高寬：〈稼軒詞的用典藝術〉，《瀋陽社會科學輯刊》第四期，1982
   年。

4. 袁行霈：〈辛詞與陶詩〉，《文學遺產》第一期，1992 年。

5. 謝大寧：〈儒隱與道隱〉，《國立中正大學學報》第三卷第一期，1992
   年。

6. 王建堂：〈《詩經》中的鳥意象〉，《山西師大學報》第 22 期 22 卷第 2
   期，1995 年 4 月。

7. 陳學祖、曾曉風：〈稼軒詞典故之符號學闡釋〉，《湖北大學學報》第
   三期，1998 年。

8. 黎元方：〈唐詩中鳥的意象研究〉，《貴林市教育學院學報》第十四卷
   第四期，2000 年 12 月。

9. 鄭德開、何玉才：〈古典詩詞鳥意象文化意蘊散論〉，《楚雄師範學院
   學報》第十六卷第四期，2001 年 10 月。

10. 王偉勇：〈《稼軒詞編年箋注》正補——以引用唐詩爲例〉，收錄於張
    高評主編：《宋代文學研究叢刊（第八期）》（高雄：麗文文化事業公
    司，2002 年 12 月）。

11. 王偉勇：〈古典詞的主題與技巧——以唐宋詞爲論述核心〉，《國文天
    地》第十八卷九期，2004 年 2 月。

12. 王偉勇：〈稼軒「雜體詞」探析〉，收錄於張高評主編：《宋代文學研
    究叢刊（第十期）》（高雄：麗文文化事業公司，2004 年 12 月初版）。

13. 胡元翎：〈焦慮：英雄情懷與孤獨意識的扭結——辛棄疾仕閩期間創
    作心態探析〉，《廈門教育學報》第六卷第四期，2004 年 12 月。

14. 傅錫壬：〈宋詞中『鷗』的構詞與意象表出〉，《淡江大學中文學報》
    第十一期，2004 年 12 月。

15. 木齋：〈稼軒詞本質特徵新論〉，《中州學刊》第一四八期，2005 年 7
    月。

16. 林宛瑜：〈稼軒詞鷗鳥意象之探析〉，《新竹教育大學語文學報》第十
    二期，2005 年 12 月。

17. 楊梅：〈杜宇「禪讓」考〉，《新余高專學報》第十一卷第三期，2006
    年 6 月。

18. 王功絹、樊倩倩：〈論唐詩中杜鵑意象意蘊的拓展〉，《滄桑》，2007
    年 5 月。

19. 張淑珍：〈唐宋詞中鷓鴣意象流變考析〉，《井岡山學院學報》二十八
    卷第五期，2007 年 5 月。

20. 羅澤賢：〈杜鵑鳥別名考——兼論杜鵑與古代詩詞之關係〉，《株洲師範高等專科學校學報》第十二卷第四期，2007 年 8 月。

21. 牛景麗、何英：〈鷓鴣聲聲總關情——小議古典詩詞中的鷓鴣啼意象〉，《中國文學研究》十二期，2007 年 6 月。

22. 戴偉華：〈唐詩中「杜鵑」內涵辨析〉，《華南師範大學學報》第 3 期，2007 年。

23. 王倩：〈論辛棄疾的祝壽詞〉，《文史博覽理論》，2008 年 4 月。

七、會議論文

1. 蘇淑芬：〈論南宋前期豪放派詞人的閒愁與狂放〉，收錄於吳美雪編輯：《宋元文學學術研討會論文集》（臺北：東吳大學中國文學系，2002 年 3 月）。

2. 戴武軍：〈論稼軒詞的民俗美〉，收錄於周保策、張玉奇編：《辛棄疾國際學術研討會論文集》（香港：天馬圖書公司，2003 年 2 月）。

3. 羅鳳珠：〈蘇軾詩典故用語研究〉（第五屆漢語詞彙語意學研討會新加坡國立大學主辦，2004 年 6 月）。

4. 王偉勇：〈論鄧廣銘先生箋注《稼軒詞》之缺失〉，《鄭因百先生百歲冥誕國際學術研討會論文集》（臺北：臺灣大學中文系，2005 年 7 月）。

附錄　鳥意象詞檢索表

鷓鴣　7闋

〈菩薩蠻·書江西造口壁〉	（卷一，頁41）
〈阮郎歸·耒陽道中爲張處父推官賦〉	（卷一，頁75）
〈鷓鴣天·鵝湖寺道中〉	（卷二，頁186）
〈最高樓·送丁懷忠教授入廣〉	（卷二，頁245）
〈添字浣溪沙·三山戲作〉	（卷三，頁316）
〈行香子·雲巖道中〉	（卷四，頁511）
〈賀新郎·別茂嘉十二弟〉	（卷四，頁527）

鷗　23闋

〈水調歌頭〉	（卷一，頁27）
〈菩薩蠻·金陵賞心亭爲葉丞相賦〉	（卷一，頁32）
〈摸魚兒·觀潮上葉丞相〉	（卷一，頁39）
〈水調歌頭·和王正之右司吳江觀雪見寄〉	（卷一，頁44）
〈西江月·江行采石岸，戲作漁父詞〉	（卷一，頁62）
〈水調歌頭·盟鷗〉	（卷二，頁115）
〈洞仙歌·開南溪初成賦〉	（卷二，頁144）
〈菩薩蠻·乙巳冬南澗舉似前作，因和之〉	（卷二，頁155）
〈醜奴兒近·博山道中效李易安體〉	（卷二，頁171）
〈朝中措〉	（卷二，頁213）
〈念奴嬌·雙陸，和陳仁和韻〉	（卷二，頁216）
〈定風波·席上送范廓之游建康〉	（卷二，頁262）

〈浣溪沙・黃沙嶺〉	（卷二，頁 300）
〈鷓鴣天・黃沙道中即事〉	（卷二，頁 301）
〈浣溪沙・壬子春，赴閩憲，別瓢泉〉	（卷三，頁 307）
〈賀新郎・又和〉	（卷三，頁 313）
〈水調歌頭・壬子三山被召〉	（卷三，頁 317）
〈柳梢青・三山歸途，代白鷗見嘲〉	（卷三，頁 340）
〈滿江紅・山居即事〉	（卷四，頁 401）
〈滿庭芳・和昌父〉	（卷四，頁 405）
〈哨遍・用前韻〉	（卷四，頁 424）
〈鷓鴣天・和傅先之提舉賦雪〉	（卷四，頁 522）
〈瑞鷓鴣・京口病中起登連滄觀偶成〉	（卷五，頁 551）

鷺　11 闋

〈洞仙歌・開南溪初成賦〉	（卷二，頁 144）
〈水調歌頭・盟鷗〉	（卷二，頁 115）
〈清平樂・博山道中即事〉	（卷二，頁 171）
〈御街行・山中問盛復之提幹行期〉	（卷二，頁 250）
〈賀新郎・又和〉	（卷三，頁 313）
〈清平樂・書王德由主簿扇〉	（卷四，頁 443）
〈喜遷鶯・謝趙晉臣賦敷文賦芙蓉詞見壽〉	（卷四，頁 499）
〈鵲橋仙・贈鷺鷥〉	（卷五，頁 533）
〈玉樓春・乙丑京口奉祠西歸，將至仙人磯〉	（卷五，頁 556）
〈六州歌頭〉	（卷五，頁 561）

杜鵑　13 闋

〈滿江紅〉	（卷一，頁 16）
〈新荷葉・和趙德莊韻〉	（卷一，頁 30）
〈醜奴兒・書博山道中壁〉	（卷二，頁 169）
〈御街行・山中問盛復之提幹行期〉	（卷二，頁 250）
〈浣溪沙・壬子春，赴閩憲，別瓢泉〉	（卷三，頁 307）

〈添字浣溪沙・三山戲作〉	（卷三，頁 316）
〈添字浣溪沙〉	（卷四，頁 379）
〈鵲橋仙・送粉卿行〉	（卷四，頁 384）
〈婆羅門引・別叔高。叔高長於楚詞〉	（卷四，頁 455）
〈婆羅門引・用韻別郭逢道〉	（卷四，頁 456）
〈定風波・賦杜鵑花〉	（卷四，頁 494）
〈定風波・再用韻和趙晉臣敷文〉	（卷四，頁 495）
〈賀新郎・別茂嘉十二弟〉	（卷四，頁 527）

鶯 28 闋

〈滿江紅・暮春〉	（卷一，頁 6）
〈滿江紅〉	（卷一，頁 16）
〈新荷葉・和趙德莊韻〉	（卷一，頁 30）
〈南鄉子〉	（卷一，頁 61）
〈滿江紅・席間和洪景盧舍人，兼簡司馬漢章〉	（卷一，頁 87）
〈祝英台近・晚春〉	（卷一，頁 96）
〈蝶戀花・客有燕語鶯啼人乍遠之句〉	（卷二，頁 150）
〈杏花天〉	（卷二，頁 161）
〈江神子・和人韻〉	（卷二，頁 167）
〈臨江仙〉	（卷二，頁 163）
〈菩薩蠻・樓賞牡丹席上用楊民瞻韻〉	（卷二，頁 203）
〈朝中措〉	（卷二，頁 213）
〈定風波・施樞密聖與席上賦〉	（卷二，頁 271）
〈水龍吟・寄題京口范南伯家文官花〉	（卷二，頁 296）
〈踏歌〉	（卷二，頁 225）
〈菩薩蠻・和盧國華提刑〉	（卷三，頁 323）
〈行香子・三山作〉	（卷三，頁 328）
〈杏花天〉	（卷四，頁 367）
〈謁金門〉	（卷四，頁 393）
〈西江月・春晚〉	（卷四，頁 443）

〈婆羅門引・用韻答趙晉臣敷文〉	（卷四，頁 457）
〈錦帳春・席上和叔高韻〉	（卷四，頁 464）
〈行香子・雲巖道中〉	（卷四，頁 511）
〈滿江紅〉	（卷五，頁 546）
〈念奴嬌・謝王廣文雙姬詞〉	（卷六，頁 570）
〈出塞・春寒有感〉	（卷六，頁 579）
〈好事近〉	（卷六，頁 580）

燕　38 闋

〈漢宮春・立春日〉	（卷一，頁 5）
〈滿江紅〉	（卷一，頁 6）
〈滿江紅〉	（卷一，頁 16）
〈八聲甘州・壽建康胡長文給事〉	（卷一，頁 36）
〈酒泉子〉	（卷一，頁 38）
〈念奴嬌・書東流村壁〉	（卷一，頁 52）
〈破陣子・爲范南伯壽〉	（卷一，頁 63）
〈賀新郎〉	（卷一，頁 80）
〈滿江紅・席間和洪舍人，兼簡司馬漢章大監〉	（卷一，頁 87）
〈祝英台近〉	（卷一，頁 98）
〈蝶戀花〉	（卷二，頁 149）
〈蝶戀花・客有燕語鶯啼人乍遠之句，用爲首句〉	（卷二，頁 150）
〈臨江仙・醉中有歌此詩以勸酒者，聊檃括之〉	（卷二，頁 164）
〈醜奴兒〉	（卷二，頁 165）
〈念奴嬌・賦白牡丹和范廓之韻〉	（卷二，頁 182）
〈定風波・暮春漫興〉	（卷二，頁 223）
〈一落索・信守王道夫席上用趙達夫賦金林檎韻〉	（卷二，頁 279）
〈東坡引〉	（卷二，頁 281）
〈如夢令・賦梁燕〉	（卷二，頁 283）
〈烏夜啼〉	（卷二，頁 283）
〈沁園春・答楊世長〉	（卷二，頁 292）
〈生查子・有覓詞者，爲賦〉	（卷二，頁 298）

〈賀新郎・三山雨中游西湖，有懷趙丞相經始〉	（卷三，頁 309）
〈行香子・三山作〉	（卷三，頁 328）
〈菩薩蠻・贈周國輔侍人〉	（卷四，頁 361）
〈杏花天〉	（卷四，頁 367）
〈添字浣溪沙〉	（卷四，頁 379）
〈浣溪沙・瓢泉偶作〉	（卷四，頁 382）
〈鵲橋仙・送粉卿行〉	（卷四，頁 384）
〈添字浣溪沙・簡傅巖叟〉	（卷四，頁 389）
〈蕎山溪〉	（卷四，頁 413）
〈西江月・春晚〉	（卷四，頁 443）
〈浣溪沙〉	（卷四，頁 454）
〈錦帳春・席上和叔高韻〉	（卷四，頁 464）
〈行香子・雲巖道中〉	（卷四，頁 511）
〈河瀆神・女城祠，效花間體〉	（卷四，頁 534）
〈念奴嬌〉	（卷六，頁 570）
〈賀新郎・和吳明可給事安撫〉	（卷六，頁 577）

雁　44 闋

〈漢宮春・立春日〉	（卷一，頁 5）
〈木蘭花慢・滁州送范倅〉	（卷一，頁 25）
〈新荷葉・和趙德莊韻〉	（卷一，頁 30）
〈水龍吟・登建康賞心亭〉	（卷一，頁 34）
〈木蘭花慢・席上呈張仲固帥興元〉	（卷一，頁 73）
〈霜天曉角〉	（卷一，頁 76）
〈減字木蘭花・紀壁間題〉	（卷一，頁 76）
〈滿江紅・暮春〉	（卷一，頁 77）
〈沁園春・帶湖新居將成〉	（卷一，頁 92）
〈蝶戀花・和江陵趙宰〉	（卷一，頁 96）
〈菩薩蠻〉	（卷一，頁 102）
水調歌頭・嚴子文同傅安道和前韻，因再和以謝之〉	（卷二，頁 116）
〈賀新郎・賦琵琶〉	（卷二，頁 137）

〈蝶戀花·客有燕語鶯啼人乍遠之句，用爲首句〉	（卷二，頁 150）
〈菩薩蠻·乙巳冬前澗舉似前作，因和之〉	（卷二，頁 155）
〈水調歌頭·和鄭舜舉蔗菴韻〉	（卷二，頁 158）
〈一翦梅〉	（卷二，頁 166）
〈點絳唇〉	（卷二，頁 173）
〈定風波·三山送盧國華提刑，約上元重來〉	（卷二，頁 181）
〈鷓鴣天·重九席上作〉	（卷二，頁 191）
〈菩薩蠻·送祐之弟歸浮梁〉	（卷二，頁 210）
〈蝶戀花·送祐之弟〉	（卷二，頁 211）
〈滿江紅·和民瞻送祐之弟還侍浮梁〉	（卷二，頁 212）
〈鷓鴣天〉	（卷二，頁 215）
〈賀新郎·陳同父字東陽來過余〉	（卷二，頁 236）
〈最高樓·送丁懷忠教授入廣〉	（卷二，頁 245）
〈水調歌頭·送太守王秉〉	（卷二，頁 247）
〈尋芳草·調陳萃叟〉	（卷二，頁 259）
〈菩薩蠻·送曹君之莊所〉	（卷二，頁 268）
〈念奴嬌·用東坡赤壁韻〉	（卷二，頁 272）
〈東坡引·閨怨〉	（卷二，頁 281）
〈憶王孫·秋江送別，集古句〉	（卷二，頁 284）
〈水調歌頭·題永豐楊少游提點一枝堂〉	（卷二，頁 285）
〈臨江仙〉	（卷二，頁 371）
〈瑞鶴仙·賦梅〉	（卷三，頁 335）
〈定風波·三山送盧國華提刑，約上元重來〉	（卷三，頁 323）
〈鷓鴣天·和昌父〉	（卷四，頁 405）
〈木蘭花慢·題上饒郡圃翠微樓〉	（卷四，頁 406）
〈哨遍·用前韻〉	（卷四，頁 424）
〈水調歌頭·醉吟〉	（卷四，頁 441）
〈浣溪沙·別杜叔高〉	（卷四，頁 466）
〈雨中花慢·吳子似見和，再用韻爲別〉	（卷四，頁 480）
〈浪淘沙·送子似〉	（卷四，頁 481）
〈滿江紅·游清風峽和趙晉臣敷文韻〉	（卷四，頁 506）

鶴　32闋

〈念奴嬌・西湖和人韻〉	（卷一，頁17）
〈沁園春・帶湖新居將成〉	（卷一，頁92）
〈水調歌頭・盟鷗〉	（卷二，頁115）
〈水調歌頭・席上用王德和推官韻〉	（卷二，頁140）
〈虞美人・壽趙文鼎提舉〉	（卷二，頁156）
〈念奴嬌・和韓南澗載酒見過雪樓觀雪〉	（卷二，頁162）
〈念奴嬌・賦雨巖，效朱希眞體〉	（卷二，頁174）
〈滿江紅・遊南巖，和范廓之韻〉	（卷二，頁180）
〈滿江紅・和廓之雪〉	（卷二，頁181）
〈最高樓・送丁懷忠教授入廣〉	（卷二，頁245）
〈滿江紅・送徐撫幹衡仲之官三山〉	（卷二，頁249）
〈浣溪沙・席趙景山提幹賦溪臺，和韻〉	（卷二，頁286）
〈沁園春・期思舊呼奇獅，或云碁師〉	（卷二，頁290）
〈浣溪沙・壬子春，赴閩憲，別瓢泉〉	（卷三，頁307）
〈沁園春・再到期思卜築〉	（卷四，頁353）
〈蘭陵王・賦一丘一壑〉	（卷四，頁357）
〈水調歌頭・將遷新居不成，有感，戲作，時以病止酒，且遣去歌者，末章及之。〉	（卷四，頁383）
〈滿庭芳・和章泉趙昌父〉	（卷四，頁405）
〈鷓鴣天・睡中即事〉	（卷四，頁414）
〈六州歌頭・屬得疾，暴甚，醫者莫曉其狀〉	（卷四，頁428）
〈沁園春・壽趙茂嘉郎中，時以制置兼濟倉振濟里中，除直祕閣〉	（卷四，頁430）
〈賀新郎・題君用山園〉	（卷四，頁471）
〈賀新郎・用韻題趙晉臣敷文積翠巖〉	（卷四，頁472）
〈賀新郎・韓仲止判院山中見訪，席上用前韻〉	（卷四，頁473）
〈行香子・山居客至〉	（卷四，頁476）
〈品令・族姑慶八十，來索俳語〉	（卷四，頁477）
〈水調歌頭・題晉臣眞得歸、方是閑二堂〉	（卷四，頁497）
〈滿江紅・呈趙晉臣敷文〉	（卷四，頁505）

〈瑞鷓鴣・京口有懷山中故人〉	（卷五，頁 550）
〈臨江仙・停雲偶作〉	（卷五，頁 558）
〈賀新郎・和吳明可給事安撫〉	（卷六，頁 577）
〈霜天曉角・赤壁〉	（卷六，頁 583）

雞　13 闋

〈滿江紅・送湯朝美司諫自便歸金壇〉	（卷二，頁 138）
〈水調歌頭・和鄭舜舉蔗菴韻〉	（卷二，頁 158）
〈滿江紅・戲題村舍〉	（卷二，頁 193）
〈南歌子〉	（卷二，頁 214）
〈沁園春・戊申歲，奏邸忽騰報謂余以病挂冠，因賦此〉	（卷二，頁 233）
〈賀新郎・同父見和，再用前韻〉	（卷二，頁 238）
〈水調歌頭・送楊明瞻〉	（卷二，頁 257）
〈賀新郎〉	（卷三，頁 311）
〈水調歌頭・三山用趙丞相韻，答帥幕王君〉	（卷三，頁 315）
〈菩薩蠻・和・盧國華提刑〉	（卷三，頁 323）
〈木蘭花慢・題廣文克明菊隱〉	（卷四，頁 407）
〈鷓鴣天〉	（卷四，頁 416）
〈洞仙歌・丁卯八月病中作〉	（卷五，頁 560）

鴨　4 闋

〈六麼令・用陸氏事，送玉山令陸德隆〉	（卷二，頁 123）
〈六麼令・再用前韻〉	（卷二，頁 124）
〈滿江紅・戲題村舍〉	（卷二，頁 193）
〈臨江仙〉	（卷四，頁 392）

梟　3 闋

〈水調歌頭・將遷新居不成，有感，戲作，時以病止酒，且遣去歌者，末章及之〉	（卷四，頁 383）
〈玉樓春〉	（卷四，頁 394）
〈滿江紅〉	（卷五，頁 546）

雀 4闋

〈破陣子〉	（卷一，頁63）
〈玉樓春·寄題文山鄭元英巢經樓〉	（卷二，頁255）
〈沁園春·答楊世長〉	（卷二，頁292）
〈鷓鴣天·和傅先之提舉賦雪〉	（卷四，頁522）

雉 1闋

〈祝英台近〉	（卷一，頁98）
〈破陣子·硤石道中有懷子似縣尉〉	（卷四，頁437）

鳶 1闋

〈蘭陵王·賦一丘一壑〉	（卷四，頁357）

婆餅焦 1闋

〈玉樓春〉	（卷四，頁398）

翠羽 1闋

〈鷓鴣天·寄葉仲洽〉	（卷四，頁372）

鴛鴦 5闋

〈臨江仙〉	（卷二，頁164）
〈鷓鴣天·席上再用韻〉	（卷二，頁215）
〈卜算子·爲人賦荷花〉	（卷二，頁252）
〈尋芳草·調陳萃叟〉	（卷二，頁259）
〈念奴嬌·謝王廣文雙姬詞〉	（卷六，頁570）

鸂鶒 2闋

〈滿江紅·山居即事〉	（卷四，頁401）
〈清平樂·書王德由主簿扇〉	（卷四，頁443）

白鳥　5 闋

〈水調歌頭‧提幹李君索余賦秀野、綠遠二詩。余詩尋醫久矣，姑合二榜之意，賦水調歌頭以遺之。然君才氣不減流輩，豈求田問舍而獨樂其身耶〉	（卷二，頁 133）
〈鷓鴣天‧湖歸病起作〉	（卷二，頁 188）
〈鷓鴣天‧席上再用韻〉	（卷二，頁 215）
〈水調歌頭‧題張晉英提舉玉峯樓〉	（卷三，頁 329）
〈賀新郎‧題趙兼善東山園小魯亭〉	（卷四，頁 421）

鷓鴣　4 闋

〈新荷葉‧再和前韻〉	（卷一，頁 31）
〈滿江紅‧餞鄭衡州厚卿席上再賦〉	（卷二，頁 232）
〈婆羅門引‧用韻答趙晉臣敷文〉	（卷四，頁 457）
〈賀新郎‧別茂嘉十二弟。鵜鴂杜鵑實兩種，見離騷補注〉	（卷四，頁 527）

百舌　1 闋

〈祝英台近〉	（卷一，頁 98）

提壺　5 闋

〈南歌子‧獨坐蔗菴〉	（卷二，頁 160）
〈采桑子‧書博山道中壁〉	（卷二，頁 169）
〈沁園春‧城中諸公載酒入山，余不得以止酒為解，遂破戒一醉，再用韻〉	（卷四，頁 387）
〈玉樓春〉	（卷四，頁 398）
〈玉樓春‧用韻呈仲洽〉	（卷四，頁 469）

鴉　19 闋

〈水調歌頭‧壽趙漕介菴〉	（卷一，頁 7）
〈滿江紅‧再用前韻〉	（卷一，頁 57）

〈蝶戀花・和江陵趙宰〉	（卷一，頁 96）
〈鷓鴣天・遊鵝湖，醉書酒家壁〉	（卷二，頁 187）
〈鵲橋仙・和范先之送祐之弟歸浮梁〉	（卷二，頁 211）
〈鷓鴣天・席上再用韻〉	（卷二，頁 215）
〈鷓鴣天・代人賦〉	（卷二，頁 224）
〈鷓鴣天・代人賦〉	（卷二，頁 225）
〈謁金門・和廓之五月雪樓小集韻〉	（卷二，頁 261）
〈好事近・送李復州致一席上和韻〉	（卷二，頁 280）
〈鷓鴣天・黃沙道中〉	（卷二，頁 301）
〈西江月・三山作〉	（卷三，頁 317）
〈清平樂・呈昌父，時僕以病止酒，昌父日作詩數篇〉	（卷四，頁 404）
〈踏莎行・和趙國興知錄韻〉	（卷四，頁 409）
〈玉蝴蝶・追別杜叔高〉	（卷四，頁 466）
〈玉蝴蝶・叔高書來戒酒，用韻〉	（卷四，頁 467）
〈漢宮春・會稽蓬萊閣觀雨〉	（卷五，頁 540）
〈上西平・會稽秋風亭觀雪〉	（卷五，頁 546）
〈永遇樂・京口北固亭懷古〉	（卷五，頁 553）
〈賀新郎・和吳明可給事安撫〉	（卷六，頁 577）

鵲　8 闋

〈滿江紅・和廓之雪〉	（卷二，頁 181）
〈念奴嬌・雙陸，陳仁和韻〉	（卷二，頁 216）
〈賀新郎・陳同父字東陽來過余〉	（卷二，頁 236）
〈西江月〉	（卷二，頁 301）
〈念奴嬌・和信守王道夫席上韻〉	（卷二，頁 303）
〈鷓鴣天・峽石用前韻答子似〉	（卷四，頁 439）
〈武陵春〉	（卷四，頁 465）
〈綠頭鴨・七夕〉	（卷六，頁 575）

鸞　14闋

〈水調歌頭・和王正之右司吳江觀雪見奇〉	（卷一，頁43）
〈滿江紅・題冷泉亭〉	（卷一，頁56）
〈滿庭芳・和洪丞相景伯韻呈景盧舍人〉	（卷一，頁84）
〈滿江紅・席間和洪景盧舍人，兼簡司馬漢章〉	（卷一，頁87）
〈水調歌頭・九日遊雲洞和韓南澗韻〉	（卷二，頁128）
〈摸魚兒・兩巖有石，狀怪甚，取《離騷・九歌》名曰山鬼，因賦〈摸魚兒〉，改今名〉	（卷二，頁176）
〈江神子・和陳仁和韻〉	（卷二，頁220）
〈江神子・和陳仁和韻〉	（卷二，頁221）
〈一絡索・閨思〉	（卷二，頁227）
〈御街行・無題〉	（卷二，頁251）
〈醉花陰・爲人壽〉	（卷二，頁282）
〈水調歌頭・趙昌父七月望日用東坡韻敘太白，東坡事見寄，過相襃借，且有秋水之約。八月十四日，余臥病博山寺中，因用韻爲謝，兼寄吳子似〉	（卷四，頁437）
〈鷓鴣天・和陳提幹〉	（卷六，頁576）
〈水調歌頭・鞏采若壽〉	（卷六，頁582）

鳳　30闋

〈千秋歲・爲金陵史致道留守壽〉	（卷一，頁13）
〈青玉案・元夕〉	（卷一，頁19）
〈滿江紅・題冷泉亭〉	（卷一，頁56）
〈滿庭芳〉	（卷一，頁85）
〈糖多令〉	（卷一，頁101）
〈水調歌頭・九日遊雲洞和韓南澗韻〉	（卷二，頁128）
〈賀新郎・聽琵琶〉	（卷二，頁137）
〈鷓鴣天・徐衡仲惠琴不受〉	（卷二，頁151）
〈水龍吟・次年南澗用前韻爲僕壽。僕與公生日相去一日，再和以壽南澗〉	（卷二，頁153）

〈江神子・和人韻〉	（卷二，頁 168）
〈摸魚兒・兩巖有石狀怪甚，取離騷九歌名曰山鬼，因賦摸魚兒，改今名〉	（卷二，頁 176）
〈鷓鴣天・送廓之秋試〉	（卷二，頁 185）
〈滿江紅・送鄭舜舉郎中赴召〉	（卷二，頁 195）
〈生查子・民瞻見和，復用前韻〉	（卷二，頁 204）
〈江神子・和陳仁和韻〉	（卷二，頁 220）
〈水調歌頭・送鄭厚卿赴衡州〉	（卷二，頁 231）
〈玉樓春・寄題文山鄭元英巢經樓〉	（卷二，頁 255）
〈水調歌頭〉	（卷二，頁 258）
〈鷓鴣天・鄭守厚卿席上謝余伯山，用其韻〉	（卷二，頁 266）
〈菩薩蠻・雙韻賦摘阮〉	（卷二，頁 269）
〈如夢令・賦梁燕〉	（卷二，頁 283）
〈西江月・用韻和李兼濟提舉〉	（卷三，頁 320）
〈感皇恩〉	（卷二，頁 333）
〈水龍吟・用些語在題瓢泉，歌以飲客，聲韻甚諧，客為之釂〉	（卷四，頁 355）
〈清平樂〉	（卷四，頁 367）
〈最高樓・開周氏旆表有期〉	（卷四，頁 418）
〈水調歌頭・趙昌父七月望日用東坡韻敘太白，東坡事見寄，過相襃借，且有秋水之約。八月十四日，余臥病博山寺中，因用韻為謝，兼寄吳子似〉	（卷四，頁 437）
〈南鄉子・送筠州趙司戶，茂中之子。茂中嘗為筠州幕官，題詩甚多〉	（卷四，頁 525）
〈綠頭鴨・七夕〉	（卷六，頁 575）
〈好事近〉	（卷六，頁 584）

鶘　2闋

〈清平樂・為兒鐵柱作〉	（卷二，頁 142）
〈御街行・山中問盛復之提幹行期〉	（卷二，頁 250）

鵬　10闋

〈滿江紅・建康史帥致道席上賦〉	（卷一，頁9）
〈沁園春・送趙景明知縣東歸，再用前韻〉	（卷一，頁93）
〈鷓鴣天・送廓之秋試〉	（卷二，頁185）
〈滿江紅・病中俞山甫教授訪別，病起寄之〉	（卷二，頁190）
〈水調歌頭・慶韓南澗尚書七十〉	（卷二，頁200）
〈水調歌頭・題永豐楊少游提點一枝堂〉	（卷二，頁285）
〈哨遍・秋水觀〉	（卷四，頁422）
〈賀新郎・用韻題趙晉臣敷文積翠巖，余謂當築陂於其前考〉	（卷四，頁472）
〈哨遍・趙昌父之祖季思學士〉	（卷四，頁485）
〈漢宮春・答吳子似總幹和章〉	（卷五，頁545）

鶚　3闋

〈賀新郎・題君用山園〉	（卷四，頁471）
〈賀新郎・用韻題趙晉臣敷文積翠巖、予欲令築陂於其前〉	（卷四，頁472）
〈賀新郎・韓仲止判院山中見訪，席上用前韻〉	（卷四，頁473）

鵠　6闋

〈破陣子・爲范南伯壽。時南伯爲張南軒辟宰瀘溪，南伯遲遲未行，因賦此詞勉之〉	（卷一，頁63）
〈沁園春・送趙景明知縣東歸，再用前韻〉	（卷一，頁93）
〈念奴嬌・雙陸，和陳仁和韻〉	（卷二，頁216）
〈歸朝歡・齊菴菖蒲港，皆長松茂林，獨野梅花一株，山上盛開，照映可愛。不數日，風雨摧敗殆盡。意有感，因效介菴體爲賦，且以菖蒲綠名之。丙辰歲三月三日也〉	（卷四，頁375）
〈水調歌頭・趙昌父七月望日用東坡韻，敘太白東坡事見寄，過相襃借，且有秋水之約。八月十四日，余臥病博山寺中，因用韻爲謝，兼簡子似〉	（卷四，頁437）
〈滿江紅・呈趙晉臣敷文〉	（卷四，頁505）

秦吉了　1闋

〈千年調・庶菴小閣名曰厄言，作此詞以嘲之〉	（卷二，頁 159）

脫袴　1闋

〈采桑子・書博山道中壁〉	（卷二，頁 169）

鶺鴒　1闋

〈哨遍・趙昌父之祖季思學士〉	（卷四，頁 485）

鷃　2闋

〈水調歌頭・題永豐楊少游提點一枝堂〉	（卷二，頁 285）
〈漢宮春・答吳子似總幹和章〉	（卷五，頁 545）

鳩　2闋

〈念奴嬌・和信守王道夫席上韻〉	（卷二，頁 303）
〈哨遍・秋水觀〉	（卷四，頁 422）

鶩　2闋

〈賀新郎・賦滕王閣〉	（卷一，頁 90）
〈沁園春・答余叔良〉	（卷二，頁 292）